Varianti

Deborah Willis

LA MIA RAGAZZA SU MARTE

Romanzo

Traduzione di Paola Del Zoppo

Bollati Boringhieri

Prima edizione gennaio 2024

Titolo originale *Girlfriend on Mars*

Torino, corso Vittorio Emanuele II, 86
Gruppo editoriale Mauri Spagnol
ISBN 978-88-339-4225-4

www.bollatiboringhieri.it

Stampato in Italia da Elcograf S.p.A., Verona

PEFC PEFC/18-32-03
Certificato PEFC
Questo prodotto è realizzato con materia prima da foreste gestite in maniera sostenibile e da fonti controllate
www.pefc.it

Anno Edizione
2027 2026 2025 2024 1 2 3 4 5 6 7

La mia ragazza su Marte

A Kris

«Per Michaelis fu uno choc capire che stava guardando negli occhi il dottor T.J. Eckleburg, appena emerso, pallido e gigantesco, dalla notte che andava svanendo.
"Dio vede tutto" ripetè Wilson.
"Questa è una pubblicità" lo rassicurò Michaelis».

F. Scott Fitzgerald, *Il grande Gatsby*

«Poi vidi un nuovo cielo e una nuova terra, perché il primo cielo e la prima terra erano passati...»

Apocalisse

«Nuke Mars!»
Elon Musk, Twitter

Il nome fittizio *MarsNow* si riferisce in questo romanzo a una missione interplanetaria e a una società di fantasia. Né questo nome né alcun altro aspetto di *La mia ragazza su Marte* hanno qualche relazione con o sono approvati in alcun modo dal titolare del marchio registrato Mars Now.

Prima stagione

MarsNow o forse no

Amber Kivinen, spacciatrice, cristiana evangelica fuoriuscita, la mia ragazza da quattordici anni, sta per andare su Marte. È vero. È quello che mi è stato detto.

Flashback. Interno. Giorno. Tre mesi fa. Amber era seduta vicino a me sulla Voyager: «Ehi, Kev?» spostò un ricciolo biondo dietro l'orecchio. «Hai da fare?»

Io, che chiaramente non avevo niente da fare, mi chiesi se apparivo strafatto come mi sentivo: «Che c'è?»

Il ricciolo le rimbalzò di nuovo davanti al viso, lei lo risistemò dietro l'orecchio. «Devo dirti una cosa».

Mi aspettavo che la *cosa* fosse che voleva prendere un gatto o che mi trovassi un lavoro vero, o che aveva pomiciato con un chitarrista o un tipo che scriveva graphic novels. Non mi aspettavo dicesse che sarebbe presto andata in televisione in un programma che era un miscuglio tra *Survivor* e *Star Trek*, per gareggiare per uno dei due posti della missione *MarsNow*. Non mi aspettavo dicesse che entro l'anno si sarebbe («si spera») allacciata le cinghie in un razzo per spararsi nello spazio profondo, dove sarebbe rimasta a galleggiare per nove mesi come un feto in un utero, prima di atterrare sulla terra rossa e ferrosa di Marte. Che poi avrebbe usato l'acqua ghiacciata nella crosta del pianeta per coltivare il proprio cibo e prodursi ossigeno. E che sarebbe rimasta su Marte per sempre, dato che la tecnologia per tornare non esiste ancora. Ma anche se quella tecnologia fosse esistita, anche se lei avesse voluto tornare indietro, non avrebbe potuto, la densità dei suoi muscoli e delle ossa sarebbe diminuita così drasticamente che la gravità della Terra l'avrebbe ridotta in polvere.

Mi confessò tutto questo mentre sedeva accanto a me sul nostro divano IKEA Beddinge verde, nel nostro seminterrato in Commercial Drive. Aveva lo stesso tono di quando mi aveva detto, l'anno prima, che si stava sentendo con un tipo a cui qualche volta vendevamo roba, un programmatore/skater di nome Brayden («per puro caso» se l'era fatto proprio su quel divano verde, uno dei nostri primi acquisti comuni, il divano che chiamavamo Voyager, perché seduti lì ci eravamo fatti i trip migliori).

«Ecco» disse piano, osservando la costellazione di confusione sul mio volto. «Mi sa che per te è un po' strano».

Mi chiesi se fossi più strafatto di quanto pensavo. Aspettavo che scoppiasse a ridere. Ma non aveva scherzato su Brayden, e non stava scherzando adesso.

«Voglio dire» continuò a cicalare, «non è pericoloso né cose così. Per lo più la navicella sarà controllata da remoto da gente nel New Mexico. È una specie di drone».

«I droni non sono notoriamente poco precisi?» chiesi io. «E poi l'aerofrenaggio? E le radiazioni solari?»

Ma come conoscevo questi termini? Per le ore passate proprio su questo divano, immerso in una nostalgica catatonia, a guardare *Star Trek: The Next Generation*.

«Me lo faresti un favore?» Amber mi prese la testa tra le mani. «Potresti essere un po' felice per me? Che so, per un secondo? Perché ce l'ho fatta fino al terzo round ed è una cosa tipo fichissima».

«E da quand'è che eri nel primo round?» feci io. «Ma lo sanno che sei una spacciatrice?»

«Non è che siamo *spacciatori*. È che siamo specializzati in colture idroponiche, che peraltro è la tecnologia che si utilizzerà per far crescere il cibo su Marte».

«*E però*» feci io, «vendiamo droga».

Pensai a quando eravamo bambini e lei andava al campo estivo e poi mi spediva lettere indirizzate a:

Kevin Watkins
105 Amelia Street West

Thunder Bay
Ontario
Canada
Nord America
La Terra
La Via Lattea
L'universo

«Ti ricordi quando i tuoi genitori ti hanno mandato a quell'assurdo campo estivo sulla Bibbia?»

«Kevin» chiuse gli occhi poi li riaprì. «Mi stai almeno ascoltando?»

«È come quella volta che hai pomiciato con Brayden?» chiesi. «Giusto per vedere cosa avrei fatto?»

Quando scosse la testa, i capelli si sollevarono come se già fosse su Marte, come se già fossero in assenza di gravità. «No» rispose, «questa è una cosa vera».

È una cosa vera, cazzo.

Amber è nella sala trucco di uno studio televisivo e sente un boato sordo: il pubblico. Una tipa di nome Teeghan le sta mettendo l'ombretto glitterato sulle palpebre.

«Un *amore*» dice Teeghan. «Sul serio, sarai fantastica».

«Questa roba è ipoallergenica? I miei occhi sono piuttosto sensibili. Non mi trucco mai, in realtà».

Teeghan sussulta come se Amber le avesse rivelato di avere una bomba legata al petto. «Come ti senti *adesso*? *Qualche* bruciore?»

«No, va bene. Solo che a volte creme e cose del genere mi fanno lacrimare gli occhi».

«Oh, be', non è certo un problema. Se piangi là fuori. La gente lo adora».

«Giusto».

«Sii naturale». Teeghan sorride. «Andrai benissimo!»

Poi appare una tipa infinitamente alta, affonda le dita nei capelli di Amber e dice: «Oh mio Dio, ma che capelli. Spettacolari». Le tende la mano «Sono Manusha. Capo parrucchiera. Che ci *facciamo* ai tuoi capelli?»

Ciò che Manusha fa ai capelli di Amber è aggiungere un siero spray scintillante, per poi impastarli con le mani e dire: «Lasceremo semplicemente che questi riccioli facciano il loro lavoro».

Quindi Amber viene mandata al guardaroba e le viene detto di indossare una tuta nera attillata con il logo *MarsNow*. Ci vogliono due persone – stagisti? – per infilarcela dentro e chiudere la cerniera.

«Come indossare una pelle d'anguilla» fa Amber. «E le anguille sono *fichissime*. Alcune usano il ciclo lunare per orientarsi».

Uno degli stagisti, un giovane tanto bello che dovrebbe andare *lui* in tv, fa aderire la tuta al petto con del nastro adesivo per stare ancora più tranquilli.

«Alcuni piccoli di anguilla percorrono cinquemila chilometri, attraverso gli estuari e i mari, orientandosi con la luna» dice Amber. Lo stagista è chiaramente gay e bellissimo: lei vuole la sua attenzione. La sua immortale amicizia. «Pazzesco, vero?»

«I capezzoli sono a posto?» chiede lui. «Perché nessuno vuole una Janet Jackson là fuori».

Se solo Kevin fosse qui, gli piacerebbe questo dialogo. Se solo Kevin ancora scrivesse sceneggiature. O recensioni. O racconti. Se solo Kevin facesse una cosa qualsiasi, in realtà.

Si fa un selfie e glielo manda con le parole: *Nuovo look marziano! Troppo??* Poi, prima che possa fermarsi, lo manda a qualcuno dei suoi ragazzi di riserva: Jianju, il tecnico informatico del lavoro, Brayden, quel figone artistoide, Tariq, il suo personal trainer. Per abitudine quasi lo manda ad Adam, ma lui è *lì*, da qualche parte in quello studio; potrebbe apparire in qualsiasi momento. Il pensiero le fa salire la nausea, quindi invia la foto via email ai suoi genitori insieme ad abbracci e baci, riceve risposta da Brayden (due emoji di fuoco e una richiesta *un altro, dai*), pubblica la foto su Instagram (#selfie #smile #picoftheday) e si lancia in una sfida di ballo su TikTok ancheggiando nella sua pelle d'anguilla. Poi stringe il cellulare al petto. I produttori hanno detto loro di pubblicare tutto e qualunque cosa questa settimana, per creare l'attesa per il programma, ma appena i concorrenti inizieranno a essere eliminati e le possibilità di spoiler aumenteranno, gli confischeranno i telefoni. Non potranno nemmeno contattare familiari e amici.

Dopo cinque minuti ha 124 «mi piace» e 11 nuovi follower.

È tutto vero. Sta *succedendo* davvero. È nello stesso studio dove girano *American Idol*: è più probabile che si faccia la frangetta da sola piuttosto che guardare quello show, ma *comunque*. Una volta era una persona senza direzione, una persona che non riusciva neppure a restare vegetariana e tanto meno vegana, una persona che non riusciva a pagare l'affitto senza infrangere la legge, una persona...

Ha una telecamera in faccia e un tipo dai capelli lisci e la finta abbronzatura, quel produttore che ha incontrato durante il Test Day, le tende un microfono. «Per il confessionale!» dice. «Come ti senti?»

«Confessione?»

E... boom, ha di nuovo dodici anni, a Thunder Bay, in ginocchio in una cucina che odora di candeggina. Sua madre siede in silenzio al tavolo, gli occhi bassi; suo padre incombe. Non sono cattolici, provano pena per i cattolici, ma suo padre crede che confessarsi significhi purificarsi. Sua sorella Caleigh ha sempre ammesso i crimini alimentari: *Ho mangiato io tutti i biscotti al cioccolato dal pacchetto di Dad's Cookies.*

Tutti? sibila Amber, a cui quindi rimanevano quelli croccanti di farina d'avena.

Amber.

Scusa, papà.

Lascia parlare tua sorella. A meno che tu non abbia qualcosa da dire?

Amber scuote la testa. Si sistema i capelli dietro le orecchie. *Niente.*

Sei sicura?

Da questa angolazione, suo padre sembra un ciclope, come se possedesse un solo occhio, enorme e impassibile. Amber trattiene la ridarella. Si concentra sul vorticoso motivo beige del pavimento. Il pavimento che sua madre ogni sabato pulisce con il Mr Clean, in ginocchio, strofinando fino a che il linoleum brilla come il marmo.

Puoi nascondere a me la verità, ma Dio vede tutto.

C'è sempre qualcosa da confessare. Caleigh è incline all'accidia e alla gola, Amber all'invidia, alla lussuria e all'orgoglio. E anche se non avevi fatto nulla di sbagliato, probabilmente avevi avuto pensieri malvagi. Anche se non avevi avuto pensieri malvagi, il tuo corpo aveva avuto impulsi empi: il corpo poteva essere controllato solo attraverso lo sforzo fisico, le saune che facevano sudare e il semplice odio verso sé stessi.

Anche questo, il suo incoercibile desiderio di tenere la bocca chiusa, di non dire nulla nonostante sapesse che suo padre l'avrebbe costretta a stare in ginocchio finché il disegno del linoleum non le si fosse impresso nella pelle...

«Niente» sta dicendo. «Niente da confessare».

Il produttore con i capelli lisci (Nick? Rick? Dick?) scoppia a ridere. «Lo chiamiamo *confessionale*, ma è solo il gergo della tv, tesoro». Poi le assesta una pacca sul sedere... ma è permesso? «Solo un veloce ripasso, per la nostra sequenza introduttiva. Così che le persone possano conoscerti».

«Giusto». Lei arrossisce. «Scusa».

«Pronta?» Il produttore viscido sembra scomparire e poi ecco lì solo una telecamera, un enorme occhio impassibile.

Andrà benissimo.

«Ciao! Sono Amber». Sorride. Saluta con la mano come una ragazzina. «E non so gli altri, ma io andrò su Marte!»

Amber ha fatto domanda per andare su Marte, senza dirmelo, un anno e due mesi fa. Ha letto online della gara, mandato un CV e un video di due minuti di sé stessa. Il video è stato girato nella nostra cucina, probabilmente io ero fuori a fare la spesa o a prendere un caffè macchiato o in giro con Marcus, e doveva essere estate, perché nel video i suoi capelli sono illuminati dal sole e le formano un'aureola intorno al viso.

Ormai ho visto il video migliaia di volte, nel modo ossessivo in cui un uomo potrebbe guardare un filmetto pornografico che trova per caso su Internet, la cui protagonista è la moglie. Il nostro portatile è vecchissimo e quindi il video risulta sfocato e leggermente distorto; Amber sembra già guardare fuori dal vetro curvo di un casco spaziale. Si vede un pezzetto del tatuaggio di una sequoia che le si avvolge intorno al bicipite, e dello smalto verde sbeccato sul pollice. L'anellino al labbro brilla alla luce e attira ancora di più l'attenzione sulla bocca lucida.

«Credo che la scoperta sia una tensione umana universale». Si sporge in avanti mostrando la giusta porzione di scollatura. «Sono certa che la mia preparazione atletica, l'esperienza nel campo delle colture idroponiche e la sete di sapere spirituale mi saranno utili nella prima missione umana su Marte!»

Il team di azionisti, investitori e scienziati di *MarsNow* deve aver gradito ciò che ha visto, perché Amber ha battuto più di centocinquantamila altri candidati, come Laurie Kalyniuk, casalinga dell'Iowa, o Christopher Gelt, professore di letterature germaniche di Guatemala City.

Il secondo round prevedeva un test d'ingresso che attestava le competenze matematiche di base e la stesura di un saggio di mille parole sulle proprie motivazioni/ambizioni. Amber deve aver scritto il saggio mentre mi riposavo o facevo la doccia o cose così, perché se l'avessi vista scrivere qualcosa mi sarei preoccupato. Quando Amber scrive, sempre in uno di quei quadernini Moleskine troppo costosi, di solito vuol dire che ha un segreto che a malapena riesce a trattenere. Per esempio, che ha comprato un biglietto di sola andata per la Bolivia con i nostri punti in comune della compagnia aerea, o che si è candidata per un lavoro in una caserma dei pompieri, o che ha mangiato lo spezzatino di maiale ogni giorno nella pausa pranzo anche se in quel periodo, in teoria, eravamo vegani e io mi sostentavo con burro di arachidi e gallette di riso. Lo scrivere, inoltre, spesso è seguito da un messaggiare clandestino, ansia generalizzata, e finalmente dal sollievo, per entrambi, della confessione o della scoperta.

Ma questa volta non voleva essere scoperta. Questa volta, con tutta calma, aveva scritto il suo saggio e l'aveva spedito. Questa volta mi aveva detto che usciva con gli amici per un caffè, mentre in realtà veniva visitata da un team di specialisti medici assunti da *MarsNow*: cardiologi, psicologi, osteopati e chinesiologi.

Ovviamente avevo notato che si era iscritta in palestra e faceva sollevamento pesi, che frequentava lezioni di spinning e boot camp, che camminava sul Grouse Grind con il suo gruppo «Active and Out There!» ogni mercoledì, che faceva yoga e qigong per il benessere psicologico e parlava un sacco del *mantenimento della massa muscolare*. Avevo anche notato che aveva cominciato a prendere un cocktail di integratori: vitamina D, curcuma contro le infiammazioni, CoQ10 e un mix di calcio e magnesio (lo stesso che davamo alle piante). Avevo notato che aveva perso peso e che era un fascio di muscoli. Avevo notato che aveva smesso di avere il ciclo e che le sue scatole di tamponi con diversi gradi di assorbenza restavano chiuse nel mobile sotto il lavandino.

Avevo notato, ma non lo avevo notato. Vivevo in un mondo tutto mio, che per lo più comprendeva un'orbita limitata e interna. (Questa metafora funziona solo se si pensa a me come un pianeta piccolo e insignificante e alle nostre piante di cannabis, che risplendevano sotto novemila lampade al LED, come il Sole). E anche quando mi disse, il giorno prima che *MarsNow* facesse circolare il comunicato stampa, che era una dei centoquarantatré candidati in tutto il mondo a essere passati al terzo round, non ci credetti. Marte semplicemente non sembrava reale.

Ecco cos'è reale: Amber e io abbiamo trentun anni, siamo nati a quattro mesi di distanza a Thunder Bay, Ontario, ma attualmente viviamo a Vancouver, British Columbia. Lei lavora come receptionist al centro congressi giù in città e io lavoro come comparsa sui set cinematografici (una volta ho incontrato Jennifer Love Hewitt), ma per lo più generiamo i nostri introiti dalla vendita dell'erba ad alto contenuto di THC che coltiviamo nella nostra camera da letto.

Ecco cos'altro è reale: ci conosciamo dalla seconda elementare. Lei era un po' inquietante, giocare a prendersi con Amber significava in tutta probabilità essere scaraventati faccia a terra sul prato, quando ti arrivava addosso con tutta la forza del suo CE L'HAI!, ma mi piaceva. Forse persino *piaceva-piaceva*. Quando in classe ci fecero disegnare cosucce pucciose per San Valentino, feci una ragazza stilizzata con i capelli arruffati e scrissi: *Per Amber, sei carina e anche bava* [*sic*] *a correre*.

Poi per alcuni anni diventai timido con le ragazze, non le parlavo più, a malapena ci salutavamo, era solo una del gruppo dei cristiani che doveva lasciare la classe durante le lezioni di educazione sessuale. Poi divenne la ragazza nota per essere campionessa di ginnastica artistica del Canada orientale, particolarmente brava nel volteggio. Il giornale locale aveva pubblicato foto di Amber che saltava dalla pedana come un razzo piroettando nell'aria. Poi fu la ragazza le cui ambizioni olimpiche crollarono quando si fece male alla spalla. La ragazza che iniziò a bere troppo e girare per feste con tipi come me e Marcus.

La ragazza che mi portò fuori. Che mi prese la mano e mi portò in un posto in cui sembrava di stare al di là della città, al di là del tempo, al di là del confine della vita che avevo vissuto fino ad allora – mi mostrò un lago segreto. Un rifugio, un paradiso.

Perdemmo la verginità insieme, due mesi dopo, sul suo letto singolo, sotto una volta di stelline fosforescenti che aveva appiccicato al soffitto. Dopo si era stretta a me e aveva detto di non riuscire più a respirare bene da quando aveva perso l'occasione di andare alle Olimpiadi e di avere la nausea tutto il tempo, perché non sapeva più che fare della sua vita, aveva solo diciassette anni e il cuore già a pezzi. Diceva che le piacevo perché quando le ero vicino riusciva a respirare, perché le sembrava che io non avessi aspettative su di lei. Le dissi che aveva ragione: la amavo senza assolutamente alcun motivo (venne fuori male, ma intendevo in senso buono).

Siamo ufficialmente le uniche persone con cui siamo andati a letto. Ufficiosamente, durante le tre settimane e mezzo in cui ci «siamo presi una pausa» nel 2006, Amber ha fatto sesso con un commesso di un videostore e io, tecnicamente, ho fatto sesso (per circa due secondi: dentro e fuori) con Tanya Vargas a un falò. Ma al di là di quelle tre settimane e mezzo, siamo stati insieme ogni giorno per dodici anni. Viviamo in un appartamento bollente quanto una sauna e ci piace stare accoccolati sul divano a guardare i Dino Comics. I nostri scaffali pericolanti sono pieni della collezione di DVD di mia madre, dei resti del mio tentativo post scuola di cinema di diventare una persona «colta» – copie sbiadite di Chomsky e Flaubert – e dei vecchi libri di botanica e scienze della nutrizione di Amber. Io la chiamo Galeotta (una volta ha passato una notte in prigione) e lei mi chiama Patato (non ho intenzione di parlarne) e abbiamo una vita insieme. Abbiamo uno di quei frullatori da quattrocento dollari in grado di polverizzare un cranio, diversi libri di cucina pretenziosi con la copertina rigida e tutte le stagioni di *Get Smart* in vecchi DVD. E abbiamo le nostre piante.

Abbiamo cominciato facendo germogliare qualche seme tra tovaglioli bagnati, per poi tenere le piantine sul davanzale della nostra finestra come fossero erbe aromatiche. Poi le abbiamo trapiantate in vasi più grandi che tenevamo vicino al letto come bambini nelle culle. Le nutrivamo di melassa e sono cresciute oltre le nostre ginocchia, e fu allora che abbiamo cominciato a vendere. Solo a Marcus e alla sorella di Amber e al nostro ex amico Brayden e ad alcune persone con cui lavoravo sul set.

Passare alle idroponiche fu un'idea di Amber. Aveva un master in scienze ambientali con una specializzazione interdisciplinare sulla nutrizione e sulla salute (Tesi: *Le felci del Pacifico nord-occi-*

dentale e le tecnologie alimentari tradizionali delle popolazioni Salish costiere), ma non riusciva a trovare lavoro se non come cameriera o receptionist. Sicuramente avrei venduto una sceneggiatura prima o poi, ma nel frattempo facevo l'«uomo nella folla» o «il tizio sull'autobus» nelle produzioni altrui. L'affitto che pagavamo per la nostra suite nel seminterrato, comprensivo di vernice che si scrostava dai muri e moquette consunta, era così alto da far salire le lacrime agli occhi.

Avremmo potuto trasferirci in Alberta, dove Amber avrebbe potuto scrivere pedanti report ambientali per le compagnie petrolifere. Oppure a Chilliwack o a Prince George, dove anche i salari più bassi possono bastare. Oppure tornare a Thunder Bay, dove avremmo vissuto troppo vicino alla famiglia opprimente di Amber e al bungalow in cui ero cresciuto con mia madre, una casa stregata, ne ero certo.

Sette anni fa ci sedemmo sul divano e valutammo le nostre opzioni. Amber riempì la pipetta che le avevo comprato per il suo compleanno. Il vetro originariamente era arancione chiaro con ghirigori d'oro, lo stesso colore dei suoi capelli, ma anni di fumo lo avevano scurito fino a un rosso bruciato. Ce la passavamo, e a un certo punto Amber disse: «O magari restiamo qui e facciamo questo».

Disse che probabilmente saremmo riusciti a produrre più marijuana in meno spazio con il sistema idroponico.

«Spacciare droga». Si appoggiò al mio petto, gli occhi socchiusi. «È l'idea migliore finora, no?»

Per prima cosa mettemmo le cose in chiaro con il nostro vicino del piano di sopra, Norm, che lavora di notte consegnando forniture mediche agli ospedali. Ci disse che il nostro segreto era al sicuro con lui, a patto che condividessimo la merce: la marijuana lo aiuta a prendere sonno quando torna dal lavoro la mattina. Così comprammo un misuratore di pH e PPM, una pompa dell'acqua, luci, sostanze nutritive. Andammo in un negozio di animali e comprammo sei lettiere da usare come serbatoi. Sistemammo tutto in bagno perché c'era una buona ventilazione, ma aprendo e chiudendo la porta e facendo la doccia la temperatura dell'ambiente continuava ad alterarsi. Spostammo le operazioni nella stanza degli ospiti, che Amber un tempo aveva usato come ufficio.

Non è l'ideale vivere dove coltivi. Teniamo il riscaldamento a 28 gradi e quando le piante sono in stato vegetativo dobbiamo lasciare accese le luci per diciotto ore al giorno. E poi c'è quell'odore appiccicoso e rancido che ti avvolge la pelle e la gola. C'è voluto del tempo per abituarmi, ma questa casa è diventata il mio habitat. Il calore, l'umidità, l'immobilità, il silenzio. In pratica è come il giardino dell'Eden, ma meglio dell'originale. Ogni pianta qui è l'Albero della Conoscenza, e puoi mangiarne i frutti ogni volta che vuoi.

Per questo non riesco proprio a capire perché Amber dovrebbe voler andare da qualche altra parte, soprattutto su una roccia rossa e morta. Pensavo avessimo un accordo. Non siamo sposati; non abbiamo bambini; non abbiamo animali. Ma abbiamo le nostre piante e abbiamo noi stessi. E siamo molto impegnati in questa sorta di non impegno: coltivare erba nel nostro appartamento, ordinare la pizza dal locale gluten free in fondo alla strada, guardare intere stagioni di *Arrested Development* tutte in una volta. Ci siamo seduti su questo divano e abbiamo preso una decisione. C'eravamo, credevo, impegnati a non andare da nessuna parte. Da nessuna parte, ma insieme.

Tutto era iniziato con la ginnastica, l'esaltazione dei salti sul cavallo e dei volteggi in aria.

O forse era iniziato quando la ginnastica era finita: quando si era lesionata la cuffia dei rotatori e aveva perso l'occasione di andare alle Olimpiadi, cioè aveva perso tutto.

O forse un anno e mezzo fa, quando le era crashato outlook al lavoro e aveva dovuto chiamare il tecnico dell'IT. Ma invece del vecchio tizio bianco con la coda di cavallo grigia, era arrivato quel bel tipo asiatico e aveva detto: «Ciao, sono Jianju».

Lei non era riuscita a far altro che fissarlo.

«IT» aveva detto lui. «Ci hai chiamato, no?»

«Uh mamma, sì!»

«Outlook in crash? È sempre un macello». Si era chinato sulla scrivania di lei, con le dita sulla tastiera. «Ho bisogno solo della tua password per entrare nel back end».

«Nel... back end?»

«La puoi cambiare una volta che abbiamo fatto».

«La mia password?» voleva morire. «È... LiamHemsworth1».

Lui accennò un sorriso. «Una sola parola? L e H maiuscole?»

«Esatto».

Poi si era chinato sopra di lei, in silenzio aveva fatto qualche magia IT e lei aveva sentito il suo odore di bucato. E il calore del suo corpo. Vedeva, in alto e vicinissima, la pelle liscia del suo collo.

Doveva smettere di essere quel tipo di persona. Perché la sua vita era perfetta. Amava Kevin. Adorava il loro rapporto. Adorava che quel rapporto non aderisse al paradigma. Lei e Kev non erano sposati perché era una tradizione vecchia e misogina che rendeva le donne infelici, c'erano ricerche che lo dimostravano. E lei e Kev non avrebbero avuto figli perché lei non voleva che il suo corpo fosse invaso da una forma di vita aliena. Inoltre, l'impatto delle nascite sull'ambiente era allucinante.

«A posto». Jianju aveva cliccato sul mouse con fare esperto. «Ora puoi resettare la password».

Ma forse lei un figlio lo voleva? A volte le sembrava di sì.

«Magari Chris Hemsworth, stavolta?» Jianju si era fermato uscendo. «O sei fedele a Liam?»

Lei era scoppiata a ridere. «Non sono fedele a niente».

Dopo, quando si incontravano nel corridoio, lui le rivolgeva un sorriso complice, come se conoscesse il suo segreto più oscuro, e lei rispondeva con un sorriso che suggeriva il contrario. Poi lui l'aveva contattata tramite il sistema di mailing interno e in qualche modo avevano finito per scambiarsi i numeri di telefono. I suoi messaggi mancavano di acume e punteggiatura, ma l'ego di Amber era pompato dal fatto che uno di ventidue anni fosse interessato a lei. Poi lui le aveva chiesto se sarebbe andata alla festa di Natale dell'azienda e lei aveva risposto, *assolutamente, e mi metto le paillettes*...

Sapeva che avrebbe dovuto metterci un freno. Ma stava lì seduta alla scrivania e guardava le donne ticchettare con le décolleté, le borse Michael Kors, i blazer Aritzia e i cardigan che loro chiamavano «cardis», passandosi le mani con le unghie perfette tra i capelli mesciati per poi fermarsi alla sua scrivania e confidarsi con lei: era qualcosa che riguardava l'essere una receptionist, eri considerata *ricettiva*, una buona ascoltatrice. Amber conosceva e custodiva i segreti di quelle donne: erano sopraffatte dall'organizzazione dei bambini, sopraffatte dal lavoro, sopraffatte dai suoceri e dalle feste di compleanno e dal dover trascinare i bambini a nuotare o a danza o a hockey. Erano dipendenti dai popcorn al caramello e dai cappuccini con ghiaccio, dai Coffee Crisp o dal vino, che chiamavano *succo della mamma* senza nessuna apparente consapevolezza di quanto fosse triste. Osservavano impotenti i loro genitori cadere in preda alla demenza e poi morire, mentre convivevano con la propria paura del cancro o con la tiroidite di Hashimoto o la fibromialgia. Erano stitiche da quando erano in menopausa; gli antidepressivi le facevano gonfiare; soffrivano di insonnia e non riuscivano a dormire più di tre ore a notte. Ci si aspettava che sopportassero il martello pneumatico settimanale del marito o che venissero sessualmente ignorate; una donna sposata le aveva confessato che non veniva baciata da più di dieci anni. E ovviamente, mentre il corpo di Amber lanciava l'allarme – un sottile piagnucolio, *bebè, bebè, bebè* – quelle donne avevano difficoltà a concepire o erano rimaste incinte per errore. I loro neonati avevano le coliche e i bambini l'ADHD; i figli adolescenti erano ansiosi, crudeli e dipendenti dai telefoni; i figli adulti erano depressi, negligenti e dipendenti dai farmaci. Doveva esserci una certa gioia in quell'«avere tutto», o almeno un senso di realizzazione e di «lavoro ben fatto», ma le donne non ne parlavano mai. Amber allora aveva solo ventinove anni: *sei una bambina!* ripetevano loro, ma lei già intravedeva la strada minacciosa verso i quaranta, cinquanta, sessanta...

Si sentiva come sull'orlo di un buco nero e senza possibilità di fermare quella forza gravitazionale. Prima che fosse troppo tardi, voleva tingersi i capelli di blu o trasferirsi in Ecuador o frequentare un sex club. Qualsiasi cosa. Qualsiasi cosa pur di sentirsi viva prima di venire spaghettificata.

Aveva cominciato a fantasticare di rimanere bloccata nell'ascensore con Jianju. O di lui che le offriva un passaggio a casa, e poi...

La sua immaginazione era così *Youporn*.

Ma capita che una ragazza si stanchi del dolce sesso missionario casalingo delle 21:00, del *ti-amo-ti-amo-anch'io* post-Netflix, prelavaggio denti. E Jianju era così giovane, probabilmente ce l'aveva sempre duro come la roccia. Con Kevin c'erano sempre interrogativi. Forse la sua erezione era crollata per il fumo – aveva cercato su Google e in effetti il consumo quotidiano *può* portare alla disfunzione erettile – o semplicemente lei non *gli piaceva più così tanto*? E perché avrebbe dovuto piacergli, quando lei era sempre distante, arrabbiata o coccolona in modo infantile? Inoltre non aveva mai voglia di radersi le gambe o le ascelle, e chi vuole una ragazza con le gambe da gorilla? In più era amareggiata perché era sempre lei a prendere l'iniziativa, e quell'amarezza la portava a essere asciutta come pane tostato e fredda come un'insalata di alghe. Una volta, in un locale, uno sconosciuto l'aveva afferrata per i polsi, l'aveva baciata e le aveva detto: *Dammi la lingua. Voglio sentirti la lingua.* Lei desiderava essere presa con la forza: voleva che Kevin la spingesse contro il muro, le baciasse la cresta ossea lungo il collo, le chiedesse: *Ti piace?* Che le schiaffeggiasse il sedere mentre la prendeva da dietro. A parte però che, se lo avesse fatto, probabilmente sarebbero entrambi scoppiati a ridere. E non che lei avesse mai chiesto cosa piacesse *a lui*. Di solito gli piaceva il solito. Chi ha tempo per essere creativo? Non una persona che lavora a tempo pieno, gestisce un'attività da casa e fa quasi tutto in cucina, oltre alle pulizie. Ma probabilmente Beyoncé è creativa a letto, e ha tre figli!

Quindi forse questo è il segreto più grande e vergognoso di Amber: è brava in molte cose, ma come amante è un fallimento. Sarebbe stato diverso se le fosse stato permesso di frequentare le lezioni di educazione sessuale da bambina? Avrebbe imparato qualcosa sul piacere e sulla gioia? Tendeva a prendere l'iniziativa sulla Voyager massaggiando in modo pratico l'inguine di Kevin, per vedere se riusciva a raggiungere l'obiettivo decollo, prendendosi a malapena la briga di baciarlo. A volte il lancio funzionava e tutto sembrava così comodo e vero e *giusto*. Ma a volte non funzionava; a volte Kev era distratto o disinteressato. Lei si diceva che non era un riflesso del suo stesso valore. Ma anche se fosse stato solo il fumo, un puro problema fisico, non sarebbe stato peggio? Perché significava che amava l'erba più di quanto amasse lei: preferiva l'erba a lei, giorno dopo giorno. Certo che amava l'erba più di quanto amasse lei. E chi non l'amerebbe? Una donna del tutto consapevole di sé, una vera femminista, una persona buona e sincera e adorabile, gliene avrebbe semplicemente *parlato*. Ma parlando avrebbe ferito i suoi sentimenti, e lei questo non poteva sopportarlo: lo amava tantissimo. Il suo devoto, divertente e sensibile Kev. Non gli faceva meno male in quel modo? Tacendo?

Immagina di fare sesso semplice e vuoto con uno sconosciuto. Immagina se non significasse *nulla*.

In quel periodo, l'inverno di Jianju, cedette alle sue voglie di cibo e rinunciò a essere vegana, il che fu un ulteriore disastro, perché mangiare carne sembrava esacerbare il problema del suo desiderio sessuale (desiderio di maternità?). Notò che deviava per passare ogni giorno davanti alla postazione IT, e quando vedeva Jianju si sentiva stringere lo stomaco, era in parte piacevole e in parte doloroso, al cento per cento familiare. E pensava: *sta succedendo. Di nuovo.*

Era esausta. Così stanca di sé stessa.

Fu più o meno quello il periodo in cui lesse del progetto *MarsNow*. Per capriccio scrisse il saggio, le parole semplicemente esondarono, e presentò un video che non si era nemmeno presa la briga di editare. Ricominciò ad allenarsi; era una buona scusa per rimettersi in forma, e il suo corpo cambiò, da segretaria sciatta a potenziale astronauta. Fece un colloquio telefonico con una donna che sembrava un automa. Incontrò una serie di medici che la esaminarono: calcoli renali, calcoli biliari, soffio al cuore, vertebre scivolate. Cominciò a sembrarle un po' vero già allora, quando fu dichiarata idonea al viaggio nello spazio nonostante la sua spalla indebolita. Voleva dirlo a Kevin, ma che senso aveva farlo preoccupare quando Marte era una possibilità così lontana? Doveva ancora battere migliaia di persone anche solo per entrare nello show. Proprio come alle Olimpiadi. Anche se hai spaccato ai campionati nazionali, anche se sei riuscito ad entrare nel Team Canada, la tua squadra deve ancora competere con gli americani, i russi, i cinesi e tutti gli altri per qualificarsi ai Giochi, per arrivare tra i primi nove e passare alla finale. E niente di tutto ciò garantiva un posto sul podio. Il fallimento e l'umiliazione erano i risultati più probabili: Amber avrebbe dovuto saperlo. Era entrata in Nazionale, ma si era infortunata alla spalla prima delle qualificazioni ed era stata sostituita da una ragazza di Moose Jaw. Era andata così. Fine. Avrebbe potuto provarci per le Olimpiadi successive, ma a quel punto sarebbe stata geriatrica per gli standard della ginnastica. Suo padre continuava a dirle: *Ce la puoi fare* e *Sei la mia campionessa* e *Ti ho forse cresciuto come una che molla*? Ma a sedici anni, dopo dieci di duro allenamento, si sentiva a pezzi. Non solo la spalla, anche se quella era la cosa peggiore: aveva un ginocchio traballante, il muscolo del polpaccio parzialmente strappato, una costola che si era rotta all'età di dieci anni.

La cosa più strana nel vedere sfumare le Olimpiadi era stata che il mondo aveva continuato a girare. La vita delle altre persone era continuata. E non importava quanto Amber facesse stretching, non contava quanto religiosamente seguisse la fisioterapia, la sua spalla rimaneva debole e rigida. Non importava quanto pregasse per un po' di sollievo, o di guarire. Quindi aveva smesso di pregare. Aveva smesso di ascoltare i sermoni in chiesa. Aveva smesso di prendere le parole di suo padre come la Parola. Il suo infortunio era stato l'inizio della fine della fede, perché cosa avrebbe potuto fare Dio per lei allora? *Colpiscimi dall'alto*, lo sfidava lei. Era divertente, perché era già stata colpita.

Ma guardatela adesso. Dimenticata, certo, ma di nuovo in gioco. Vincere un posto nella missione su Marte non solo era improbabile: era una follia anche solo tentare, ma una follia che doveva esserle mancata, una follia che la faceva sentire viva. Doveva parlare a qualcuno dei suoi successi, quindi trascorreva più tempo sul forum privato di *MarsNow*, e questo l'aveva condotta da Adam, e una volta che avevano iniziato a mandarsi messaggi si era aperta una diga. Era venuto fuori che Amber bramava la sincerità. Bramava uno sconosciuto dall'altra parte di un cavo, uno sconosciuto distante e misterioso come un prete protetto dalla rete del confessionale.

Poi aveva fatto un altro colloquio per *MarsNow*, questa volta su Microsoft Teams. Sei uomini in giacca e cravatta si erano seduti a un tavolo e le avevano fatto una serie di domande:

Hai mai sentito delle voci che ti dicono cosa fare?

Preferiresti rubare qualcosa in un negozio o in una casa privata?

Sei mai stata coinvolta in una rissa? Hai mai dato inizio ad atti violenti di qualsiasi tipo?

Sei etero, gay, bisessuale o altro?

Hai mai preso una multa per guida in stato di ebbrezza?

Hai mai fatto un sex tape?

Prendi la pillola?

Hai nemici?

Perché vuoi andare su Marte?

Perché? chiesi. Perché Marte? Perché Adesso?

Perché voglio vedere la Terra dall'alto!

Perché è un'opportunità incredibile!

Perché è la prima missione nel suo genere!

Amber sembrava una convertita a una nuova religione. Comunque, non ero troppo preoccupato perché sapevo che i suoi genitori sarebbero venuti presto a trovarci, e suo padre, quel pazzoide finlandese, fondamentalista integerrimo eppure anche alcolizzato, non avrebbe mai permesso a sua figlia di andare su Marte.

Quando eravamo piccoli, suo padre allenava la squadra di minihockey e mi metteva in porta senza casco, il che avrebbe dovuto insegnarmi ad avere meno paura del disco. Ancora adesso mi chiama per cognome: Watkins, e ancora adesso mi fa paura, una paura resa più intensa dal fatto che sono innamorato di sua figlia e che ho una cotta per sua moglie (questo è forse, in effetti, l'unico segreto che non ho confessato ad Amber, il fatto che quando la sua bionda madre dalle ossa grandi sedeva sugli spalti giocavo meglio, pattinavo più veloce e indietreggiavo di meno quando il disco mi veniva sparato sui denti). Ciò che dovete sapere sul padre di Amber è che odia il nostro business di cannabis e biasima me perché la vita di sua figlia non va da nessuna parte.

Ma ora Olav sarebbe stato la mia salvezza. Sarebbe venuto in città con tutta la sua vodka e la sua disapprovazione.

E poi eccoli lì a Vancouver, dopo aver guidato per una settimana di fila da Thunder Bay, perché la madre di Amber ha paura dell'altezza (Lydia non somiglia a sua figlia in questo, e in effetti tutto nella vita di Amber, dalla ginnastica all'erba fino a Marte, può essere letto come un prolungato tentativo di non somigliare affatto a sua madre).

Andammo tutti insieme in un pub che serviva hamburger e birra artigianale, e Amber raccontò ai genitori del suo piano di trasferirsi su Marte.

«Marte» disse il padre. «Cioè il pianeta?»

«Il pianeta» Amber si sistemò sulla sedia. «Il quarto dal Sole».

«Il pianeta». Il suo accento pareva pericoloso. Incrociò le braccia, si appoggiò all'indietro, e non gli avevo mai voluto bene fino a quel momento. «Marte».

«Tesoro». La madre di Amber si morse il labbro. «Stai scherzando?»

«No, è vero, c'è un miliardario che finanzia». Mi sporsi in avanti, sollevato di avere qualcuno dalla mia parte. «Ci sta pensando davvero».

Lydia incrociò il mio sguardo. «E quanto tempo starebbe via?»

«Non potrà tornare» dissi. «Mai più».

«Non esiste un modo per trasportare o produrre abbastanza carburante per lanciare un razzo da Marte» rispose Amber. «Forse un giorno avremo degli impianti nucleari lassù, ma probabilmente non finché sarò viva». Fece un respiro. «Ci sono un sacco di informazioni sul sito di *MarsNow*. Progettano di impiantare una colonia, tutto all'avanguardia. Hanno già inviato due rover e una navicella senza equipaggio. Lo show serve solo per scegliere i primi due Marzionauti, ma invieranno altre squadre, ogni due anni. L'idea a lungo termine è l'ecosintesi planetaria».

«L'ecocosa planetaria?» chiese la madre.

«Terraformazione. Ingegneria planetaria. Riscaldare Marte come abbiamo fatto qui sulla Terra, ma lì sarà una cosa buona. L'acqua scorrerà, le piante cresceranno. Tra poche centinaia di anni gli esseri umani potrebbero vivere su Marte senza difficoltà. Be', forse mille anni, se vogliamo parlare di aria respirabile».

«Direi che dovremmo parlarne, di aria respirabile» dissi io.

«Quello che intendo» disse Amber, «è che sarà una *società*, un'utopia... un bellissimo esperimento su come si può vivere». Mise una mano sul braccio del padre. «Papà, è come il Rapimento».

«Il Rapimento è opera di Dio» disse lui «E il tuo lavoro?»

Pensa che io e Amber siamo pazzi a vivere in un umido seminterrato di Vancouver quando a Thunder Bay potremmo permetterci una villa. La cosa che ancora non sapeva era che Amber aveva già lasciato il suo lavoro di receptionist.

«La paga per *MarsNow* è decisamente migliore rispetto a quella del centro congressi» ha detto Amber. «Voglio dire, *decisamente*».

«Abbandoni la tua famiglia?» Apparentemente si era dimenticato di averla rinnegata, tempo addietro. «Non ti rivedremo mai più?»

Amber sospirò. «Non credo che vincerò, papà. C'è una competizione assurda».

«Giusto» dissi. «Allora che senso ha?»

Olav mi fissò, poi si rivolse di nuovo ad Amber. «Potresti battere chiunque».

«Non è così facile».

«Chi ha detto facile?»

«Probabilmente è solo un caso fortuito che sia arrivata fin qui...»

«Quando ti sei rotta una costola da bambina» disse lui, incrociando le sue braccia grassocce, «ti ricordi cosa hai detto mentre andavamo in ospedale?»

«Hai raccontato questa storia un milione di volte».

«Hai detto: *E il mio programma*? Volevi tornare in palestra. Per completare l'allenamento della settimana».

«Stiamo parlando di viaggi nello spazio» dissi. «Stiamo parlando di vivere su un altro pianeta *per sempre*».

«Per sempre». Lo sguardo di Olav era su Amber. Finalmente: il momento in cui le avrebbe proibito di andare. Si sarebbe arrabbiata, abbattuta, ma anche sentita segretamente sollevata di avere una scusa per tirarsi indietro.

E invece, lui alzò il bicchiere. Era il tipo di uomo che si lanciava in solenni discorsi quando beveva, ed ecco che ne fece uno. Parlò di quando si era trasferito dalla Finlandia al Canada, sapendo che forse non avrebbe mai rivisto la sua madreterra. Paragonò l'inverno a Thunder Bay all'atmosfera inospitale di Marte. Menzionò la spedizione Franklin, ma non sembrava essere al corrente di come fosse andata a finire. Poi parlò delle sue missioni in Messico, dove aveva costruito case per i Maya in cambio delle loro menti e delle loro anime – come se Amber stesse andando a costruire chiese pentecostali per i marziani. Disse che era orgoglioso che sua figlia amasse l'avventura, che proveniva da una lunga stirpe di esploratori.

«Siamo vichinghi». Bevve, poi sbatté la sua pinta sul tavolo. «E moriremo come vichinghi».

Poi mi guardò e mi chiese se ancora girassi sullo sfondo di film che non aveva mai visto.

«No» risposi. «Cioè, sì». Non avevo fame; spostai da parte il mio hamburger di ceci.

«Papà?» Amber sembrava stordita da un'esplosione. «Pensi davvero che potrei vincere?»

Come posso io andare avanti? Vivere in questo mondo deprimente? Un mondo dove un pazzo che crede che la Terra sia stata creata seimila anni fa è in qualche modo considerato fonte di saggi consigli e salda genitorialità?

«Se non puoi vincere tu» disse, «chi può?»

Amber cominciò a blaterare, come se avesse bevuto qualcosa di più forte dell'acqua tonica. Ci parlò del ghiaccio all'equatore di Marte, di un paracadute di atterraggio in grado di resistere a 65 000 tonnellate di forza, di un'organizzazione chiamata International Potato Center che stava creando una varietà del tubero amidaceo preferito da tutti in grado di prosperare anche su Marte. Olav bevve altre tre birre e Lydia sembrava in trance – fissava i giocatori di freccette sul televisore del pub a bocca aperta.

Taglio e riprendo al punto in cui arrivammo a casa e i suoi genitori andarono all'hotel che avevano prenotato (non sopportano il caldo in casa nostra) e io mi rollai una canna spessa quanto un dito. Volevo che sopraggiungesse la morte cerebrale, che mi si pietrificasse il corpo, annientarmi. Volevo quel tipo di trip che ti strappa via dalla tua stessa pelle.

Accesi lo spinello, ascoltai lo scricchiolio della carta, inalai. Amber faceva crunch e flessioni, e perle di sudore si sollevavano dalla sua pelle lentigginosa come delle bolle.

«Posso venire?» dissi, trattenendo il fumo nei polmoni.

«Dove?» Non aveva neanche il fiatone.

«Su Marte». Espirai e aspirai di nuovo. «Il quarto dal Sole».

«Tempo scaduto». Il suo corpo si muoveva su e giù, su e giù. «Non hai fatto domanda in tempo».

«Avremmo potuto fare domanda insieme. Probabilmente vogliono delle coppie».

«Non pensavo che avresti voluto».

«Magari vogliono persone per, sai com'è, moltiplicarsi». Ridacchiai. «Tipo dare i nomi agli animali, cose così».

Amber finì i piegamenti, si sedette sui talloni e mi guardò. La cosa non mi piacque. Non volevo guardarla mentre guardava me. Chiusi gli occhi.

«È un ambiente molto competitivo». Si alzò e mi superò diretta in camera da letto, l'andatura che fendeva l'aria umida. «E quindi, niente».

Fende l'aria sul palco, le spalle dritte, sorridendo come un'esaltata. È in piedi tra Zach, di Hong Kong, e David, dalla Norvegia: Adam è dall'altra parte del palco. Quando lancia un'occhiata verso di lei, Amber finge di essere concentrata su altro. Non è che non voglia incontrarlo. Ma sono rimasti in contatto sul forum *MarsNow* per oltre un anno, fin dagli albori dei millecento concorrenti, scambiandosi messaggi regolarmente nonostante il fuso orario tra Israele e Canada. Hanno digitalmente sudato insieme, chiedendosi, round dopo round, se uno di loro sarebbero stato eliminato, e recentemente sono passati dai messaggi sul forum ai messaggi WhatsApp. Le sue frasi complete, distintamente prive di emoji, le hanno inondato il cervello di dopamina giorno dopo giorno.

Ma ora è lì, dal vivo, ed è troppo. Troppo vero.

Comunque, ci sono tantissime persone, non solo Adam e gli altri concorrenti, ma una troupe enorme. Fili, telecamere, luci. Le sembra di essere già nello spazio, schiva i detriti, e le luci le ricordano quanto sarà accecante il sole senza l'atmosfera terrestre a proteggerla dai suoi raggi.

Il sole sarà fantastico quando sarò nello spazio. Il sole sarà fantastico quando sarò nello spazio.

Ultimamente ha provato questi metodi, il pensiero positivo, il mantra, il *manifesting*. Un ritorno ai tempi della «confessione positiva» di suo padre, dire le parole giuste con la giusta fede. Quando Amber era adolescente, suo padre aveva abbracciato per un breve periodo la Teologia della prosperità e si era comprato un quod, un barbecue da cinquemila dollari e una Buick Enclave. Tendeva al maniacale, forse passava troppo tempo con Becca, la giovane e brillante amministratrice della chiesa, e lavorava praticamente di continuo. Ma quella fase era stata più divertente delle solite confessioni negative, soprattutto perché aveva comprato ad Amber anche dodici paia di Converse alte in dodici colori, Caleigh aveva ottenuto delle sedute dal nutrizionista e un kit per lo sbiancamento dei denti e sua madre un braccialetto tennis di diamanti, che non indossava mai perché non voleva che scivolasse via mentre lavava i piatti: e se lo avesse risucchiato lo scarico del lavandino? Preoccuparsi di una cosa così sciocca, la scherniva il padre, dimostrava solo la debolezza della fede di sua moglie.

Ti stai muovendo verso un nuovo livello di gloria, assicuravano tutti i sermoni registrati. *Hai molta strada da fare, ma guarda quanto sei arrivato lontano.*

Amber ha molta strada da fare fino a Marte, ma come suo padre le diceva quando si allenava: *Sguardo in avanti.* O come diceva Coach Rodney, *Un passo alla volta.* Ed è la distanza massima a cui possa spingersi il pensiero di Amber. Non riesce davvero immaginare di essere scelta per Marte, ma non esclude di superare le prime eliminazioni e di passare alle tappe successive. Come minimo. Sperando di arrivare alla quinta puntata.

E ha già fatto molta strada. Sembra che siano passati cento anni da quando è stata invitata al Test Day a Los Angeles. Test Day! Una roba enorme nell'universo di *MarsNow*. I Test Day si sono svolti in tutti i continenti in giro per il mondo, e se non riuscivi a essere presente eri automaticamente eliminato. Aveva detto a Kevin che sarebbe andata via per un fine settimana di lavoro, a un ritiro di team-building a Whistler.

«*Ritiro di team-building* sembra sempre un nome in codice per *orgia*» aveva detto. «Hai una relazione con la tua capa?»

«Con Susanne?» gli aveva baciato il mento. «Ti piacerebbe».

L'avevano prelevata all'aeroporto e accompagnata in un hotel anonimo. Amber sapeva che Adam stava terminando il suo Test Day dall'altra parte del mondo e avrebbe voluto mandargli un messaggio, ma il suo telefono era stato confiscato alla reception dell'hotel. Centinaia di persone si accalcavano nell'atrio, dove le era stato detto di aspettare.

«Se qualcuno ti chiede perché sei qui» aveva detto la giovane donna stanca e curva che l'aveva accompagnata nell'atrio, «rispondi che stiamo girando un film».

«Che film?»

«Un remake in 3D di *Schindler's List*?» La giovane donna indossava un marsupio e aveva una targhetta con il nome che diceva *Linnzy*. «Inventati qualcosa».

Amber si era seduta sulla moquette sudicia e aveva guardato le altre persone nella stanza. Alcuni stavano leggendo. Alcuni parlavano mormorando confusamente – *non so per quanto tempo, hanno solo detto di aspettare*. Alcuni dormivano sul pavimento.

A un certo punto, alcuni uomini straordinariamente abbronzati si erano messi a girare tra loro, selezionando alcune persone a cui dicevano che potevano tornare a casa. Per poco non era scoppiata una rivolta... *Ma stiamo aspettando da ore! Sono venuto da Salt Lake. Datemi un buon motivo per cui mi state eliminando!*

«Perché sei brutto, amico» aveva detto uno dei tipi abbronzati.

Poi un uomo più anziano in camice bianco aveva fatto il giro dell'atrio infilando aghi nel braccio a tutti. *È un medico*, diceva la marea montante di sussurri. *Ci sta testando per le malattie sessualmente trasmissibili.*

«MST?» si era stupita Amber. «Non siamo a *Love Island*». Nessuno sembrava averla sentita e si era chiesta se fosse morta, un fantasma tra i fantasmi. Era all'inferno?

Linnzy era ricomparsa e aveva radunato Amber e una dozzina di altri in una suite, dove erano stati microfonati e invitati a sedersi davanti a una telecamera e parlare di sé stessi.

«Non sono brava a parlare di me» aveva replicato Amber. «Sono canadese».

Un ragazzo dai capelli lisci che diceva di essere un produttore – Nick? – era scoppiato a ridere. «Fantastico, tesoro. Esattamente. Cos'altro?»

«Cosa vuoi sapere?» le era uscito civettuolo. «Altezza? Peso? Taglia di reggiseno?»

Si era comportata da imbecille. Solo dopo aver lasciato la stanza aveva capito che era stato un provino. Poi Linnzy l'aveva condotta in un'altra suite, dove una donna di mezza età in giacca e cravatta le aveva detto di chiamarsi dottoressa Meynard-Gonzales. Le aveva somministrato tre test della personalità: Myers-Briggs, il Winslow e il Rorschach. I test erano durati ore e Amber stava morendo di fame.

«Posso avere una barretta di cereali o qualcosa del genere? Non mangio da quando sono partita da Vancouver».

La dottoressa Meynard-Gonzales le aveva mostrato una macchia di Rorschach: punti e schizzi neri galleggiavano davanti agli occhi di Amber. Lei non vedeva nient'altro che immagini di cibo nelle macchie d'inchiostro: un pollo arrosto, un piatto di pasta; poi era stata accompagnata in una camera d'albergo, le era stato dato un panino molliccio con insalata di uova e le era stato detto di "attendere pazientemente".

Le era sembrato di essere sola per la prima volta nella sua vita. Aveva buttato giù il ripieno del panino e anche un po' di pane, era tanto affamata da essere disposta a rischiare con il glutine. Poi aveva ascoltato il ronzio delle luci sul soffitto, aveva osservato un condizionatore fuori dalla finestra. Non c'era né la televisione né una radio nella stanza. Aveva un libro con sé: *Perché non sono una femminista: un manifesto femminista*, ma l'aveva finito in aereo. Quando era stata l'ultima volta che aveva resistito anche solo cinque minuti senza tecnologia? Aveva provato a meditare. Aveva pianto senza capirne il motivo. Si era addormentata e aveva sbavato sul cuscino bitorzoluto dell'hotel, anche se sembrava che qualcun altro avesse già dormito in quel letto. Era andata in bagno, si era spruzzata dell'acqua fredda sul viso. Aveva applicato e riapplicato il lucidalabbra finché la sua bocca non aveva brillato come Venere in una notte limpida.

Poi l'aveva visto: un telefono. Si erano dimenticati di rimuovere la linea fissa! Forse avevano pensato che non avrebbe riconosciuto la tecnologia antica. Aveva afferrato il ricevitore, se l'era portato all'orecchio, aveva sentito un segnale di linea libera.

Sapeva a memoria solo due numeri di telefono: quello dei suoi genitori e quello di Kevin. Avrebbe potuto chiamarlo. Ma lui avrebbe visto un numero di Los Angeles, quindi avrebbe dovuto dirgli la verità. *Non sono a un ritiro di team-building.*

Facile. Nessun problema. Perché non aveva detto la verità prima? Kevin era il suo ragazzo, il suo compagno; avrebbe capito. E se non avesse capito, quale sarebbe stato il problema? Era una donna forte, viveva una vita indipendente. Sarebbe semplicemente andata avanti. Non era questo ciò che dicevano sempre le donne al lavoro? *Lasciati il passato alle spalle, tesoro. Puoi fare di meglio.* Ed era quello che avrebbe dovuto fare. Quello che avrebbero dovuto fare tutti. Di meglio.

Aveva premuto il ricevitore contro l'orecchio, plastica sudicia contro cartilagine cerosa, aveva composto tutto il numero di Kevin tranne l'ultima cifra. Poi aveva sentito bussare alla porta.

Aveva sbattuto giù il telefono e ripreso fiato. «Avanti!»

Linnzy le aveva porto una busta che conteneva una risma di carta spessa un dito.

«Il tuo contratto». Linnzy stava mangiando una mela e il succoso scricchiolio aveva offuscato le parole. «Ci serve al più presto».

«Ce l'ho fatta? Sono nello show?»

«No, non ancora». Linnzy le aveva passato una penna. «Le selezioni finali saranno tra un po'».

Amber aveva sfogliato le pagine. «Ma devo firmare il contratto adesso?»

«È solo una formalità. Così sappiamo che fai sul serio. Ci metteremo in contatto per i prossimi passi»

«Ma puoi dirmi...»

«Sono una segretaria, non so un cazzo». Linnzy masticava la mela. Ma doveva aver avuto pietà di Amber, perché aveva sussurrato: «Non a tutti viene chiesto di firmare un contratto. Quindi potrebbe significare qualcosa».

Amber aveva scorso le pagine, leggendo a malapena una parola. Aveva firmato con uno svolazzo nell'ultima riga.

«Comunque adesso puoi andare». Linnzy aveva raccolto le carte e le aveva rimesse nella busta, con la mela mezza mangiata agganciata ai denti.

«Ci serve la stanza».

«Grazie. Grazie mille per...»

Ma Linnzy se n'era andata e la porta si era chiusa lentamente, strisciando sulla moquette di scarsa qualità.

Un contratto? Era come se avesse flirtato con Jianju, mantenendo tutto divertente e innocente, e poi all'improvviso si fosse ritrovata seminuda con lui dentro l'ascensore. O come se avesse pianificato un semplice salto raggruppato ma si fosse ritrovata a eseguire un volteggio Produnova, con un enorme slancio in avanti che la spingeva attraverso una rovesciata in un doppio salto mortale in avanti con atterraggio cieco.

Voleva mandare un messaggio ad Adam. Voleva chiamare Kevin.

Oddio. Avrebbe dovuto dirlo a Kevin.

Lo avrebbe fatto per bene una volta tornata a casa. O il fine settimana dopo, quando avrebbero avuto un po' di tempo libero. Sicuramente il più presto possibile.

Kev, avrebbe detto. *Hai da fare?*

Si era abbracciata il busto, poi si era lanciata nell'angusto bagno e aveva vomitato i resti masticati dell'insalata di uova.

Dopo la visita dei genitori di Amber, casa nostra smise di sembrare un giardino – era tutto troppo umido, troppo afoso. La quiete tra di noi mi sembrava bagnata e pesante, tanto che avrebbe potuto annegarci.

Amber aprì una pagina Facebook (*Amber su Marte!*), account Twitter, TikTok e Instagram (@AmbersAdventure) e un blog in cui postava racconti del suo addestramento. Raramente dormiva nei miei stessi orari; di solito mettevamo a letto le piante, spegnendo quelle luci al LED, ci raggomitolavano insieme e prendevamo sonno nel buio pesto della camera da letto, perché le finestre erano oscurate. Ma lei cominciò a restare sveglia, seduta al tavolo della cucina col portatile aperto che le illuminava la pelle con la sua luce pallida e aliena. Chattava con altri candidati nel forum di *MarsNow*. Condividevano dritte, litigavano o si confortavano l'un l'altro man mano che venivano eliminati nelle valutazioni preliminari allo show.

Lo so perché ho guardato la cronologia del browser, cliccando su alcune pagine delle conversazioni. Questo è un esempio di qualche mese fa:

AMBERSADVENTURE C'è nessuno? Stanotte non riesco a smettere di pensare alla vita su Marte.
FIRSTMAN34 Vita su Marte = inimmaginabile. Penso che ciò che attrae è che le cose più semplici saranno straordinarie, no?
AMBERSADVENTURE Certo. Mangiare. Fare la doccia!
FIRSTMAN34 Fare una passeggiata. Guardare il tramonto.

Avrei tanto voluto dare un pugno in faccia a quel FirstMan34. Ma mi ero detto di lasciar stare e cercare di essere felice di avere ancora Amber, anche se era sempre in un'altra stanza. Presto non avrei avuto neanche quella magra consolazione. L'avrei vista solo in tv. Il giovedì alle 7 del pomeriggio (Pacific Standard Time) sulla CBS e in streaming su EyeSite, la piattaforma social di proprietà di quel miliardario coglione, Geoff Task. Uno che possiede la Almanac, la casa madre del più grande motore di ricerca sulla terra. (Avete presente il tipo: bianco, di mezza età ma fa finta di no, l'incarnazione ambulante del cervello zombizzato dell'economia neoliberista). EyeSite è il suo unico fallimento, un'imitazione di Instagram/Snapchat/TikTok, un social a cui nessuno vuole iscriversi. Immagino che speri che *MarsNow* sia la svolta. E assicura che *MarsNow* sarà il reality *più reale* che abbiamo mai visto. Non sa fare niente senza «essere sovversivo», quindi ha investito quasi mezzo miliardo nella produzione. Filmeranno e monteranno lo show quasi in tempo reale: ogni puntata sarà girata in un periodo di sei giorni, i teaser saranno pubblicati su EyeSite ogni notte. Questo dovrebbe garantire l'assenza di un copione; non c'è pianificazione, né definizione della storia. Sarà anche funzionale, in questi tempi di costante connessione, a limitare le possibilità che qualche idiota della troupe o un membro del cast pubblichi spoiler su Twitter. Lo show sarà montato in tempi record, da persone nei furgoni della regia sul posto, e la puntata andrà in onda subito dopo la fine delle riprese, il settimo giorno. Molto biblico. Poi ricominciano tutto da capo la settimana successiva, e si va avanti per dodici settimane. Mi dipiace molto per i poveri facchini, per i tecnici, gli addetti al catering e gli assistenti che saranno su quel set.

Flashback. Interno. Giorno. Due mesi fa. Stavo ancora elaborando che Amber aveva fatto domanda per *MarsNow* quando ho ricevuto una chiamata dalla loro direttrice Casting, Communication and Commitment, Helena Slora. Ha detto che stava telefonando a tutte le persone vicine ad Amber per una specie di controllo delle referenze. «Sei il ragazzo di Amber, no?»

«Sono il ragazzo di Amber, sì».

«Come sai, noi di *MarsNow* stiamo restringendo il campo e Amber è una delle nostre concorrenti più forti. Ci avviciniamo alla data delle riprese di quello che sarà il più grande evento televisivo dopo lo sbarco sulla Luna, e dobbiamo assicurarci che ogni potenziale star soddisfi i nostri rigorosi requisiti».

Ho riempito i polmoni per la prima volta dopo mesi. «Sapete che è una spacciatrice? Voglio dire, *si dice che lo sia*. Si dice che coltiviamo marijuana nel nostro appartamento e si dice che la vendiamo».

«Grazie dell'informazione» ha detto Helena Slora. «C'è qualcos'altro di cui dovrei essere a conoscenza riguardo ad Amber Kivinen?»

«Mi ha tradito. Più di una volta». Incredibile dirlo a voce alta. «Tutta la sua autostima sembra dipendere da... chiamiamolo lo sguardo maschile? O dall'approvazione maschile? Ha problemi con la figura paterna, ve lo dico io».

Helena Slora prendeva appunti: sentivo il battito lieve della sua tastiera. Diceva cose del tipo: «Mm-hmm. Altro da aggiungere?» E io ho continuato, raccontando, raccontando e raccontando di Amber.

Lettori, l'ho sabotata.

Quando ho riattaccato, mi sentivo stordito dalla felicità. Forse sarei riuscita a tenerla con me. Non sarebbe andata da nessuna parte.

Non mi era ancora venuto in mente che era un *reality*. Vogliono personalità. Vogliono instabilità. Vogliono, più di ogni altra cosa, donne attraenti che hanno problemi con la figura paterna.

La prima puntata andrà in onda tra pochi giorni e Amber è una dei ventiquattro concorrenti, due dei quali verranno eliminati ogni settimana. Dopo la prima settimana a Los Angeles, dove stanno filmando i video *B-roll*, lo show sarà girato in splendide location in tutto il mondo, l'idea è che i concorrenti vedano l'immensità di ciò che la Terra ha da offrire, prima che due di loro vengano scelti per abbandonare il pianeta per sempre. La seconda stagione vedrà i «vincitori» spediti a diventare polvere spaziale.

È difficile dormire ultimamente. È difficile mangiare. Quindi annullo i miei lavoretti da attore: che senso ha starmene sul set come comparsa, giorno dopo giorno, ora che Amber sta facendo un sacco di soldi? Con la libertà ritrovata, potrei riesumare alcune delle mie vecchie sceneggiature, per vedere se hanno ancora del potenziale. Ho dalla mia parte l'essere entrato in alcuni contest tra i sessantaquattro rifiuti da parte di agenti di Los Angeles e Vancouver. Ero molto affezionato alla mia *buddy comedy* sperimentale, in cui utilizzavo esclusivamente espressioni rubate dalla bocca del mio amico Marcus. E ad *Awaken*. O *Awoken*? Non riuscivo mai a scegliere. Parlava di zombie che assomigliano a normali gestori di hedge fund e dirigenti di compagnie di combustibili fossili e in pubblico tengono sotto controllo il loro impulso a divorare cervelli, ma in privato rosicchiano la carne del loro staff di immigrati. (È una metafora della società. Chiaro, no?)

Esco di casa solo una volta, per fare la spesa e comprare i biglietti della lotteria. Ma stare fuori, lontano dalla calda giungla che io e Amber abbiamo cresciuto insieme, mi fa sentire come se la testa mi si staccasse dal collo e fluttuasse nell'atmosfera. Decido di rinunciare alla lotteria e mi iscrivo a un servizio di consegna di generi alimentari biologici chiamato Buon Cibo per Brave Persone. Sapevate che era così facile diventare una Brava Persona? Nemmeno io.

Alcuni clienti vengono ad acquistare. C'è Brayden, quel graphic designer/skater il cui pisello a un certo punto era nella bocca della mia ragazza, ma pensa che io non lo sappia, e ora paga doppio. E il mio migliore amico Marcus, che si è trasferito a Vancouver dopo essersi laureato e mi ha suggerito di seguirlo qui. (Non è vero). (Ho seguito Amber). E una ragazza di nome Bronwyn che porta sempre a me e Amber dolci crudi e vegani fatti in casa.

Stacco su Bronwyn in piedi all'ingresso, con in mano un Tupperware di dolci, che aspetta che la inviti a entrare. Qual è il mio problema con questa tipa? È abbastanza simpatica e Dio sa che avrei bisogno di più amici. Inoltre, non dovrei notarlo perché ho una ragazza, ma Bronwyn è carina nel suo modo hippie: dreadlocks da bianca ammucchiati sulla testa, maglioni larghi che mostrano le spalle ossute, leggings che delineano la forma delle gambe. Ma ha quegli enormi occhi marroni che sembra sempre mi stiano radiografando il cranio.

Si appoggia allo stipite della porta. «Ho sentito che Amber se n'è andata...»

«Per un po'».

«... tipo per sempre?»

Rimaniamo uno davanti all'altra in un silenzio imbarazzato finché lei non mi porge il Tupperware. «Ti ho preparato dei biscotti al cocco e mandorle. Sono vegani».

«In realtà non siamo più vegani».

«Oh. Avete...?» Fa una risata nervosa. «La gente pensa sempre di aver bisogno di più proteine, ma si può ottenere tutto ciò di cui si ha bisogno...»

Ma che problema ho? Lei sta lì che chiacchiera e invece di dirle, *Grazie mille, Bronwyn, entra*, quello che le dico è: «E le vitamine del gruppo B?»

Lei si dondola per un secondo, con la bocca aperta. «Ci sono delle fonti vegetali per quelle, e prendo integratori...»

Mi giro, vado a prenderle un grammo di roba, il tutto continuando a raccontare degli allenamenti di Amber, *sono piuttosto duri, quindi ha bisogno di grassi animali come carburante, ecc. ecc.*, poi consegno l'erba a Bronwyn, intasco i suoi soldi, prendo i biscotti e le chiudo la porta in faccia.

Visto? Non sono un coglione. Non sono uno zerbino. Sono un uomo adulto che non permette alle donne di comandarlo.

Poi apro la porta con uno strattone. Ma visto che sono un idiota che l'ha sbattuta in faccia a una bella ragazza, il corridoio è vuoto.

Il primo giorno di riprese si è concluso e tutti i ventiquattro finalisti vengono messi su un autobus, che li porta in un condominio ricoperto di graffiti e di stucco color pesca crepato e sbiadito.

«È questa Hollywood?» Amber lancia il suo borsone nel corridoio e uno dei concorrenti americani ride, un tizio con il codino e una struttura ossea di tutto rispetto, un ingegnere che ha inventato un modo per creare un tessuto extraresistente dal bambù che coltiva a Austin, Texas, nella sua proprietà. Sarà lui Logan?

«Pensavi che sarebbe stata glamour?» fa lui. «Mi sa che pensi a Hollywood Hills».

Ramesh, il tizio che viene dall'India, si inserisce: «In *The Bachelor* stanno in una villa con piscina».

«Lì è dove *girano*» dice il tipo dei bambù con il codino. «Qui è solo dove dormiamo».

«Già, solo che tu non hai follower che stanno lì ad aspettare che pubblichi storie». Tish è un'istruttrice di pilates/microinfluencer di Instagram: @tish.to.the.core. È sul metro e ottanta, slanciata, con i capelli tinti, però non biondi, argento. «Do la buona notte a centosettantamila persone ogni sera, e non posso mica...» Indica una macchia sul muro accanto all'ascensore. «Ho bisogno di uno *sfondo*».

«Non puoi pubblicare un cazzo» dice il tizio con il codino, Logan – sì, sono abbastanza sicuro che sia Logan. «È nel contratto».

«Non posso pubblicare *spoiler*. Non posso pubblicare nulla sui miei progressi. Ma questa settimana posso postare i miei outfit, i miei trucchi e i mansplainer come te».

Amber si allontana, si appoggia al muro, chiude gli occhi. Vuole evitare di incontrare lo sguardo di Adam: lo ha visto in fondo all'autobus, e ora percepisce la sua presenza nel corridoio d'entrata, ma non riesce a raccogliere il coraggio di parlargli. Troppo stanca. Hanno girato per più di due ore una scena di cinque secondi, ancora e ancora, da ogni angolazione: il gruppo che salta in aria, con i pugni alzati, gridando *Mars! Now!* Le fanno male i polpacci.

«Sei Amber?» chiede una tipa carina, con gli occhi da Principessa-Jasmine-di-*Aladdin*. «Sono Pichu. Mi sa che siamo coinquiline».

«Ah, abbiamo dei coinquilini?»

«Credo di sì».

Amber si sente enorme rispetto all'altra. «Anche tu dall'India?»

La tipa carina ride. «Canada».

«Merda. Scusa. Hanno messo insieme i canadesi». Amber le tende la mano. «Vancouver».

«Eastend, Saskatchewan. Be', almeno è da lì che vengo. Ma ora vivo a Calgary».

«East End? È un posto?»

«Assolutamente sì. Ed è più bello di questo buco di merda». Pichu sorride. «Mi pare che siamo nell'appartamento 216, coinquilina».

L'appartamento è piccolo ma pulito, con pareti beige, due camere da letto identiche, un bagno e una cucina fornita di latte, caffè, tè Earl Grey, confezioni di noodle istantanei, scatole di cereali e riso parboiled, un congelatore pieno di cosce di pollo, hot dog e bastoncini di pesce.

«Mi sento come se qualcun altro avesse vissuto qui» dice Amber, «fosse morto cinque minuti fa, e ora ci trasferiamo noi».

Pichu sta disfacendo una delle sue valigie, che sembra essere piena di bustine di spezie e sacchetti richiudibili di legumi. «Ho portato il mio cibo perché...» Fa un gesto di condanna verso i bastoncini di pesce.

«Avrei dovuto pensarci».

«Questo è il mio motto. *Pensa a tutto*. Perché una volta che saremo su Marte, non ordineremo da Amazon». Pichu tira fuori una piccola pentola a pressione dalla valigia. «Ti piace il dal?»

«Lo adoro». Amber si appoggia al bancone e osserva la sua coinquilina sciacquare le lenticchie. «Perché vuoi andare su Marte? Tra l'altro, non dimostri più di dodici anni».

«Ho trentasei anni. E sono una scrittrice di fantascienza per ragazzi. Scrivo di ragazze brown che viaggiano su pianeti lontani, quindi...» Scrolla le spalle. «Ha senso, no? Tanto vale provare».

«*Tanto vale provare?*»

«Be', poi mia madre è morta e ho subito un intervento chirurgico che mi ha fatto stare peggio di prima, e il mio matrimonio è finito, e il mio quarto romanzo è in stallo in quella paludosa fase di prima stesura. Quindi ho pensato tipo, *fanculo*». Pichu mette le lenticchie nella pentola a pressione con una manciata abbondante di sale, un po' di olio e quello che sembra un mix improvvisato di spezie. «Tu?»

«Sono un'olimpionica fallita. E pare che adesso legalizzeranno la marijuana, quindi l'attività che gestisco con il mio ragazzo probabilmente è finita. E non riesco ad amare le persone in un modo normale e adulto. Quindi ho pensato tipo, *fanculo*».

«Penso che diventeremo amiche, Amber-di-Vancouver».

«Magari andremo su Marte insieme». Sa che non invierebbero mai due donne: le regole stabiliscono che i vincitori saranno un uomo e una donna, ma andare su Marte con questa adorabile personcina, al momento, sembra altrettanto probabile dell'andare su Marte tout court. Dopo aver incontrato alcuni degli altri concorrenti, come la donna giapponese i cui progetti di robotica sono *già* utilizzati dalla NASA, Amber ha perso le speranze. Però deve farcela fino alla terza puntata. Qualunque step inferiore sarebbe troppo mortificante.

«Per come la vedo io, devono mandare qualcuno che non sia bianco, così non vengono accusati di razzismo, e potrei essere io» dice Pichu. «E devono mandare qualcuno di bianco, in modo che i bianchi seguano il programma. E potresti essere tu».

«Due donne, però. Non succederà».

«Facendo ricerche per il mio ultimo libro, ho letto che gli uomini nello spazio soffrono di problemi alla vista, mentre le donne no». Pichu mescola le lenticchie fumanti. «I nostri occhi reggono. Quindi in realtà *dovrebbero* mandare due donne».

«Ma non lo faranno».

«Ho scritto un libro intitolato *Diversitas*, su due sorelle che nascono su un'astronave, ma succede un disastro e l'intero equipaggio muore, compresi i loro genitori, così le sorelle continuano la missione completamente da sole, e trovano il pianeta Diversitas, che all'inizio sembra caotico, tipo un tripudio di colori e invaso da questi esseri alieni, creature basate sugli dei indù, hai presente? Anche Maometto, Gesù, tutti. Ma invece di colonizzare il pianeta come aveva pianificato l'equipaggio, le sorelle fanno amicizia con gli abitanti, imparano dagli alieni, tornano a casa e usano la loro nuova tecnologia e le nuove filosofie per sradicare la guerra dalla Terra».

«Wow, fantastico».

«Puoi leggerlo. Ho portato delle copie». La pentola a pressione fischia e Pichu alza il coperchio. «Hai detto la parola *ragazzo*. Gli mancherai molto».

«Non è detto. Probabilmente non si renderà conto che me ne sono andata fino alla prossima settimana». Amber si rifiuta di sentirsi in colpa per aver abbandonato Kevin. Si rifiuta. «Anche lui è uno scrittore, in realtà. O lo era. Per lo più di sceneggiature che non sono mai state prodotte, ma ha pubblicato molte recensioni di film, tutte super intelligenti e da morire dal ridere. E ha scritto delle storie fantastiche per me».

«Poi ha trovato un lavoro vero?»

«Non esattamente. Depressione, immagino. Si è un po' arreso».

«Situazione comune. Paura del fallimento?»

«Mah, suppongo». Forse lo aiuterà vedere Amber in tv, che rischia tutto per realizzare il suo sogno. Forse non lo ha abbandonato: lo sta *ispirando*. «Ma non abbiamo tutti paura di fallire?»

«Il fallimento è sempre già avvenuto, o comunque già in atto. Io sono un'ottimista! Le cose possono solo migliorare. Qualche anno fa ero così depressa che sono rimasta tre settimane senza lavarmi i denti, e ora... in un modo o nell'altro sono in tv?»

«Lo dirò a Kevin. Le cose possono solo migliorare. Vorrei aiutarlo, perché ha davvero talento...»

«Sei dolce, ma non puoi». Pichu versa il dal in due ciotole. «Ci vorrebbe anche del riso con questo, ma sono troppo stanca».

«Pazzesco. Hai fatto il dal in cinque minuti». Amber prende un boccone e le lenticchie sono cremose e perfettamente condite. «Sto per avere un ciborgasmo».

«Vedi? Non vuoi un'autrice indo-canadese su Marte con te? Il mio compito sarà cucinare e raccontare storie».

«Sul serio. Sei un miracolo».

«Non so cosa potresti fare tu, ragazza bianca. Metterti lì e fare la bella statuina?»

«Posso coltivare le lenticchie con metodi idroponici».

«Porca miseria, amica mia. Siamo la squadra dei sogni».

Mentre guardo il corridoio vuoto nel punto dove si trovava Bronwyn, mi viene in mente che Amber se n'è andata, la mia ragazza mi ha abbandonato. Sono anni che cerca di allontanarsi da me, da quella sensazione di pantano di fango che è la nostra storia. È un po' come la crisi climatica: ora ne sono consapevole, finalmente la *vedo*, ma stava succedendo davanti ai miei occhi da molto tempo.

Ok, ma forse no? Il cambiamento climatico è reale, ma è difficile credere che la mia ragazza andrà su Marte. E sono uno sceneggiatore fallito; i salti narrativi non credibili sono la mia specialità. Di fatto, Amber ha già provato a lasciarmi e non ha mai funzionato. Come puoi lasciare il tuo migliore amico? La tua casa lontano da casa? L'unico umano sulla Terra che ti conosce veramente? Ad esempio, io so che in questo momento Amber è a letto e si gira e rigira finché le lenzuola non le si avvolgono sulle gambe come corde, incolpandosi di non essere capace di addormentarsi.

O forse è in una vasca idromassaggio con un gruppo di altre star del reality, e sta per partecipare a un'orgia? La chiamo, giusto per controllare, e il suo telefono squilla quattro volte. Poi la sua voce assonnata: «Ehi Kev. Non riesco a dormire».

Bingo.

«*Mais oui*». E nel mio terribile accento da filosofo francese: «Anch'io sto sperimentando il terrore tardocapitalista misto all'angoscia *de la relation*».

«Mi dispiace. È colpa mia».

«Assolutamente».

«Come stanno le piccoline?»

«Crescono così in fretta».

«E le bimbe più grandi? Presto dovrai ridurre i nutrienti».

«Papino lo sa».

La sento spostarsi nel letto e immagino che sia rotolata su un fianco per rannicchiarsi sul mio petto.

«Ho una coinquilina fantastica» dice. «Ha preparato il dal. E ha detto che domattina fa il chai con il *ghee*».

«Potrei preparartelo io il chai con il *ghee*».

«Cosa hai mangiato oggi?»

«Me lo chiedi perché pensi che morirò di fame senza di te?»

«Te lo chiedo perché mi sembra un argomento di conversazione neutro».

«Ho ordinato il sushi preferito dei ragazzi bianchi. California, dynamite, yam tempura roll. Adoro quella roba di finto granchio».

«C'è il sushi allo stand dello staff. Buonissimo».

«Non sono anni che esalto le meraviglie degli stand dello staff?»

«Dicevi la verità».

«Quindi non riesci a dormire, anche se stai vivendo il sogno americano. Ti canto una canzone?»

Lei ride. «No, per favore».

«Vuoi che ti racconti una storia?»

«Sì, per favore, quello sì. Ehi, Kev, la mia coinquilina è una scrittrice! Le ho parlato di te e ha detto...»

«C'era una volta un colibrì di nome Amber Kivinen. Se avesse smesso di muoversi, sarebbe morta».

«È terrificante. Non è nemmeno una storia».

«Ma tu sei un colibrì. E mi piace». Questo è vero. Invidio la sua ambizione e il suo coraggio. Lei invidia la mia pazienza e la mia calma. È per questo che le persone si innamorano? Perché vogliono assorbire le qualità dell'altro? È scienza di base: due elettroni si respingono, ma un protone e un elettrone producono elettricità. O qualcosa del genere. «Com'è che si crea l'elettricità?»

«Che? È il trasferimento di elettroni tra atomi». Sbadiglia. «Devo dormire, Kev. Cercalo su Google».

«Buona notte, Galeotta».

«Buona notte, Patato».

Uso una vecchia penna Bic per incidere una tacca sul muro della camera da letto. È così che ne terrò traccia: una triste tacca ogni sera, per segnare ogni giorno dell'assenza di Amber. Mi piace l'immagine, molto filmica. Quando Amber tornerà a casa, il muro sarà coperto di righe scarabocchiate e io sarò magro e debole, e le tenderò la mano tremante (è il 1880 o qualcosa del genere in questa fantasia – abbiate pazienza), e Amber sarà tutta un *non avrei mai dovuto lasciarti, amore mio. Se solo l'avessi saputo*... e piangerà in modo meraviglioso, alla Kate Winslet, mentre io muoio di difterite o di tifo.

Magari.

Tra una settimana sarà il momento di cambiare la soluzione acquosa delle piante. Ciò significa che devo mettere l'acqua a riposo a partire da domani, perché il cloro evapori. Questo è un altro motivo per tenere traccia dei giorni: ho promesso a me stesso che avrei mantenuto le nostre bambine sane e felici fino al ritorno a casa della mamma.

Amber è la mente dietro l'operazione; ha il completo controllo di queste piante e mi ha insegnato tutto quello che so. Ma io sono la pazienza; sono la calma. E la pazienza è la chiave per una coltivazione di successo. Si è tentati di fertilizzare eccessivamente per cercare di accelerare il processo di crescita, ed è forte la tentazione di raccogliere presto per ottenere il prodotto più velocemente. Ma raccogliere troppo presto porta a trip cupi e deprimenti. E invece l'erba raccolta tardi ti dà la sensazione di essere investito in pieno da un asteroide. Quindi aspetto il momento perfetto, perché voglio una botta... da Riccioli d'oro, non troppo pesante, non troppo leggera.

Pazienza. Calma. O Amber vede che il progetto Marte è folle e pericoloso e così inutilmente assurdo che potrebbe essere uno dei progetti di «arte» concettuale di James Franco. Oppure verrà eliminata. Buttata fuori a calci e costretta a tornare a casa.

E nel frattempo ridurrò gradualmente i nutrienti finché non saranno a zero. Nutrirò le piante con acqua distillata per alcuni giorni, per eliminare qualsiasi retrogusto chimico. Poi aspetterò. Aspetterò ancora un po'. Aspetterò fino a che le foglie si arricceranno e cadranno dalla pianta, sparpagliandosi dolcemente sul pavimento. Fino a che i pistilli assumeranno una tonalità che posso solo descrivere come «ambra... Amber».

Si sveglia alle cinque del mattino per le riprese del giorno dopo e già si rende conto che il chai con il *ghee* sarà la parte migliore della sua giornata. Le riprese sono interminabili, estenuanti, ma entro sera si sente come fosse nata in quello studio, nata per quel luogo. È strano come ci si abitui ad avere una telecamera a mezzo metro dalla faccia. Come la telecamera diventi invisibile, e come allo stesso tempo, si rimanga anche costantemente consapevoli della sua presenza. È come quando credeva ancora che Dio la stesse guardando dall'alto... ogni sua parola, azione e pensiero sono ancora una volta monitorati e importanti e di conseguenza alterati. Probabilmente succede a tutti loro. Quando incontra Ramesh, il programmatore indiano, lui le dice: «Cos'è che ti dà la motivazione per andare su Marte, Amber?» con quella voce da giocatore di squadra che lei intuisce essere una versione intensificata del suo vero sé.

«Il mio account Instagram è @AmbersAdventure e mi sento davvero come in un'avventura». In apparenza lo dice a Ramesh, ma in realtà lo sta dicendo al mondo intero. «Cerco significato, avventura e libertà. Non è quello che vogliamo tutti?» Pausa a effetto. «Mio padre dice sempre che sono un'esploratrice. Sono un'esploratrice tosta, probabilmente del tutto pazza». Ride, per dimostrare che è modesta, e anche Ramesh ride, per dimostrare che è amichevole e fantastico e va d'accordo con chiunque.

Evita di nuovo Adam. La cosa ha del ridicolo, ma non riesce a salutarlo e neanche a fargli un sorriso, nonostante si lancino sguardi. Il problema è che tutto ciò ha un significato. È una cosa vera. Non ha mai incontrato nessuno che la capisse così pienamente: praticamente loro due sono la stessa persona. Lei è cresciuta in una famiglia evangelica in Canada; lui in un insediamento ortodosso in Cisgiordania. Lei aveva trovato rifugio nella ginnastica, volteggiando in aria; lui aveva trovato rifugio presso un rabbino eccentrico e indulgente, che aveva incoraggiato il suo interesse per lo sport. Entrambi erano fuggiti dalle loro origini: lei si era trasferita dalla sua casa ghiacciata e conservatrice alla costa ovest, e aveva scoperto il femminismo e le scienze biologiche e le capacità della propria mente; lui aveva lasciato la comunità quando la sua yeshivah gli aveva negato il permesso di praticare le arti marziali, dicendogli che lo sforzo fisico avrebbe interferito con i suoi studi religiosi. Il padre di Amber l'aveva rinnegata per un breve periodo quando aveva diciannove anni e «viveva nel peccato» con Kevin; la famiglia di lui non gli parlava da quando aveva lasciato gli Haredim e voltato le spalle a Dio. Separarsi dalle loro famiglie, entrare a far parte del mondo reale: entrambi concordavano che era stato come uno sbarco sulla Luna.

La cosa più difficile a cui abituarsi, le aveva scritto lui in un messaggio una volta, *è la perdita di senso*.

Lei aveva affrontato la situazione abbracciando una ribellione totale e irredimibile: coltivando e vendendo erba. Lui l'aveva affrontata concentrandosi su un diverso tipo di studio, superando i corsi preparatori all'università e scoprendo un talento per la matematica e le scienze, che lo aveva infine portato a studiare Medicina. Lei aveva trovato rifugio in Kevin e nel loro prevedibile mondo a due; lui aveva trovato stabilità nelle Forze di difesa israeliane, arrivando al grado di capitano.

E ora la turba il pensiero di incontrare quell'uomo che conosce la sua storia, che capisce la sua solitudine, il pensiero di avere una conversazione faccia a faccia: e se non fosse scattato niente? E se non gli fosse piaciuta? Potrebbe vomitarsi sulla tuta.

Quando fanno una pausa lui le si avvicina. Ovviamente succede proprio mentre lei sta prendendo manciate di vermi gommosi dal banco per lo staff, giustificandosi con sé stessa dicendo che sono ricchi di collagene.

«Amber». È alto, con i capelli scuri tagliati corti. «Sono felice di vederti».

«Oh Dio. Adam?»

Il suo viso, la sua voce, il suo corpo: è possibile che dal vivo il suo fisico sia ancora più assurdo che nella sua immaginazione?

«Ti ho visto ieri» fa lui.

«Ti ho cercato!»

«Ho provato ad avvicinarmi ma stavate filmando la tua introduzione...»

«Sì, è stata una giornata piena».

«Ero in ansia all'idea di parlare con te».

«Anche io!» Lei ride. «Ma adesso stiamo parlando e non è così strano. No?»

«Anzi, mi sembra incredibile quant'è naturale». La guarda negli occhi. «Non entro facilmente in confidenza con le persone».

«Nemmeno io» risponde lei, anche se non è vero. «Siamo uguali».

«Ragazzi. Perché state flirtando *fuori campo*?» Pichu è improvvisamente accanto a loro, prende dei Doritos. «Non fareste la pipì sul pavimento, no? Trattenetevi fino al momento opportuno».

«Sei Pichu?» Lui le tende la mano. «Io sono Adam».

«Oh, lo so chi sei». Pichu fa un inchino adorabile. È *brava*. Bravissima a interpretare sé stessa. «Il ragazzo israeliano».

«Hai ragione quando dici che dovremmo mostrare tutto alle telecamere» dice lui. «Ho fatto delle ricerche prima di venire qui. Uno dei consigli è: *il pubblico vuole solo una cosa*».

«Immagini di nudi?» dice Pichu.

«*La tua anima*».

«Cacchio». Pichu ride. «Non ho un'anima».

«E io non sono disposto a dare via la mia» fa Adam. «Come facciamo?»

«Fingiamo?» Pichu gli dà una spintarella. «Dovresti andare a farti sistemare i capelli, per la texture o qualcosa del genere. Vogliono che tutti abbiano i capelli a posto prima di ricominciare a girare».

«Amber» fa lui prima di allontanarsi. «Qual è il tuo appartamento?»

«Numero 216».

«Posso venire a trovarti più tardi?»

«Certo». Sta sudando, sente il fondotinta che le scivola via dal viso. «Vienimi a trovare più tardi».

«Ciccia» le dice Pichu quando lui si allontana, «guarda che a quell'ebreo fico tu piaci».

Stasera passa Marcus perché dice che c'è questo nuovo videogioco che si chiama *Soccer Mom* a cui dobbiamo giocare per forza. Arriva con uno spinello infilato dietro l'orecchio e un sacchetto di popcorn al caramello e cheddar, roba che ti fa credere in Dio.

«Allora, *Soccer Mom*». Accende lo spinello come se fosse una sigaretta. «Devi preparare i bambini per uscire, andare a lezione di yoga, prendere un caffè macchiato, fare i biscotti per una vendita di dolci, andare a prendere i bambini a scuola, cucinare la cena, andare a dormire, il tutto fermando questi terroristi dell'ISIS che vogliono far saltare in aria il quartiere *oltre* a quegli stronzi suprematisti bianchi che vogliono sparare a scuola. È da paura, cazzo».

«Sembra tanta roba».

«Dov'è Amber, zio? Le piacerebbe. È tutto femminista e cose così».

«Amber se n'è andata. Ricordi? Marte».

«Oh già, *Marte*» dice il mio più vecchio amico, che è anche il più stupido. «Cazzo, fra'». È esattamente lo stesso di quando era al liceo. Le braccia da scimmia, la studiata nonchalance. «Sapevi che lo sbarco sulla Luna è tutta una finta? C'è il video su YouTube».

«Lo sbarco sulla Luna non è un falso. È una teoria complottista del momento, Marcus. Alla prossima mi diventi negazionista dell'Olocausto».

«Ok, comunque non succederà. Non andrà su Marte».

Ogni volta che le persone mi dicono di non preoccuparmi, che Amber sicuramente non andrà nello spazio, mi viene questo bisogno strano e contraddittorio di difenderla. *Mi sa che non conosci Amber.*

«L'idea è di fare il lancio dalla Terra, quindi atterrare sull'Olympus Mons». Ho passato troppo tempo su Internet a fare ricerche su Marte, un po' come si sfogliano le guide per pianificare la prossima vacanza. Sapevate che su Marte ci sono formazioni che somigliano a vulcani, vallate, deserti e calotte polari? Dico «somigliano» perché la superficie di Marte è geologicamente morta, non c'è l'attività vulcanica che fornirebbe il riciclo di elementi chimici e minerali dall'interno all'esterno. Altre cose: tempeste di sabbia spazzano l'intero pianeta per settimane di seguito, e solo il 43 per cento della luce del sole che raggiunge la Terra arriva fino a Marte. «L'Olympus Mons è una montagna gigante» dico. «Molto più alta dell'Everest, con un enorme cratere rosso profondo il doppio del Grand Canyon».

«Olympus Mons» Marcus si accascia sul divano. «Tipo la vagina più grande, più calda dell'universo».

Per un momento capisco perché alcune persone pensano che essere strafatti sia noioso.

«Marte in realtà non è caldo. Fa un cazzo di freddo».

«Mai più fico di te, fra'»

«Ovvio».

«No, davvero». Marcus mi guarda. «Perché stai ancora con lei?»

Ovviamente Adam bussa alla porta proprio mentre Amber e Pichu sono in accappatoio, con le facce coperte di maschere blu agli enzimi.

«Cazzo» sussurra Amber guardando dallo spioncino. «È lui».

«Non farti problemi, tesoro» dice Pichu. «Siamo star della tv, che si aspetta? Possiamo proporre una maschera anche a lui. Gli uomini non si curano mai la pelle. O le unghie».

Amber apre la porta, grata a Pichu che sta già urlando ad Adam: «Hai portato le birre?»

«Scusate» sorride lui, «bevo solo liquori distillati o vini biologici senza solfiti».

«Sarebbe molto più facile se non fossi così bello» risponde Pichu, «potrei odiarti con serenità».

«Sono venuto a chiedervi se vi va di raggiungermi nella sauna che ho costruito. Ho portato cinque lampadine a infrarossi e le ho messe nella cabina armadio».

«È la battuta che devi dire?» fa Pichu. «Finisce così o va avanti?»

«No, è vero» dice Amber. «Le lampade a infrarossi fanno bene per il recupero muscolare. Le usavo quando ero una ginnasta».

«A posto» fa Pichu, «ma *no gracias*».

«Dai, vieni» insiste Amber.

«Non ho intenzione di stare seduta in una *cabina armadio* con due tizi che vogliono palesemente saltarsi addosso».

«Ho il ragazzo» dice Amber.

«Ha il ragazzo» dice Adam.

«Uscite subito? Perché non so quanto mi regge la faccia seria».

Amber si sciacqua la maschera, si infila dei pantaloncini e una canottiera e segue Adam su per le scale – oddio, guarda che schiena muscolosa. Entrano nell'appartamento di lui, dello stesso beige di quello di Amber e Pichu, ma la sua stanza è ordinata in modo innaturale: il letto è rifatto in stile militare, gli angoli perfettamente rimboccati. Nella cabina armadio c'è la sauna improvvisata. Timidamente, senza parlare, si sdraiano uno accanto all'altra e chiudono le porte a specchio scorrevoli. È buio pesto finché Adam non schiaccia l'interruttore e la stanzetta viene inondata di luce rossa.

«Chiudi gli occhi» le dice. Ecco, ora sicuramente la bacia. Ma poi lui si mette comodo accanto a lei e inizia a parlare: «Qualcuno dice che le onde a infrarossi sono curative per gli occhi, ma altri dicono che sono pericolose. Le ricerche non sono concordi».

Restano lì stesi, a rosolare come quegli hot dog che vendono alle stazioni di servizio.

Sulle prime lei è consapevole del corpo di Adam accanto al suo, del suo respiro e del proprio battito cardiaco. È consapevole anche di Kevin, a casa a Vancouver, sprofondato tra i cuscini del divano. Si sarà preparato la cena? Si sarà ricordato di separare il compost e i materiali riciclabili? Di nutrire le piante? E poi c'è la consapevolezza del resto della sua giornata, di tutta la sua vita, una specie di melma che le si attacca addosso come il sudore: competitività, confessione, colpa, vergogna, amore. Dimostrare qualcosa, nascondersi, vincere, perdere, desiderare, sbattersi.

Il vincitore lo farò sedere presso di me, sul mio trono...

Ma poi: la moquette sulla pelle è vellutata, morbida come la terra caramellata di Marte. La luce rossa le ricorda il modo in cui la polvere marziana rifletterà la luce debole del sole. E dietro alle palpebre chiuse riesce a vedere i granelli. La Terra come una stella. La sua luna che le orbita intorno.

«È così che sarà» dice, e Adam evidentemente sa ciò che intende, perché allunga il braccio e le prende la mano.

Perché? Perché sto ancora con lei? Quando Marcus se ne va la domanda mi rigira nella testa, si schianta contro il mio cranio come una falena ubriaca contro una lampadina.

Resto con lei perché mi piace crogiolarmi nell'autocommiserazione? Perché ho paura di stare solo? Ma cosa c'è di sbagliato nello stare soli? Invidio Plutone, lì fuori, ai margini del sistema solare, così indipendente e senza pretese da non essere nemmeno più considerato un pianeta. Uso la mia penna Bic scarica per incidere un'altra tacca nella vernice, per rappresentare l'opacità del giorno che passa.

Forse rimango perché Amber mi ha fatto uscire nel mondo? Quel primo pomeriggio in cui abbiamo marinato la scuola – *Andiamo via da qui?* – e più tardi, quando abbiamo camminato all'infinito attraverso Thunder Bay: Trowbridge Falls, Soldier's Hole, Monte McKay. Siamo andati a zonzo, una cosa nuova per entrambi. Ero abituato a stare rintanato in casa con mia madre, e Amber era abituata a essere sballottata da un impegno all'altro: allenamento, scuola, gara di ginnastica, in loop. A Thunder Bay ho associato la "natura" agli inverni gelidi o ai laghi e ai fiumi in vari stati di morte postindustriale: inquinati, torbidi, pericolosi. Ma con Amber ho notato anche il cielo vasto sopra di noi, la luce del sole che mi splendeva sulla pelle; c'era bellezza là fuori e sembrava appartenerle, essere creata da lei.

Poi siamo arrivati a Vancouver, dopo aver attraversato il paese in una vecchia Ford Galaxy che era sopravvissuta a malapena al viaggio, e la città ci è sembrata assurda, così idilliaca da farci ridere.

Ricordo che Amber era scesa dall'auto, si era inginocchiata e aveva baciato il prato di chissà chi. *È così verde da fare male!* Non dovevi nemmeno andare da qualche parte per essere travolto dal rigoglio; anche il nostro prato adesso, davanti a questa merda di casa, è una meraviglia: il tarassaco più ricco, il trifoglio più fecondo, e l'abete rosso più alto che ci si possa immaginare.

Con Amber ho scoperto che il mondo non è un luogo ostile, o almeno non del tutto ostile; è un posto dove a volte puoi sentirti a casa.

E parlando di casa, non ho troppo interesse a uscire ora, senza Amber – non che abbiamo girovagato molto durante questi ultimi anni. Da quando è morta mia madre, ho perso interesse. E per Amber era deprimente visitare gli spazi naturali; non riusciva a vedere nient'altro che gli effetti del cambiamento climatico. Quando sei in lutto, tutto è perdita, tutto ricorda la morte. Quindi rimanevamo in casa. Guardavamo programmi sulla natura.

Eccomi felicemente seduto per una maratona di *Twin Peaks*, quando Bronwyn bussa alla porta. Non ha in mano nessun dolcetto, il che è un peccato, perché quei biscotti erano buoni. In condizioni normali Amber li avrebbe portati nel suo ufficio per le donne tristi che lavorano lì. Ovviamente Amber non consuma zucchero, perché è una sostanza pericolosamente infiammatoria ed è roba da *bambini*. Ha scritto un articolo all'università sostenendo che lo zucchero, con la sua storia legata alla schiavitù e la sua connessione con l'obesità e le innumerevoli morti dovute al diabete, è la cosa più vicina al «male puro» sotto forma di cibo che l'umanità abbia mai incontrato. Il suo professore le ha dato una B, il voto peggiore della sua carriera accademica, perché era stato «inappropriato includere il giudizio morale nel discorso scientifico». Amber era furiosa: se non poteva esprimere giudizi morali basati su prove, quando poteva farlo? Avevo letto l'articolo e mi era parso ben argomentato; Amber non aveva torto. Ma comunque, due giorni fa ho mangiato l'intera scatola di biscotti in una sola volta.

«Ehi, Kevin». Bronwyn sembra diversa. Non indossa leggings e canottiera, ma un vestito che sembra strappato apposta, dei collant che sembrano strappati apposta, anfibi, rossetto. Una strega urbana sexy.

«Ehi, Bron, stai bene». Mi esce semplicemente dalla bocca.

«Ero qui vicino, per caso» sorride. «Uno dei miei amici ha suonato al Bandidas. Ho pensato di passare. Ho fatto male?»

«È... tipo mezzanotte».

«Sì, ma ho avuto l'intuizione che sarei dovuta passare. Perché l'ultima volta sembravi un po'...» Alzata di spalle. «Sperso?»

«Mi dispiace. So essere uno stronzo».

«No, capisco. La mia storia con Atticus, te lo ricordi? Mi sto ancora *riprendendo*». Si appoggia allo stipite della porta. «Lo so che non è la stessa cosa, siamo stati insieme solo un paio di mesi. Ma mi ha davvero incasinato».

Me ne parlerà a prescindere, quindi dico: «Ah, sì?»

«Era cattivo. Ad esempio, una volta mi ha detto che ero una *finta magra*. Ma ti pare?»

«Che stronzata». Tutta questa conversazione mi ricorda quando ero bambino e confortavo mia madre dopo uno dei suoi miliardi di appuntamenti di merda. «E non è vero. Hai un bel fisico».

Lei arrossisce. «Grazie».

«Vuoi entrare?» Sembra inevitabile adesso. «Stavo proprio andando a farmi una canna».

«Sei sicuro?» Ed è già dentro. «Non posso restare molto. Domani lavoro».

«Cosa fai? Per lavoro?»

«Sto avviando questa attività di import con la mia amica Yamuna». Appoggia l'ombrello contro la porta e svolge la sciarpa. «L'anno scorso in Guatemala abbiamo incontrato queste artigiane che realizzano tessuti incredibili e ci fanno cappelli e borse. Quindi stiamo lavorando con loro per venderli ai mercatini. Commercio equo, ovviamente».

«Ovviamente». Aspetto il resto. Se chiedi a qualcuno che abita a Vancouver cosa fa per vivere, meglio che ti metti comodo.

«E lavoro al Café Deux Soleils durante l'ora di punta del pranzo. Conduco anche i loro *poetry slam*».

«Chiaro».

«E faccio letture dello zodiaco. Una specie di freelance. *Adoro* aiutare le persone. Tutti devono gestire i propri interrogativi sul futuro».

«Cioè dici alle persone i loro oroscopi». Mi siedo accanto a lei sulla Voyager. «Da libera professionista».

«Segno ascendente, segno lunare... ho bisogno delle mie carte. È molto più complesso di quanto si pensi. Tipo, di che segno sei?»

Finisco di riempire la pipetta. «Pesci».

«Lo sapevo. Oh. Io sono un Acquario».

«Oh».

«Posso farti una domanda? Cos'è Amber?»

«Nata ad agosto. Penso che sia...»

«Leone? Dio mio. Non c'è da stupirsi».

Accendo, inspiro. «Non c'è da stupirsi di cosa?»

«No, è solo una combinazione davvero difficile. Che voi ragazzi siate stati insieme così a lungo è fantastico».

Le passo la pipa e lei fuma, con gli occhi chiusi, e mi dice che Marte sarà presto retrogrado. Poi dice: «Oh merda. Scusa. Non intendevo parlare di Marte».

Il che mi sa così tanto di ridicolo che scoppio a ridere, e lei ride, e per un secondo sono felice che sia qui. Poi desidero immediatamente che Amber possa vedere quanto sono felice.

«Sai leggere la mano?» Tendo la mano a Bronwyn e lei si scervella sulla mia linea della vita come se fosse una mappa cartacea dei vecchi tempi. A dire il vero, voglio solo che qualcuno mi tenga la mano.

«Non ne so molto» ammette Bronwyn. «Ma il mio amico Carlos è un chiromante. È una pratica molto profonda!»

Emetto borbottii di ascolto mentre Bronwyn chiacchiera, e verso l'una di notte dice: «Be', domani devo lavorare, quindi...»

Poi sulla porta si lancia in un intenso abbraccio, e preme tutto il corpo contro il mio.

La seconda settimana è confusa: capelli, trucco, costumi, poi inquadratura dopo inquadratura dei concorrenti che corrono, ridono, si pavoneggiano con l'aiuto regista che urla: *Fieri, forza, ragazzi!* Amber flirta con Nick, il produttore, perché vuole piacergli. (Vuole piacere a tutti, soprattutto a Linnzy, a cui sembra non piacere nessuno). Poi aiuta Pichu con la tuta, che mal si adatta agli strati di intimo modellante che indossa. E tutto ripetendo il suo nome così tante volte – *Sono Amber Kivinen* – che inizia a sperimentare uno scollamento tra il sé e l'identità, una morte dell'ego, come quelle di cui parlavano sempre gli hippie psichedelici degli anni Sessanta. Ma lei riesce a evitarlo, a restare fuori dalla sua testa, fuori dalle cose che fa: come atleta, si è allenata a stare nel corpo, a muoversi istintivamente, a fare affidamento sulla memoria muscolare e mettere da parte ogni pensiero. Se ti apri alla consapevolezza di te, soffochi.

E quando non riesce a fermarsi, quando sente l'ansia crescere, si accovaccia in un angolo a pregare. Come quando era adolescente, con la spalla in un tutore, e pregava di guarire per poter competere alle Olimpiadi. Ma pregava anche di non guarire, in modo da non dover rischiare la pubblica umiliazione, non avere la possibilità di perdere. Molto ironico essere di nuovo a quel punto, a implorare il Signore di aiutarla ad arrivare su Marte, considerando che i viaggi nello spazio sono un atto divino. E parte del motivo per cui vuole andare su Marte è dimostrare a Dio – quel bastardo irritabile, giudicante e inutile – chi è che comanda. BatterLo al Suo stesso gioco. Vincere.

Perché se arriverà su Marte, darà inizio alla più grandiosa creazione mai immaginata dall'umanità: l'ecosintesi planetaria. L'atmosfera di Marte contiene il 2 per cento di azoto, il 2 per cento di argon, tracce di ossigeno e monossido di carbonio e, soprattutto, il 95 per cento di diossido di carbonio. Che guarda caso è ciò che le piante respirano. Il suolo marziano è una regolite ricca di minerali (tutto ciò che bisogna fare è rimuovere le tossine) e l'atmosfera marziana contiene il 100 per cento di umidità, quindi le piante potrebbero potenzialmente prendere l'acqua dall'aria. È probabile che la flora prosperi, nelle giuste condizioni amministrate dall'uomo. Nel giro di pochi decenni, con le sue piante che inalano CO_2 ed espirano O_2, Marte potrebbe diventare caldo e umido e lei potrebbe coltivare il giardino dei suoi sogni. Caotico, ipersviluppato, niente a che vedere con le file ordinate e idroponiche che tiene in appartamento. Potrebbe creare l'Eden.

Durante gli studi universitari aveva scritto un saggio per il corso di Storia delle scienze, intitolato «L'importanza del fallimento scientifico: William Pickering e una visione botanica di Marte». Stava provando a venire a patti con il fallimento, per comprenderlo come essenziale per il progresso umano: fondamentalmente, stava fallendo nel tentativo di venire a patti con il fallimento. Ma provava una tale tenerezza per Pickering, solo nella sua stazione di osservazione giamaicana durante la Prima guerra mondiale, a inviare vivaci dispacci in cui descriveva ciò che credeva di aver visto di Marte attraverso il suo telescopio: coste azzurre, paludi brulicanti di vegetazione, distese di pioggia a nutrire la terra. Nessuna civiltà, nessun conflitto, solo natura incontaminata. Una fantasia pacifica.

Lei potrebbe renderla realtà.

Ma dovrebbe vincere e sembra impossibile. Valuta costantemente gli altri concorrenti: Gabija dalla Lituania, esile ma feroce; Marion dalla Francia, Amber non ha la minima idea di come sia arrivata lì; Agneta dalla Svezia, una sorta di pop star; Bernita che ha abbandonato Cuba per partecipare allo show raggiungendo la Florida su un dannato gommone: probabilmente dura come la selce; Sergey dall'Ucraina, un maestro di scacchi che certamente avrà una strategia per essere già tre mosse avanti a loro; Fernando dall'Argentina, incredibilmente alto, forse per via di tutto quel manzo argentino; Ramesh dall'India, un tesoro dolcissimo e probabilmente un genio pazzo; Ebad dal Pakistan, ha un sorriso meraviglioso che probabilmente farà registrare un picco di ascolti; Tish da New York, completa perdita di tempo; Logan con il codino, dagli Stati Uniti, non sta mai zitto; Adam da Israele, possibile futuro marito; Pichu dal Canada, oro puro; Tamiko dal Giappone, che parla sempre dei progetti di cui è stata pioniera al MIT e che poi ha perfezionato al ritorno a Tokyo; Cawaale dalla Somalia, un ingegnere meccanico e la persona più bella che Amber abbia mai visto; Sarah dal Sudafrica, un'ex detenuta che attualmente si esibisce come contorsionista in un circo; Justine dall'Alaska, sollevatrice di pesi e guida di caccia probabilmente capace di piantarti una pallottola in mezzo agli occhi; David dalla Norvegia, faccia da poker, suona l'ukulele; Jalal dal Libano, cazzutissimo; Steve dall'Australia, fisico da surfista, si crede tanto simpatico; Adiya dall'Arabia Saudita, è possibile che sia una vera principessa; Ying Yue dalla Cina, pianista e genetista; Zach Chan di Hong Kong, game designer e campione di ballo da sala con una postura straordinaria; Ha Joon dalla Corea del Sud, magra e introversa ma probabilmente un jolly di riserva.

E lei. Amber Kivinen dal Canada. Come la vedono gli altri? Come la vede il mondo? Dai commenti online pare che piaccia, ma non si fida. Non sarà solo che è sexy? «Sexy» non arriva lontano, soprattutto perché il trucco e il cibo schifoso la stanno già riempiendo di brufoli e facendo ingrassare. E anche se lei continua a mantenere un po' di controllo sul suo look – «mantiene» la bellezza «naturale» di cui una donna non dovrebbe nemmeno essere consapevole – è probabile che i conservatori la colpiranno e la faranno a pezzi non appena inizierà ad aprire la bocca e ad avere opinioni. E ultimamente i progressisti continuano a scomunicare i loro in modo settario – questa è una delle sue paure: essere cancellata, ripudiata dalla sua tribù sinistroide. Quanto ci vorrà per farla odiare da tutti? Perché il pubblico le si rivolti contro? Perché si accorgano che è bisognosa, triste, ambiziosa in quella sgradevole maniera alla Hillary Clinton. *Dio vede tutto.*

No, se lavori abbastanza duro. L'ha imparato facendo ginnastica. Se concentri tutta la tua energia, spingi il tuo corpo finché quasi non si rompe, neanche Dio riesce a tenere il passo.

Per il resto della settimana, l'unico essere umano che vedo è la Brava Persona che mi consegna il Buon Cibo. Si scopre che non è solo Bravo, ma anche Fico. Aiuta a gestire una fattoria biologica vicino a Tsawwassen. Bastiaan di Tsawwassen. Tutte quelle doppie mi rallegrano la giornata, quindi lo invito a entrare. È altissimo – io sono un metro e settantacinque, quindi deve essere, boh, due metri e quaranta? – e sembra gigantesco quando si siede sulla nostra logora Voyager. Mi dice che ha quattro figli, è sposato con una donna di nome Cedar e possiede parte di un cavallo da corsa.

«Che parte? Le orecchie?»

«Possiedo una quota. Un animale bellissimo. Quasi non mi interessa se ci fa guadagnare qualche soldo».

Anche Bastiaan di Tsawwassen è un animale bellissimo. Può un ragazzo etero dire così di un altro ragazzo? Ho una cotta per Bastiaan, questo giovane con una vera moglie, una vera famiglia, un vero lavoro: è un *contadino*, Dio mio. È così abbronzato e in salute. Probabilmente si sveglia alle sei del mattino, di proposito. Probabilmente sa come trovare le spugnole. Probabilmente scrive libri seri sull'essere Bravo, come Wendell Berry. Mi sento meno sfigato solo a vederlo sul mio divano.

«Ci fumiamo una canna?» dico.

«Devo andare. Ho altre consegne da fare». Bastiaan di Tsawwassen accenna un saluto. «Ci vediamo la prossima settimana, amico».

Una volta che se n'è andato, mi sento di nuovo solo. Anche se friggo il porro e il cavolo e altro Buon Cibo per cena, dopo non dormo bene e mi sveglio nel cuore della notte con il fiato corto.

Mi capitava da bambino, ma quando aprivo gli occhi c'era mia madre ad accarezzarmi i capelli. *Sono qui, tesoro. Sono qui.* Poi mi raccontava una storia.

C'era una volta un piccolo alieno di nome Kevin, che viveva con la sua migliore amica, una grande vecchia aliena di nome Mamma. Erano gli unici esseri sul loro pianeta, che chiamavano Casa. Potevano fare il giro del loro pianeta in tre grandi salti. Potevano ballare, correre e volteggiare nell'aria, perché lì, sul Pianeta Casa, non c'era gravità.

Ora mi alzo dal letto, incido un'altra tacca sul muro e poi faccio un po' della tisana di Amber (tulsi biologico, qualunque cosa sia) e provo a leggere. *Il grande Gatsby*, il mio libro da isola deserta. Le ha tutte: scene di festa, belle ragazze, pathos. Se fossi ancora uno scrittore, vorrei creare un'opera così: una storia apparentemente d'amore, ma in realtà sulla decadenza che frantuma l'anima. Apparentemente sulla decadenza, ma in realtà d'amore.

Quando avevo poco più di vent'anni, avevo grandi progetti per una sceneggiatura pazzesca, poi un romanzo bestseller. Certo, è una fantasia comune... gli sceneggiatori credono che, una volta guadagnati milioni nel mondo del cinema, si sistemeranno nel loro buen retiro a Cabo e scriveranno un libro. Quanto potrà mai essere difficile? Sono solo parole su un foglio! E gli scrittori di libri pensano sempre di poter tirare fuori una sceneggiatura per fare soldi, ma invece finiscono con risme di bellissime descrizioni, dialoghi che non stanno in piedi e una trama che non va da nessuna parte. Almeno le mie storie *viaggiavano*. (Potrebbe sembrare ironico, dato che adesso non mi alzo dal divano, ma il cervello è più ampio del cielo). Amber amava leggere le mie storie e le mie sceneggiature, perché *è troppo divertente andar dietro alla tua strana immaginazione*. Le era estraneo inventare le cose. L'assurda concentrazione che aveva dovuto mettere nella ginnastica l'aveva obbligata a rinunciare a parti dell'infanzia, inclusa – affermava – la sua immaginazione. Quindi inventavo storie per entrambi. E un paio di settimane fa mi ha chiesto di scrivere qualcosa per lei.

«Scrivere qualcosa? Così a caso? Come gli artisti di palloncini improvvisano cani a salsiccia?»

«Dico sul serio. Mi renderebbe felice». Quindi la sua vera motivazione: «Potrebbe essere un progetto divertente per te mentre io faccio questa cosa di Marte».

«Scusa, fammi capire bene. Mentre tu concorri in un reality show che potrebbe darti l'occasione di allontanarti dal pianeta Terra per l'eternità, io dovrei stare seduto a scrivere? Come se non fossi distratto dal fatto che la mia vita sta andando in pezzi?»

«La vita non sta andando in pezzi» aveva alzato gli occhi al cielo. «La vita è... in espansione».

«Sembri un post su Instagram scritto da una donna bianca che ha costruito il suo marchio online vendendo posate stravaganti o scarpe fatte con le piante o reggiseni a base vegetale».

«Vedi, è divertente! Scrivi una storia su questo».

«Per favore, non trattarmi come un bambino a cui serve un compito».

«Onestamente sento che le nostre vite sono in continuo mutamento, ed è stressante, ma bisogna *sfruttarlo*». Si era portata le mani alla testa e si era tirata i capelli in quel modo adorabile e ansioso. «Tutto accade per un motivo, sai?»

«E non usare la frase *tutto accade per un motivo*. Amber? Davvero. È offensivo per i sopravvissuti a stupri, abusi, omicidi...»

«Oh, oook» aveva sbuffato. «Non vorremo mica offendere i "sopravvissuti agli omicidi"».

Non le scriverò una storia. Manco morto. Perché anni fa scrivevo e scrivevo ma non ho mai trovato un pubblico. Quando sono solo due le persone che pensano che tu sia dotato, e quelle due sono tua madre e la tua fidanzata, devi essere sincero con te stesso. E quando una di quelle due persone muore... insomma, mi sono arreso. Invece delle storie, ho dedicato la mia vita, questa sola e unica vita, alla mia dolce e amorevole Zelda.

Detto in altro modo: mi sono reso conto che Amber è un pianeta, e io sono una luna nella sua orbita, e mi sta bene.

Ehi, fun fact lunare: se fossi su Marte, sveglio durante una notte buia come questa, potrei alzare lo sguardo e vedere due piccole lune. Si pensa che le lune di Marte siano costituite dalla materia primordiale del sistema solare, roba che esisteva prima di ogni altra cosa: acqua, catrami appiccicosi e oli, amminoacidi. I loro nomi - Phobos e Deimos - significano *paura* e *terrore*.

Hanno un giorno libero. Amber prova a recuperare il sonno, mangia Cobb salad, fa un bagno con i sali di Epsom, poi passa a trovare Adam.

Quando le apre la porta, ha solo un asciugamano intorno alla vita. Le sue spalle... sono così... *spallose*. Muscolose, maschili. È abituata a Kevin, magro e carino con i suoi capelli gonfi e arruffati, gli occhi verdi, le orecchie un po' a sventola, le magliette spiegazzate. Le orecchie di Adam sono minuscole. I suoi muscoli sembrano intagliati nella pietra. Ha i capelli scuri tagliati corti, le unghie mangiate fin nel vivo, i vestiti ben stirati.

«È troppo presto?» chiede lei. «Posso tornare dopo».

«Sono sveglio dalle cinque».

Sono le otto del mattino e Pichu sta ancora dormendo; Adam dice che il suo compagno di stanza, Steve, l'australiano, è fuori a fare surf. Amber aspetta mentre Adam si veste e si rende conto che nessuno sa che è qui. Né la sua compagna di stanza, né Kevin, né le telecamere, che ormai la seguono anche nei sogni.

Giacciono di nuovo nella cabina armadio di Adam, sotto le lampade riscaldanti la mascella di Amber si rilassa, le spalle le si afflosciano. È strano quanto siano silenziosi insieme, nonostante si conoscano bene. Hanno passato un anno a monitorarsi a vicenda i livelli di chetoni e glucosio sull'app Nutrit condivisa, a seguire le corse e i giri in bicicletta dell'altro su Strava, a mandarsi un'infinità di foto, link e playlist di Spotify. Comunicando via messaggio, si sono confessati tutto: Adam le ha detto che quando aveva lasciato la comunità ortodossa aveva dovuto rompere il fidanzamento con la ragazza con cui lo avevano sistemato i suoi genitori, che del resto aveva incontrato una volta sola. Gli mancava la sua famiglia, soprattutto suo fratello, ma ciò che lo teneva sveglio di notte era il pensiero di quella ragazza. Malka. Aveva trovato un altro marito? Oppure il suo abbandono aveva distrutto le sue chance? L'avrebbero ormai considerata merce guasta?

E Amber gli aveva confessato tutto della sua relazione: che Kevin probabilmente era depresso, ma lei non sapeva come aiutarlo; che più ci provava, più lui sembrava indifeso; che oscillava tra la preoccupazione per lui e il risentimento per tutte le preoccupazioni che le dava. Ma anche lei doveva essere depressa: come spiegare altrimenti l'aver lavorato come receptionist e spacciatrice per più di otto anni, anche se aveva una laurea?

Gli aveva anche confessato come le sembrasse che tutta la sua vita, i fallimenti compresi, l'avesse condotta a Marte. Se non si fosse infortunata alla spalla, non si sarebbe trasferita a Vancouver per studiare. Se a Vancouver non si fosse depressa, non sarebbe mai rimasta in casa a imparare le tecniche idroponiche. Se non avesse imparato le tecniche idroponiche, non sarebbe arrivata su *MarsNow*.

Era così che sembrava anche a lui? Inevitabile?

Sì, aveva scritto Adam. *Siamo stati scelti.*

Ma ora, con lui nella stessa stanza, si sente timida e con un nodo alla lingua.

«Quindi fai CrossFit, giusto?» Come se non lo sapesse. Ma è un inizio. «Geniale, vero?»

«Ho partecipato a una competizione con gente da tutto Israele due anni fa. Sono praticamente dipendente».

«Mi piacerebbe competere. Ma la mia spalla...»

A poco a poco, nella cabina sboccia la conversazione: parlano di come la dieta paleo ha cambiato le loro vite. Parlano degli altri concorrenti: Tish e Steve sono perfetti l'uno per l'altra. Della voce che Justine si è fatta una ceretta brasiliana *da sola*, a gambe divaricate sul pavimento del bagno, con uno specchio sistemato davanti alla vagina. Parlano di Sarah, la contorsionista, che ha un intrallazzo con Fernando: è così ovvio. Discutono se un test antidroga avrebbe rilevato microdosi di LSD. Della California e di

Israele e di quanto sia spaventoso abitare in un deserto quando tutto il pianeta sta per bruciare. Di come forse non dovranno più preoccuparsi della crisi climatica, visto che potrebbero scendere da questa nave che affonda – ed è malvagio avere pensieri del genere? Sì, assolutamente. In realtà, pensano davvero che *MarsNow* potrebbe aiutare il movimento ambientalista, perché lo show offre un'enorme piattaforma per riconoscere l'importanza della scienza. Inoltre, la maggior parte di ciò che sappiamo del cambiamento climatico la dobbiamo all'osservazione dallo spazio; l'azione per il clima e l'esplorazione astrale non sono in conflitto.

Gli racconta di quel corso seminariale che ha seguito al'università, quello che le ha cambiato la vita. *Etica alla fine del mondo: pratica e principi ecologici nell'era del cambiamento climatico.* «Discutevamo su tutto. Gli esseri umani hanno il diritto di mangiare altri animali? I paesi ricchi devono risarcimenti a quelli più poveri, colpiti in modo sproporzionato dal cambiamento climatico? Le nazioni in via di sviluppo hanno il diritto di emettere carbonio per salvare i propri cittadini dalla povertà? Il Canada deve restituire le terre agli indigeni?»

Aveva imparato perché Kyoto aveva fallito – a causa di un'etica neoliberista ascendente che dava diritti ai mercati invece che agli esseri viventi – e, cosa ancora più devastante, aveva imparato cosa avrebbe significato per l'umanità agire o non fare niente. Cosa avrebbe significato per il mondo riscaldarsi di due gradi, o tre e mezzo o cinque.

Alluvione.

Fuoco.

Siccità.

Carestia.

Pandemie.

Guerra.

Non era un'idiota. Non era stata la prima volta che aveva riflettuto sul riscaldamento globale. Ma era stata la prima volta che lo aveva capito. Che lo aveva sentito. *Prima ero cieco e ora ci vedo.* I suoi terrori infantili – generati da suo padre e dalle sue letture dell'Apocalisse con voce profonda – si stavano verificando, ma non grazie a qualche dio. Grazie agli esseri umani. Grazie a *lei.*

Così era iniziato uno dei suoi tanti flirt con il veganismo. Aveva partecipato a raduni. Istruito le persone su Facebook quando pubblicavano foto delle loro nuove auto o delle vacanze al mare. Si era rifiutata di prendere l'aereo per tornare a casa per Natale, anche se aveva spezzato il cuore di sua madre. Aveva iniziato a coltivare ortaggi nella veranda sul retro, aveva iniziato a conoscere le piante. Era diventata pura, risoluta e intransigente, e si era sentita *bene*. Per un po'. Finché non aveva vacillato. Era andata a correre, aveva dimenticato la borraccia... e in un attacco di disidratazione aveva comprato una bottiglia d'acqua di plastica monouso arrivata in aereo da quelle cacchio di isole Fiji. Poi aveva avuto all'istante un attacco di panico sul marciapiede e aveva evitato la totale mortificazione pubblica solo ricordandosi di avere un Tavor nella tasca della giacca a vento.

Quel giorno era tornata a casa, si era seduta sulla Voyager con i vestiti sudati, aveva ascoltato il ronzio del frigorifero e aveva capito di essere una nullità. Impotente, debole, incapace di fermare l'inevitabile, incapace persino di contenere il proprio desiderio peccaminoso di acqua importata. I clic del frigo, nell'appartamento altrimenti silenzioso, sembravano il ticchettio del countdown per l'estinzione.

Avrebbe dovuto essere fuori a fare ricerche sul campo. Misurare, contare, etichettare. Cercare di salvare ciò che era rimasto. Invece presto sarebbe diventata una receptionist in un dannato centro congressi, una coltivatrice che ignorava i vasi in veranda e lasciava morire le verdure, perché a che serviva? Il problema era troppo grande, si veniva sopraffatti. Le scelte di un paio di consumatori non sarebbero state sufficienti, ma cos'altro poteva fare? Il problema erano le *scelte*. Gli esseri umani devono farle, e ogni scelta comporta una perdita. Ogni scelta è una morte. E noi odiamo la morte, siamo terrorizzati dalla morte, faremmo qualsiasi cosa, anche la più depravata, per evitare la sua ombra. Non siamo disposti a sacrificarci. Siamo incapaci di collaborare. Come andare contro la nostra stessa natura? Ormai era fatta. Fine.

Lei era Willy il Coyote: aveva corso, così veloce e concentrata, ma poi... aveva abbassato lo sguardo. Aveva visto che sotto i piedi non aveva altro che aria. Era caduta sempre più in basso. Per tutto l'inverno, il cielo grigio di Vancouver aveva pianto lacrime che rispecchiavano il suo dolore per questo mondo morente. Questo mondo che lei stessa aveva ucciso.

«È brutto, sì» dice Adam, con la pelle lucida sotto le luci rosse. «Ma possiamo aiutare solo nei modi possibili, che corrispondono alle nostre capacità».

«Lo so». Adora questa cosa di lui, il modo in cui rimane razionale anche di fronte all'orrore. Anche lei era così, un tempo; al massimo della sua forza, come atleta, poteva isolare e accantonare qualsiasi pensiero non utile allo sport. L'impresa di Marte la sta aiutando a riconquistare questo superpotere, che va emergendo dopo anni di disperazione. «Sai, faccio il compost. Riuso i sacchetti del supermercato. Ma a volte voglio solo scappare. Trovare un posto sicuro. Un posto tranquillo». Le piaceva immaginarsi in qualche rifugio umido, idilliaco, della costa occidentale canadese, magari su un'isola del Golfo, a coltivare il proprio cibo e allevare polli. Ma ormai si era andati troppo oltre; nessun posto era privo di pericoli. Era stata perseguitata per mesi dalle parole di uno scienziato che studiava gli effetti della silvicoltura intensiva sulla fauna selvatica. *Un tempo gli uccelli riuscivano a sfuggire alla deforestazione, a trovare rifugio altrove, ma ora la foresta è troppo frammentata. Non hanno nessun luogo dove andare.*

Non c'è nessun posto sicuro sulla Terra. Nessun riparo da ciò che verrà. Da ciò che è ormai iniziato.

«È sbagliato?» chiede «Voler scappare?»

«No». Adam le bacia la fronte, come un prete che impartisce una benedizione. «Ti meriti sicurezza, Amber. Meriti pace».

Lei chiude gli occhi, respira. «Continuo ad avere questa fantasia. Questa idea di un giardino marziano». È imbarazzante ammettere quanto è chiara questa visione. «Ma se progettiamo geneticamente le piante per resistere di più alle radiazioni, alla minor pressione atmosferica, alla quantità ridotta di azoto rispetto alla Terra... in pochi decenni, Marte potrebbe essere come una giungla. E le piante producono ossigeno, quindi alla fine il pianeta diventerebbe abitabile per noi». Si tira su a sedere. «So che non è così semplice, ma Marte un tempo era caldo e umido, no? Per quanto ne sappiamo. Non è pensato per essere arido e gelido, quindi correggeremmo qualcosa che è andato storto».

Riportare ciò che è caduto a uno stato di grazia.

«Piuttosto che riprogettare l'intero pianeta» dice Adam, sedendosi a gambe incrociate e inclinandosi verso di lei sotto la luce calda, «potremmo modificare geneticamente i nostri corpi. Riprogettare i polmoni e le cellule del sangue per scindere l'atomo di carbonio dalla molecola di CO_2. Codificare gli esseri umani con materiale genetico che ci consenta di resistere alle radiazioni».

«Non ci avevo mai pensato».

«Utilizziamo già questa tecnologia per curare le malattie» afferma Adam. «Perché non farlo per migliorare le prestazioni umane su Marte?»

«Ha perfettamente senso».

«Per lo meno, dovremmo cambiare l'ovulo e gli spermatozoi per consentire alla nostra progenie di prosperare su Marte».

Arrossisce, forse perché ha menzionato la *nostra progenie*. Amber sorride, guarda in basso, si esamina le mani. «Sì, assolutamente».

Quando hanno finito nell'armadio-sauna, bevono kombucha e mangiano paté di fegato di manzo allevato all'aperto e cracker ai semi di lino, cavolfiore arrosto cosparso di za'atar e halva che Adam ha preparato da solo con miele grezzo, polline e semi di sesamo germogliati.

Confrontano bicipiti e addominali e la definizione dei quadricipiti; fanno braccio di ferro; giocano a fare la lotta sul pavimento. Finiscono per ansimare e ridere l'uno nelle braccia dell'altra. Amber pensa che di sicuro lui adesso la bacerà, ma invece dice: «Fai yoga nidra?» e con un po' d'imbarazzo si sdraiano sul letto per ascoltare un brano di meditazione.

Rilassa la lingua in bocca.
Rilassa gli occhi nelle orbite.
Rilassa l'emisfero destro del cervello.
Ora il sinistro.

Si addormenta nel momento in cui la voce le dice *Immagina il tuo nervo vago, che dal cranio va fino al colon*, quindi si sveglia e vede Adam che le sorride.

Le scosta i capelli dagli occhi. «Sei stanca».

Forse perché lui è un medico, Amber si ritrova ad ammettere che ultimamente ha sempre bruciore di stomaco, che prende lassativi prima di ogni giorno di riprese, che non dorme bene.

Lui annuisce serio e fruga nella valigia. Poi ritorna con un intero kit: Betaina HCL per aiutarla a digerire e ad assimilare i nutrienti. Un probiotico a base di spore. Alcuni integratori di 5-HTP e GABA per il sonno. Una prescrizione per naltrexone a basso dosaggio, che le ridurrà l'infiammazione. Una piccola fiala di olio CBD, non rilevabile in un test antidroga, per calmare il sistema endocannabinoide. E, se tutto il resto dovesse fallire, un paio di sonniferi e una manciata di fialette di caffeina pura da aggiungere al chai al mattino.

«Grazie». Non è abituata a essere accudita. Di solito è lei quella forte, quella dura, quella che tiene in piedi la situazione, quella che pianifica i pasti, i viaggi e il sesso, quella che tormenta Kevin per mettere via l'erba e alzarsi dal divano, quella che dice cose tipo *Questo fine settimana dobbiamo pulire il bagno o mi faccio saltare le cervella*. «È... sei fantastico».

«Non è niente. Ho prestato il giuramento di Ippocrate».

«Sì, ma...» sta quasi per scoppiare in lacrime. «Meglio che vada. Pichu e io avevamo programmato di guardare la prima puntata insieme. Vuoi venire?»

«No, grazie. Non riesco a guardarmi su uno schermo. Mi farebbe solo comportare in modo innaturale».

«Sul serio? Non guarderai nulla?»

«E poi odio il mio mento».

«Hai un mento fantastico» sorride lei. «Ma lo capisco. Probabilmente è meglio far finta che non siamo in tv».

«Io faccio finta di fare esercitazioni militari: la ripetitività, le lunghe giornate, la gerarchia. Mi sento troppo a mio agio in queste situazioni».

«Penso che sia bello. Voglio dire, sei motivato». Amber tiene il sacchetto di integratori e medicine in una mano e saluta con l'altra. «Comunque, grazie».

«Di nulla. Siamo una squadra».

Si danno il cinque, cosa che entrambi trovano ridicolmente platonica. Poi lui la stringe al petto. La guancia di lei contro la sua maglietta.

«Vai adesso, Amber» dice. «Vorrei tenerti, ma non posso rubarti a Pichu».

Cammino per l'appartamento – devo raggiungere la quota di passi per la giornata! – ed esamino ciò che Amber ha lasciato qui. Quelli di *MarsNow* le hanno consigliato di fare le valigie per «ogni eventualità», quindi ha riempito un borsone con un costume da bagno, pantaloncini, biancheria intima termica, pantaloni da yoga, vestiti, maglioni, canottiere, scarpe da trekking, scarpe da ginnastica, sandali, un cappotto, guanti e un berretto di lana. Ma tutto il resto di ciò che possiede è qui, con me. Il set di pesi che le ho regalato per il compleanno, nascosto in un angolo del soggiorno. Il suo tappetino da yoga, sporco dopo anni di utilizzo. Le penne, gli evidenziatori e i quaderni pieni a metà dei suoi giorni da studentessa. Il cimitero degli iPod e telefoni morti che ha sempre intenzione di riciclare, ma non lo fa mai. La conchiglia che ha portato a casa dal Messico quando abbiamo trascorso lì il Natale con la sua famiglia. La mela di giada che il suo amico Reza le ha regalato come portafortuna, lucente e fredda al tatto. La sua libreria: George Monbiot, Naomi Klein, bell hooks, Margaret Atwood, Brian Greene, Yuval Noah Harari, Michael Pollan, Doris Lessing. La storia del suo pensiero. E i CD di cui non è riuscita a sbarazzarsi, impolverati in una scatola in fondo all'armadio, un compendio di cotte da liceale: Portishead, Dixie Chicks, Tori Amos. Il vibratore, nel suo sacchetto di lino. Il suo cuscino, che profuma ancora dei suoi capelli.

La odio per essersene andata. Forse dovrei fingere che sia morta? Lasciarla nella sua tomba marziana.

Solo che poi chiama sua sorella, il che non mi aiuta a dimenticare la mia ragazza, perché Caleigh ha le stesse inflessioni vocali di Amber, la stessa impazienza, la stessa risata. Anche se adesso non sta ridendo. Esordisce con: «Vorrei ucciderla, Kevin. Voglio distruggere mia sorella, sul serio».

«Ed è una... novità?»

«Andare su *Marte*? Mi dispiace, ma è imbarazzante. E sta stressando tantissimo i miei».

«Sembravano d'accordo quando li abbiamo visti. Erano tutti blasé».

«Potresti *non* parlarmi in francese proprio adesso?»

«Perché non chiedi a tuo padre di parlarle? Lo ascolterebbe».

«Li conosci. Confidano nel Signore. Hanno pagato cinquecento dollari un predicatore di YouTube perché pregasse per lei». Caleigh fa un sospiro. «Sono arrabbiata con te. Avresti dovuto fermarla».

«Hai mai provato a fermarla? Dal fare qualsiasi cosa?»

«Ricadrà tutto su di me» dice Caleigh. «*Di nuovo*. Come quando è scappata con te a Vancouver e mio padre ha avuto un esaurimento nervoso».

Caleigh lo ricorda come un momento doloroso per i suoi genitori. Io lo ricordo come devastante per Amber. Suo padre l'aveva rinnegata. Aveva detto ad Amber: *Io non ho una figlia. Mia figlia è morta*. L'aveva costretta a scegliere tra il suo amore per lui e quello per me, e non dimenticherò mai che lei ha scelto me.

«Come va da Starbucks?» le chiedo, perché Caleigh ne gestisce uno a Thunder Bay e questo ci unisce: il fatto che i suoi genitori ci considerino entrambi dei perdenti senza alcuna ambizione.

«Tutta la gente del mio staff ha sedici anni o si comporta come se li avesse» dice Caleigh. «Pensa mai a qualcun altro oltre che a sé stessa?»

«Siamo tornati ad Amber?»

«Forse quando sarà su Marte, i miei genitori si accorgeranno finalmente che sono viva. Forse non penseranno più che la luce del sole esca dal suo culo».

Quando sarà su Marte. Caleigh riattacca, e io riprendo a camminare su e giù per l'appartamento, raccogliendo le cose di Amber.

Ogni oggetto sembra pulsare di vita, di azioni, di amore. Ho fatto la stessa cosa dopo che è morta mia mamma: ho camminato su e giù per casa sua, quella in cui ero cresciuto, circondato dalla sua collezione di DVD, le sue camicette trasparenti a fiori, i barattoli giganti di ibuprofene, i libri con titoli tipo *La soluzione per l'artrite* e *Ricette antinfiammatorie*. E le reliquie dei suoi giorni prima della malattia: stivali di pelle crepata che indossava quando ascoltava la musica punk, il diploma incorniciato in disegno architettonico, le fotografie di lei che mi tiene in braccio quando ero un bimbo in fasce. E il caos... sapevo che era stata male, che era andata in congedo per disabilità, ma pensavo che se la cavasse abbastanza bene.

Finché non avevo visto il garage pieno di scatole di pizza brulicanti di mosche. Fiori appassiti del supermercato in un vaso sul ripiano della cucina. Piatti sporchi ammucchiati nel lavandino. Lo scarico del bagno così intasato da una fanghiglia di capelli e dentifricio che puzzava di marcio.

Per quanto tempo aveva vissuto così? Sarei dovuto andare a trovarla più spesso, telefonare di più. Perché chi c'era lì ad aiutarla? A fermarla?

E quando era iniziato? Quando aveva perso la speranza? Quando il sistema immunitario aveva iniziato ad attaccare le sue stesse cartilagini? Quando le ossa avevano cominciato ad andare fuori sede? Quando aveva smesso di sentire il suo corpo come casa.

Mi ero seduto sul divano in soggiorno. C'erano aspetti pratici di cui occuparsi: la successione, le spese funebri, lo svuotare la casa. Ma non ero riuscito a muovermi per ore, avevo il corpo e il cervello congelati. Sapevo di dover piangere, ma le lacrime non erano arrivate. La luce del sole si muoveva sul pavimento, illuminando la polvere nell'aria. Potevo andare avanti? Potevo vivere in questo mondo? Un mondo in cui mia madre era morta in una casa piena di piatti sporchi e cibi precotti?

Ma Amber non è ancora morta. E continuo a rivivere quel momento al pub, con i suoi genitori, quando ha detto, *Non vincerò davvero*. Se lei non crede nei propri sforzi, perché dovrei farlo io? Non posso accettare che abbia abbandonato la felpa con il dinosauro serigrafato, quella che chiama "coccolosa". E come ha potuto dimenticarsi la sua mela di giada. In effetti, circondato dalle sue cose, prendo una decisione: non lascerò questo appartamento, questo santuario della nostra vita insieme, finché la mia fidanzata non torna a casa. È come non raderti la barba per la stagione dei playoff, solo che ha ancora meno senso. Fisserò queste pareti con la loro vernice sbiadita bianca da casa in affitto. Il fornello schizzato di grasso del nostro cucinino. La ruvida moquette marrone. L'unico spazio aperto in vista sarà il marciapiede della East 12th. Potrei sembrare pigro e solitario, ma sto svolgendo un lavoro importante e mi rifiuto di lasciare le piante. Spero che la mia lealtà, la mia cocciuta caparbietà, convincano Jahvè a far tornare Eva. La evocherò – la mia viaggiatrice interstellare, la mia ribelle, la mia ragazza da quattordici anni – con la mia immobilità.

Quando Amber torna nel suo appartamento, Pichu è sul divano a mangiare patatine.

«So che sembro pigra» dice Pichu, «ma in realtà sto facendo gli esercizi di Kegel»

«Non affaticarti troppo».

«Sto cercando di darti privacy, ma non ce la faccio più. Allora, che succede?»

«Cosa intendi?»

«Mi sveglio e non ci sei» dice Pichu. «Stai fuori tutto il giorno. Poi entri e sei tutta rossa».

«Quelle lampade a infrarossi sono spettacolari anche per la pelle».

«Mr Universo bacia bene?»

«Non è successo niente».

Il sacchetto delle patatine vola attraverso la stanza. «Che cosa?» Pichu fa il broncio. «Ma *perché*?»

«Ho voltato pagina e sto cercando di essere una brava persona. Non tradire più il mio ragazzo».

«Non intendo ribadire l'ovvio, ma se vai su Marte, che differenza fa?»

Ma probabilmente Amber non andrà su Marte. Una conclusione basata puramente sulle statistiche: ha una possibilità su dodici di vincere, il che equivale solo a una probabilità dell'8,3 per cento. Deve presumere che a un certo punto tornerà a casa.

E forse vuole tornare a casa. A una parte di lei manca Kevin.

«E comunque». Si butta sul divano. «Adam ha detto che non vuole insudiciare il nostro legame iniziando in modo moralmente compromesso».

«Ha detto la parola *insudiciare*?»

«Ha detto che in questo momento della sua vita sta *cercando purezza*».

«Oh, che spreco. Se quel pezzo di ragazzo fosse interessato a me, sarei pronta a dire: *Legami, Leonard Cohen*». Pichu scivola giù dal divano e striscia verso il sacchetto delle patatine. «Non mi è mai interessato il bondage quando ero sposata – tipo, perché rendere la metafora letterale? – ma ora continuo a pensarci».

«Continuava anche a parlare di *controllo dell'energia*. Ha detto che dovrei cercare di sfruttare la nostra carica erotica e focalizzarla sulla mia relazione. Ha detto che è quello che vorrebbe facessi se fossi la sua ragazza».

«È... generoso?»

«Ha detto: *Non puoi controllare i tuoi sentimenti, ma puoi controllare quello che fai con quei sentimenti*».

«Troppe chiacchiere».

«Ha anche detto che non dovremmo lasciare che la nostra reciproca attrazione ci distragga dalla missione su Marte».

«Mh... okay».

«Pensi che sia possibile? Incanalare questa energia erotica nella mia relazione? Insomma, voglio essere una brava persona. E se mi restassero solo un paio di mesi sulla Terra? Per una volta nella mia vita, voglio fare ciò che è giusto».

«Vai a letto con Kevin dai tempi del liceo, giusto?»

«Ed è fantastico. Nessuno mi fa ridere come lui».

«Fin dal *liceo*. E ora vuoi fare con lui del sesso-da-donna-adulta? Buona fortuna».

«E se finissi su Marte con qualcuno di orribile? Tipo quel ragazzo australiano. E se questa fosse la mia ultima possibilità di fare sesso sfrenato prima di morire?»

«Be', benvenuta nella mia vita. Ogni donna eterosessuale sopra i trentacinque anni si pone questa domanda di continuo». Pichu si versa le ultime briciole di patatine in bocca. «Be', mi hai spezzato il cuore. Ma indovina un po' cosa va in onda tra meno di un minuto?»

Amber si siede sul divano. «Mi viene da vomitare».

«Vomita qui». Pichu le passa il sacchetto vuoto delle patatine, poi accende la tv.

Marcus arriva già con l'obiettivo di strafarsi davanti allo show che va in onda stasera. Porta anche un pollo allo spiedo di Safeway, tortillas, salsa messicana e un barattolo di quel dip arancione al formaggio che ha un sapore oscenamente buono se prima lo scaldi nel microonde. «Lo so, non bevi più, ma ho portato la birra» dice. «Occasione speciale».

«Non farmi fare cazzate. Bevitela da solo o portatela a casa quando te ne vai».

«No problemo, amigo». Poi esita. «Ma Amber se n'è andata. Quindi puoi fare quello che vuoi, no?»

Ho smesso di bere qualche anno fa, quando Amber ha smesso con l'alcol per protestare contro l'ipocrisia di un governo che consente il consumo legale della sostanza più dannosa al mondo a livello emotivo, fisico e finanziario – l'alcol – ma non permette alle persone con il cancro di fumare uno spinello per alleviare il dolore. La sua sobrietà era un po' come lo sciopero della fame di Gandhi. E una volta che Amber aveva detto addio alla bottiglia, io avevo seguito il suo esempio perché era diventata ipersensibile sul tema; quando bevevo diceva cose del tipo: *Puzzi come se qualcuno ti avesse messo in salamoia. Chissà se il corpo di Lenin puzza così.* Volevo solo che la mia ragazza mi baciasse, ma non so se ha mai apprezzato il mio sacrificio. Nell'era dei birrifici artigianali, ho rinunciato all'alcol per lei.

Adesso apro una birra e Marcus lancia il pugno in aria. «Olè!»

Fumiamo il bong e Marcus cerca di parlare di cose più importanti di Amber: il divorzio di Brad e Angelina, gli addominali di Justin Bieber, il bracconaggio illegale di animali selvatici.

Poi inizia.

Solite stronzate: musica ad alto volume, luci lampeggianti, una conduttrice con dei capelli incredibili (Amber mi strarompe sempre con la storia che tutti i capelli in tv sono finti). Poi le rappresentazioni in computergrafica di una futura colonia su Marte – una vivace metropoli sotto cupole gonfiabili – e una parata di teste che parlano. Scienziati della NASA, Neil de Grasse Tyson, un astronauta chiamato Dirk Riley che parla dalla Stazione Spaziale Internazionale per dirci che *questa è la missione più emozionante che l'umanità abbia mai tentato!* C'è un pubblico dal vivo di persone che urlano, che ti fa pensare che forse una sorta di estinzione umana di massa sarebbe una buona cosa.

Avrei potuto essere tra il pubblico. Non era ciò che mi aveva offerto Helena Slora, direttrice Casting, Communication and Commitment di *MarsNow*? Avrei potuto essere seduto in prima fila, con in mano un cartello con scritto *I ♥ Amber.* Avrei potuto esultare e sorridere mentre *MarsNow* cercava di portarmi via per sempre la mia ragazza.

Avevo rifiutato quell'opportunità irripetibile.

Helena Slora mi aveva invitato a fare una donazione a *MarsNow* tramite PayPal per ricevere un modellino del Lockheed Martin *MarsNow* Lander da esibire ai miei amici. Oppure avrei potuto far stampare il mio nome su uno dei paracadute di atterraggio. O forse mi sarebbe piaciuto viaggiare virtualmente insieme alla mia ragazza tramite un mio selfie a sfondo marziano?

«Eccoci, Marzionauti!» dice la conduttrice, Bridget. Non riesce a muovere la maggior parte dei muscoli del viso, ma può sgranare gli occhi imitando l'empatia umana. «Come vi sentite?»

Stasera non viene eliminato nessuno perché la prima puntata è la nostra occasione per conoscere i concorrenti; la prossima settimana avremo il piacere di vedere i sogni di due di loro, un uomo e una donna, andare in fumo. L'idea è che «saranno i cittadini del pianeta Terra a scegliere i Marzionauti», il che significa che i membri del pubblico chiameranno per votare contro le persone che odiano di più, contro le persone che vorrebbero vedere eliminate. Non ha senso: dovremmo votare per eliminare quelli che amiamo, affinché non vengano mandati ad anni luce di distanza da noi. (Al solito. Le persone votano sempre contro i loro interessi).

Un messaggio scorre lungo la parte inferiore dello schermo, elegante come uno spot pubblicitario, dicendoci di visitare il sito www.marsnowandforever.com o di chiamare il numero 1-900-MarsNow per esprimere i nostri voti.

Devo ammettere che lo show non è male. Ho già alcuni preferiti. Tamiko, trentanove anni, dal Giappone: insegnante di yoga con dottorato in ingegneria astronautica. È anche strafiga, quindi ci sono milioni di inquadrature di lei mentre fa il saluto al sole.

Ramesh, ventisei anni, dall'India. Ha una bella storia, che illustra sul suo sito web: «Sono un analista di sistemi informatici, mentalmente agile e intuitivo. Lavoro alla bancarella *vada pav* dei miei genitori fin dall'età di nove anni, ma ho sempre trovato il tempo per i miei studi, la sera. La mia motivazione per volare su Marte deriva dall'essere un uomo gay dichiarato e orgoglioso, a cui per molti anni nel suo paese è stato detto di essere un criminale. Spero solo che non ci siano limiti per la mia anima. Faccio anche spettacoli di cabaret».

Marion, quarantasei anni, francese. Una parrucchiera che si ritrova una memoria fotografica; Marcus prevede che sarà la migliore di tutti a ricordare le procedure e la fisica del volo.

Sergey, cinquantun anni, campione di scacchi ucraino e il meno adatto alla tv tra tutti i concorrenti: ha i capelli grigi sempre dritti, un accento ridicolo e dice cose difficili da rendere slogan. «Vorrei creare su Marte una società più logica, libera dal giudizio e dall'odio. Sarà difficile, ma è questa la vera sfida. E qui la tecnologia non può aiutarci».

Pichu, che sembra non avere altre qualità se non quella di essere adorabile. Ma poi si assicura la gloria afferrando Zach, il timido ballerino di sala di Hong Kong, e ballando un valzer: quel momento diventa immediatamente virale.

E ovviamente ci sono un sacco di ragazzi imbecilli. L'americano Logan, il tipo che sa tutto lui; ha il codino, la mascella forte, e una specie di azienda agricola di bambù. E l'australiano Steve... devo davvero descriverlo? C'è solo un tipo umano in Australia: abbronzato, rumoroso, probabilmente ubriaco. E poi c'è Adam, da Israele. A parole sue: «Sono un medico che crede che una mente e un corpo sani siano essenziali per l'autorealizzazione. Ho servito nelle Forze di difesa israeliane, sono addestrato a lavorare nel campo dell'avionica. Voglio che l'umanità sviluppi il suo potenziale: indipendenza spirituale, autonomia corporea e libertà intellettuale».

Adam, da Israele. Occhi marroni pieni di sentimento e zigomi compiaciuti. Non so perché, ma lo odio.

E in mezzo a tutti loro c'è Amber Kivinen. Affascinante il giusto, inguaribilmente menzognera, sexy da morire. Devo ammetterlo: ce l'ha. Sapete, *quel certo non so che*. Difficile distogliere lo sguardo da lei. Ha l'aria di un'amazzone hippie. I capelli selvaggi, i muscoli tonici, il tatuaggio, l'anello al labbro, le lentiggini. E ha istinto nel sapersi vendere. Il suo è il racconto di una conversione: una volta era una ginnasta fallita, una millennial sottoccupata, una criminale trovata in possesso di marijuana, una donna che si avvicinava ai (sussulto!) trentacinque senza essere sposata. Secondo la sua clip introduttiva, condotta da un tipo che potremmo anche chiamare Ryan Seacrest per quanto gli assomiglia, prima di *MarsNow* Amber era depressa e «non stava andando da nessuna parte». Sì, aveva una famiglia amorevole e un fidanzato (che sarei io!), ma le «mancava qualcosa». La sua storia poteva anche non essere migliore della vostra o della mia, ma era cresciuta nella chiesa di suo padre, sapeva come vendere il prodotto. *Ero perduta, ma ora sono stata ritrovata*.

«È questo che devo fare della mia vita». Parla senza fiato, in segmenti televisivi veloci. «È reale. Lo sento».

«*È reale*» dice Marcus con voce acuta. «*Lo sento*».

Vado sul suo Instagram. Ora ha oltre duecentomila follower. Sconosciuti – uomini, donne e bambini – che le dicono che è bellissima, che la amano, che se la ricordano dal campo estivo di ginnastica, che sono ossessionati dai suoi capelli, che vorrebbero tanto collaborare con lei per espandere la loro presenza sul mercato, che sperano che la telecamera faccia una panoramica verso il basso perché sicuramente ha dei piedi «super erotici» e che lei è una QUIIIIN! Potrei scorrere all'infinito. Continuano a mandarle *tanto amore* e *vibes positive* e *buona fortuna!!!!!!!!*

Adesso me ne rendo conto: potrebbe essere un problema. Un dilemma. Amber potrebbe non essere eliminata per un po'. O mai. E quindi, per affrontare questa fase di Marte potrebbe non essere sufficiente restare per una settimana o due sul divano e incidere una dozzina di tacche sul muro.

Prendo il telefono, che è la soluzione migliore e anzi l'unica cosa da fare nel mondo moderno, e mando un messaggio ad Amber: *Mi vuoi sposare?*

Lo faccio ogni anno o due, le chiedo di sposarmi. E lei di solito dice qualcosa del tipo: *Attento a ciò che desideri!* e siamo entrambi sollevati e facciamo finta che non sia mai successo. Ma questa volta mi chiedo: dirà di sì? Magari solo perché sarebbe una grande svolta narrativa per lo show?

Aspetto; Marcus mi parla; aspetto ancora un po'. Nessuna risposta.

Quindi mando un messaggio a Tanya Vargas, quella del sesso di due secondi al falò: *Ehi*. Poi: *Come va?* Poi, sentendomi ispirato: *Continui a bruciare nei miei pensieri. Incisa a fuoco nella mia mente. Ahah.*

Lei non risponde. Ovviamente.

Marcus è piuttosto ubriaco ormai e io sono piuttosto fatto, ma per qualche motivo l'erba non funziona; lo sento ancora, quel dolore in sottofondo, quel crampo allo stomaco che sembra andare a tempo con il mio cuore: *se n'è andata, se n'è andata, se n'è andata.* Lo show su Marte è finito, quindi io e Marcus guardiamo una stronzata soft-core su Bravo e il telefono rimane immobile nel mio palmo rivolto verso l'alto. È difficile capire a cosa dare la colpa – tecnologia, solitudine, le mie stupide mani? – ma per qualche motivo mando un messaggio a Bronwyn, dei biscotti vegani.

Ehi.

«Uhhhhh, Uhhhhh, Uhhhhh» geme Pichu sul volo per Managua, Nicaragua.

«Sei sicura?» Amber strappa un altro capello grigio dalla testa di Pichu. «Non è meglio se li tingi?»

«Così costa meno».

«Sei povera?»

«Tirali via». Pichu si aggrappa ai braccioli. «Devono imparare la lezione».

Amber vorrebbe stringere forte quella persona deliziosa: sono anni che non ha una vera amica. I suoi rapporti con le ragazze della ginnastica erano limitati e competitivi e, dopo il suo infortunio, quante di loro le avevano fatto visita o avevano chiamato? Poi aveva avuto compagne di fitness e un gruppo di amiche universitarie, ma le aveva evitate durante gli imbarazzanti anni da receptionist e le amicizie erano appassite come le verdure trascurate in veranda. E le signore al lavoro non contavano.

C'è qualcosa che non va in Amber, qualcosa di cui le altre donne sentono l'odore, qualcosa che le mette in guardia.

L'unica vera amica che abbia mai avuto è stata Evie al campo estivo. Evie, con i suoi capelli scompigliati come se qualcuno le avesse massaggiato la testa con un guanto di lana. Lei e Amber andavano in giro con i pantaloncini coordinati, a braccetto, ridendo senza fiato di battute comprensibili solo a loro due. Fino a quando la ginnastica aveva preso il sopravvento nella vita di Amber, avevano frequentato il Big Belief Evangel Kids Camp per una settimana ogni estate e, tra un campo e l'altro, si scambiavano lettere che prendevano in prestito il linguaggio appassionato della chiesa per esprimere la loro ossessiva amicizia. Le missive di Amber si aprivano con *Mia amata!* e terminavano con le esortazioni per Evie a *sentire la presenza di Gesù, anch'io sono con Lui e sto facendo il conto alla rovescia. Il campo inizia tra sette mesi e tre giorni!*

Strano. Amber non pensa a Evie da anni. Né al Big Belief Camp e neppure a quel breve e bizzarro periodo in cui era stata la star del campo estivo sulla Bibbia. Quando aveva giurato felicemente di combattere la guerra contro l'aborto; quando aveva remato in canoa fino ai campeggi vicini per distribuire volantini dal titolo *Hai incontrato la luce di Gesù?* Quando aveva predicato ad altri ragazzi nella sala da pranzo che fungeva anche da sala di culto, sollevando le mani e imitando la voce di suo padre. *La fede è un dono! Ma non è dato gratuitamente. Devi camminare con Lui!* Gli altri, anche Evie, sembravano adorarla.

«Fatto». Amber si spazza via i capelli grigi di Pichu dai palmi delle mani. «E poi? Hai bisogno che ti schiacci qualche brufolo?»

«Mi aiuti ad applicare la crema per le emorroidi?» Pichu appoggia un cuscino sulla spalla di Amber. «Scherzo. Mi metto a dormire».

Poco dopo Pichu russa pacificamente sulla spalla di Amber, e Amber pubblica una loro foto su Instagram (#friendshipgoals #sleepy #cute #travel), che risulterà essere il suo post più popolare fino ad allora. Ha avuto un ottimo tempismo, perché mentre stanno atterrando Linnzy cammina lungo il corridoio dell'aereo con una grande cassetta di sicurezza in acciaio che ha un'apertura in alto, come un salvadanaio.

«Gente, state a sentire. È ora. Tutti i vostri telefoni qui, per favore».

«Per quanto tempo li terrai?» dice Tish, che viaggia sempre con un pigiama di seta perché ha un contratto di sponsorizzazione con qualche azienda di abbigliamento da casa biologico.

«Vengono *confiscati*» dice Linnzy. «Andati. Fino a quando non verrete eliminati oppure andrete su Marte».

«Oh mio Dio, era una domanda». Tish stringe il telefono al petto satinato. «E se ci fosse, tipo, un'emergenza?»

«Tish». Visto che stanno girando anche adesso, Amber mette su una smorfia *feroce*. «Pensi che controllerai i tuoi follower dallo spazio?» Poi si slaccia la cintura di sicurezza, si alza e si avvia impettita lungo il corridoio verso la cassetta di sicurezza, come se fosse in *Matrix*. Dopotutto chi è lei? Amber tende il suo telefono. Fitta allo stomaco: sembra che le stiano tagliando il cordone ombelicale. Tutto quel nutrimento perduto.

Almeno avrà una scusa per non aver risposto al messaggio di Kevin.

Cosa è peggio? Che lui le abbia chiesto di sposarlo tramite messaggio o che lei non abbia risposto?

«Non sono qui per i follower. Non sono un'influencer» dice Amber. «Sono qui per la causa. Sono qui per la missione».

Lascia cadere il telefono nella scatola e tutti sull'aereo le fanno un applauso.

Amber manca da una settimana e io mi concentro sulla gestione dell'attività. Mantenere le luci alla corretta distanza dalle radici, mantenere il pH dell'acqua a 5,8, nutrire le piante con un cocktail fatto in casa di azoto, fosforo, potassio e magnesio sotto forma di sali di Epsom, insieme a un cucchiaino di miscela di micronutrienti che contiene rame, zinco, ferro, molibdeno, cloro e manganese. Sto solo vivendo la mia vita, senza pensare al fatto che ho un appuntamento con Bronwyn. Un «appuntamento». Una roba simile a un appuntamento. Ovviamente non è un vero appuntamento, perché ho una fidanzata.

Bronwyn porta il ramen di Noodle Head e io propongo di guardare un film.

«Certo». Ha un sorriso dolce e sbilenco. «Cosa vuoi vedere?»

«Solo il miglior film sulla danza mai realizzato: *Dirty Dancing*».

Che è il mio film preferito perché sono cresciuto guardandolo con mia mamma e so anche bene che le donne eterosessuali reagiscono a Patrick Swayze con fervore e a volte, se ti trovi nella traiettoria giusta, quel fervore potrebbe trasferirsi su di te. (Non che io punti a un impeto di passione sessuale con Bronwyn. L'idea di *farlo* – fare sesso vero e proprio, reale – con qualcuno diverso da Amber sembra plausibile quanto lasciare che un pallone a elio mi porti su Marte. Ma se Bronwyn flirta con me, potrei flirtare a mia volta, il che non è illegale).

Risucchiare il ramen è un po' come immagino che sarebbe mangiare vermi, ma non in senso brutto. Ci sediamo sul divano e solo il sedermi su un divano accanto a una donna mi fa sentire quel vecchio, familiare senso di conforto: un senso di *cosa giusta*. Ho una voglia matta di abbracciare Bronwyn, di cullare la sua testa con i dreadlock contro il mio petto.

Flashback. Interno. Sera. Quando ero bambino, praticamente tutte le volte che mia madre non stava bene. Scaldavo una grande confezione di maccheroni al formaggio, o di pollo teriyaki, e noleggiavamo un sacco di film. Poi mi sedevo accanto a lei sul divano e le rollavo le sigarette o le massaggiavo con l'olio di eucalipto le articolazioni delle mani e dei polsi. Qualche volta passavamo interi fine settimana in casa, con le tende tirate, a guardare un VHS dopo l'altro. Ogni film ci rapiva completamente. Quando ne finivamo uno, emergevamo insieme dal sogno, giusto il tempo di aprire un pacchetto di Oreo, riavvolgere ed espellere il nastro e scegliere un altro film. Se il film ci era piaciuto, scrivevamo il titolo nella nostra lista dei Migliori In Assoluto. Se era un «fiasco» - parola di mamma - parlavamo di come migliorarlo: un cast diverso, un finale diverso. A volte sentivamo in lontananza i bambini che facevano battaglie a palle di neve o correvano in bicicletta, e la mamma diceva: *Dovresti uscire a giocare, tesoro*, ma non lo pensava mai veramente. Io mi rannicchiavo contro il suo fianco, il suo braccio attorno a me, entrambi sotto la stessa trapunta. *Siamo solo io e te contro il mondo, tesoro. Non è vero?* diceva. E sapevo che era così: il mondo era un posto di merda. Nel mondo, là fuori, i suoi capi non le davano il congedo per malattia, quindi doveva prendersi giorni liberi senza paga, e questo portava a ulteriori problemi perché il mondo, là fuori, era anche pieno di banche e di carte di credito e aziende di servizi pubblici che non avevano alcuna comprensione per una mamma single che faceva del suo meglio. Nel mondo, là fuori, esistevano anche i suoi genitori, che non l'avevano mai aiutata in vita loro, avevano solo bevuto troppo e si erano resi infelici a vicenda. Il mondo conteneva anche suo fratello, quell'idiota che le faceva la ramanzina ogni volta che chiedeva aiuto, anche se era solo un *cazzo di prestito* e lei lo avrebbe restituito. E il mondo, là fuori, conteneva mio padre. Da qualche parte. Era stato camionista per un'azienda forestale e (nell'unica storia che mia madre raccontava di lui) aveva saputo che lei era incinta quando lo aveva chiamato in interurbana. *E mi ha riattac-*

cato. Avevo diciannove anni e il cuore spezzato. Riuscivo a malapena ad alzarmi dal letto. Continuavo a dirmi di fissare un appuntamento in clinica per interrompere la gravidanza, ma il tempo passava, tesoro, e non riuscivo a muovermi.

Quindi cos'è successo? chiedevo, premendomi contro di lei, afferrando una piega del suo ventre morbido.

Be', sei diventato più grande e un giorno hai avuto il singhiozzo e questa cosa mi ha fatto ridere. Ti immaginavo lì al sicuro e comodo in quella piccola sacca amniotica. E sapevo che saresti venuto a salvarmi.

Avevo fatto ridere mia madre, le avevo salvato la vita, prima ancora di nascere. Allora cos'era successo alla fine? Perché non ero riuscito a salvarla?

Comunque. I ricordi tristi della mamma non sono appropriati per questa cosa con Bronwyn che somiglia a un appuntamento (che potrei aver orchestrato a seguito di un immaturo istinto di vendetta su Amber). Inserisco il DVD, perché ancora abbiamo un lettore DVD unicamente per questo scopo: guardare *Dirty Dancing*.

Poi Bronwyn e io stiamo seduti rigidi mentre due bellissime persone si innamorano e fanno del sesso fantastico sullo schermo. Recito alcune battute in sincrono con gli attori – *Ho portato un cocomero* – e Bronwyn mi fa il favore di ridere. Quasi piango verso la fine, muovendo le labbra a tempo con le parole di Baby:

Io? Ma se ho paura di tutto! Di tutto! Io ho paura di quello che sono, di quello che vedo, di quello che faccio e... e... e soprattutto ho paura che se me ne andrò da questa stanza non riuscirò mai più a provare quello che provo adesso... adesso che sono qui con te...

Quando il film finisce, Bronwyn dice: «È stato divertente. Grazie di avermi invitato».

«Grazie per essere venuta. Davvero. Perché io non esco di casa».

Lei ride perché pensa che stia scherzando. «Quindi... hai visto la puntata dell'altro giorno?»

«Che puntata? Oh, intendi la roba di Marte?»

Bronwyn si avvicina un po' di più. «Sono solo curiosa perché... state insieme? Voglio dire, questo è un appuntamento? O no?»

«Vuoi che sia un appuntamento?»

«Credo di sì. Tu?» Giocherella con uno dei suoi dread. «Ma non voglio intromettermi tra te e Amber, perché è mia amica, e...» Bronwyn si mette il dreadlock in bocca, il che non sembra igienico. «Ma se non state più insieme?»

«Voglio dire, non abbiamo veramente definito la cosa».

«Ma cosa provi per lei? E per il fatto che forse andrà su Marte?»

Che cosa *provo*?

Mi alzo e tendo la mano a Bronwyn. «Nessuno può mettere Baby in un angolo». La faccio ballare intorno alla Voyager, chiedendomi cosa stia facendo Amber in quel momento, chiedendomi se siano i capelli, la pelle o l'anima di Bronwyn a profumare di patchouli.

Poi lei mi bacia e io ricambio il bacio, il che è decisamente illegale.

Le nostre lingue l'una nella bocca dell'altro mi fanno ripensare al ramen, ma non in senso brutto.

All'atterraggio, i concorrenti vengono spinti in fretta ai controlli della dogana, poi accolti per un servizio fotografico dal presidente del Nicaragua e dalla moglie, che sono arrivati in Rolls-Royce separate. Poi i concorrenti vengono ammucchiati sui pulmini e portati ai piedi di un vulcano. A ciascuno è assegnata una scatola da tenere con sé, e gli viene detto che la loro prima prova sarà orientarsi e arrampicarsi verso la cima, raccogliendo anche campioni di terreno, rocce, piante e d'acqua, come se fossero in missione esplorativa su Marte. Vengono divisi in squadre e forniti di elenchi di materia organica e inorganica da reperire. Vince la prima squadra che arriva in cima e raccoglie i campioni.

«Questa sfida non mette alla prova solo le vostre capacità di raccolta dati» afferma la conduttrice Bridget, con le telecamere che le ondeggiano intorno. «Serve anche a dimostrare la vostra resilienza e grinta. Le più importanti qualità necessarie a un Marzionauta».

Un colpo di fortuna: Amber ha Pichu e Adam con sé in squadra. Insieme alla francese Marion, all'argentino Fernando e al libanese Jalal.

«Bella squadra, squadra!» dice Pichu, piegata in due dal peso del suo carico. Adam si offre di portarle la tenda e Amber prende una parte della sua acqua.

«Ce la facciamo senza problemi» dice Amber, per convincere sé stessa e le telecamere. Il caldo è così intenso che lei continua a guardarsi i polpacci nudi, sicura che la pelle stia sfrigolando come bacon. «Possiamo farcela».

Amber guarda la sua squadra; l'impresa su Marte è così inclusiva. Si stanno riunendo da tutto il mondo con un obiettivo condiviso: è roba da premio Nobel per la pace.

Be', la maggior parte di loro verrà eliminata. Ma comunque.

Iniziano il trekking. Sergey è troppo vecchio e fatica a salire. Ma il caldo sembra non creare alcun problema ai suoi compagni di squadra Ebad e Ramesh, che prendono Sergej per le braccia e lo trascinano avanti, mentre Ramesh lo incoraggia con bugie del tipo: *Solo mezz'ora ancora, amico mio, e sorseggeremo il tè con i piedi comodamente tirati su.* Marion arranca, il sudore le cola sul viso, non parla con nessuno, si ferma a raccogliere i campioni senza nemmeno dare un'occhiata all'elenco. Fernando canta canzoni *cuarteto*. Il tipo col codino esperto di mansplaining, Logan, espone a Bernita da Cuba le differenze tra la rivoluzione sandinista e quella cubana. Gabija dalla Lituania e Agneta dalla Svezia camminano con la loro compagna di squadra Justine; la cacciatrice avanza più veloce di quanto ci si aspetterebbe, dato che è alta sì e no un metro e sessanta. Tamiko appare fresca e luminosa, quasi fosse in una pubblicità della crema Dove. Cawaale inizia a correre in salita, correre nel vero senso della parola. Poi su Tish si deposita uno sciame di vespe.

«Penso che siano attratte dal mio sapone da bucato». Respira lentamente e con calma. «È organico».

Si toglie la maglietta, resta in reggiseno con le braccia tese in fuori, come una versione fantasy-femminile di Gesù sulla croce. I suoi capelli d'argento brillano come cromo alla luce del sole; la sua abbronzatura spray è impeccabile. Ogni telecamera si gira verso di lei e Amber pensa: *La ragazza forse non è poi così stupida.*

«Non preoccuparti» dice Adam. «Ho un kit di pronto soccorso che comprende una siringa di adrenalina».

«Grazie, dottore» fa Steve l'australiano, guardandosi intorno come se avesse detto qualcosa di spiritoso. «Ma stattene nella tua squadra. Qui siamo a posto».

Amber e i suoi compagni di squadra camminano e camminano ancora. Deviano dal sentiero alla ricerca di argille e muschi: Amber ha un buon occhio per i campioni di piante. Ma si perdono. Disidratati. Finiscono tutte le barrette di frutta nelle loro provviste e si preoccupano che la gente di *MarsNow* stia cercando di farli morire di fame. Poi Pichu si ricorda di aver comprato una bustina di bevanda istantanea al gusto guava all'aeroporto. La versa dentro la sua bottiglia d'acqua e la condivide: le calorie sono come manna dal cielo. Amber aveva già ceduto alla vista dei vermi gommosi, ma ora anche Adam capitola. Infrange la regola dello zero-zucchero-raffinato.

Cercando il sentiero principale, finiscono in un villaggio, dove i cameraman incaricati di seguire la loro squadra riprendono i volti impassibili e confusi della gente del posto.

Pichu dice: «Secondo me quelle persone pensano: *idioti*».

Poi la loro arma segreta: Fernando negozia in spagnolo con uno dei ragazzi del villaggio affinché faccia loro da guida. Il ragazzo scala la montagna come una capra e continua a voltarsi annoiato verso di loro.

Superano una mandria di bovini che li fissa con occhi vacui e spalancati, silenziosa. Pichu dice: «Secondo me quelle mucche pensano: *idioti*».

Si spingono su, su, su. È un inferno e Amber adora ogni minuto. Il sole tramonta e non hanno ancora raggiunto la vetta, ma quando arrivano in cima a questa bestia di vulcano, Cawaale e la sua squadra sono già lì, lui ha gestito tutto, non si sono persi, hanno trovato metà dei campioni e hanno avuto il tempo di cucinare un riso pilaf per tutti. La squadra di Amber è così affamata che non gliene frega niente di essere arrivata seconda.

Una volta che le altre squadre raggiungono la vetta, arrivano Bridget e Nick con altri della troupe su un carro trainato da cavalli. Bridget ha trucco e capelli perfetti, profuma di ricchezza. «Ragazzi! Ce l'avete fatta! Avete portato a termine la vostra prima sfida». Smonta dal carro dando la mano a due ragazzi della troupe, poi si aggiusta la criniera di capelli. «Ma sapevate che questo momento sarebbe arrivato, Marzionauti. Due di voi saranno eliminati stasera».

«Ora?» esclama Pichu. «Possiamo mangiare prima?»

Amber immagina già le GIF. Pichu con la sua ciotola di riso, che rotea gli occhi. *Possiamo mangiare prima?*

No, non possono mangiare prima. Devono piantare le loro tende al buio, mentre tutto viene filmato. La tenda di Amber finisce su un tratto così ripido che lei teme possa scivolare giù per il pendio.

Poi si siedono attorno al fuoco che Cawaale ha acceso e Bridget chiede: «Siete qui in Nicaragua, dopo aver sudato ed essere sopravvissuti alla vostra prima sfida. Come vi sentite?»

Come ti senti? Una domanda che ad Amber viene posta raramente. E lei non la pone mai agli altri.

Fanno il giro del cerchio: Tamiko è orgogliosa del suo risultato e «pronta per qualunque cosa stia per accadere». Logan dice che «è fantastico essere qui, davvero, yeah, wow». Bernita ancora non ci crede, non aveva mai viaggiato fuori del suo paese e ora sta vedendo il mondo! Pichu ha la sensazione di emanare un odore molto sgradevole. Amber dice la verità: che è felice, per la prima volta dopo tanto tempo. Tish inclina la testa all'indietro e guarda in alto: «Non avevo mai visto le stelle nella vita reale prima». Poi: «Cosa? Vengo da Manhattan, ragazzi».

Quando tutti e ventiquattro hanno esposto il loro stato mentale, Bridget dice: «Molti di voi si conoscono da un po'. Il pubblico a casa potrebbe non sapere che vi siete incontrati sul forum di *MarsNow* mesi fa. Ma ci sono delle regole in questo gioco». Si guarda intorno, incontra i loro sguardi. «Due di voi devono salutare gli altri stasera».

Pichu stringe la mano di Amber.

Adam preme la punta del suo scarpone da trekking contro la caviglia di Amber.

«Il nostro pubblico internazionale ha votato» annuncia Bridget. «Non è stato facile per le persone a casa e non è facile per noi».

C'è una pausa interminabile mentre i cameraman girano in cerchio, catturando la tensione da ogni angolazione.

Finalmente l'attenzione torna su Bridget, che dice: «David, sei venuto fin qui dalla Norvegia. Ci hai impressionato con il tuo stoicismo e la tua determinazione. E Agneta, dalla Svezia, ci hai stupito con la tua energia e siamo orgogliosi di averti avuto nel team di *MarsNow*». Un'altra pausa. «David, Agneta, mi dispiace... voi tornate a casa».

David annuisce. Agneta sembra... sollevata? Poi vengono presi da parte per il loro ultimo confessionale.

«Che *schifo*» dice Pichu, «essere i primi».

«Svezia non sembrava nemmeno turbata» dice Amber.

«Non era qui per vincere» sussurra Pichu. «Ho sentito che era nella versione svedese di *The Voice* e voleva più visibilità». Si gira verso la troupe. «Dobbiamo davvero dormire in queste tende, o era solo così per lo show?»

Uno dei cameraman ride.

«Merda» fa Pichu. «Ne deduco che ci tocca».

Mangiano con gratitudine il riso pilaf freddo – Adam infrange la sua regola no-cereali – poi Amber striscia nella sua mini-tenda, dentro il sacco a pelo, appoggia i piedi contro un masso per non scivolare giù dalla montagna. Respira. Sussurra una preghiera di ringraziamento perché oggi ha sentito quella vecchia certezza. La determinazione. Il senso della *cosa giusta* che una volta associava alla ginnastica e che pensava di aver perso. Forse potrà sempre contare su come i suoi muscoli si attivano quando serve, come sembrano acquisire potenza sotto sforzo, come sembra quasi spirituale e giusto fare tutta quella fatica. Ogni cellula, ogni onda cerebrale, ogni respiro condivide uno scopo, tutto il suo essere si restringe a un unico punto di luce: *la cima*.

La seconda e la terza settimana passano in fretta, dato che sono abbastanza fortunato da trascorrerle con un gruppo di piante di cannabis di un certo livello – vengono su in modo eccellente, tra l'altro. Le nostre bambine sono sane e al passo con i loro step di crescita. Quando Marcus arriva, gliele faccio vedere e dice: «Pazzesco. Non le hai ancora uccise».

«Non le ucciderò. Non è nemmeno una vaga possibilità».

«Ne sono convinto».

«Guardiamo lo show e basta, ok?»

La terza puntata si apre con Dirk Riley, astronauta a bordo della Stazione Spaziale Internazionale. «Ehi Marzionauti!» Sta lì che galleggia a gambe incrociate e somiglia a un Buddha calvo e rotondo nello spazio. «Vi sto guardando da quassù e vi auguro il meglio, che sia tutto fantastico!» Fa un lento giro su sé stesso mentre saluta.

Dato che le emissioni di carbonio non sono un problema, i concorrenti di *MarsNow* sono stati trasportati in aereo dal Nicaragua alla Scozia, e la seconda «prova» consiste in un percorso a ostacoli a tema scozzese. I concorrenti devono sfidarsi al tiro alla fune, competere al lancio del peso, scavalcare pilastri tartan, rammendare persino calzini, perché su Marte dovranno riparare da soli i propri vestiti. Dovranno anche mangiare di corsa l'haggis, presumibilmente perché su Marte mangeranno per vivere, non per divertirsi. E giocheranno una buca a golf… perché su Marte organizzeranno eventi di golf aziendali? Vai a capire. Che i giochi abbiano inizio.

Corrono attraverso gli ostacoli e Amber è in testa al gruppo, proprio come in Nicaragua. Raggiunge il traguardo appena dopo Tamiko, Adam, Logan e Ramesh, che ha rammendato quel calzino da vero professionista.

«Ma c'è un'altra sfida, Marzionauti» dice Bridget, la cui unica qualifica sembra essere il seno che sfida la gravità. «Basata sull'amata tradizione dei giochi delle Highland scozzesi».

Uno scozzese massiccio e rosso di capelli si fa avanti per una dimostrazione. Trascina con sé un tronco d'albero e indica una riga di gesso sull'erba. «Dovete far arrivare il tronco oltre quella linea». Grugnisce, solleva l'albero, urla qualcosa in un accento terrificante, poi lo lancia. Il tronco si ribalta due volte e atterra oltre la linea.

«Avete solo centoventi secondi per completare questa sfida!» dice Bridget, dando una stretta al bicipite dello scozzese.

Che relazione c'è tra lanciare un albero ed essere un astronauta? Non ne so più di voi.

Ramesh riesce appena a sollevare il tronco e a lanciarlo.

«Lancia come una ragazzina» ride Logan, l'americano con la mascella perfetta che parla troppo.

«Ehi» dice Steve, l'australiano con i pettorali perfetti che parla troppo. «Non prenderlo in giro solo perché è gay».

«Alcuni dei miei migliori amici sono gay. Dico solo che è stato un lancio da ragazzina».

Come per dimostrare la validità di questa teoria sulle ragazze, Adiya non riesce nemmeno ad alzare l'albero.

«Cavolo» dice Marcus, a braccia aperte sul mio divano. «La principessa saudita è oooooutut».

«Non ha mai detto che dovevamo lanciarlo da soli». Tish corre da Adiya. «Solo che dovevamo superare la linea».

Insieme, Tish e Adiya trasportano i loro tronchi oltre il gesso. Ma Amber, che odia accettare aiuto, ovviamente cerca di fare da sola. Si sforza, solleva l'albero di qualche centimetro, poi c'è un orribile suono simile a uno schiocco. La spalla destra, lo stesso infortunio che le era costato la carriera ginnica. Lascia cadere l'albero e respira a piccole riprese. Ma non piange. Non ho mai visto Amber Kivinen piangere. (Per quello che vale, lei non ha mai visto piangere me. A meno che non conti piangere guardando un film?)

«Sta bene, fra'» dice Marcus, anticipando la mia prossima mossa. «È solo uno show».

Ma conosco le espressioni di Amber meglio delle mie. Quello è dolore vero. Non sta fingendo.

Prendo il cellulare per chiamarla, anche se non le è più permesso rispondere e il suo telefono probabilmente squillerà a vuoto in una roulotte da qualche parte. Squilla e squilla mentre guardo Adam da Israele che lascia cadere il suo albero, rinunciando alle sue chance di vittoria, e corre verso di lei per aiutarla. Lo guardo mettere a frutto le sue conoscenze mediche per forzarle la spalla in posizione, provocando un altro orribile *pop*.

«Sembra che si sia formata un'alleanza» dice Bridget, nel suo minuscolo kilt. Sullo schermo, Amber si morde il labbro, emette un ringhio basso stringendosi il braccio. Nel mio orecchio parte la sua segreteria telefonica. *Sono Amber, non vivo ancora su Marte, quindi lascia un messaggio!*

«Lascia che l'articolazione si stabilizzi» dice Adam. «Dovrai metterci il ghiaccio». Si tira su la maglietta per asciugarle il sudore dalla fronte, esponendo gli addominali scolpiti. Poi le mette un braccio intorno alla vita. «Amber? Parlami».

«Uh-oh» dice Marcus. «Il tipo sta facendo il Dottor Stranamore con lei».

La telecamera è puntata sul viso di Amber. «Non ce la farò mai» sta dicendo. «Ora non posso più farcela».

«Guardami». Adam le prende la testa tra le mani. «Sei già là. Marte non è là fuori». Le posa una mano sul petto, sul cuore che batte. «È qui dentro».

Poi mi viene in mente, e non posso credere che ci sia voluto così tanto tempo: Adam = FirstMan34, della chat del forum.

Non c'è da stupirsi che non lo sopporti. Adam da Israele, con i suoi zigomi compiaciuti. Se la situazione non viene risolta, sarà lui il *prescelto*. Quello con cui Amber resterà rinchiusa all'interno di una capsula spaziale per mesi. Quello che accarezzerà la sua soffice carne a gravità zero. Quello che sposerà nello spazio. Colui che le darà i suoi figli marziani. E io sarò qui, su un pianeta con aria respirabile, koala e penne a sfera. Disastri petroliferi e nevicate. Abeti rossi, doline, scarabei dei pini. Sarò qui, da solo.

Non dico niente al telefono. Lascio che la segreteria registri il mio silenzio.

Il bruciore del dolore e del fallimento, come la prima volta che si è infortunata alla spalla. Era sulle parallele e stava eseguendo un Khorkina, un esercizio che aveva fatto centinaia se non migliaia di volte prima di allora. Ma in qualche modo, in una gara internazionale, davanti a tutto il cacchio di mondo, si era girata troppo durante il rilascio e aveva afferrato la barra con una sola mano. Un disastro. Aveva sentito l'articolazione della spalla strapparsi. Non era riuscita neanche lontanamente ad atterrare in piedi. Era crollata sulle ginocchia. Aveva distrutto la sua vita.

Aveva perso la fede.

Aveva perso, in un certo senso, l'amore di suo padre.

È vero? Non la ama più da quando ha smesso di gareggiare? Da quando non è più la sua piccola campionessa? Sicuramente no.

Ma non era riuscito a perdonarla del tutto per aver fatto quella cazzata. O forse era solo logistica, una questione di programmazione: senza ginnastica, suo padre non la portava più ad allenamenti e gare. Niente più ore nell'Enclave o da Tim Horton, scambiandosi citazioni bibliche.

«Eccone una per te, bimba. *Sei tu che hai creato le mie viscere e mi hai tessuto nel seno di mia madre*».

«Facile». Amber sorrideva. «Salmo 139».

«Verso seguente?»

«*Lode a te, perché mi hai fatto come un prodigio*».

Forse il suo corpo *è* effettivamente un prodigio, perché il dottore sta dicendo che Adam ha fatto un ottimo lavoro nel risistemarle la spalla e la fisioterapista sostiene che i suoi muscoli si stanno riprendendo così velocemente che entro pochi giorni potrà tornare in gara.

«Vuoi dire che posso ancora partecipare allo show?»

«Ma certo!» La coda di cavallo sbarazzina della fisioterapista sobbalza a ogni parola. «Stai andando alla grande!»

Quindi riceve l'ok del team medico di *MarsNow* e un barattolo di Tylenol 3 che continua a far rumore nella sua valigia, come se la chiamasse. Di solito Amber viaggia con i suoi antidolorifici, una sorta di polizza assicurativa: si convince che non si lusserà la spalla se è sempre pronta a lussarsi la spalla. A casa ne ha una scorta: Tylenol 3, Demerol, Oxy che ha comprato da Tariq dopo che si era operato al ginocchio, e abbastanza Tavor da stordire una tigre. Non ne prende mai - ok, ogni tanto qualcosa prende - ma è più tranquilla se li ha.

Ma stavolta non aveva messo pillole nel bagaglio, ritenendo che fosse un segno di maturità rinunciare alla sua vecchia, irrazionale convinzione. Quindi ovviamente, *ovviamente*, ecco che si è lussata la spalla. La parte sorprendente è che è sopravvissuta, che è ancora in gioco; in effetti l'infortunio, e soprattutto il fatto che Adam sia venuto in suo soccorso, sembra essere considerato un fattore positivo. Nick il viscido continua a dirle che sta creando una *storia fantastica*, come se lo avesse fatto apposta. Il giorno prima gli è piaciuto tantissimo il loro «dialogo», tanto che ha fatto filmare e rifilmare lo scambio tra Adam e Amber... *Marte non è là fuori. È qui dentro*, finché lei non gli ha fatto notare che si era davvero lussata una spalla, che era un dolore reale e probabilmente avrebbe dovuto prendersi una pausa. Oggi avrebbe dovuto essere il loro giorno libero, il resto del cast era stato mandato via, ma Nick pensava che Adam e Amber dovessero girare un'altra scena. Lei e Adam vengono portati in un hotel, in una stanza molto più bella della sgangherata «casa sicura» in un sobborgo di Glasgow, dove in effetti alloggiano.

«Va bene, ragazzi» dice Nick con il suo tono da produttore. «Ci è piaciuto quello che avete fatto là fuori. Quindi stiamo pensando che ce ne vuole *di più*. Più tensione riguardo alla spalla, più tensione sulla vostra relazione. Potete farlo?»

Adam le lancia uno sguardo che lei riesce a malapena a interpretare. Paura?

«Adam, Amber si sta mettendo il ghiaccio sulla spalla, tu passi a vedere come sta. E Amber». Nick le sta troppo vicino, le tiene la mano sulla parte bassa della schiena. «Sei preoccupata. Hai avuto questo infortunio. Non sai se significa che è finita, o no. Grande tensione, capito?»

Amber sbadiglia. Quel Tylenol 3. «Chiaro».

Adam scompare per poi riapparire pochi secondi dopo, premuroso, alla porta della finta camera d'albergo di Amber. «Amber? Posso entrare?»

«Certo, Adam».

«Come stai?»

«Bene, dai».

«Stop! Scusa» dice Nick. «Ma no, non stai *bene*. Tutto tranne che *bene*».

Adam annuisce, torna fuori, bussa di nuovo, entra di nuovo.

«Come stai?»

«Non bene. Mi fa molto male». Fa una pausa, si gira verso Nick. «Sinceramente, non direi mai una cosa del genere».

«Sento che ci serve un aiutino qui». Nick grida voltandosi appena. «Linnz, tesoro, puoi portarmi un limone? A spicchi?»

Nick prende da parte Adam, gli parla in quel modo da amico ad amico, poi si avvicina ad Amber. «Il fatto è, bambolina, che abbiamo bisogno di un po' di lo-faranno-non-lo-faranno. Sai? Come Ross e Rachel».

«Quindi siamo in una sitcom?»

«E Adam potrebbe avere qualcosa da dirti». Nick il viscido alza le sopracciglia. «Su di sé».

Lei si rivolge ad Adam. «Cosa devi dirmi?»

Linnzy appare con uno spicchio di limone e Nick il viscido dice: «Perfetto, grazie, bambola», poi inclina all'indietro il mento di Amber e le spreme il succo negli occhi.

«Gesù!» Lei si asciuga il viso. «Ma che cazzo...?»

«Ecco, più passione, così, esattamente». Le dà una pacca sul ginocchio, parla a bassa voce. «Devi *svegliarti,* ok? E fare un po' di scena. Ci sei, biscottino?»

Adam esce dalla stanza e bussa alla porta. «Come stai?» dice di nuovo, e Amber continua a sbattere le palpebre, le lacrime le offuscano la vista.

«Bene». Potrebbe pugnalare Nick il viscido. «Tutto a posto».

Adam si gratta la testa, come se stesse cercando di ricordare la sua battuta. «Ma ti sei lussata la spalla, Amber. È grave. Continuo a pensare che potresti essere rimandata a casa. Dal tuo ragazzo». Pausa piena di senso. «E potrei non rivederti mai più».

Ma certo. Ma certo che Nick il viscido le avrebbe tirato fuori *il suo ragazzo*. Dovrebbe piagnucolare e dirgli quanto è confusa, che *non sa cosa fare*. Dovrebbe gettarsi tra le braccia di Adam per cercare rifugio. Dovrebbero condividere il loro primo momento di intimità davanti alle telecamere. Cioè dovrebbe spingere Kevin sotto un treno.

Invece spinge la borsa del ghiaccio contro il petto di Adam.

«Non pensare *mai* che io molli». Si alza, lo fa indietreggiare. «Non mi rompo tanto facilmente».

Adam trattiene un sorriso.

«Lo stesso infortunio mi ha impedito di partecipare alle Olimpiadi, ma non mi fermerà adesso». Guarda con gli occhi rossi Nick il viscido poi la telecamera. «E non mi farà piangere».

Quando Bastiaan di Tsawwassen arriva con la consegna successiva, praticamente tiro dentro casa il suo corpo enorme. «Entra un attimo. Ti faccio un tè». Ho già preparato una teiera perché so che Bastiaan è un tipo da sencha. Probabilmente suona anche il banjo. Probabilmente passa le serate davanti al fuoco, cantando canzoni folk con i suoi figli ben educati.

«Wow, amico mio» dice. «Mi sa che hai un bel giro qui».

Giusto. L'appartamento puzza di erba. Io non lo sento perché non esco mai, ma la casa è piena di cime recise, che emanano odore di umido, di pacciame e di vita. Un odore che mi ricorda sempre quello dei peli pubici di Amber, di quando la apro e le infilo la lingua dentro.

«È solo una piccola attività secondaria».

«La vendi questa roba? Forse potrei trovarti dei clienti. Nei miei giri, intendo».

«Cioè saremmo partner? Soci in affari? E amici? Penso che potremmo essere amici».

«Come no. Vedo che si può fare. Se c'è interesse». Si guarda intorno, crolla sul divano. «Adoro casa tua. Mi ricorda i miei giorni da single».

«Quanti anni hai?»

«Trentacinque. Passa veloce. Cerca di apprezzare questo periodo, capisci cosa intendo?»

«Hai trentacinque anni? E quattro figli?»

«Non sentivo un silenzio così da anni». Ride. «Questo divano. Mi riporta alla memoria i ricordi della mia fase festaiola. La mia giovinezza sprecata».

Dato che ha quattro anni più di me ed è molto saggio, gli chiedo consiglio. Dovrei chiamare Bronwyn? Mandarle un messaggio? Qual è l'etichetta quando hai una ragazza, ma forse sta per andare su Marte? E quando una persona ti piace ma ti spaventa? A volte ho la sensazione che gli occhi di Bronwyn siano troppo grandi per la sua faccia, tipo come se fosse una specie di extraterrestre. Gli occhi di Bronwyn mi sondano il cervello?

«Situazione difficile, amico mio». Bastiaan annuisce pensieroso. «Penso che tu conosca le risposte meglio di me».

Il che è esattamente ciò che direbbe un saggio agricoltore che suona il banjo. E conosco la risposta: non la punirò, quella giovane donna innocente, attirandola nella mia tana nella giungla perché possa alleviare la mia solitudine e offrirmi protezione dal crepacuore, anche se Bronwyn ha un bel fisico. No. Sarò una brava persona e resterò imbronciato nella mia tana da solo. Allevierò la solitudine punendo Amber sottilmente e in modo passivo-aggressivo la prossima volta che la vedrò.

Solo che non appena Bastiaan se ne va, Bronwyn mi manda un messaggio. *Ciao Kevin, come stai? Mi sei appena venuto in mente, quindi ho pensato di chiederti cosa farai questo fine settimana.*

E guardate, se non avesse usato frasi complete e una grammatica corretta, avrei ignorato il suo messaggio. L'avrei salvata da sé stessa. Ma c'è qualcosa di erotico in quelle virgole ben posizionate. In una donna che conosce i tempi dei verbi. Una donna che mi manda un messaggio, fingendo che non le importi. *Mi sei appena venuto in mente*. Una donna che insegue me, tanto per cambiare.

La ripresa è finita; la troupe sta raccogliendo le cose; Amber sta ancora lacrimando succo di limone.

«Ehi Nick?» gli sorride dolcemente. Gesù Cristo. Sta camminando sul filo del rasoio con questo tizio, da quando lo ha incontrato al provino e ha detto quella frase sulla taglia del reggiseno. «Hai un minuto?»

«Certo, tesoro, che succede?»

Amber si avvicina, sussurra. «Posso avere il mio telefono? Per, tipo, un secondo?»

«Stai scherzando?» Nick ride. «Neanche per sogno».

La troupe è pronta a partire, Linnzy se n'è andata e Adam indugia sulla porta della camera d'albergo. «Vieni, Amber?»

«Ci vediamo sul pulmino». Si gira verso Nick. «Voglio solo chiamare i miei genitori per dire loro che sto bene. Saranno fuori di testa per la mia spalla».

«Non è un mio problema. Ti vedranno in tv come tutti gli altri».

Lei mette il broncio in modo teatrale. Gli posa una mano sul braccio. «Davvero, cinque minuti. Una telefonata?»

«Assolutamente no, amore». I suoi occhi si soffermano sui suoi seni. «Ci sono delle regole».

«Va bene, ho capito. In qualche modo pensavo che fossi un po'... il capo? Ma comunque ok. Va bene».

«Sono il capo». Le prende il gomito. «Ma sarebbe una seria violazione. Perderei il lavoro».

«E chi lo scoprirebbe?»

«Sei pazza?»

«Non toccherei i social media. Non mi collegherei nemmeno. Farei solo una telefonata».

«Scordatelo».

Ma il giorno dopo, sul set, Nick le mette una mano sulla parte bassa della schiena e le passa una busta. «Sei in debito con me» le sibila all'orecchio. «Di brutto».

La mano si sposta verso il basso e le strizza il culo. Uno scossone. Di rabbia. Di eccitazione. Come quando aveva quindici anni e si era addormentata sull'autobus dopo una gara, e si era svegliata con Coach Rodney accanto a lei, la sua mano sulle sue cosce, le dita che si insinuavano nei pantaloncini. Aveva stretto gli occhi. Terrorizzata e insieme morbosamente curiosa di sapere quanto avanti si sarebbe spinta la sua mano.

«Grazie, Nick. Sei il migliore».

«Ci vediamo dopo» dice, poi si allontana per parlare con la troupe.

Si era scostata con delicatezza da Coach Rodney, fingendo di essere ancora addormentata. Non voleva metterlo in imbarazzo: era il miglior coach nel nord dell'Ontario. Ma ora che era un personaggio pubblico avrebbe dovuto fargli il culo con il #metoo, le altre ragazze della sua squadra l'avrebbero sicuramente sostenuta. Era uno dei loro argomenti preferiti nelle conversazioni sussurrate: quanto fosse rivoltante Coach Rodney. I suoi occhi che guardavano cose che non dovevano e le battute inappropriate.

Ma l'intero caso sarebbe stato sminuito dalla stessa Amber, perché in seguito aveva avuto con lui quello scambio di email civettuole durante il suo primo anno a Vancouver, quando era sola e le mancava la ginnastica e lui aveva problemi con il suo matrimonio. Non importava che lei avesse diciannove anni e lui quarantasei. Lei iniziava sempre le email con *Ehi coach ;)* e si firmava con *baci e abbracci*.

Rodney l'aveva forse aiutata in qualche modo? Era lecito pensarlo? Quelle email l'avevano momentaneamente fatta sentire meno distrutta, in un periodo in cui credeva che l'infortunio alla spalla e il fallimento che rappresentava l'avrebbero definita per sempre. E non è utile che Nick il viscido la trovi attraente? Significa che sarà indulgente se lei dovesse essere un po' in ritardo sul set o dovesse avere bisogno di un minuto in più per sistemarsi i capelli. Significa che ha il telefono. Le è permesso detestare Nick e flirtare con lui?

Kevin dice sempre che l'ipocrisia e la dissonanza cognitiva sono le caratteristiche distintive del mondo moderno: vuoi salvare il pianeta ma non puoi far visita alla tua famiglia se non in macchina o in aereo; vuoi essere una donna potente ma l'unica opzione è "farsi avanti" e diventare sociopatica come gli uomini. Quindi ti senti in trappola, ipocrita e colpevole. Ma non puoi dirlo a nessuno, perché tutti i tuoi amici sui social media sembrano giusti, indignati e puri. Quindi coltivi la vergogna, e questa vergogna ti impedisce di incriminare i veri colpevoli, l'un per cento di coloro che hanno costruito questo mondo e che stanno traendo profitto dal tuo tumulto interiore vendendoti alcol o ossicodone o porno online.

Comunque, vabbè. Ha il suo telefono.

«Ehi Linnz?» grida. «Vado un attimo al bagno».

«Numero uno o numero due?» Linnzy ha un walkie-talkie davanti alla bocca, pronta ad annunciare a tutti l'attività della vescica o dell'intestino di Amber. È davvero necessario? Vengono trattati come bambini. O prigionieri. Ogni minuto viene annotato.

«Due» risponde Amber, per darsi più tempo, e gli altri concorrenti la fissano con invidia. Nessuno di loro caga ultimamente – la stitichezza dilaga sul set, a causa dei tanti spostamenti.

«Stronza fortunata!» le urla Pichu.

Il cuore di Amber batte forte mentre si dirige verso il bagno chimico, si chiude dentro, spegne il microfono e tira fuori il telefono dalla busta. Ed eccolo lì, in tutta la sua gloria idiota: *Mi vuoi sposare?*

Come osa? Come osa innescare quel desiderio dormiente, il desiderio di ogni brava ragazza cristiana: essere una moglie e una compagna, incarnare purezza, essere scelta e amata. Non ha più bisogno di quella merda. Perché essere una star dei reality è esattamente come essere una sposa: non è più una donna normale ma una donna performativa, risanata, un emblema ammirato, invidiato.

Fanculo Kevin. *Sei morto per me.*

Ma la sua spalla fasciata stretta, immobile e dolorante, è come un riflesso pavloviano: Kevin le ha salvato la vita, l'ha rinfrancata nello spirito dopo il primo infortunio, e ora sente che il suo corpo non potrà guarire correttamente senza di lui. Superstizione. Ridicola, proprio come pregare un grande uomo nel cielo.

Lo ha detto ad Adam ieri sera mentre stavano di nuovo sdraiati nel suo armadio, sotto le luci rosse. Lui aveva regolato una delle lampadine in modo che le irradiasse direttamente la spalla e lei aveva ammesso che le mancava il suo ragazzo.

«So che non dovrei parlarne con te» aveva detto. «Mi dispiace».

«Siamo liberi di dirci qualsiasi cosa».

Lei aveva chiuso gli occhi. Si sentiva meglio quando non lo vedeva in faccia, quando erano l'uno l'anonimo confessore dell'altra. «So che è stupido, ma ho solo bisogno di sentire la sua voce».

«Se qualcuno mi amasse come il tuo Kevin ama te» aveva detto Adam, «io non lo lascerei mai andare».

Forse do l'impressione che le avventure di Amber in tv siano la cosa che mi assorbe di più. Ma mentre taglio le cime e le stendo su un giornale a seccare, sono amorevole, quasi reverenziale. Ora che Amber se n'è andata, le piante di cannabis sono le mie compagne. Amiche che non mi abbandoneranno mai. Il loro rifugio è il nostro habitat condiviso, inalano anidride carbonica ed espirano ossigeno mentre io faccio il contrario: inspiro ossigeno ed espiro CO_2. In questo modo, ci creiamo reciprocamente; ci conosciamo a fondo; ci respiriamo a vicenda dandoci la vita.

Vedete? Sto diventando un dannato sciamano, quindi no, non penso molto ad Amber o a *MarsNow*. Un programma spazzatura. Tutti i concorrenti di *MarsNow* ora rientrano pienamente nei loro ruoli: Tish è l'oca sexy, Ramesh l'affabile gay, Logan l'uomo alfa, Tamiko la bellissima stronza, Pichu l'adorabile migliore amica, ecc. ecc. Sono venerati come un pantheon di dei, la risposta della società secolare ai santi, i volti carismatici della nostra vera religione: il consumismo individualista. E il ruolo di Amber – tosta, cazzuta e hippie – si è ampliato. L'infortunio e la possibile storia d'amore con FirstMan34 l'hanno resa una stella. Ellen l'ha anche invitata al suo show:

ELLEN Quindi, Amber Kivinen, sei stupenda, sei in forma, forse stai per andare su Marte, e... spacci droga? Spacciavi droga? Non voglio farti arrestare.

AMBER (ride) Sì, spacciamo droga, ma il Canada sta per legalizzare l'erba: mi piace pensare di essere stata in anticipo sui tempi.

ELLEN Quindi non sarà più illegale per voi vendere erba? Sarà legale. Portia e io potremmo venire a trovarvi e fumare la ganja?

AMBER (ride) Non è così semplice. Non sarei uno dei distributori autorizzati, quindi tecnicamente l'erba che vendiamo non sarà comunque legale.

ELLEN *Tecnicamente* è illegale, Vostro Onore. (ride) Sei fatta in questo momento?

AMBER Assolutamente no! C'è stato un tempo, però...

ELLEN Prima di trovare Marte.

AMBER Esatto. Ero un po' persa. Penso che molti di noi possano capirlo. Ma ora voglio solo essere davvero *lucida*, davvero presente.

ELLEN Perché stai gareggiando, e non è fisicamente o mentalmente facile, immagino.

AMBER Non solo. Voglio essere presente a me stessa ora, mentre parlo con te. Voglio essere lucida sempre. Tutto questo significa così tanto per me.

ELLEN È fantastico. Una storia affascinante.

AMBER Non si tratta solo di viaggi nello spazio, di scienza o di status, di realizzazione. Sono una persona orientata agli obiettivi, ma...

ELLEN Per te è molto più di questo.

AMBER C'è qualcosa nel viaggio, nell'esplorazione di un nuovo mondo: si tratta di ricominciare da capo. Rinascere.

Lucida. Presente. Amber ha giurato pubblicamente di concentrarsi, di eliminare ogni ostacolo dalla sua vita, di *rinascere*. Ma mi chiama ancora. O comunque mi ha chiamato. La notte scorsa. Da un bagno chimico a Glasgow. In teoria perché aveva bisogno che guardassi nell'armadietto dei medicinali per ricordarle che marca di inibitori di acidità usa.

«Non avranno antiacidi all'avanguardia su Marte?» ho detto.

«Vaffanculo, Kev, per favore. Dico sul serio».

«Hai preso il generico da Shoppers» ho detto. «Extra forte».

«Sento l'acido dello stomaco fino in gola» ha detto. «E in testa. Mi bruciano gli occhi».

«È mai possibile?»

«Lo è? Pensi che possa entrarmi nel cervello?»

«Galeotta, i succhi gastrici non riescono mica a raggiungere il cervello».

Ero seduto nella vasca da bagno, che è il posto in cui io e Amber andiamo a rinfrescarci. La ceramica era fredda contro la mia schiena. «Comunque, stai partendo per Marte. Ti ucciderà prima l'atterraggio».

Non ha potuto fare a meno di ridere.

«Va tutto bene» ho detto «Fai un bel respiro, ok?»

«Va bene. Lo sto facendo. Sto respirando».

«E sei molto sexy» ho detto, «con quella minuscola divisa che ti fanno indossare».

«Oh Dio» ha riso. «Grazie. Grazie mille».

E mi è venuto in mente che anche se Amber andrà su Marte, anche se vivremo ad anni luce di distanza, guarderemo comunque lo stesso tramonto.

Amber è in un umido mondo sotterraneo, quasi senza peso, faccia a faccia con una femmina di squalo-toro incinta. Lo squalo (Amber l'ha battezzata Diana) si muove lentamente, dolcemente. Le nuota vicino, la guarda con curiosità, e quasi le sfiora la muta con la sua pelle di carta vetrata.

Amber sorride. Fa segno a Ha Joon, il suo compagno di immersioni e di squadra per questa sfida. Lui ricambia il suo ok. Hanno trascorso le ultime tre ore sott'acqua, indossando mute e guanti *MarsNow*, imbottiti e spugnosi, girando intorno a un modello del Lander sul fondo del mare per riparare una valvola rotta. Sono riusciti a terminare prima che finisse il tempo a disposizione, e adesso può finalmente guardarsi intorno. Non sente alcun suono tranne il sibilo della sua attrezzatura subacquea. È mai stata così calma? Non fa caso alla troupe subacquea. Non le interessa l'aspetto del suo corpo nella muta, né il fatto che i suoi capelli siano aggrovigliati intorno alla maschera. Il suo battito cardiaco è rallentato; lei non è altro che respiro. Inspira, espira. Un banco di pesci le guizza intorno. Una tartaruga caretta, aliena e incredibile, corre sul fondo dell'oceano sollevando la sabbia.

La corrente sta diventando più forte: Amber si aggrappa a una roccia per restare ferma. Crepuscolo. Presto gli squali andranno a caccia, Ha Joon indica in su con il pollice. Amber potrebbe restare lì per sempre, ma lui ha ragione. Le pinne la spingono verso l'alto, nel silenzio, verso la luce del sole.

Escono in superficie e Amber torna nel mondo degli umani. Viene issata sulla barca dalla troupe subacquea, telecamera in faccia, Nick il viscido che dice: «Com'è andata, bambolina?»

«Fantastico. Perfetto».

L'equipaggio la aiuta a togliersi la tuta spaziale, poi Nick le apre la cerniera della muta: viene filmata mentre lotta per uscirne, una specie di imbarazzante striptease.

Bridget dice: «Amber, hai riparato il Lander *MarsNow* in tempo per sfuggire alla letale femmina squalo-toro. Hai mantenuto la calma sotto pressione. Sei sopravvissuta alla sfida!»

Amber si sente come se fosse emersa da un mondo mitico. Una creatura marina ripescata.

«Gli squali erano bellissimi» dice. «Penso che una di loro fosse incinta».

Sente un'improvvisa oppressione al petto, come se fosse ancora sott'acqua e l'ossigeno avesse smesso di fluire. Tristezza. Quel crepacuore a cui era abituata, ma che ultimamente era riuscita a ignorare grazie alle distrazioni: Adam, Marte, fama. Ma le microplastiche, i deflussi agricoli, le temperature in aumento. Che futuro avrà quel cucciolo di squalo?

... e una massa simile a una grande montagna ardente fu gettata nel mare. Un terzo del mare diventò sangue...

Non c'è alcuna speranza. Alcuna bellezza senza rimpianti; alcun miracolo senza terrore. Gli esseri umani hanno cambiato il pianeta così profondamente che non è più la vera casa di nessuno.

Non può lasciarsi scalfire.

Anche Ha Joon viene issato sulla barca e arriva il suo turno di essere bombardato di domande. Amber si allontana, cerca l'asciugamano, sente un pizzicotto sulla pelle della spalla... Nick il viscido l'ha appena *morsa*? No. Le ha solo tirato e poi mollato di scatto la bretella del costume da bagno, neanche fossero al liceo.

«Bel lavoro laggiù» dice. «A proposito, ti sei dimenticata qualcosa?»

«Cosa?»

«Il telefono. L'accordo era che l'avresti avuto per cinque minuti e sono passati due giorni».

«Oh sì, certo. Avevo dimenticato di averlo ancora. Te lo porto domani?»

«Stasera. Passa dalla mia roulotte».

Che schifo. Dovrà slogarsi una caviglia o farsi venire un esaurimento nervoso. Dovrà trovare una scusa davvero buona, un numero infinito di buone scuse, per non dover mai passare da quella roulotte. «Certo». Sorride al suo viso liscio, più bruciato che abbronzato. «Nessun problema».

«Uh-oh, guarda». Le fa scorrere un dito lungo la spina dorsale. «Pelle d'oca».

Le cime sono quasi secche, quasi pronte per essere pesate e imbustate. Cuocio le foglie in forno e poi le metto a bagno in Bacardi e miele. Ho in programma di espandere l'attività, produrre una potente Green Dragon. E sono nel mezzo di uno scambio di messaggi con Bronwyn, che mi aggiorna sulle sue ultime imprese di pasticceria vegana con la promessa che *Presto assaggerai i miei brownies di avocado*! («Brownies di avocado» non è il nome in codice di qualche atto/posizione sessuale. Ho controllato). Voglio dire che ho molto da fare. Quindi non mi interessa se Marcus dice che non potrà guardare la prossima puntata di *MarsNow* con me perché ha dovuto fare cambio turno da Uncle Fatih's Pizza. Anzi, neanche mi metterei a guardare lo show, se non fosse per il fatto che questa non è la mia storia; sono il Nick Carraway di Amber-Gatsby, e bisogna dare alle persone ciò che chiedono. Quindi ecco l'aggiornamento: i diciotto concorrenti che hanno superato le prime tre sfide vengono portati in aereo dalla Costa Rica al Laboratorio Nazionale di Los Alamos, nel New Mexico, noto soprattutto come il luogo in cui è stata creata la prima bomba atomica. Ora è la casa di *MarsNow*.

I concorrenti vengono condotti in visita attraverso stanze piene di giovani in felpe con cappuccio, curvi sui computer, con le cuffie incollate alle orecchie mentre progettano un nuovo Internet per Marte. Laboratori, uffici, una caffetteria aperta 24 ore su 24, 7 giorni su 7, un pub *MarsNow* dove gli scienziati rubati alla NASA e i programmatori della Silicon Valley siedono a tavoli separati.

L'astronauta Dirk Riley, ancora a bordo della Stazione Spaziale Internazionale, fa la sua comparsa nel programma per ricordarci che *MarsNow* è «Il più ambizioso programma spaziale mai concepito!»

Poi i concorrenti – non riesco a chiamarli Marzionauti – incontrano Geoff Task, quel flaccido miliardario cretino che usa i profitti di Almanac per investire in progetti mirati a fare contento il liceale nerd vittima di bullismo dentro di lui: produrre SUV a prova di proiettile e commercializzarli come migliori veicoli per il futuro collasso sociopolitico-ambientale; costruire un "sobborgo intelligente" in Quebec, che raccoglierà e venderà infiniti dati sui suoi residenti; finanziare un programma spaziale ufficialmente chiamato *MarsNow* Mega Project; sposarsi con e divorziare da una serie di attrici bionde.

A Los Alamos, Geoff Task si trova nel deserto, tutto vestito di nero, con i radi capelli biondi sistemati ad arte, consapevole dei suoi occhiali super trendy. È magro e pallido, con un collo regale, perfetto per una ghigliottina, le maniche rimboccate a rivelare un tatuaggio: *amor fati* scritto in nero. (Quale parte del suo destino sarebbe difficile da amare?) Ha gli occhi grigi come il cemento e la pelle liscia in modo inquietante... si vocifera che stia testando un trattamento sperimentale contro l'invecchiamento che comporta trasfusioni di sangue prelevato ai bambini. A guardarlo si capisce subito che è il tipo di persona che confonde il successo negli affari con l'illuminazione dello spirito. Che usa la parola chiedere come sostantivo e la parola dono come verbo.

I concorrenti di *MarsNow* sono alle sue spalle nelle loro uniformi lucenti. (E ovviamente, quando controllo l'account Instagram ufficiale di *MarsNow*, vedo una foto di Amber tempia a tempia con Mister Coglione Miliardario e la didascalia: *I nostri Marzionauti sono entrati in contatto con questo genio! #chefortuna*).

«Questa è l'impresa più importante che l'umanità abbia mai intrapreso» dice Mister Coglione Miliardario, perché ha dimenticato quando abbiamo liberato i campi nazisti. Dice che il lander Lockheed Martin *MarsNow* sarà potenziato da qualcosa che ha chiamato Super Intense Rocket (proprio così, ve lo giuro), con quaranta motori Raptor che forniranno più del triplo della spinta del *Saturn V* della NASA, mica cazzi.

E parlando di spinta, il razzo-astronave ha una forma fallica, com'era prevedibile. Risplende nel sole del deserto; i Moschettieri di Marte lo ammirano e gioiscono. Cos'è successo alla mia ragazza? Amber è passata dalle donazioni in denaro agli attivisti ambientali a… celebrare il proprio asservimento tecno-feudale?

Mister Coglione Miliardario fissa il suo razzo. «È la creazione più bella che io abbia mai visto» dice, perché chiaramente non ha mai visto la grazia sconvolgente di una balena beluga, nemmeno in tv. «Potrebbe sembrare assurdo, ma stiamo pianificando il lancio tra meno di sei mesi. Presto abiteremo altri mondi!»

I concorrenti di *MarsNow* lanciano gridolini come le protagoniste di *The View*.

«Questo progetto è una necessità, dato che il nostro pianeta si sta deteriorando». Il volto di Mister Coglione assume un'espressione studiata alla Jean-Luc Picard. «Per un futuro sostenibile, come specie dobbiamo diventare interplanetari».

Immagino che essere un miliardario significhi che non hai bisogno di pensare a nessuna specie tranne la tua.

Chiudo il portatile e mi chiedo se ci sia una parola tedesca sufficientemente lunga per esprimere esattamente ciò che provo: profonda vergogna di essere parte dell'umanità. Posso andare avanti? Posso vivere in questo mondo folle? Potrei buttarmi dalla finestra in un momento di distrazione (e quando vivi in un seminterrato, potresti farti qualche livido), quindi mando un messaggio a Bronwyn e la invito a guardare un altro film. Lei risponde: *Adesso? Certo!*

A quanto pare è in zona. E a quanto pare sta avendo una giornata fiacca sul fronte delle letture zodiacali freelance. Porta dei quadratini di torta alle noci pecan, che mangiamo dalla padella mentre guardiamo *Beau Travail*: stasera niente commedie romantiche perché voglio purificarmi il cervello con il lirismo filmico. Ma Bronwyn non dev'essere una fan della cinematografia raffinata, perché parla praticamente tutto il tempo, dicendo cose banali come: «Quindi ti piacciono proprio i film, eh?»

«Io e mia madre ne abbiamo guardati tantissimi quando ero piccolo. Lei preferiva le commedie romantiche».

«È fantastico. Sai un sacco di roba».

«Ho frequentato un semestre alla Vancouver Film School. Volevo fare lo sceneggiatore».

«E che è successo? Hai smesso?»

Odio parlare durante un film: Amber sa che non deve rompere l'incantesimo a meno che non sia un'emergenza. Inoltre non voglio rivivere quei primi anni a Vancouver, sono irrilevanti. Due anni di letteratura inglese alla University of British Columbia prima di trasferirmi alla Vancouver Film School. Un tempo di speranze giovanili, quando mi svegliavo nel cuore della notte con un'idea per una sceneggiatura, quando ero determinato a rivendicare la parola *intrattenimento* liberandola dalla sua associazione con la passività: avrei scritto sceneggiature che avrebbero fatto ridere *e* pensare. Sceneggiature che connettessero il pubblico con lo scrittore in un piacere reciproco, intelligente e ironico. Sceneggiature che avrebbero fatto sentire le persone meno sole.

Quando non scrivevo, o non pensavo a scrivere, o non parlavo della scrittura, raccoglievo film da guardare con mia mamma durante le vacanze di Natale: *Susanna!, La signora del venerdì, Una gaia commedia neonazista, Ho perso la testa per un cervello*. Per due Natali consecutivi, sono tornato a casa a Thunder Bay sul Greyhound attraverso il paesaggio canadese ghiacciato, leggendo *Anna Karenina* o George Saunders, con dell'erba della British Columbia per la mamma nello zaino. Amber al tempo era la ragazza migliore del mondo: anche se era molto impegnata alla UBC, aveva fatto ricerche sull'artrite reumatoide e scoperto studi che dimostravano come la marijuana fosse d'aiuto per i dolori articolari. Così erano stati piantati i primi semi del nostro futuro, e la vita sembrava luminosa ed espansa.

Vedete? Non posso parlare di quegli anni perché dovrei parlare di Amber. Come durante quel semestre di scuola di cinema, quando mia madre non era arrivata a Natale, la risata di Amber, il corpo di Amber, la voce di Amber, tutta lei stessa, mi avevano salvato. Avevo ventun anni e il cuore già a pezzi.

«Non volevo quindicimila dollari di debiti» dico a Bronwyn. Ed è parte della verità. «Sai com'è».

«Penso che saresti bravissimo come autore. Magari potresti fare dei corsi adesso...»

«Naaa. Mi sento abbastanza uno schifo anche senza fallire in ingegno».

«Allora scrivi per divertimento! Penso che scrivere sia davvero magico».

«La mia scrittura non è mai stata "magica". La cosa migliore che ho scritto è stata una buddy comedy su me e il mio amico Marcus che ci ubriachiamo».

E poi di questi tempi sono tutti degli scrittori del cazzo, tutti a comporre email, sms, post. Tutti fanno questo lavoro, non retribuito, per una manciata di aziende - una manciata di Geoff Task - che innocentemente ci incoraggiano a «condividere» e «connetterci». E sullo sfondo di tutta questa scrittura c'è un altro testo, l'insieme dei dati che la scrittura produce, una storia che viene comprata e venduta con lo scopo di fare pubblicità, convincerci a non votare o fomentare le nostre paure più feroci. Non voglio contribuire all'apocalisse dell'informazione, a questa distopia dai contenuti infiniti. Fanculo. La scrittura è diventata una performance senza senso, solo un modo per coinvolgere degli utenti: un modo per farli continuare a consumare. Sto facendo un favore a me stesso e al mondo mantenendo il silenzio. Non condivido, non mi connetto - non scrivo - e questa è la mia ribellione. Sono in sciopero.

«Be', mi piacerebbe leggerla» dice Bronwyn. «La tua buddy comedy».

«Ti do un consiglio» dico. «Non offrirti *mai* di leggere un'opera inedita di uno scrittore. È pericoloso e non sicuro e potrebbe portarti a trascorrere il tuo tempo prezioso su questo pianeta leggendo pleonasmi come *È pericoloso e non sicuro*».

Bronwyn mi guarda con quegli occhi a raggi X. Come posso essere più interessante del film di Claire Denis? Sarei ancora meno affascinante se fossi uno scrittore, uno di quei cyborg con la tastiera come prolungamento delle mani. Uno di quegli alcolisti funzionali che non smettono mai di parlare di quanto sia *impegnativo creare personaggi*, quanto si debba scavare nel *profondo* per *incarnare altre anime*. Ho incontrato troppi imbecilli del genere alla scuola di cinema. Come se la scrittura fosse uno sport estremo, che richiede livelli fenomenali di... no, non egocentrismo ed egoistica determinazione, ovviamente no. Soltanto *curiosità, immaginazione* ed *empatia*. Credetemi, potrei scrivere se mi andasse. Mi alleno da quattordici anni. Che cos'è una relazione - cos'è l'amore - se non un'impresa olimpionica di curiosità, immaginazione ed empatia?

«Quindi non scrivi più, ma lavori come comparsa?» chiede Bronwyn.

«Fare la comparsa mi si addice. Sono sul set ma non ho nessuna responsabilità. Sono, tipo, *limitrofo*. Essere limitrofi si adatta ai miei valori».

«Ma a volte devi essere un eroe, sai. Gettarti nella mischia».

Mi rendo conto che vuole andare al sodo, ma non riesco a mancare di rispetto al film pomiciando. Anche se, allo stesso tempo, penso che la sua battuta - *a volte devi essere un eroe* - seguita da un bacio appassionato sarebbe oro colato in una commedia romantica.

Poi mi viene in mente. So cosa fare. Sono cresciuto con le commedie romantiche degli anni Ottanta: come ho potuto non pensarci prima? Dovrei spalancare la porta, correre sudato in strada (o magari semplicemente salire su una *Car2go*, per un discorso di efficienza), attraversare tutto l'aeroporto di corsa per comprare un volo last minute per il New Mexico da una graziosa impiegata di una compagnia aerea, che sorriderà quando dirò: «Sto inseguendo l'amore!» (Tranne, ovviamente, che non ci sono più impiegate sorridenti di compagnie aeree e che dovrei comprare il biglietto da una macchinetta, ma vi siete fatti un'idea). Saltiamo la parte noiosa in cui sono seduto su un aereo a bere ginger ale da un bicchiere di plastica e arriviamo al climax: riesco a entrare nel dormitorio di Los Alamos o quello che è, gli addetti alla sicurezza mi inseguono ma non sono molto veloci, e ne risulta una specie di sfida a sorpresa, che riesco a vincere appena un attimo prima di fare una capriola da un balcone, o di schiantarmi contro una finestra, e vederla. Amber. Che mi fissa con stupita incredulità.

Poi cado in ginocchio: «Ti amo...»

Lei termina la frase: «... senza alcun motivo».

E ci abbracciamo.

Taglio. Fine.

La scena mi balena davanti, perfetta, integra e narrativamente soddisfacente. So cosa fare. Devo essere l'eroe. Ho bisogno, prima di tutto, di uscire da questo appartamento.

Ma poi Bronwyn si appoggia a me, si mette il mio braccio attorno alla spalla e dice: «Ci fumiamo una canna?»

Sul set, Nick afferra Amber da dietro, le cinge la vita con il braccio. «Non ti sei presentata ieri sera. Né la sera prima».

«Ho avuto un attacco di *diarrea del viaggiatore*, Nick. Forse per l'insalata in Costa Rica? Non è stato bello. Ho ancora la nausea».

«Mi devi ridare il telefono».

«È nella mia stanza».

«Vai a prenderlo».

«Non stiamo iniziando a girare?»

Per fortuna appare Linnzy e dice: «Nick? Ti posso parlare un attimo?» e lui si dimentica del telefono: è troppo occupato a urlare alla troupe riguardo a qualche crisi reale o immaginaria. Poi cominciamo le riprese e tutti fanno un giro per le strutture di *MarsNow*: il modello del Lander *MarsNow*, i laboratori pieni di persone in camice bianco con il marchio *MarsNow*, la caffetteria, i calciobalilla, le stanze per riposare e le aree con i trampolini per allenarsi. È come le megachiese americane che la famiglia di Amber visitava ogni estate, nel New Jersey, in Texas e in Arizona. La loro chiesa a Thunder Bay era un semplice edificio di mattoni con modanature pallide e banchi scomodi, ma facevano pellegrinaggi in chiese che sembravano quartieri: strade alberate e tortuose, parcheggi pieni di macchine scintillanti, ristoranti che servivano le migliori bistecche, palestre e campi da basket e da calcio, negozi che vendevano articoli su Gesù e "centri devozionali" che contenevano migliaia di corpi ondeggianti. Il campus di *MarsNow* sembra un luogo di culto.

La parte più incredibile è l'esterno: un vasto campo di Rover e repliche in scala reale delle Strutture di Insediamento dove i Marzionauti vivranno e lavoreranno, in case gonfiabili con cinque metri quadrati di spazio privato e venti metri quadrati di spazio comune. La città marziana del futuro.

O forse la parte più interessante sono i laboratori. Amber osserva Tamiko parlare di tensegrità con uno dei designer. Ramesh chiacchiera con gli sviluppatori di software. Logan continua a parlare dell'estrazione di minerale di ferro, nichel, cobalto, platino e oro dalla cintura degli asteroidi: «Alcune di quelle cosette varrebbero centinaia di milioni di dollari!» Ma quando raggiungono l'aria fresca e umida della stanza Aquaponics, ecco, è il momento di Amber.

Piccoli germogli di cavolo riccio, lattuga e bietola crescono da contenitori che stanno nel palmo della sua mano, e risplendono sotto la luce viola. Una coltura idroponica modificata che sembra utilizzare una sorta di substrato poroso.

«Come potete vedere» dice Geoff Task, che ha dedicato del tempo della sua settimana a un'apparizione nello show, «stiamo utilizzando una tecnologia all'avanguardia per garantire che i nostri Marzionauti non soffrano mai la fame».

«Sono curiosa». Amber si fa avanti. «Queste piante sono impollinate manualmente?»

«Per ora usiamo i ventilatori per la circolazione dell'aria» dice uno dei botanici, in camice bianco. «Ma stiamo valutando se le api possano essere trasportate mentre sono in letargo. Stiamo assolutamente tenendo in conto l'impollinazione».

«E come affrontate la sfida della bassa gravità di Marte? Come evitare che l'acqua saturi le radici? Sembra che abbiate sospeso le piante in...» Amber scruta più da vicino. «Argilla umida?»

«Ci stiamo ancora lavorando, a dire il vero». Il botanico lancia uno sguardo inquieto verso Geoff Task. «Per ora utilizziamo mezzi meccanici, ma stiamo pensando di esplorare la possibilità di piante pendenti».

«È impressionante». Amber immagina già camere di crescita come quella su Marte, sepolte sottoterra per proteggerle dalle radiazioni. «Si tratta di un sistema acquaponico *implementato*. Adoro».

«Grazie, Amber» dice Geoff Task.

«Ma non è sicurezza alimentare» aggiunge lei. «Non a lungo termine».

Task si fa teso, come se non fosse abituato alle cattive notizie. «Come mai?»

«La lattuga non ci basterà. Semplice. Abbiamo bisogno di cibo che sia ricco di calorie e di nutrienti».

Geoff Task incrocia le braccia, inclina la testa. Le guance di Amber si inondano di calore quando tutte le telecamere ruotano verso di lei. «Il problema più grande per la coltivazione del cibo su Marte sono gli alti livelli di CO_2 nell'atmosfera» afferma. «Sappiamo, dagli studi di Loladze sui cambiamenti climatici della Terra, che maggiore è la quantità di CO_2 nell'atmosfera, più le piante crescono, ma queste grandi piante sono ricche di zuccheri e povere di nutrienti. Una fonte di carboidrati, ma non molto altro. L'equivalente naturale del cibo spazzatura».

Geoff Task la fissa con la mascella serrata.

«Se vogliamo davvero colonizzare un altro pianeta» dice lei, sistemandosi i capelli dietro le orecchie, «dovremo trovare il modo di sviluppare proteine e grassi trasportabili, rinnovabili e sostenibili».

Geoff Task annuisce. «Ti ascolto».

«Grilli, formiche, scarafaggi: esistono modi per utilizzare la tecnologia CRISPR per creare un superinsetto commestibile, in grado di vivere e riprodursi anche in condizioni di freddo estremo?»

«Ci stiamo già lavorando» dice Task. «Stiamo esaminando i vermi della farina, le cavallette e i grilli. Stiamo anche facendo ricerche sulla carne coltivata in piastre di Petri».

«C'è anche la possibilità di allevare bestiame, magari portando con noi embrioni congelati» afferma Amber. «Come sulla Terra, il suolo per essere sano ha bisogno del fertilizzante degli animali».

«Vitelli congelati?» Task ride.

«Suggerirei polli o conigli, animali che si riproducono rapidamente, non richiedono molto mangime e sono trascurabili in termini di impronta di carbonio. Anche se ovviamente ciò richiederebbe una regolazione della temperatura. Una sorta di sistema passivo». Ha trascorso mesi a sfruttare il prestito interbibliotecario dell'UBC proprio in vista di questo momento. Aveva considerato la possibilità di allevare licheni antartici, quaglie, scarafaggi, denti di leone, alghe marine, si era sentita di nuovo una studentessa, aperta, curiosa e coraggiosa. «Penso anche ai prodotti di scarto. Forse possiamo coltivare ortaggi a radice e funghi nelle nostre stesse feci, come nel film *Sopravvissuto. The Martian*. Ma c'è anche la CO_2 che espireremo: è una vecchia ricerca, praticamente dimenticata, ma negli anni Sessanta la NASA scoprì che la CO_2 poteva essere convertita in nutrienti, comprese le proteine, da microrganismi chiamati idrogenotrofi».

«Non c'è certo carenza di anidride carbonica» chiosa Task.

«Esatto. E l'efficienza (avremmo bisogno solo di alcuni serbatoi di fermentazione) è strabiliante».

Task la fissa, il volto stranamente inespressivo.

«La fermentazione offre possibilità enormi» continua Amber. «Per la produzione e la conservazione degli alimenti, per mantenere puliti noi stessi e il nostro ambiente di vita, per regolare il microbioma interno in un ambiente ostile ed estraneo».

Il silenzio di Geoff Task è snervante. Lei lancia un'occhiata ad Adam, che le fa un cenno quasi impercettibile.

«Il mio obiettivo, se venissi scelta per la missione *MarsNow*, è quello di collaborare con questi brillanti ricercatori». Fa il suo sorriso più dolce, quello sono-intelligente-ma-anche-carina. «Insieme possiamo sviluppare tecniche per nutrire i Marzionauti e le generazioni future in modo sostenibile ed equo».

È allora che il Visionario Geoff Task annuisce. «Mi piace il tuo modo di pensare, Amber Kivinen».

Dopo l'ultima puntata e la performance poco convincente di Geoff Task come essere umano, non posso affrontare *MarsNow*, o meglio MarsImminently, da solo. E non riesco neppure ad affrontare Bronwyn, l'essere umano a cui mi sembra di dare false speranze. Quindi invito Marcus e guardiamo il filmato delle dodici ore trascorse da Amber in una vasca di deprivazione sensoriale, girato grazie a delle telecamere per la visione notturna, stile video porno di Paris Hilton. La sfida è dimostrare di farcela a gestire l'intensa noia e l'isolamento dei viaggi spaziali. Il compito di Amber è di restare quattro ore da sola, quattro ore con Ramesh, quattro ore con Tamiko. Da sola giace perfettamente immobile finché non ce la fa più, poi sguazza e canticchia. Va meglio in compagnia. Ramesh e Amber parlano degli inverni a Thunder Bay e del tempo passato da Ramesh nei cabaret di Mumbai a poco più di vent'anni. Poi cantano ogni canzone di Taylor Swift che ricordano. Un incredibile numero di canzoni di Taylor Swift.

Con Tamiko, Amber prova a conversare: «Allora, il MIT? Dev'essere stato fantastico», ma Tamiko non dice nulla, si limita a sdraiarsi nell'acqua ricca di minerali e fluttuare con totale serenità.

«Perché mi odi?» dice Amber, durante la seconda ora.

«Sei troppo egocentrica. Perché dovrei provare per te qualcosa di tanto estremo come l'odio?» Tamiko solleva la testa dall'acqua, e sembra una Brooke Shields giapponese che emerge dalla Laguna Blu. «È molto semplice: date le circostanze, siamo nemiche».

Le nemiche continueranno a battersi perché né Tamiko né Amber vengono eliminate. Sarah, dal Sudafrica, viene eliminata;

Zach di Hong Kong viene eliminato. Questo dopo che Ying Yue dalla Cina e Jalal dal Libano erano già stati eliminati. Ma Amber Kivinen, spacciatrice, ex campionessa del volteggio, cantante di *Hot Legs* al karaoke, lei resta dentro.

«È come il coniglietto Duracell» dice Marcus. «Lo prendi a martellate e quello continua a ticchettare»

«Lo sai che hai appena unito i riferimenti a due delle campagne pubblicitarie più iconiche di tutti i tempi? I nostri cervelli sono stati colonizzati».

«Che?»

«Pile Duracell e orologi Timex».

Marcus mi fissa. «Figata, zio».

La nostra parte preferita è quando entrano nel simulatore del Lander *MarsNow*, un modulo costruito per imitare i vincoli dei viaggi spaziali. Osserviamo tutti e sedici i Marsplorer che indossano tute spaziali e vivono una giornata normale: campioni di sangue prelevati per le analisi (è il maledetto FirstMan34 a occuparsi di quello schifo di operazioni mediche), poi controlli della qualità dell'aria e della pressione, due ore di allenamento su un tapis roulant o una cyclette, un pranzo a base di ceci disidratati e gel vitaminico, ancora tapis roulant, ancora controlli di sistema, un po' di "tempo personale". Poi si chiudono nei sacchi a pelo e li legano alle sedie per dormire seduti.

La parte migliore è che quando usano il bagno si posizionano sul sedile utilizzando i vincoli per le gambe, queste scomode barre per le cosce. Ogni Marsplorer ha un *imbuto personale per l'urina*; attaccano un'estremità a un tubo e l'altra alla loro parte anatomica, quindi gli aspiratori succhiano la pipì in un serbatoio delle acque reflue.

«È così che cagheranno, anche?» fa Marcus. «Gli aspirano il buco del culo?»

Pichu ha un sorriso malizioso quando usa il suo imbuto personale per l'urina. «Oh. Non male. Ho anche un vibratore che funziona così».

«Adoro quella ragazza, zio» dice Marcus. «Mi fa morire».

«Ci facciamo delle magliette con su scritto *Team Pichu*?»

«Sarebbe fantastico. Manda una foto ad Amber di te che fai il dito medio, con indosso quella maglietta». Marcus mi dà un pugno pigro sulla spalla. «Ho sentito che tu e quella ragazza, Bronwyn, state insieme».

«Chi te lo ha detto?»

«Ne parla, zio. Dice a tutti i suoi amici che state uscendo insieme o qualcosa del genere».

Merda. Ci siamo baciati una volta. Ok, un paio di volte. Nel mondo di Amber, questo significa iniziare a conoscersi. «Bronwyn e io siamo amici» dico, perché pensavo che fossimo sulla stessa lunghezza d'onda, che fossimo d'accordo che quei baci fossero... marginalia. Uno scarabocchio, a matita, tra le righe. «Non stiamo insieme».

«Ah sì?»

«Sì. Ci baciamo, mangiamo e facciamo conversazioni imbarazzanti».

«Bro. Sono abbastanza sicuro che questa sia la *definizione* di stare insieme».

«Bel lavoro, superstar» fa Pichu quando rientrano nel dormitorio. «Chi se lo immaginava? Non hai solo un bel visino».

«Pensi sia andata bene?»

«Più che bene. Hai fatto venire a quel nerd un'erezione scientifica».

«Oppure semplicemente mi ruberà le idee e mi lascerà quaggiù a marcire».

«Cosa faresti?» chiede Pichu. «Se votassero per farti fuori?»

È una possibilità che nessuno dei concorrenti osa mai menzionare. Ma devono vivere tutti con una doppia mentalità; Amber non può essere l'unica convinta che un viaggio su Marte sia possibile e, allo stesso tempo, sentire che il suo fragile cervello umano non riesce a concepire davvero un simile cambiamento. È come credere nel Rapimento: sai che un giorno sarai sollevato da questo mondo caduto e degradato, ma paghi comunque il mutuo, per ogni evenienza.

«Non ne ho idea». Amber potrebbe confessare che alcuni giorni vorrebbe essere eliminata, perché l'idea di Marte è terrificante. Altri giorni, vuole vincere così tanto che si sente male: si vede sul podio di *MarsNow*, che addenta una medaglia d'oro. «Non ho altro in ballo» dice. «Ho lasciato il lavoro. Sto mettendo tutte le mie energie in questa cosa».

«Comunque non ti elimineranno. Non dopo oggi. E poi hai delle tette fantastiche».

«Nemmeno tu verrai eliminata. Sei una scrittrice. C'è bisogno di qualcuno che scriva del viaggio. Che gli dia un senso».

«Per favore. Risparmiamelo».

«Cosa faresti *tu*? Se fossi...?»

«Eliminata?» Pichu si avvolge nella logora coperta del dormitorio. «Torno dai miei a Eastend? Voglio dire, il mio ex vive nella nostra casa di Calgary, e non posso permettermi...» Emette un gemito. «E poi non posso vivere lì perché ho avuto quattro aborti spontanei in quella casa e proprio...»

«Hai avuto quattro aborti?»

«Se lo dici a qualcuno, muoio. Temevo che i produttori lo scoprissero e lo dicessero in trasmissione. Cioè, ho parlato della morte di mio padre. Ho parlato del cancro al seno di mia madre. Ma i miei bambini non sono una merce».

«Non lo dirò. Sono brava con i segreti».

«È strano che nessuno si accorga che c'è qualcosa che non va in me. A volte *vorrei* che la gente sapesse, così avrei un po' di comprensione, perché il mio ex non me ne dava».

«Sembra una persona orribile».

«È un ingegnere». Pichu alza le spalle. «Mio padre è morto tra un aborto e l'altro. A dire il vero, ho cominciato ad avere crampi e perdite di sangue al suo funerale. Sapevo cosa stava succedendo, ormai ero una professionista, ma pensavo: *È uno scherzo, non abortirò al funerale di mio padre.* E invece».

«Santo Dio».

«Alla fine ho ricevuto una diagnosi: endometriosi, il che significa sostanzialmente che la maggior parte dei medici vuole rinchiudermi in una stanza con le pareti imbottite».

«È terribile».

«Ma per lo più mi sono tenuta in piedi, quella roba tipo resistere, essere forte, e sto bene mentalmente: ho pensato al suicidio per un po', so che sembra melodrammatico. Ma questa cosa di Marte mi fa sentire viva. Come se il mio corpo non fosse rotto».

«Il tuo corpo *non è* rotto».

Pichu allunga la mano sul tavolo. «Mi sento come se tu fossi un po' mia sorella, Amber-da-Vancouver»

«Tu sei un po' mia sorella, Pichu-da-Eastend. Come se poi esistesse, Eastend».

Amber stringe la mano di Pichu e pensa a Evie del campo estivo, alla loro ultima conversazione. *Che problema hai?* Amber aveva afferrato il braccio di Evie mentre si dirigevano verso la sala mensa. *Perché mi stai ignorando?*

Evie si era liberata dalla presa di Amber, l'aveva guardata negli occhi e aveva detto: *Perché non sei una buona amica.*

«Una di noi deve farcela» dice Pichu. «Fino a Marte, intendo».

«Spero che sia tu».

«No, non è vero». Pichu stringe le mani di Amber. «Diciamo una preghiera insieme».

«Sì, però non è giusto perché hai molti più dei di me».

«Più dei e capelli fantastici. Le ragazze indù hanno tutto».

Amber chiude gli occhi. «Sono pronta».

«Okay, ripeti con me, sorella» dice Pichu. «*Una di noi deve farcela, e spero di essere io*».

Ma prima che abbiano la possibilità di supplicare il regno degli spiriti, bussano alla porta.

«È un momento importante!» urla Pichu. «A meno che non si tratti di un bellissimo israeliano, per favore lasciateci in pace».

Adam apre la porta. «Mi sento prescelto».

«Sei sempre il benvenuto qui» dice Pichu. «Soprattutto se non hai la maglietta».

Adam massaggia le spalle di Amber. «La star di oggi, vero?»

«X factor altissimo» conferma Pichu.

«Non è vero». Amber si alza dal tavolo e si getta di nuovo sul letto stretto.

«Va bene». Pichu si alza. «Vi lascerò soli».

«Puoi restare». Amber si alza in piedi sul materasso. Salta. La spalla sta meglio; prende ancora mezza compressa ogni otto ore ed è riuscita a ottenere il rinnovo della prescrizione ma non ha più bisogno di trattare la giuntura come un neonato. «Sul serio. Resta».

«Oh, ma *ho voglia* di camminare nel deserto». Pichu si mette la giacca. «Perché amo la natura, lol».

Quando se ne va, Amber dice: «Non sono sembrata una sapientona? O in qualche modo offensiva?»

«Geoff Task ti ha notato. Il che significa che il mondo ti ha notato». Adam sale sul letto, salta seguendo il suo ritmo. «Siamo tutti testimoni». Salto. «Non solo della tua bellezza». Salto. «E della tua forza». Salto. «Ma della tua intelligenza».

Amber crolla sulla schiena, lascia che il materasso la catturi come una rete. Quindi tira giù Adam accanto a lei. «Perché non mi hai ancora baciato?»

«Perché ho un addestramento militare». Lui sorride. «Il che mi dà particolare expertise in abnegazione».

«Vedi? Ecco perché dovremmo andare insieme su Marte. Le nostre competenze sono perfettamente complementari».

«In che senso?»

Lei preme la bocca contro quella di lui, facendo sbattere i denti. Poi si tira indietro, ride, posa le labbra sulle sue più dolcemente. Fanno un respiro sincronizzato.

«Capisco cosa intendi». Lui le tira una ciocca di capelli, abbastanza da farla gemere. «Saremmo ottimi colleghi».

Quando Bronwyn torna a trovarmi, sono tutto preso all'idea di farle vedere un film cubano, un film artistico, appassionato e politico che potrebbe mitigare la cara vecchia conversazione siamo-solo-amici che ho intenzione di avviare. Comunque, Bronwyn arriva con una vaschetta di plastica piena di fragole e un po' di cioccolato per la fonduta, il che è *pazzesco*, perché il film che voglio vedere si intitola proprio *Fragola e cioccolato* in spagnolo. Questa coincidenza mi fa sentire come se stessi vivendo la vita giusta, mentre normalmente mi sento come se gli alieni mi avessero rapito, risucchiato l'anima con la loro tecnologia superiore, e poi ributtato sulla Terra nel corpo sbagliato, nel posto sbagliato, nell'epoca sbagliata.

«Non indovinerai mai il titolo del film che pensavo di guardare» dico. «Andrai fuori di testa. *Fresa y chocolate*. Che sincronia, no?»

Ma poi lei dice: «Ho un'idea».

«Adoro le idee».

«Sai che guardiamo sempre qualcosa? E se ci dimenticassimo dello schermo per stasera?»

«Ci sballiamo e basta?»

«Hai mai provato il Tantra?»

«È quella cosa... c'entra con il sesso tantrico?»

«*È* sesso tantrico. Voglio dire, non è proprio sesso. Può *comprendere* la nostra definizione occidentale di sesso, cioè la penetrazione». Lei sorride e arrossisce. «Ma stavo pensando più a una sessione introduttiva per stasera».

«Pensavo fosse una mania degli anni Settanta. Se oggigiorno le persone vogliono esplorare la propria sessualità, non pagano semplicemente le ragazze per masturbarsi con vibratori oversize davanti alla webcam?»

«Sei simpatico, Kev. Ma vuoi provare?»

«Non sono contrario all'esplorazione dei vizi».

Guardate, ufficialmente ho fatto sesso solo con una persona, e anche se penso che quella persona sia meravigliosa e abbia un buon profumo, non significa che non sia stato curioso anche io. Una volta Amber mi ha detto che avremmo dovuto soddisfare le reciproche fantasie, e io mi sono incuriosito. Ma la sua fantasia era quella di fare sesso con due uomini contemporaneamente – *no, ma Kev, tu saresti uno di loro!* – e la mia era di diventare l'animale domestico delle ragazze di *Broad City* o di fare l'amore in modo profondo e letterario con Zadie Smith. Quindi la cosa non è mai andata da nessuna parte.

«Il Tantra riguarda la connessione» dice Bronwyn. «Un modo per conoscersi, dentro e fuori».

«Sembra terrificante». Non che non apprezzi la connessione. Credo che il sesso sia più potente combinato con l'amore e che, invece di farsi noioso, con il tempo possa farsi più profondo. È tristemente antiquato, lo so. «Non credo che tu voglia conoscermi dentro e fuori».

Bronwyn mi guarda negli occhi. «Kevin, prima di iniziare, voglio solo dirti che sono qui per te, non importa dove andremo in questo viaggio. Sono aperta nei tuoi confronti».

«Ok ok».

«Se ti sembra giusto, puoi ripetermi le stesse parole».

«Scusa. Che cosa ti devo ripetere?»

«Che sei qui per me, non importa dove andremo in questo viaggio».

«Bello, bello, sì, certo. Siamo qui l'uno per l'altra».

«Pronto?» Bronwyn è seduta accanto a me sulla Voyager. «Dobbiamo stare una di fronte all'altro»

«Dobbiamo toglierci i vestiti? Il fatto è che andrò di nuovo a correre, sicuramente, riprenderò a fare pesi e cose così, ma al momento non sono molto in forma».

«Io... immaginavo. Ma no, teniamo i vestiti addosso».

«Dobbiamo respirare in modo strano? Perché quella roba yoga mi fa girare la testa».

«Respira come al solito. Riesci a sentire il respiro che entra nella cavità nasale? Che viaggia fino ai polmoni? Riesci a provare piacere in una singola inspirazione ed espirazione?»

«Sta succedendo davvero?»

«È tutta una questione di piacere e gioia. Di essere in contatto con il corpo e con l'altro».

Chiudo gli occhi. Inspiro, poi espiro. «Oh sì, capisco cosa intendi. Super gioia. Adoro».

«Kevin? Guardami, Kev».

Ha enormi occhi marroni che mi ricordano quelli di un cucciolo triste.

«Wow». Sto cercando di essere rilassato. «Eccoti qui».

Lei sorride. «Eccomi qui».

«E poi?»

«Ci guardiamo. Per due minuti interi. Pensalo come una specie di sguardo sfocato, nei miei occhi».

«Posso sbattere le palpebre?»

«Ovvio».

«Due minuti?»

«Non pensarci troppo».

«È una pratica spirituale questa? Perché non voglio essere accusato di appropriazione culturale».

«L'idea è che cerchiamo veramente di vedere l'altra persona, di accoglierla nel nostro essere attraverso il senso visivo».

«Imposti un timer o...? Come funziona?»

Bronwyn prende il telefono e imposta il timer su due minuti.

«Pronto?»

«Sì».

Mi fa sedere a gambe incrociate, posizione che i miei fianchi da uomo non riescono a sostenere bene, poi ci guardiamo. Uno *dentro* l'altra.

Resisto dodici secondi. Poi inspiro aria nei polmoni, mi batto la mano contro il petto. Potrei avere un infarto. «È pericoloso?»

«Ok, magari possiamo provare in un modo diverso» dice. «Ci guardiamo, ma ci teniamo anche le mani. Così co-regoliamo il nostro sistema nervoso».

Mi manca Amber. Mi manca sedermi sul divano, abbracciare la mia ragazza, la sua testa appoggiata al mio petto. Era la posizione di tutte le nostre conversazioni. Non dovevamo *guardarci*. Ci conoscevamo già. C'è qualcosa di rilassante nel conoscere già qualcuno. C'è anche qualcosa di rilassante nello stare con qualcuno che cerca sempre di scappare, invece di cercare di stare più vicino.

«Kevin?» sta dicendo Bronwyn. «Riproviamo?»

«Sì, sì». Mi alzo, faccio qualche salto, un po' di air-boxing. «Sono carico, sono pronto, sono un lottatore».

Bronwyn mi trascina sul divano. Poi mi prende le mani e mi fissa negli occhi, e io guardo nei suoi. Mentre ci guardiamo negli occhi comincio a sudare. Nella mia testa continuano a girare le parole: bulbo oculare, bulbo oculare, bulbo oculare. Ha gli occhi *enormi*, le ciglia lunghissime – e se riuscisse a leggere i miei pensieri? – e mi tiene le mani e inspiriamo ed espiriamo, dentro e fuori, dentro e fuori e poi... succede qualcosa. Per qualche secondo, due o tre al massimo, la *vedo*. La vedo mentre mi vede. E sto bene. Non sono gioioso, ma sto bene.

Poi sudo di nuovo e tiro via le mani dalla sua presa. «Un minuto e ventidue secondi!» Alzo il suo telefono in aria. «È un record». Accendo la tv. «Penso che dovremmo essere soddisfatti dei nostri risultati. Ritirarci mentre siamo in vantaggio».

Tutto si muove velocemente, giornate di sedici ore, le telecamere piazzate sempre in faccia e nessuno che impari davvero nulla: i produttori di *MarsNow* promettono che chi verrà selezionato alla fine farà un vero addestramento, ma è troppo noioso per farlo vedere in tv.

Durante le riprese della sesta puntata, i concorrenti fluttuano nella piscina di galleggiamento neutro con addosso l'attrezzatura completa e lavorano al modello del Lander *MarsNow* come se stessero facendo una passeggiata nello spazio. Poi Gabija dalla Lituania e Ha Joon dalla Corea del Sud vengono eliminati, il che significa che non parteciperanno all'ultima sfida in New Mexico: la gravità zero. L'esperienza di cui tutti parlano in toni sommessi e reverenziali.

Amber immagina che i rimanenti Marzionauti verranno portati in uno spazio simile a un tempio, bianco, spoglio e pulito, dove in qualche modo la forza di gravità sarà stata rimossa. E una volta che le porte saranno sigillate, galleggeranno, gireranno e ruoteranno nell'aria. Proprio come Adam ha descritto il Mar Morto, quell'acqua che ti culla come un bambino amato.

Ma sa di essere una scema, del tutto stupida: non esiste una "stanza a gravità zero", proprio come non ci sono angeli che volano nei cieli. E infatti eccoli tutti schiacciati all'interno del NASA KC-135, un aereo a reazione che si alza in aria velocissimo con un angolo ripido, per poi scendere in picchiata, e ripartire di nuovo. L'effetto di assenza di peso inizia quando l'aereo in salita rallenta prima della picchiata e ancora quando si inclina verso l'alto. Fanno trenta di queste parabole da sessantacinque secondi, sentendosi senza peso per venticinque secondi ogni volta. Urlano, si stringono le mani, ridono come dei pazzi. Ramesh gira come un lento siluro. Sergey ridacchia. Pichu si vomita sulla maglietta.

È sorprendente, assordante, disorientante. Ma il vero momento a gravità zero di Amber avviene più tardi, dopo aver terminato le riprese, quando incontra Adam sul tetto del dormitorio.

Non c'è quasi nessun posto tranquillo in cui possano andare: non ci sono stanze singole perché i produttori televisivi sono inspiegabilmente tirchi. Ma Adam e Amber salgono sul tetto del dormitorio, lì nel crepuscolo del deserto, e si baciano sotto le stelle lontane.

Adam dice ancora che dovrebbero rimanere, per quanto umanamente possibile, casti. Il sesso ostacolerebbe le loro prestazioni atletiche e il loro acume mentale. «E poi non mi sento a posto. Per il tuo Kelvin».

«Kevin».

«Sì».

Nemmeno lei si sente a posto, ma vorrebbe sentirsi ancora *meno a posto*. Il suo amore per Kevin sembra un'entità compiuta e separata, indistruttibile, distinta dai suoi sentimenti per Adam. Da bambina le è stato detto che un giorno si sarebbe innamorata e avrebbe stretto un'unione sacrosanta con un uomo; questa relazione sarebbe stata la più intensa e gratificante della sua vita, le avrebbe dato dei figli, l'avrebbe avvicinata a Dio. Ma la sua realtà adulta è stata molto più complicata, una stratificazione di contraddizioni. La vita sarebbe più gentile se si potesse provare una cosa alla volta.

«Lui è il mio Kevin e tu sei il mio Adam». Gli solleva la maglietta sopra la testa. «E in questo preciso momento...» si inginocchia e comincia ad aprirgli la fibbia, «sei qui».

Lui ride, ma le afferra i polsi per fermarla. «Amber Kivinen». Si inginocchia accanto a lei sul tetto. «Mi piace il tuo modo di ragionare».

Allora non vuole? È brava, può dimostrarglielo. Ma invece lui le apre la cerniera dei jeans, fa scivolare la mano sulle cuciture della sua biancheria intima.

«Dove sei più sensibile?» chiede. «Ti piace così?»

Cosa le piace? Oltre a piacere?

La adagia sul metallo caldo, le infila le dita dentro. Sopra di lei le stelle sono infinite, antiche, e per un attimo si dimentica di lui. Si dimentica di sé stessa. La sua bocca le sfiora il collo e non è altro che alito umido e calore sulla sua pelle. Amber inarca la schiena, vola verso la luna.

Dopo esserci guardati negli occhi, Bronwyn e io mangiamo le fragole con la fonduta al cioccolato, ci fumiamo il bong, ci diamo la buonanotte. Ma la sera dopo, ritrovato il coraggio, la invito a casa e facciamo sesso non tantrico. La nostra prima volta rientra nella venerabile tradizione del Sesso Etero Cis Hipster, tranne per il fatto che non siamo ubriachi: sono sicuro che Bronwyn preferirebbe che lo fossimo. Io: nervoso e goffo e troppo concentrato sul non venire troppo presto e/o sul mantenere l'erezione. Lei: docile e indulgente e troppo concentrata sul mantenere alto il mio ego e/o il mio benessere emotivo. Supponiamo, per amor di verità, che il suo orgasmo sia stato simulato.

Poi lei giace lì nuda, un po' languida ed esausta (o finge di esserlo), e mi rendo conto che vorrà dormire qui. Nel letto che appartiene a me e ad Amber. Bronwyn è addirittura sdraiata sul lato di Amber, sta usando il cuscino di Amber.

«Lavori domani?» Mi siedo accanto a lei. «Se devi andare a casa perché devi alzarti presto, lo capisco».

Lei fa un sorriso. «Non lavoro fino a mezzogiorno, a dire il vero. Perché? Che fai domani?»

«Per me è un giorno pesante. Ho da fare qui un sacco di lavoro di manutenzione. E passano dei clienti».

«Ti piace il tuo lavoro? Incontri sicuramente persone interessanti».

«Adoro le piante». Mi metto i boxer, mi alzo. «Anzi è meglio che le metta a letto».

Bronwyn mi segue, completamente nuda, nella stanza degli ospiti, mentre spengo le luci di coltivazione.

«Do loro un attimo di respiro». Mi piace sempre questo momento, in piedi nella giungla oscura. «È letteralmente un "respiro": le piante di notte si concentrano sulla respirazione. Usano l'oscurità per riprendere fiato».

«Adoro». Bronwyn si appoggia a me. «Abbiamo tutti bisogno di tempi di recupero».

«Adesso faccio un ciclo sedici/otto. Sedici ore di luce, poi otto di buio».

«Poi lo cambi?»

«A seconda della fase di crescita in cui si trovano».

Mi fa altre domande – sui nutrienti, sui cicli, sul raccolto – e quando rispondo sembro un professore. O un padre. Ho passato così tanto tempo a imparare da Amber che non mi è mai venuto in mente che anch'io so il fatto mio. Queste piante sono figlie mie quanto sue.

«Devi affezionarti tantissimo» dice Bronwyn, che riesce a leggermi nel pensiero. «C'è qualcosa di sacro nelle piante, giusto? Hanno una saggezza che a noi manca».

«Sì, sono migliori dei compagni umani. Perché sono silenziose». Mi accorgo della sua espressione. «Non intendevo quello. Mi piace ascoltarti parlare».

«*Ascoltarmi parlare?*» Torna in camera da letto, si mette la maglietta, nasconde il viso dietro i dread. «Pensavo avessimo una conversazione».

«Lo sai cosa voglio dire».

«Non so mai cosa vuoi dire». Si infila la biancheria intima, poi mi fissa con tutta la forza dei suoi occhi. «Non so nemmeno cosa provi per me. Non so se sono la tua ragazza o solo una riserva finché la tua ragazza non torna a casa».

«Non so se ho una ragazza». Mi siedo sul letto e mi guardo la pancia. I boxer di cotone grigio. «Lei è lì e io sono qui. Ma non ci siamo lasciati».

Quello che non posso dire è che io e Amber non lo facciamo mai: non ci lasciamo. Tutto si riduce ai suoi problemi con il padre. Quando lui l'ha ripudiata, non le ha parlato per tredici mesi, finché non ha avuto un lieve infarto che ha rimesso le cose in prospettiva. E quel lungo silenzio le ha insegnato che niente, nemmeno l'amore dei genitori, è sicuro. Quindi sottopone la nostra relazione a questi test per dimostrarne la forza. È come creare un superbatterio: stroncare il sistema con antibiotici e vedere cosa sopravvive. Continuo a pensare che se superiamo Marte (e le nostre piccole avventure) lei vedrà che il mio amore è reale. Il mio amore è un superbatterio.

«Ufficialmente stiamo ancora insieme». Mi sdraio, mi copro il viso con un cuscino e parlo attraverso il memory foam. «Ma in effetti, potrebbe lasciarmi per sempre. Quindi capisci perché sono confuso».

«Dio mio. Kevin».

«Che c'è?» Mi tolgo il cuscino dalla faccia. «Sto dicendo la verità».

«Lo so» dice. «Ed è questo che è... un casino».

«Vero? È un casino esistenziale».

«No, voglio dire: perché non vi parlate e basta?»

Quando Amber ritorna in stanza, Pichu ha addosso un pigiama con un disegno che a occhio sembra rappresentare delle polpette di merda.

«È una... tuta con polpette di merda?»

«Ehi, sono dei *latkes*! Il mio cibo preferito. Vorrei sempre fare una conversazione sui *latkes* con Adam. Confrontare le ricette». Gli occhi di Pichu si spalancano. «Oh santo signore e Lady Gaga, è successo qualcosa. Con Adam».

«Che cosa? Come hai...?»

«È così ovvio. I blogger non parleranno d'altro. Hai un *glow up*, sei radiosa».

«Oh, adoro leggere dei *glow up*. Mi rende sempre speranzosa».

«Lo so». Pichu si dimena sotto le coperte. «Non pensi che Angelina si meriti anche lei di essere radiosa post-Brad?»

«Da tempo. Sono già divorziati?»

«Non evitare l'argomento. Finalmente sei stata con Adam».

«Finalmente».

«Sono così felice perché sai cosa significa? Ora devi scegliere tra due ragazzi. La tua vita è un romanzo per adolescenti!»

Amber si getta sul letto. Ogni scelta è una perdita. Ogni scelta è morte. «Se stessi scrivendo la mia storia» dice, «cosa mi faresti fare?»

«Non dico ai miei personaggi cosa fare. Quegli stronzi mi dettano legge».

«Ma Amber personaggio, se le stessi dando un consiglio, chi dovrebbe scegliere?»

«I romanzi per adolescenti sono tutti una questione di emancipazione, di trovare sé stessi, quindi probabilmente non dovrebbe scegliere nessuno dei due. Va' e diventa una guerriera spaziale solitaria o qualcosa del genere».

Nessun fidanzato. E niente Dio. Nessun uomo davanti al quale inginocchiarsi? Amber nasconde il viso nel cuscino. «Non è un'opzione».

«Ehi. Sto scrivendo io questa storia».

«E cosa mi dici di entrambi? Potrebbe sceglierli entrambi?»

«Entrambi?» Pichu la guarda a bocca aperta. «Ad esempio, la moglie qui sulla Terra e un'amante su Marte? Non è un romanzo per adolescenti, è un romanzo erotico».

«Ma neanche solo due fidanzati? Insieme? Perché quella tipa di *Twilight* non poteva avere *sia* il vampiro *che* il lupo mannaro?»

«Mi stai facendo impazzire».

«E ho sempre pensato che Katniss potesse stare sia con Liam Hemsworth che con quell'altro, come-si-chiamava. Così non sarebbe stata così angosciata. Sarebbe semplicemente andata avanti con la rivoluzione».

«So che esiste il poliamore. In teoria». Pichu accartoccia il viso. «Ma funziona davvero?»

«Perché, la monogamia funziona? C'è qualcosa che funziona?»

«Intendo... per le donne».

«Sì. Eccolo lì». Amber si sdraia sul letto. «Il patriarcato».

«Tesoro, mi dispiace, sarà perché vengo da una famiglia tradizionale, o perché sono informata sulla realtà, o perché anche gli scrittori hanno problemi di immaginazione...» Pichu scuote la testa. «Non penso che esista un mondo, in nessun universo, in cui una donna possa avere entrambi».

Bronwyn si infila il reggiseno e l'intimo e io sento un'ondata di sollievo – questa notte imbarazzante è quasi finita – ma poi dice: «So che sembra folle, ma vuoi andare a fare una passeggiata?»

«Proprio adesso? Al buio?»

«Fa così caldo qui e mi sento un po'...» si sventola il viso.

«Scusa. Per il caldo».

«No, lo capisco. È il tuo lavoro». Si mette la maglietta e i jeans. «Ma ti va? È una bella serata. Potremmo passeggiare intorno a Trout Lake».

Un tempo passeggiavo. Anni fa. Con Amber. *Andiamo via da qui?* La seguivo attraverso i boschi umidi, scivolavo nel fango mentre Amber saltellava sopra i ruscelli come un cervo, o si chinava a ispezionare i funghi, o cercava salal e lamponi selvatici. Portava sempre a casa cibi strani e selvaggi che mi costringeva a mangiare – foglie di piantaggine per l'insalata, trifoglio per il tè – perché era decisa a sopravvivere, qualunque fosse il futuro apocalittico che ci aspettava. Personalmente avrei preferito buttarmi dal ponte di Granville Street; tra ridursi a masticare radici di tarassaco e abbandonare l'esistenza, sono fermamente per il *sayonara*. Ma mi piacevano le escursioni e le passeggiate: alcune volte ho persino messo il sedere in un kayak e ho comunque imparato a identificare un bel numero di specie. Come l'abete rosso fuori dalla nostra porta: Amber mi ha insegnato a riconoscere i suoi rami a spirale e gli aghi a quattro punte. Sono diventato... non un tutt'uno con la natura, ma almeno a mio agio.

Quindi potrei fare lo sforzo, adesso. Potrei uscire. Salire le scale, aprire la porta, calcio alla zanzariera e uscire. Andare a fare una passeggiata con Bronwyn, niente di pazzesco. Potrebbe anche essere piacevole.

Ma è impossibile. Da quando Amber se n'è andata – e sono state le sei settimane più lunghe della mia vita – non sono ancora uscito di casa. È come una veglia epica, la saga di Penelope in attesa di Ulisse. (Senza la parte della fedeltà, direi). Sarebbe folle smettere adesso.

A ogni modo, da quando è morta la mamma, il mondo non mi risulta troppo amichevole, e da quando ho sparso le sue ceneri stare all'aria aperta mi sembra un'abitudine sopravvalutata. Accanto ad Amber nella luce del sole autunnale ho gettato i resti della mamma in un campo solo per vederli sollevati dal vento. Ho inalato e mi sono soffocato con la cenere umana come per un omaggio a *Il grande Lebowski*.

«Non posso fare una passeggiata» dico. «Al momento».

«Perché?» Bronwyn ride. «Hai da fare?»

«Sono... in lutto».

«Che?»

«Mia madre. Sì. È appena morta».

«Sei serio?»

«Strano, vero? Ma è tutto ok. Era malata da un po'».

Gli occhi di Bronwyn sono grandi come piattini. «Quando sarà il funerale? Torni a casa?» Lei si alza, ha i jeans ancora aperti. «Viveva a Thunder Bay, giusto? Tuo padre sta bene?»

Alla fine mi esce dalla bocca qualcosa di sincero: «Non ho mai conosciuto mio padre». Ma la verità è subito seguita da una stupida improvvisazione: «E non posso tornare a Thunder Bay perché... mia madre ha chiesto che non celebrassimo la sua scomparsa, se non con...»

Flashback. Interno. Giorno. Il funerale di mia madre. Avevo ventun anni e Amber mi teneva la mano mentre ascoltavamo tutti *I Wanna Dance with Somebody*. Mio zio Terry aveva fatto vedere una clip di *Harold e Maude*, la parte in cui Maude lancia l'anello in acqua e dice: *Ora saprò sempre dov'è*. Poi Amber mi aveva spinto avanti, per dire qualche parola, o per sbirciare nella bara e darle un addio privato. No. No, grazie. Non volevo guardare il corpo. Mi ero rifiutato di vederla, mi ero rifiutato di piangere. Mi sentivo asciutto e senza vita come cenere in un'urna. Amber mi aveva preso sottobraccio e mi aveva portato fuori dalla camera mortuaria, di nuovo a casa di zio Terry, per il tipo di cena fuori dagli schemi per cui mia madre era famosa: costolette al barbecue, carciofi immersi nel burro, pollo all'ananas del ristorante cinese, insalata di cavolo, Oreo. *Se le cose sono buone da sole*, diceva, *insieme saranno ancora più buone.*

Taglio e riprendo: il miglior sesso della mia vita, la notte dopo il funerale. Nella cameretta della mia infanzia, sul letto della mia infanzia, con la faccia tra le cosce di Amber per quelle che mi erano sembrate ore, il suo odore pungente nel naso – Amber era bagnata, affannata, viva – a lavorarle il clitoride con la lingua finché non si era dimenata e aveva detto: «Kev? Kevin. Sto diventando insensibile laggiù». *Insensibile.* Era la parola giusta. La stanza era buia e non mi vedevo muovermi nello spazio. Esisteva solo Amber, anche se non vedevo neanche lei: potevo solo sfiorarle la pelle liscia, annusarle il collo umido, sentire le ossa dei suoi polsi sotto le mie mani. Non c'era altro che Amber, Amber, Amber, e scivolare dentro di lei era come infilarmi nella sua pelle. I suoi polmoni si gonfiavano e sgonfiavano per noi. Il suo cuore batteva forte per noi.

«Tua madre non voleva che tu celebrassi la sua scomparsa, se non con...?» fa Bronwyn.

«Lei, sì. Mi ha chiesto di guardare la luna ogni sera e di augurarle la buona notte, prima di andare a dormire».

Bronwyn si avvicina e mi avvolge tra le braccia. «Che bello, Kevin. Tua madre sembra una persona incredibile».

«Sì».

Era anche melancolica, giudicante, risolutamente e falsamente allegra. Incline a piangere al cinema, ma mai nella vita reale. Odorava di shampoo alla lavanda, sigarette e ammorbidente per l'asciugatrice. La sua risata riempiva tutta la casa.

Provo a farlo ogni tanto. Ricordo i dettagli. Riporto mia madre alla mente, altrimenti il film diventa sgranato e sbiadito.

«Ti sono così grata per averlo condiviso con me» esclama Bronwyn. «Apprezzo la tua fiducia e apertura».

«Certo».

Bronwyn mi prende la mano e mi conduce alla finestra. La luna non è ben visibile dietro le nuvole basse, ma guardiamo comunque verso l'alto.

«Ti sembra giusto che mi unisca a te in questo rituale?» dice Bronwyn. «Per favore, non ti fare problemi a dirmi la verità».

«La verità? Oh, sì. Mi sembra giusto. Mi sembra fantastico. Le faccio il gesto del pollice in su. «Facciamolo».

Al tramonto della loro ultima sera a Los Alamos vengono portati nel deserto e fatti sedere in cerchio.

«Marzionauti» dice Bridget. «Siete sopravvissuti all'addestramento. Vi siete qualificati per salire a bordo della prossima missione su Marte. Come vi sentite?»

Justine racconta di provare la stessa soddisfazione che si prova dopo una buona battuta di caccia e un'uccisione particolarmente pulita. Ramesh dice di sentirsi «stordito, sì, davvero fantastico, grazie per avermelo chiesto, cara stimata conduttrice Bridget». Pichu dice che vorrebbe non essersi rovinata la maglietta.

Amber ha difficoltà a rispondere. Da un lato si sente benissimo – potente, inebriata, forse un po' folle. Riesce ancora a sentire il respiro di Adam sul collo, le sue labbra all'attaccatura dei capelli. Ovviamente dovrebbe scegliere Adam: le sue dita dentro di lei l'hanno riportata in vita. Ma sono tornati a essere timidi, non si parlano dalla notte sul tetto e riescono a malapena a stabilire un contatto visivo. E poi continua a pensare a quell'articolo che ha letto quando ha seguito il corso facoltativo di primatologia all'università. Sepolta tra gli studi sulla violenza affascinante e familiare degli scimpanzé maschi, tutti condotti da uomini, c'era la ricerca di una primatologa che lavorava con le scimmie in cattività. Quella donna aveva fatto notare che, a meno che non venissero introdotti nuovi maschi nel gruppo ogni tre anni, le femmine diventavano apatiche e depresse. Quando un nuovo maschio entrava nel recinto – Amber ricorda la frase esatta perché la poesia era rara in questi aridi documenti di ricerca – *il sé istintivo delle femmine sembrava risvegliarsi dalla sonnolenza.*

Quindi lei è solo una scimmia femmina nel corpo di un Homo sapiens?

Non si può dire in televisione: *il mio sé istintivo si è risvegliato dalla sonnolenza.*

E comunque, è vero? Si sente eccitata, ma in un modo che fa male allo stomaco. Senso di colpa? Paura? È solo questione di tempo prima che le telecamere di *MarsNow* riprendano lei e Adam in una posizione compromettente. Per poi mandarla in onda. E Kevin sarà costretto a vederli.

Con gli altri – Jianju, Tariq, Brayden – quasi le sarebbe piaciuto essere ripresa. Era una fantasia distruttiva: Kevin lo avrebbe scoperto e sarebbe stata la fine del mondo. Rovina totale. Apocalisse relazionale. Ma quel tipo di apocalisse che offre Rapimento e redenzione. *Pentitevi, perché il Regno dei cieli è vicino.* Lei e Kevin avrebbero finalmente potuto parlare. Finalmente essere sinceri. Tutto sarebbe stato distrutto, ma sarebbero usciti dalle macerie guariti. Avrebbero camminato, insieme, in paradiso.

«Amber?» la chiama Bridget. «E tu? Come ti senti?»

Questi "cerchi di condivisione" stanno diventando sempre più impossibili man mano che i concorrenti vengono eliminati. Lei vuole solo concentrarsi sulle sfide quotidiane, senza pensare alla possibilità che questa settimana possa essere l'ultima. *Un passo alla volta.* E Nick continua a cercare di stabilire un contatto visivo; rivuole così tanto quel telefono che Amber ne annusa il desiderio, anche sotto l'acqua di colonia. La sua strategia ultimamente è stata quella di non restare mai e poi mai da sola con lui, poiché Nick non può parlare del telefono se ci sono altre persone nei paraggi – ma non potrà evitarlo per sempre.

Da bambina Amber aveva attacchi di panico, quelli che sua madre chiamava *incantesimi*; si sentiva la pancia piena di piccoli roditori frenetici. Gli incantesimi erano svaniti solo quando aveva iniziato con la ginnastica agonistica. Ma forse non se ne erano mai andati? Ora sente i roditori rannicchiati dentro di lei, ancora sonnecchianti. Ma si stanno risvegliando, cominciano a stiracchiare le loro membra di topo.

«Mi sento grata» dice. «Di essere qui con tutti voi».

Dio, quante cazzate.

«Questo momento non è mai facile» dice Bridget, «ma nessuno ha detto che la vita debba essere facile».

Tutti annuiscono. Bridget può farsi profonda, a volte.

«Ebad». La conduttrice si rivolge al bioingegnere pakistano. «Sei arrivato da noi timido e silenzioso, e sei sbocciato fuori dal guscio».

Amber immagina Kevin a casa esasperato dalla metafora mista.

«E Pichu...»

Lo stomaco di Amber si stringe.

«Pichu, sei stata una delizia dal momento in cui sei arrivata». Bridget allunga le mani a prendere le loro. «Ci mancherete entrambi, ma mi dispiace dovervi dire: Ebad, Pichu, andrete a casa».

«Che cosa?» Amber si alza in piedi. «C'è stato un errore?»

Bridget sorride, fa una faccia *uuuhhh*, poi dice: «I cittadini del pianeta Terra hanno parlato».

«Ma tutti amano Pichu. Tutti».

«Calma, Amber» dice Pichu. «Tutto ok».

«Non è ok. Penso che bisognerebbe ricontare i voti».

Adam le mette una mano sulla spalla. «Amber. Calmati».

Gli scuote via la mano. Odia il suo tono condiscendente e paternalistico ancor più delle mani vaganti di Nick il viscido.

«Non avevo comunque alcuna possibilità». Pichu sorride in quel modo che si usa per non mostrare dolore. «C'è spazio per una sola ragazza brown e paffuta in tv e Mindy Kaling ha già preso quel posto». Si guarda intorno. «Perché avete l'aria così triste? Era una battuta divertente». A Bridget: «Ci servono le risate registrate».

Più tardi, in camera, Amber è sdraiata sul suo letto stretto e guarda Pichu fare le valigie. «È sospetto. Tu sei fuori, ma l'inutile Tish è ancora qui? Non ha senso».

«Ha senso se pensi che Tish è bianca». Il telefono di Pichu squilla, e il suono ormai così poco familiare le fa sobbalzare. «Sì, sono io» dice Pichu. «Un Uber per l'aeroporto».

«Non posso credere che ti facciano partire subito. E che devi pensarci tu a chiamare un Uber».

«Le cose si muovono velocemente nel mondo dello spettacolo». Pichu alza le spalle ma sembra che stia lottando per trattenere le lacrime. «Un giorno sei in cima al mondo, il giorno dopo imbusti la spesa nell'alimentari di tuo cugino a Swift Current».

«Sì, ma dovrebbero almeno lasciarti restare qualche giorno in più, per riposarti e...»

Pichu scuote la testa. «Il mio ex lavora nel settore petrolifero ed è lo stesso quando ti mandano via. La sicurezza ti accompagna alla scrivania, prendi le tue cose e nel giro di mezz'ora sei fuori».

«Ma tu sei famosa, in un certo senso...»

«La smetti? Siamo nel post-2008 e siamo tutti sacrificabili. Piccoli ingranaggi. Piccoli ingranaggi che si spingono oltre nel disperato tentativo di diventare ingranaggi medi».

«Ma starai bene?»

«Benissimo. Ora sono single e sterile *e* sono la ragazza che ha perso un concorso internazionale di popolarità».

«Scrivimi. Ok? Non appena sei a casa».

«Bambola» dice Pichu nella sua migliore imitazione di Nick il viscido, «non hai un telefono, ricordi?»

Amber apre la valigia. «Non dirlo *a nessuno*». Le mostra il telefono con la stessa solennità con cui un cattolico contempla una reliquia.

«Non voglio nemmeno pensare a cosa hai fatto per ottenerlo» dice Pichu. «Sei una brutta stronza. Vedi? Ecco perché sei ancora qui e io sono kaput».

«Non è vero. Non sono niente di speciale».

«Per favore. Tu sei il top». Pichu si avvicina. «A dirla tutta non volevo vincere. Non proprio. Voglio dire, è stato divertente finché è durato, ma andiamo».

«Nemmeno io».

«Nemmeno tu cosa?»

«A volte mi chiedo se non dovrei semplicemente andare a casa e avere un bambino».

Cosa ha appena *detto* Amber? A una donna che ha avuto quattro aborti? «Oddio. Mi dispiace tanto».

«Non dispiacerti». Pichu le prende la mano. «Se è davvero quello che desideri, dovresti andartene. Vai a casa e fai quel bambino».

Ma poi Amber diventerebbe flaccida e debole. E con chi dovrebbe avere questo ipotetico bambino? Kevin? Lo strafatto, semidisoccupato Kevin?

In sostanza, non riesce a immaginare di mettere al mondo un bambino. Epidemie, inondazioni, incendi, scarabei dei pini, crolli dei mercati, guerre, genocidi, innalzamento del livello del mare, piaghe di locuste. In quest'epoca di emergenza cronica, come fanno le persone a tenere in braccio i propri figli senza disperarsi? Come trovano la speranza?

«La cosa peggiore è il rimpianto» dice Pichu. «Il come sarebbe stato se. *Forse, chissà, se avessi mangiato meglio, se non avessi lavorato così tanto, se non avessi aspettato così tanto...* Fidati di me».

La porta si apre e Amber nasconde il telefono sotto il cuscino. Tamiko entra con uno zaino. «Pichu è ancora qui? Mi hanno detto che se n'era andata e che dovevo trasferirmi».

«Ehi Tam!» esclama Pichu. «Sono così felice che possiamo dirci addio».

Tamiko alza gli occhi al cielo. «Qual è il mio letto?»

«Quello che sembra orfano» dice Pichu.

Tamiko lascia cadere lo zaino sul materasso prima di andarsene. «Torno con il resto della roba».

Pichu prende la sua borsa. «Mi adora».

«È la mia nuova coinquilina?»

«Ridicolo. Mi ricorda la nuova ragazza del mio ex. Il mio posto viene sempre preso da donne spaventose». Il telefono di Pichu vibra di nuovo. «Che palle, devo andare».

Tamiko riappare con altre due borse, poi se ne va senza dire una parola.

«Invece di fare un bambino, potrei essere così» dice Amber. «Un femmi-bot con una carriera di successo».

«Perché dobbiamo sempre scegliere?» Pichu si mette la giacca e manda un messaggio. «Ho appena detto all'autista Uber di stare calmo, che arrivo tra un minuto».

Amber deve per forza scegliere? Le altre donne scelgono; le altre donne si sacrificano. Eppure un tempo lei era la ragazzina che saltava le lezioni per allenarsi e gareggiare, ma eccelleva anche a scuola. Un'adolescente che andava in palestra per due ore prima dell'inizio delle lezioni, poi rimaneva fino a tardi al doposcuola per il club Model UN. Una che riusciva a fare tutto. Potrebbe tornare a essere quella persona?

Si immagina di lanciare in aria un bambino, guardarlo fluttuare in alto, poi ricadere giù ridacchiando tra le sue braccia tese. Il primo bambino nato su Marte. Nessun innalzamento del livello del mare, nessuna locusta. Soltanto una nuova possibilità.

«Forse lo voglio» dice. «Vincere, intendo».

Pichu sorride. «Bene, allora. Fallo per la tua amica a casa». Consegna ad Amber una copia firmata del suo romanzo, poi si abbracciano forte. «Andare su Marte sarebbe l'avventura più folle. La tua vita non sarebbe un romanzo per adolescenti. Sarebbe una leggenda».

Amber sente di nuovo quei roditori nello stomaco. «Mi mancherai».

«Come direbbe quell'Adone di militare israeliano: *Incanala quell'energia*, Amber». Pichu afferra la sua valigia. «Incanala quell'energia per prendere a calci in culo Tamiko».

Dopo la buona notte alla luna non sarebbe stato facile chiedere a Bronwyn di andarsene. Non dopo aver mentito sulla maledetta morte di mia madre. E ovviamente Bronwyn vuole stringermi tra le sue braccia, ed è ovvio che anch'io voglio essere stretto fra le sue braccia perché, presumibilmente, sto soffrendo, e onestamente il caldo di questo appartamento rende pigri, quindi finiamo a letto, io dalla parte di Amber, io che uso il cuscino di Amber.

Bronwyn si addormenta e io mi tiro su a sedere. *Mi dispiace di aver mentito su di te, mamma.* Immagino mia madre che fuma le sue sigarette al mentolo guardandomi dall'alto della sfera celeste e trovando il tutto piuttosto divertente.

Non smetti mai di inventarti storie, vero, tesoro?

Forse inventerò un'altra trama, per aiutarmi a dormire, come facevo da bambino. Una storia di dinosauri. O di robot. Inventavo storie per me, le svolgevo per giorni, avventure che mi passavano per la mente mentre ero al parco giochi, in classe o agli allenamenti di hockey.

La storia più inverosimile che mi sono raccontato è stata quella in cui appariva mio padre. È una di quelle che non ho mai condiviso, la mia storia segreta: mio padre bussa alla porta, alto, bello e pronto per essere mio padre. Pronto ad amare mia madre.

Ma alla fine quella storia mi era sembrata patetica, anche nell'intimità della mia mente. Il personaggio di mio padre era diventato un cattivo. Poi era passato in secondo piano, aveva assunto un ruolo secondario, era diventato una semplice comparsa. *Stranger in the Crowd*, come la canzone di Elvis.

In quel periodo ho iniziato a raccontare storie per calmare gli attacchi di panico di Amber. Più tardi ancora, ho scritto delle sceneggiature e le ho condivise ai seminari, dando ascolto ai feedback più sinceri. Ho inviato le sceneggiature a concorsi e agenti e sono riuscito a ottenere alcune menzioni d'onore, alcune lettere del tipo «un-lavoro-con-del-potenziale». Una volta sono stato tra i finalisti del concorso per sceneggiature Big Break e mia madre aveva stampato l'annuncio, io l'avevo incorniciato e appeso al muro, accanto alla foto del giorno del diploma di scuola superiore. C'era un vero e proprio santuario per me a casa sua, e forse è per questo che scrivere mi ha fatto sentire come un dio, capace di controllare i personaggi e conquistare mondi. Ma da quando mia madre era morta – e la casa era stata venduta, il santuario distrutto come il Tempio di Gerusalemme – scrivere mi aveva fatto sentire piccolo, incompetente, un impostore. Ma c'era Amber, che voleva sempre che *tornassi alla scrittura*. Ha la concezione dell'arte di suo padre, come qualcosa che le persone fanno per le solite ragioni: trovare gloria, fare soldi.

Adesso non mi arriva più nulla. Nessuna nuova storia. È così da anni. Una volta ero il tipo di persona che portava con sé un taccuino ovunque. Adesso mi vengono nuove idee solo quando sono fatto, e non le ricordo mai quando torno lucido.

Potrei incidere delle tacche sul muro: sono indietro di un paio di giorni. Oppure potrei continuare a leggere *Il grande Gatsby*. Giacere languidamente nel calore del mio appartamento come Jordan Baker, entrambi con il nostro aspetto piacevole e sprezzante. Ma il sonno di Bronwyn si fa più profondo e non voglio disturbarla. Ha un leggero fischio nel naso: un suono delicato e adorabile. Quando i suoi occhi non sono focalizzati su di me, non cercano di guardarmi dentro, è eccezionalmente carina. Ha una bella pelle e labbra sexy e carnose.

Mi sdraio accanto a lei e condividiamo un momento di, devo dirlo, serenità. Non vuole niente da me; non sto pensando ad Amber. Chiudo gli occhi e sento il corpo di Bronwyn accanto al mio, caldo, morbido ed estraneo.

Amber non riesce a rimanere in quella stanza. Tamiko ha aperto le finestre come per esorcizzare un fantasma e ora sta sistemando una sorta di altare minimalista sul davanzale della finestra, quindi Amber va da Adam. Quando le apre la porta, lei fa per abbracciarlo ma lui fa un passo indietro.

«So che è difficile» dice, «ma non possiamo fare l'amore».

«Non sono venuta qui per fare sesso con te». Quasi ride. «Volevo vederti perché...» I roditori le artigliano lo stomaco. «Tamiko si è trasferita nella mia camera. È come se Pichu non fosse mai esistita...»

«A loro non conviene ospitarci quando non siamo più...»

«Ok, ma buttarla fuori stasera? È quasi mezzanotte. E poi è Pichu».

«Alcune persone vincono e altre perdono».

«Grazie. So cos'è una competizione».

«Ma sembra che pensi...»

«Si chiama essere tristi».

Adam le stringe le spalle. «Incontreremo dolori molto più grandi durante la missione».

«Sei serio?»

«Questo non è niente». Praticamente la sta scuotendo. «Senza gravità, i liquidi nel corpo ci si accumuleranno in testa, gonfiando i seni nasali e premendo sui nervi ottici. Il cuore sarà più stressato che durante una sessione di triathlon. Il deperimento dei muscoli...»

«Ok, grazie. Capito».

«Combatteremo con la solitudine, la nostalgia di casa, la cinetosi, la claustrofobia, l'interruzione dei ritmi circadiani...»

«Non capisci». Amber lo spinge via. «Potrei non rivederla mai più. E se capiterà, non sarà mai più la stessa cosa. Abbiamo condiviso tutto questo tempo insieme, e lei mi ha fatto ridere, quando c'era lei *respiravo...*»

«La conoscevi da sette settimane».

«E allora?» Amber si prende i capelli tra le mani e li tira con forza. «E se l'avessi persa?»

«L'anello più debole nei viaggi spaziali è la mente umana».

Amber lo fissa. «Stai dicendo che sono *debole?*»

«Voglio tenerti stretta stasera». Adam le prende la mano. «Pensi che potremmo dormire platonicamente uno accanto all'altra?»

«È solo il sesso con una donna che ti indebolisce? O neanche ti masturberai per tutto questo tempo?»

«Ok, questa conversazione è iniziata in modo sbagliato. Me ne assumo la responsabilità».

«Non voglio dormire *platonicamente uno accanto all'altra*».

«Sì. Risparmiamo i test di resistenza per quando conta».

Voleva essere una battuta? «Voglio stare da sola» dice.

«Ti ho ferito. Parliamone. Non dovresti andare a letto arrabbiata».

«No, hai ragione. La conoscevo solo da alcune settimane. Sto diventando... pazza».

«Amber, se c'è qualcosa che ti senti di esprimere...»

«Non ho bisogno di *esprimere* nulla. Ho il carattere di mia mamma. Ogni tanto diventava drammatica...» Ricorda sua madre con le convulsioni sul pavimento della cucina, che ululava in lingue sconosciute, mentre suo padre gridava: *Vattene, Satana!*

«Non parli mai di tua madre...»

«Be', perché non importa! Si metteva a piangere e diceva che era infelice ma non sapeva perché. Il giorno dopo era tutto finito».

«Dev'essere stato spaventoso sentire tua madre dire...»

«Tranquillo, va tutto bene». Amber si allontana. «Sto bene».

Pensa a tutti gli scimpanzé maschi di cui ha letto in quegli articoli: si perseguitavano l'un l'altro, formavano gruppi di battaglia, si spaccavano la testa a vicenda. Tutta quella rabbia primordiale... vive anche dentro di lei. E ne avrà bisogno. Dovrà usarla. Vincere sarà improbabile, ma almeno può arrivare più avanti di Adam. Può almeno trionfare su questo robot che l'ha definita *debole*.

«Hai ragione» dice. «Alcune persone vincono e altre perdono».

Bronwyn se ne va la mattina seguente dopo una colazione a base di muesli e latte di mandorle, e sento una solitudine così intensa che mi metto a pulire casa. Lavo la vasca, elimino i residui di sapone dalle piastrelle e sistemo il rotolo di carta igienica nel supporto invece di lasciarlo sulla cassetta del WC. Lavo i piatti, compresi il Tupperware e i barattoli di vetro che Bronwyn ha lasciato lì. Cambio le lenzuola, cambio gli asciugamani, spazzo i pavimenti.

Probabilmente mi sento in colpa. Come quella volta in cui mi ero dimenticato del ventiduesimo compleanno di Amber e non mi ero presentato al pub per il drink con i suoi amici fin dopo le 23: mi stavo rilassando con Marcus e in un certo senso... mi si era svuotata la testa. O quella volta in cui abbiamo fatto bird-sitting per la nostra amica Mariella: non dovevamo far altro che dare da mangiare a questo pappagallino stridulo per un paio di settimane mentre Mariella era alle Hawaii. Ma un giorno mi sono dimenticato la finestra spalancata e quando ho aperto la gabbia Frederick è volato via nel cielo azzurro. Abbiamo comprato un altro pappagallino e provato a spacciarlo per l'originale, ma Mariella ha capito subito che non era Frederick ed è scoppiata a piangere. Amber ha peggiorato la situazione dicendo: *Magari voleva essere libero*? Ma sapevo che un pappagallino non sarebbe vissuto a lungo là fuori nel mondo cattivo; probabilmente i corvi lo avevano già dilaniato. Avevo ucciso una cosa bellissima. E così mi ero messo a strofinare i pavimenti e lavare le pareti.

Forse... non avrei dovuto andare a letto con Bronwyn? Probabilmente non avrei dovuto dormire con lei nella nostra camera, nel nostro letto. E se Amber venisse eliminata stasera? E se tornasse a casa e lo scoprisse? Prima c'era una possibilità per noi, ma Amber non è mai stata una tipa indulgente...

Al diavolo. Cosa c'è da perdonare? Amber se la spassa con un killer del Mossad. E forse si sentirà malissimo. Forse sarà incazzata. E io potrò dirle: *Vedi? Fa schifo, vero? Fa schifo che ti fanno sentire indesiderabile, inutile, sostituibile. Fa schifo scoprire che la persona che ami è ambigua e crudele. Fa schifo amarla comunque.*

Ma cosa succederebbe se ad Amber non importasse? E se fosse sollevata? O non lo scoprisse mai? E se non glielo dico io, nessuno glielo dice, e quando torna a casa la faccio franca? Non sarebbe bello. Non sarebbe giusto. Perché non sono come Amber. Forse non sono ambizioso, forse non avrò successo, forse non sono in forma, ma almeno sono sincero. Almeno capisco la lealtà e l'amore. No?

Mi accendo uno spinello, cerco un po' di conforto, cammino per l'appartamento come se fosse una gabbia (relativamente pulita). Sono tentato di prendere i cuscini della Voyager e costruire un fortino, nascondermi lì dentro finché questa assurdità di Marte non sarà finita. Sono entrato in zona Howard Hughes? Forse mi sento strano perché non esco da quasi due mesi. Probabilmente ho solo bisogno di un po' di vitamina D.

Guardo la porta chiusa del mio appartamento. Consapevole della possibilità di aprirla. Di poter mettere scarpe e giacca e uscire. Ma chi stiamo prendendo in giro, questa è Vancouver in inverno: potremmo anche essere su Giove rispetto alla quantità di raggi UV che ci raggiungono attraverso quel soffitto di nuvole grigie. E poi chi ha bisogno della vera luce solare quando a casa propria si hanno le lampade LED a spettro completo? Chi ha bisogno del tempo atmosferico reale quando il termostato è mantenuto alla mite temperatura di 28 gradi? Indosso i miei occhiali trendy con filtro UV e mi dirigo nella stanza degli ospiti, con quel ronzio della luce ad alta intensità. Apro l'anta dell'armadio, che chiamiamo la nursery.

«Ehi, piccolette».

Queste sono le cucciole della nostra nidiata, di sole otto settimane, hanno a malapena conosciuto la madre prima che lei partisse per diventare una star televisiva. Brillano di sfumature violette sotto i LED. Mi sdraio accanto a loro così la luce raggiunge anche la mia pelle.

A volte mi chiedo se quello che sento è una specie di istinto genitoriale. Non l'ho mai preso in considerazione perché Amber non vuole figli, anche se a volte penso che saremmo dei buoni genitori. Sarebbe una mamma alfa che costringerebbe il nostro feto ad ascoltare Mozart e avrebbe un parto naturale su una tavola da paddle in mezzo all'oceano, e iscriverebbe la prole a corsi sportivi gender-neutral, e incoraggerebbe lui/lei/loro a diventare attivisti-imprenditori entro i dodici anni. E io bilancerei il tutto essendo il papà che il sabato mattina mangia cereali e guarda i cartoni animati con loro, quello che dice andiamo-in-biblioteca-e-prendiamo-libri-non-adatti-alla-tua-età, il tipo che fa ridere la mamma e si assicura che ogni tanto faccia un cacchio di pisolino. Sembra piuttosto divertente. E posso immaginare Amber incinta, forte e splendida come una di quelle antiche sculture di dee della fertilità.

Cerco di pensare a come sarebbe avere un figlio con Bronwyn, ma con lei riesco a malapena a immaginare di andare a fare una passeggiata. Ma mi sa che a volte ci penso a diventare papà, uno migliore di quello che ho avuto. Un papà che ci sia davvero. Uno che, quando suo figlio si sbuccia un ginocchio o viene deriso dai cretini della squadra di hockey o, non so, gli spezzano il cuore, lui è il padre che dice: «Sono qui».

Amber potrebbe già aver fatto le valigie, perché hanno terminato le riprese ore fa. Potrebbe essere già su un aereo in volo verso di me.

Cerco di immaginare di tornare indietro nel tempo, all'era di Amber, quando non mi era permesso bere birra o mangiare biscotti, quando ufficialmente avevo fatto sesso solo con una persona, quando non avevo mai sperimentato la pratica illuminante del tantra. Provo a immaginare Amber qui, in queste stanze. Seduta sulla Voyager, che dorme nel letto che ho condiviso con Bronwyn. Il mio Ulisse, la mia Daisy Buchanan. Colei che più desidero e di cui ho più terrore nell'universo.

Quando Amber si sveglia la mattina dopo, Tamiko è sdraiata su un cuscino da yoga, una maschera per gli occhi le copre il viso, dalle orecchie spuntano gli auricolari. Probabilmente è sveglia da ore. Probabilmente ha già fatto la doccia e massaggiato una crema costosa sulla sua pelle perfetta. Si è spazzolata i capelli folti e lucidi un centinaio di volte. Già solo l'esistenza di questa donna, il fatto in sé, sembra un rimprovero. È così che si sente Kevin, vivendo con Amber?

Apre un sacchetto di semi di zucca, li scuote davanti al volto sereno di Tamiko. «Ne vuoi un po'?»

Tamiko si siede. «Pratico il digiuno intermittente e non consumo cibo prima delle undici del mattino o dopo le sei del pomeriggio».

Amber sgranocchia rumorosamente i semi. «Gli studi sui topi dimostrano che in realtà non è una dieta appropriata per le femmine...»

Tamiko si sdraia, rimette la maschera sulle palpebre e le AirPods nelle orecchie.

Osservare qualcun altro mentre entra in un profondo rilassamento – osservare il movimento della sua gabbia toracica che si alza e abbassa, così calmo da farti infuriare – conta come una forma di meditazione?

Amber si sente prudere dappertutto. Afferra la sua borsa e va in palestra, tenendo gli occhi aperti nel caso debba schivare Nick. Non ascolta musica sull'ellittica, lascia che le risuoni in testa il ritornello: *colpa mia, colpa mia, colpa mia*. Amber dev'essere responsabile dell'eliminazione di Pichu. Amber viene punita per quello che ha fatto sul tetto con Adam. Punita perché le è piaciuto. Punita perché quell'incidente è molto peggiore degli altri suoi flirt: è reale. Significa qualcosa. È un vero tradimento perché riesce a vedersi davvero insieme ad Adam. Oh Dio, è imbarazzante, ma riesce a immaginare di avere *un figlio da Adam*. Perché non era mai riuscita a immaginare nulla del genere con Kev? Perché sta immaginando in generale di avere dei bambini?

Come diceva suo padre: *Dio vede tutto.*

Ma c'era un'altra voce nella sua testa – quella di Kevin? Di Pichu? – che diceva: *Non è un po' egocentrico? Non sei un po' ossessionata da te stessa? Duecento specie di piante, mammiferi, insetti e uccelli si estinguono ogni giorno: a Dio non frega niente se hai tradito il tuo ragazzo.*

Ma magari invece sì.

Temere Dio è la stessa cosa che credere in Lui?

Le ho dato tempo perché si ravvedesse, ma lei non vuole ravvedersi dalla sua fornicazione...

Ma cosa c'è da sentirsi in colpa? Cosa ha fatto esattamente? Ha mescolato la saliva e lasciato che qualcuno le toccasse le grandi labbra: chi se ne frega? Il sesso e l'amore sono risorse rinnovabili; non è che finiscono e non avrà più scorte per Kevin. Ma ciò implicherebbe averli *entrambi*, e questo non è consentito. No, a meno che anche Kevin non abbia avuto qualche movimento a margine. Lei ne sarebbe quasi felice: vuole che lui si senta vivo quanto lei. Forse allora riuscirebbe a tornare a scrivere.

Ma Kevin non ha alcun interesse per le altre donne. È leale come un cucciolo, che è la sua qualità migliore e più frustrante.

Quindi. Bene. Kevin è a casa a fumare erba. L'affitto di Kevin e la folle bolletta dell'elettricità vengono pagati con il suo compenso per *MarsNow*. Ciò che Kevin non sa non può ferirlo.

Ma lui magari, in qualche modo, *lo sa*? Riesce a intuirlo, anche da lontano? Quando le persone si amano, sono connesse sul piano spirituale?

Sembra già una che ha trascorso troppo tempo a Los Angeles.

Fa squat e sollevamenti fino a quando le tremano i muscoli, pulsano di acido lattico e dolore. Poi prende del latte al cioccolato e due wrap di pollo al tahini dalla mensa e, poiché le sembra ironico, compra anche un Mars. Consuma tutto freneticamente, poi, non appena i suoi polpacci hanno uno spasmo, si rammarica di aver infranto la regola no-zucchero. Vorrebbe che il personale di *MarsNow* avesse messo a disposizione un massaggiatore sul set. Va a fare una passeggiata nel deserto e riflette su quanto sia difficile ormai trovare un significato in qualsiasi cosa, anche nella natura, quando non c'è una telecamera che la segue. Vorrebbe star facendo qualcosa, qualsiasi cosa, oltre a partecipare a questo degradante reality show. Vorrebbe essere ancora una cacchio di receptionist. Pensa ai suoi privilegi e si ricorda che ci sono persone rifugiate, persone che perdono la casa per pignoramenti, persone che soffrono di epilessia: forza, stupida stronza, datti una regolata.

Sente quei roditori che le mordono la mucosa dello stomaco, come quando Evie è stata trascinata sul palco del campo estivo, durante la preghiera, e costretta a confessare. *Evie, non lasciare che il peccato suppuri dentro di te!* Così aveva detto il pastore, in piedi accanto a Evie, undici anni, perché Amber gli aveva detto ciò che la sua amica le aveva confidato in privato: che a volte Evie non riusciva a sentire la presenza di Dio. A volte non credeva in Lui perché non poteva vederlo. Che aveva letto, e adorato, i libri di Harry Potter. Peggio ancora: Evie era ancora segretamente in contatto con sua cugina diciannovenne di Toronto, la cugina che aveva lasciato il marito e ora lavorava come cameriera. *Lascia andare Evie! Lasciala andare, peccato! Nel nome di Gesù, ti incateniamo, Satana, e ti ordiniamo di andartene!* Evie era immobile sul palco, con gli occhi fissi su Amber, la traditrice.

Perché lo aveva fatto? Per lo stesso impulso che la portava a fare la spia sulla sorella a casa: se il peccato di qualcun altro viene rivelato, il tuo resta nascosto.

Per mesi dopo lo smascheramento di Evie, Amber aveva disegnato simboli delle piaghe dell'Esodo. Sui suoi jeans, sulle sue braccia, sulle pagine dei libri della biblioteca, sul retro dei quaderni.

Acqua mutata in sangue.
Rane.
Zanzare.
Mosche velenose.
Moria del bestiame.
Tempesta di grandine.
Ulcere su uomini e animali.
Locuste.
Tenebre.
Morte dei primogeniti.

Adesso scende la sera. Amber torna in camera e la trova misericordiosamente vuota. Per prima cosa ruba una manciata di assorbenti di Tamiko; Amber non si allena così spesso ultimamente e il suo ciclo è destinato a ritornare. Poi fa una doccia, si sistema la manicure, regola i peli pubici, si mette il pigiama. Controlla i pori, spreme i punti neri con una pinzetta. Ha la fronte troppo ampia, il naso asimmetrico. Il sorriso è ok – grazie a Dio i suoi genitori hanno sborsato il giusto per l'apparecchio – ma si stanno formando delle rughe agli angoli degli occhi. Fanculo. "Prende in prestito" il derma-roller di Tamiko e pure il suo siero glicolico. Poi si sdraia sul letto e fissa il soffitto. Probabilmente tutti sono riuniti nella sala comune, a guardare la puntata. Amber si rifiuta. Non sarà testimone dell'ingiustizia dell'eliminazione di Pichu. E non vuole vedere Adam in questo momento. Ha ragione; ovviamente ha reagito in modo eccessivo. Ma lui si comporta in modo così freddo e analitico... è normale?

Sente un ronzio. È il suo telefono. Ha ancora il telefono! È chiuso in valigia, avvolto in una maglietta sporca. Cerca la chiave della valigia nel cassetto del comodino, armeggia con quella minuscola serratura idiota, tira fuori i vestiti non lavati finché le sue mani non trovano il confortante rettangolo di plastica e vetro.

Un messaggio da Kevin.

Non posso credere che abbiano votato per mandare via Pichu!!! (Mi dispiace, so che non possiamo avere contatti ma penso che questa valga come emergenza). Ma che ha in testa la gente? L'umanità fa schifo.

Stringe il telefono al petto, gli occhi chiusi. Riesce a respirare.

E secondo te perché voglio andarmene da questo pianeta di merda? risponde. Poi esita, aggiunge un'emoji a forma di cuore, preme invio.

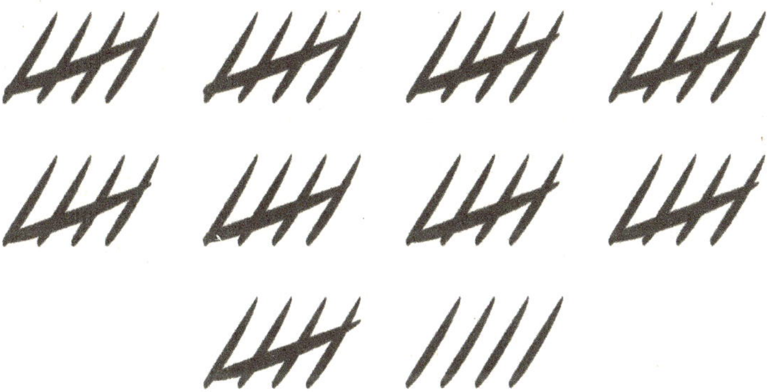

Come fa ad avere il telefono? E cosa dovrei farmene di quel cuoricino? Se fosse stato verde o blu o viola o – Dio non voglia – giallo, avrei saputo interpretarlo: *friend zone*. Se fosse stato nero, lo avrei interpretato come *umore tenebroso, un po' inquietante*. Ma è rosso.

Per giorni mi sono posto queste domande. Ho scritto una tesi di dottorato su questa roba. Ho fissato il cuoricino di Amber tanto a lungo che mi fanno male le orbite – e non mi sfugge il fatto che sto facendo sesso tantrico con un'emoji.

E secondo te perché voglio andarmene da questo pianeta di merda?

Ho scritto e cancellato diverse risposte:

Sono andato a letto con Bronwyn, sai, la tipa vegana. È stato strano.

Puoi tornare a casa adesso?

Mi manchi.

Quello che invece alla fine invio: *Ti ricordi il lago nascosto?*

Flashback. Interno. Giorno. Quarta superiore. Eravamo in mensa, seduti a un lungo tavolo ricoperto di carte di caramelle e panini mezzi mangiati. La campanella stava per suonare e Amber si era girata verso di me: «Andiamo via da qui?»

All'inizio non ero sicuro che stesse parlando con me. Era il periodo in cui si vedeva con Marcus, stavano tipo insieme, e non pensavo che potesse vedermi come qualcosa in più dell'amichetto di Marcus. Avevamo chiacchierato un po' a una festa qualche settimana prima, ma la conoscevo poco.

«Vuoi uscire adesso?» avevo detto. «Ho un test di matematica questo pomeriggio». Come se mi fregasse qualcosa dei test.

«Ah, quelli valgono tipo l'un percento del voto finale» aveva detto lei. «Anche se dovessi saltarne o sbagliarne nove, potresti comunque prendere A+».

«Al momento ho B–». L'avevo fissata. «Dove vuoi andare?»

Mi aveva preso la mano e avevamo iniziato a camminare velocemente. Un passo, poi un altro, una spinta alle porte pesanti – ed eravamo fuori.

Era una giornata di primavera, faceva fresco; il vento mi si era insinuato nella felpa di cotone mentre correvamo via dalla scuola, e la campanella che segnava la fine del pranzo risuonava in lontananza. Dopo un paio di isolati ci eravamo fermati per riprendere fiato e il mio cervello aveva realizzato: Amber Kivinen aveva scelto me.

Avevo baciato due ragazze da ubriaco alle feste, e un paio di volte ero venuto a sapere da intricate voci di corridoio che ero considerato "carino", ma le mie uniche esperienze romantiche si limitavano alle assurde cotte disperate che mi prendevo per le attrici (Minnie Driver, Gillian Anderson, Neve Campbell...). E poi era arrivata Amber Kivinen, che avevo puntato per anni, una cotta così vera che l'avevo tenuta segreta perfino a Marcus, forse perfino a me stesso. E adesso stavamo passeggiando per Westfort sotto un cielo infinito.

Westfort era il mio quartiere, ma all'improvviso me ne vergognavo – i piccoli bungalow fatiscenti con le loro striscioline di prato – perché sapevo che Amber viveva in 20th Side Road. Marcus c'era stato e me l'aveva descritta: un terreno di due chilometri per lato, con una casa fresca di costruzione che sembrava uscita da un set cinematografico – praticamente una tenuta, che sarebbe stata bene in una ricca periferia americana.

«Non pensavo che saltassi mai le lezioni» avevo detto.

«Pensano tutti che io sia una cristiana tutta casa e chiesa?»

«Immagino di sì. Non è così?» le avevo lanciato uno sguardo di sottecchi. Senza volerlo e in modo indiretto, stavamo parlando di sesso. Verginità. Ma anch'io ero ancora vergine, nonostante il mio ateismo. L'idea di fare sesso mi terrorizzava. «Diventerai una di quelle brave-ragazze-che-si-ribellano, inizierai a drogarti e ad andare a letto con tutti? Ho visto fin troppi film con questa trama. Dev'esserci un altro modo».

«Potrei fondare una rivista» aveva detto, «o una band, magari?»

«Sì! O, tipo, fare la volontaria in una clinica per gli aborti».

Avevamo camminato parecchio, con la luce del sole negli occhi, ed eravamo arrivati al fiume Kam, marrone e quasi stagnante, l'acqua ostruita dal relitto di una vecchia nave che si arrugginiva al sole. Ci eravamo diretti al ponte girevole, anche se per tutta la vita avevo avuto paura dei ponti, perché mia madre mi aveva messo in guardia fin da bambino contro i "cattivi ragazzi" radunati sotto i ponti come energumeni. Diceva cose simili anche delle strade poco illuminate, dei parcheggi e della maggior parte dei parchi. Il mondo, mi era stato detto per tutta la vita, era pieno di bottiglie rotte e persone di merda e cani aggressivi. Ma in quel momento, accanto ad Amber, camminavo senza paura. Quello era il mondo, e mi ci sentivo a casa.

Avevamo raggiunto il ponte e attraversato il fiume; avevamo camminato in equilibrio sui binari del treno, con le braccia aperte. «Guarda». Amber aveva alzato le mani, poi aveva fatto una ruota perfetta, usando la rotaia come una trave.

«Pazzesco! Sei bravissima».

«Non è pazzesco, scemo» aveva riso, «è solo una *ruota*».

«Se sapessi fare una cosa così, penserei di essere il campione del mondo. È questo quello che pensi di te? *Sono Amber Kivinen, campionessa del mondo*».

Mi aveva spinto giù dalla rotaia. «Come no. Lascia perdere».

«Il fatto che sei bravissima?»

«Il fatto della ginnastica. È storia vecchia».

«Ok» avevo scrollato le spalle. «Fanculo la ginnastica». Al che era sembrata felice. Mi aveva dato un'altra spintarella - non mi stava toccando un sacco? - e, quando avevo fatto finta di cadere, mi aveva afferrato la mano e mi aveva tirato in piedi.

«Fanculo la ginnastica» aveva detto. «Fanculo tutto».

In quel momento avrei voluto baciarla, ma poi mi ero sentito nervoso, quindi avevo raccolto qualche sassolino e l'avevo lanciato contro quella vecchia nave in malora, con un brivido di trionfo ogni volta che un ciottolo rimbalzava sul metallo arrugginito.

Avevamo camminato ancora e, alla fine, ci eravamo fermati alla stazione di servizio della Riserva per comprare Coca-Cola e un sacchetto di patatine. Poi Amber mi aveva portato su una stradina invasa dall'erba, oltre un casermone industriale abbandonato che, aveva detto, era il vecchio stabilimento di filtraggio dell'acqua, poi tra i cespugli, su un sentiero tanto selvaggio che a tratti dovevamo farci strada attraverso muri di aghi di conifere. Sembrava che stessimo andando verso Mount McKay.

«Dove mi stai portando?» continuavo a scacciare zanzare. «Ti rendi conto che stiamo camminando da tipo due ore? Un film intero».

«Ci siamo quasi. Sei troppo impaziente».

«Solo quando faccio sport».

«Questo sarebbe sport?» aveva riso. «Sei, tipo, il peggio fattone col culo pesante? O fai solo finta?» Mi aveva lanciato uno sguardo da sopra la spalla. «In realtà sei una specie di genio segreto o allevi lucertole o api, o roba del genere, vero?»

A malapena riuscivo a starle dietro. Le ragnatele mi si appiccicavano alla faccia. «Ti sembro uno che alleva le api?»

«Mi sembri misterioso».

«Davvero? Divertente». Ero in estasi. Questo quasi compensava il fatto di avere le braccia graffiate dai rami, le mosche che mi ronzavano davanti agli occhi e le scarpe incrostate di fango.

«Sì, sembri uno tranquillo e, non lo so... carino, credo».

Carino? Voleva un ragazzo carino? Mi ero buttato sulla cosa del mistero. «In realtà un segreto ce l'ho. Sono una specie di nerd delle pellicole».

«Puah. Hai appena chiamato i film *pellicole*?»

«Sto cercando di confidarmi con te. Sulla mia vita misteriosa».

«Scusa. Raccontami tutto, uomo del mistero. Sulle *pellicole*».

E così avevo fatto. Le avevo raccontato che avrei voluto scrivere dei film, forse perfino dirigerli. Le avevo detto che mia madre mi aveva comprato una videocamera di seconda mano e che io e Marcus avevamo appena girato un documentario sui posti più brutti di Thunder Bay. I centri commerciali, le zone melmose del lago, i silos abbandonati. «È tipo una pubblicità progresso. Per prevenire il suicidio».

«Qual è il nesso tra filmare posti orrendi e prevenire il suicidio?»

«È un avvertimento. Non andare in quei posti; potrebbe venirti voglia di ammazzarti».

«Lo posso vedere?»

«Dipende. Mi stai attirando nella natura selvaggia per uccidermi?»

Mi aveva dato un'altra spinta – *in effetti* mi stava toccando tanto, soprattutto il braccio, e qualche volta il petto. Le avevo restituito la spinta e avevamo continuato così, a rimbalzarci addosso, farci sgambetti, ridacchiare e acchiapparci a vicenda. Inciampavo sulle radici. Ero sudato, senza fiato, e avrei odiato tutto di quel momento se non fossi stato con lei.

«È divertente» avevo detto. «E allo stesso tempo è come essere all'inferno».

«Sembra che sia la prima volta che esci».

«In effetti, è così».

Sembrava che stessimo scalando quella maledetta montagna e poi scendendo dall'altro lato della maledetta montagna, il che non aveva senso, perché dalla mia prospettiva, vista da Westfort, la montagna era il confine del mondo. Ma poi il sentiero si era allargato, era comparsa l'antica roccia del Canadian Shield e avevamo raggiunto un grande lago.

Acqua pulita e blu. Alberi intatti. Il sole che luccicava sulla superficie dell'acqua.

Allora non sapevo che quel posto si chiamava Loch Lomond, né che era stato la riserva naturale della città. Ero scioccato dall'esistenza di quel santuario, così vicino alla mia strada monotona, alla mia imbarazzante madre, alla mia scuola superiore e alla sua puzza rancida di spogliatoio. Per tutto quel tempo, il paradiso era stato a portata di mano.

«Cazzo. È...» non potevo correre il rischio di diventare poetico. «Questo posto è fichissimo».

«Te l'ho detto. A volte dico che sto male per non dover andare in chiesa, poi vengo qui».

«Fai tutta questa strada da sola?»

«È strano?»

In seguito avrei scoperto che andava spesso al lago, facendosi strada nella foresta, spinta dalla rabbia. Starsene là fuori era il suo modo di sopportare la chiesa, l'allenatore viscido, l'infortunio. Le piaceva lanciarsi in acqua, e più era fredda, meglio era.

«Non è strano» avevo detto. «È fantastico».

«Ti va di nuotare?»

Era stata una scena da film: si era tolta la maglietta e i pantaloncini. Era rimasta in reggiseno e mutande – un reggiseno viola che sembrava troppo piccolo, le risaliva dietro la schiena e le segnava le spalle muscolose. Un paio di mutande di cotone, gli elastici attorno alle gambe tesi al massimo, quello sui fianchi ingiallito di sudore. Era così bella che non riuscivo a respirare.

«Smettila di fissarmi» aveva detto, poi si era buttata nell'acqua cristallina, scomparendo sotto la superficie. L'aria mi era uscita di botto dai polmoni, come se stare qualche secondo senza di lei fosse già troppo. Era ricomparsa in mezzo al lago: «Forza, cacasotto!»

Era il sogno di tutti i ragazzini, e stava succedendo davvero. La mia vita stava per diventare una commedia romantica. Solo che non ero un granché a nuotare. Riuscivo a tenermi a galla e a sgambettare qua e là, ma non ero in grado di fare tanta strada – e lei era già troppo lontana. Non mi ricordavo neanche l'ultima volta che mi ero bagnato i capelli in un posto diverso dalla doccia.

«All'inizio è freddina» aveva gridato lei, «ma poi si sta benissimoooo!»

Andava fatto. Se fossi affogato, ne sarebbe valsa la pena. Mi ero scollato di dosso i vestiti sudati ed ero rimasto lì in riva al lago, in mutande. Avevo fatto un passo in acqua, poi un altro. Cristo, era gelida.

«Tuffati!» lei si stava tenendo a galla. «Diventa una cosa sola con la natura!»

«Il problema della natura» avevo gridato in risposta, «è che è disordinata e non molto accogliente!»

«Hai appena detto che la natura è *disordinata*? Del tipo, *ehi natura, metti a posto la camera!*» aveva riso. «I tuoi non ci vanno in campeggio? Non ti portavano nemmeno a Sandy Beach da bambino?»

Non era il caso di menzionare il fatto che non avevo genitori come quelli degli altri; avevo una madre, e stava sempre male. E non era nemmeno necessario spiegare che mia mamma non mi aveva mai portato da nessuna parte. «Certo che i miei mi portavano in spiaggia» avevo detto, «e io piangevo finché non mi riportavano a casa».

«Non ce la faccio, sei troppo patetico. In effetti *vorrei* ucciderti» aveva fatto qualche bracciata verso di me. «Quindi che fai, ti metti a piangere?»

«Solo se me lo chiedi». L'acqua ghiacciata mi pungeva le cosce. «Per la campionessa del mondo potrei anche piangere a comando».

Amber era andata di nuovo sott'acqua, aveva nuotato verso di me, si era alzata in piedi, mi aveva placcato. Ero caduto nell'acqua di schiena, mentre lei premeva le labbra blu e bagnate sulle mie. La sua pelle era viscida e fresca, come quella di un'anguilla, ed era l'unica cosa che avevo potuto fare per non lasciarla andare.

È in una sauna in Lettonia, anche se la sauna è spenta. Una macchina del fumo dà l'illusione del vapore e i Marzionauti sono stati spruzzati di sudore finto, fatto di acqua e glicerina. Una lettone anzianotta e rotonda è stata assunta per picchiarli con dei rami di betulla bagnati, e non c'è niente di finto nelle botte. Quando arriva il turno di Amber, la donna la colpisce con tanta forza da lasciarle i segni.

Ad Amber piace. Se lo merita.

Quando la donna finisce, si siede sulla panca di legno, la sua pelle arrossata emana un profumo di betulla. Se solo potesse far uscire con il sudore tutta la tristezza e la rabbia e la delusione nei confronti di sé stessa! Si è sempre sentita così? Da quando è nata? Se non erano le tue azioni, allora erano i tuoi pensieri. Se non erano i tuoi pensieri, allora era il tuo corpo ribelle. Questo senso di colpa se ne stava sepolto per un po', quando aveva un obiettivo o un progetto, ma alla fine tornava sempre in superficie. La corrodeva come un acido. L'unica cosa da fare era dubitare di ogni tua azione o pensiero, essere vigile, non *mandare tutto affanculo*. Quella era la strategia di sua sorella; Caleigh viveva da sola, era obesa al punto da poterla considerare una disabilità, non se n'era mai andata da Thunder Bay, non aveva mai avuto un partner di nessun genere – aveva protetto con l'imbottitura la sua anima, l'aveva imprigionata sotto chili di carne per impedirle di abbandonarla.

Oppure potevi scegliere un approccio diverso: potevi prendere e fare qualcosa di *brutto*. Perché se ti saresti sentita in colpa in ogni caso, tanto valeva peccare.

«Ok, squadra» dice Nick il viscido, «giriamo un paio di scene di relax-nella-sauna. È la vostra occasione per rilassarvi. È caldo, vi fa bene ai muscoli ed è la prima volta che vi vedete quasi nudi, finalmente. Capito?»

Guarda Amber quando dice *nudi*. Perché lei ha cambiato strategia: invece di nascondersi da lui per tenersi il telefono, ha reso indispensabili per lui sia sé stessa che il telefono. Gli ha mandato un selfie. Niente di incriminante, niente nudi, solo un primo piano delle sue labbra lucide. Lui ha risposto *Quel piercing. Sexy. Ti ha fatto male?*, proprio quello che lei sperava. La possibilità di iniziare una conversazione. *È passato così tanto tempo che non me lo ricordo. Tu hai piercing o tatuaggi?* Lui le ha mandato una foto dei suoi pettorali pelosi, con il tatuaggio sbavato di un'aquila e le parole: *Il mattatoio dell'insuccesso non è il mio destino*.

La conversazione con Nick è un piccolo prezzo da pagare per avere un po' di Pichu nella sua vita. Ieri sera Pichu le ha scritto che ha venduto il romanzo che sta scrivendo per più di quattrocentomila dollari. *Letteralmente quattroCENTO volte quello che ho guadagnato con l'ultimo!*

Amber ha risposto: *Fantastico! Assurdo! Fantassurdo!*

Pichu le ha mandato una GIF di un bambino piccolo che balla su un tavolo da picnic, poi ha scritto: *Ci pagherò il credito di tutte le carte e comprerò un appartamento. Farò la stronza di città, ricca e acculturata.*

I Marzionauti si sistemano sulle panche della sauna; Manusha, la hairstylist, spruzza a tutti acqua sull'attaccatura dei capelli; Teeghan cosparge i loro corpi con altro sudore finto. Amber chiude gli occhi – ieri notte Tamiko l'ha tenuta sveglia battendo furiosamente sulla tastiera del computer. Ovviamente Tamiko sta ancora gestendo un laboratorio e supervisionando progetti di tesi all'università di Tokyo. È brillante e indispensabile *a tal punto* – *MarsNow* ha dovuto piegarsi al suo volere e concederle un permesso speciale per collegarsi due ore al giorno. Non abusa mai del suo privilegio. Non si prende mai nemmeno cinque minuti per controllare le ultime novità sul divorzio dei Brangelina.

«Okay» dice Linnzy masticando una mela, stavolta è una Granny Smith: «Si gira».

Steve l'australiano fissa le tette di Amber, che Teeghan ha inumidito con cura. Amber si raccoglie da dosso un po' di sudore finto e glielo lancia.

«Cattivella» dice lui.

«Smettila». Amber chiude gli occhi, non riesce nemmeno a guardarlo. «Non fai ridere».

«Ah, hai le tue cose oggi?» dice Steve. «O dovrei dire *eh,* come fate voi? Hai le tue cose, eh, ragazza canadese?»

«Chiudi la bocca o ti do un calcio nelle palle».

«La ragazza canadese cattivella si sta scaldando troppo».

Amber si alza, lo centra in pieno nello scroto, poi si risiede sulla panca lasciandolo lì a contorcersi. Adam la guarda con gli occhi sgranati, probabilmente sconvolto; Ramesh si mangia le unghie; Tamiko alza un sopracciglio perfettamente depilato; Tish sussulta e si copre la bocca; Justine fa un fischio; Sergey scuote la testa; Marion dice sottovoce *putain.* Ma chi se ne frega. Questa è Amber adesso. Lucida, concentrata, presente. O almeno, arrabbiata.

«Taglia». Nick il viscido irrompe nella finta sauna. «Voi due, perfetti. È stato fantastico». Poi, facendo l'occhiolino: «Amber, continua così, tesoro».

Ma la camminata verso il lago con Amber è stata tanto tempo fa, in una galassia lontana lontana. Nella mia realtà quotidiana, Bronwyn viene a trovarmi quasi tutti i giorni. Nel frigo, il cibo-alla-Amber (kefir di capra, peptidi di collagene, semi di zucca "attivati") è stato sostituito dal cibo-alla-Bronwyn (latte di mandorla, formaggio vegano, burro d'arachidi che mangiamo a cucchiaiate quando siamo fatti). Lo spazzolino di Bronwyn ormai dimora qui, nel bicchiere macchiato di schizzi, accanto al mio. I suoi vestiti sono appesi nell'armadio accanto a quelli di Amber, anche se ho una tendenza ossessivo-compulsiva a impedire che le cose di Bron tocchino quelle di Amber.

Questa è la nostra routine: Bronwyn porta del cibo, tra cui sempre un dolcetto da strafogarci in fame chimica. Beviamo spritz di vino bianco e ci cuciniamo la pasta o ripassiamo in padella delle verdure, di solito provenienti dalla mia scatola di Buon Cibo. Cucinare mi rende felice. Perché dopo circa sette anni, Amber ha cominciato a rifiutarsi di cucinare con me e perfino di farmi entrare in cucina. A quanto pare faccio cadere il sugo sul pavimento e dimentico le spatole sporche sul bancone, il che significa che lei deve venirmi dietro e pulire. Quindi, anche quando le dicevo di rilassarsi e lasciarmi cucinare per lei, si stressava più di quando cucinava da sola.

«Oppure potresti stare tranquilla» avevo suggerito una volta, «e fregartene di quelle cazzo di spatole. Perché non ci provi?»

«Non capisci?» Amber mi era parsa tanto disperata da scioccarmi. «Non ce la fai a capire che se non pulisco adesso si incrosta tutto e poi ci vuole il doppio a pulire?»

Insomma, Bronwyn mi fa sentire virile e capace quando dice: «Perché non tagli le carote?» e mi dà perfino carta bianca sulla quinoa, un super-cibo che io e Amber abbiamo scoperto insieme nel 2009, più o meno, un super-cibo che non avevo il permesso di cucinare, perché spesso avevo fatto tracimare la pentola o bruciato lo strato inferiore in una crosta nera. Forse lo facevo inconsciamente, per una qualche ragione freudiana? Perché adesso pare che io sappia cucinare la quinoa senza tanti problemi.

Stasera, dopo cena, Bronwyn e io fumiamo un blend a predominanza Indica, poi lei mi legge le carte astrali e mi fa l'oroscopo – sono destinato a lunghi periodi di solitudine, che sorpresa! Facciamo sesso, che per fortuna è migliorato rispetto alla prima volta. Sto diventando più bravo a mettere da parte i miei sentimenti contrastanti riguardo al tradire Amber (senso di colpa, poi trionfo per la vendetta, poi di nuovo senso di colpa), e non sono più così nervoso al pensiero che Bronwyn possa rimanere delusa dal mio pene, data la sua presunta familiarità con giganteschi piselli hippie. (Gli uomini che indossano parei e cappelli di paglia per uscire devono necessariamente avere il cazzo grosso, o sbaglio? Da dove altro potrebbe derivare una tale spropositata autostima?) Tutto del corpo di Bronwyn è morbido: la pelle di seta, i seni teneri, i muscoli che sembrano sciogliersi sotto le mie mani. Il sesso è carino. E non c'è niente di male nel fare sesso carino. La presenza di Amber spesso era troppo stimolante e, allo stesso tempo, troppo familiare, e i miei poteri, che sono quel che sono, a volte mi abbandonavano. A volte non riuscivo a smettere di chiedermi ossessivamente se il mio corpo ossuto la eccitasse. E avevo rinunciato a sedurla il giorno in cui mi aveva detto che il concetto di fare sesso tutti i giorni, o perfino tutte le settimane, era una roba fondamentalmente sessista. Che se fosse stato per le donne non ci sarebbe stata tutta questa pressione per fare sesso regolarmente – le coppie si sarebbero dedicate al coito solo nella fase pre-ovulatoria e ovulatoria del ciclo femminile. E in quel particolare periodo, avrebbero fatto sesso fino a sei volte al giorno.

«Se gli uomini prestassero attenzione al ciclo delle loro partner» aveva detto Amber, «saremmo tutti molto meno infelici».

Quindi avevo lasciato che fosse lei a decidere, e credo che apprezzasse. Ma a Bronwyn non sembra dispiacere quando mi giro verso di lei, le prendo il mento tra le mani e la tiro verso di me. Sembra che non le dispiaccia neanche se non mi va, se mi voglio solo rilassare. Le piace stare sdraiata con la testa sulle mie gambe; spesso si addormenta quando guardiamo un film, il che è perfetto, così non parla per tutto il tempo. Quando il film finisce, la scuoto con delicatezza per svegliarla e ci spostiamo in camera. Mi tiene la mano mentre "diamo la buonanotte" a mia mamma. Il procedimento è il seguente: stiamo in piedi di fronte alla finestra della camera, solleviamo le tende oscuranti e guardiamo la luna in un appropriato silenzio reverenziale. Sembra che Bronwyn si aspetti sempre qualcosa da parte mia – lacrime? Un elogio funebre? È come rivivere tutto per la seconda volta, e la seconda fase di lutto è come la prima: fumo un sacco d'erba e provo un sacco di nulla. Oltre al gonfiore ai gomiti, alla tensione nelle spalle, alla nebbia che mi avvolge la mente ogni mattina e non se ne va prima delle tre del pomeriggio. Ogni volta che mia mamma muore, il mio corpo adotta la sua malattia.

Stanotte Bronwyn e io siamo in piedi davanti alla finestra e io cerco di dire qualcosa di profondo: «Wow. La luna è grande».

«È una luna gibbosa crescente». Bron si appoggia a me. «Significa che è il momento propizio per portare a termine un progetto importante».

«Perché, esistono anche momenti non propizi per portare a termine un progetto importante?»

Onestamente, devo concentrarmi sul progetto di lasciare Bronwyn. Come posso stare con una persona che crede che mia mamma sia morta due settimane fa? E come posso dirle la verità? C'è un solo modo di uscire da questo labirinto: dare fuoco e ridurre tutto in cenere.

«Sai, mio papà... quando mia mamma l'ha lasciato si è dato per vinto». Bronwyn mastica il suo dreadlock. «Adesso lo sento tipo due volte all'anno. Ed è sempre sbronzo».

Le metto un braccio attorno alle spalle: «Dev'essere dura».

Lei si accoccola contro di me: «Più o meno so cosa si prova a perdere un genitore».

Ultimamente facciamo questa cosa di parlare della vita vera, e il risultato è che ogni sera fallisco nel mio tentativo di rompere con Bronwyn. Invece, andiamo a letto e ci mettiamo sdraiati su un fianco, sotto il lenzuolo, con Bronwyn che mi abbraccia. Amber dorme sulla pancia, quindi questa è la prima volta che qualcuno mi abbraccia da dietro a letto. E adesso lo capisco. Perché tutti ci vanno matti.

In Lettonia, Amber non riesce a crederci: Cawaale e Justine sono stati eliminati. Cawaale era un supereroe, Justine un pitbull – e Amber è riuscita a durare più di loro? Gli sconfitti si consolano prendendosi una gloriosa sbronza con un gruppetto di negozianti, mentre Amber se ne sta sdraiata sul pavimento e monitora il proprio respiro.

È tentata di scrivere a Pichu dell'eliminazione, ma sa che sarebbe come giocare col fuoco. E non vuole fare casino proprio adesso che sembra essersi assicurata il possesso del telefono: Nick le manda messaggi ogni notte, lamentandosi dei produttori esecutivi, dell'aiuto regista, della troupe, degli altri membri del cast. È la sua confidente.

Le cose si mettono bene. Sembra che all'orizzonte ci siano acque tranquille. A parte il fatto che lei e Adam non parlano dal New Mexico, da quando lui l'ha definita *debole*.

Cawaale e Justine tornano a casa, e i concorrenti rimasti vengono portati via dalla Lettonia su un vecchio e sgangherato aereo militare. Atterrano nelle steppe deserte del Kazakistan. Il Cosmodromo di Baikonur, un tempo area di lancio segreta del programma spaziale sovietico, ha una sola pista di cemento in rovina, piantonata da ufficiali kazaki. I Marzionauti abbracciano i bambini, poi vengono caricati su un autobus che li porta su strade dissestate e rattoppate alla bell'e meglio – oltre condomini fatiscenti dell'era sovietica, enormi parabole incrinate, una statua di Yuri Gagarin con le braccia alzate al cielo.

«Questo posto mette i brividi» dice Logan.

«Oddio» dice Tish, «è una roba *così* razzista da dire».

Li portano in una specie di reggia. Gli ufficiali che li hanno accolti all'aeroporto li conducono in un edificio con lampadari di cristallo, pavimenti di marmo, vasche Jacuzzi e una sala da pranzo con tovaglie bianche stirate, porcellana d'osso finissima e una tv a schermo piatto che trasmette quello che sembra un vecchio film russo. Una zuppiera colma di boršč fuma al centro della tavola, insieme a un piatto di carne arrosto, patate ricoperte di burro e aneto, formaggio, salsicce, cetriolini, fette di lardo salato che Sergey chiama *salo*. Diverse bottiglie di vodka.

«Anche i vip di serie C vivono da re in Kazakistan» ride Nick il viscido, facendo sparire uno shot di vodka. «Dateci dentro, ragazzi. Ma ricordatevi che questa è roba pesante. E che c'è anche la carne di cavallo». Manda giù un altro shot e poi si gira verso Amber e Adam: «Voi due. Venite con me».

Lo seguono fuori, nell'aria fredda e secca.

«Mi pare che stiamo perdendo un po' di vista la love story» dice Nick il viscido «Ci serve un altro momento succede-o-non-succede».

«Possiamo evitare?» Amber non sente alcun bisogno di parlare con Adam. E la questione "succede-o-non-succede" deve essere una tortura per Kevin. «Sto morendo di fame».

Nick il viscido ride, soffoca un rutto, fa l'occhiolino ad Adam. «La ragazza è affamata, eh?» poi gli dà un leggero pugno sul braccio. «Magari tu hai qualcosa da dirle?»

«Prima lo facciamo» dice Adam, «e prima finiamo».

I loro microfoni vengono sistemati, i capelli e il trucco ritoccati, poi camminano a braccetto per la strada ghiacciata di Baikonur. Passano accanto ad auto arrugginite. Cani che scavano in cumuli di rifiuti. Un cammello randagio ciondola lentamente lungo la strada. Il silenzio qui è inquietante e ad Amber non viene in mente posto migliore per fare finta di essere innamorata.

Gatsby si riempie di polvere sul tavolino da caffè mentre io leggo roba su Internet. Opinioni sul fatto che ai sondaggi di *MarsNow* stiano partecipando più persone di quante abbiano mai votato alle elezioni politiche, il che dimostra che la democrazia è spacciata. Opinioni sul fatto che se non si riesce a organizzarsi per ridurre le emissioni di carbonio, ci si può sempre coalizzare a livello globale per assicurarsi che Sergey non sia eliminato, nonostante sia del tutto impreparato a livello fisico per la missione. Opinioni sul fatto che lo show include solo un concorrente-trofeo appartenente alla comunità LGBTQ+. Opinioni sulla struttura dello show che, eliminando ogni settimana un uomo e una donna, contribuisce a consolidare un rigido binarismo di genere. Opinioni sul fatto che lo show oggettifica il corpo delle donne. Opinioni sul fatto che lo show oggettifica *anche* il corpo degli uomini, il che teoricamente sarebbe femminista. Opinioni sulle teorie cospiratorie che lo show ha generato: che Amber e Pichu siano segretamente una coppia, che Sarah sia incinta del figlio di Fernando, che Tamiko sia un'intelligenza artificiale super realistica costruita per sabotare la missione. Opinioni sul fatto che nessuno dei partecipanti ha figli, anche se la maggior parte dei genitori pensa almeno una volta al giorno di dire alla propria famiglia: «Ciao eh, io me ne vado su Marte». Opinioni sul fatto che Adam da Israele dovrebbe essere eliminato, in quanto non ci sono concorrenti palestinesi. Opinioni sul fatto che Adam non verrà mai eliminato perché è il nuovo fidanzato di Internet; Adam è lo Spock sexy del momento (come se lo Spock originale non fosse mille volte più sexy – e non venite a commentare per convincermi del contrario). Opinioni sulla mancanza di concorrenti nativi americani e su come questo perpetui vecchi stereotipi. Opinioni di scrittori nativi americani del tenore di: *Non c'è bisogno che ci facciano giocare a "chi viene eliminato", ci ha già pensato il genocidio. E poi abbiamo cose più importanti da fare, tipo fermare gli oleodotti.*

Le leggo tutte. Quando non c'è Bronwyn. E Amber mi chiama ancora, ve l'ho detto? Di solito per meno di un minuto, a orari strani. In qualche modo è riuscita nell'impresa di tenersi il telefono, e adesso mi chiama come chiamava quegli altri tizi, lo skater o il commesso del negozio di DVD – perché non riesce a farne a meno. Perché io sono il segreto che sta nascondendo a tutti gli abitanti di questo pianeta.

«Ehi, Kev» dice.

«Ehi, Terrestre» rispondo io.

Di solito parliamo di che tempo fa nel posto in cui si trova, e del cibo. Il frutto della passione costaricano, i cetriolini lettoni, cose così. Chiedo qualche dettaglio della vita sul set, perché quasi mi manca fare la comparsa, e lei mi racconta aneddoti su Linnzy e Tamiko e camere d'hotel schifosi.

Finora Amber non ha mai chiamato quando c'era Bronwyn – strano, no? Mi ricorda la teoria del multiverso. Parafrasando, l'idea è che ogni versione di te stesso stia vivendo allo stesso tempo ogni diversa possibilità di vita. È tutto possibile e tutto accade. E la cosa strana è che questi due singoli fili – Amber e Bronwyn – non sembrano essere incompatibili. Se sto attento, potrei tenerle in equilibrio precario per sempre.

Non appena questo pensiero mi colpisce, il campanello suona e il mio stomaco sprofonda. Dev'essere Amber o Bronwyn. Una donna ferita, venuta a distruggermi.

E invece, ehi!, è Bastiaan, con un cespo di cavolo nero, una bistecca di bisonte in carta da macelleria e una bottiglia di vino. «Ehi, amico» dice, «ti dispiace se mi appoggio da te per un po'? Sto in una situazione un po' così».

A quanto pare non è tutto rose e fiori alla fattoria con Cedar e i bambini. Bastiaan e Cedar sono poliamorosi, ma hanno una regola: non innamorarsi. Possono fare sesso occasionale all'interno e all'esterno della loro cerchia di contadini biologici, ma le relazioni a lungo termine non sono consentite. Quindi, che ha combinato Cedar? Ha passato sei mesi a messaggiare su Facebook con il suo fidanzatino del liceo, Freddy, che vive in Saskatchewan, lavora nel settore dei concimi chimici, è appassionato di hockey e indossa *tutti i giorni* un cappellino da baseball – lui e Bastiaan sono come il giorno e la notte. Bastiaan è rimasto a casa, a coltivare cavolo e altre piante resistenti, a curare i polli e ad ascoltare jazz improvvisato. Cedar ha passato il tempo istruendo i bambini a casa, fermentando la kombucha e «perdendo la testa» per un tizio che guida un pick-up Ram. Da matti, no? L'amore è assurdo.

Ascolto la storia di Bastiaan davanti a una cena a base di bisonte appena scottato e cavolo nero cotto nel burro all'aglio. A quanto pare, ciò che Cedar apprezza di Freddy è il fatto che «fa le cose senza dover parlare di continuo di tutto». Lei ha l'impressione di avere cinque figli – Bastiaan e i quattro che ha partorito. Dice che Bastiaan «si aggancia all'energia femminile e la usa per sé stesso». Dice che Freddy è una persona distante dal proprio corpo, sprovvista di una vita interiore, al punto che quasi non le sembra che esista. In senso buono! Non ha bisogno che lei gli tenga la mano per prendere una decisione – decide e basta! Non le chiede di scavare nei suoi sentimenti per lui, vuole solo sapere se la fa bagnare. Non fa altro che mandarle foto del suo pisello e complimenti e battute carine. La "rigenera".

«Mi sembra un coglione» dico, anche se lo capisco. Quando mia mamma era malata e sola e aveva bisogno di me, a volte diventava tutto troppo. Soprattutto quando ero adolescente. Flashback-del-cazzo. Interno. A qualunque cazzo di ora. Tornavo a casa da una festa, o dopo essere andato in skate con Marcus o a fare una passeggiata con Amber, e trovavo mia mamma nel mezzo di una crisi, sprofondata tra i cuscini del divano. Come un grosso fungo bitorzoluto che cresce sul tronco di un albero abbattuto. «Ah, sei a casa». Sembrava sempre sollevata. «Vieni a sederti».

«Devo fare i compiti». Ma i suoi occhi si aggrappavano a me, mi fermavano – aveva degli occhi come artigli sguainati. «Hai fame, mamma?»

«Una tisana?»

Facevo bollire l'acqua, mettevo una bustina di camomilla in una tazza. «Formicolio o dolore?»

«Un po' di tutto. Più che altro, sono stanca». Si stropicciava gli occhi; l'artite reumatoide le causava un'infiammazione della sclera, per cui sembrava sempre che avesse pianto. «E ho avuto uno di quei mal di testa da sinusite».

Mettere la tisana in infusione, sistemarle la tazza tra le mani gonfie.

«Grazie mille, tesoro. Sei il ragazzo più meraviglioso del mondo».

«È solo una tisana». Cristo. «Niente di che».

Forse non ero scappato a Vancouver per stare vicino a Amber, ma per stare lontano da mia madre. O forse adoro Amber perché è in gamba, sana, in forma - non ha bisogno di niente. Il che è perfetto, perché io non sono affidabile. Non c'ero quando mia mamma aveva più bisogno di me. Si potrebbe anche dire che l'ho uccisa io. (Lunga storia).

«Quindi cosa dovrei fare?» Bastiaan prende la bottiglia di Malbec che ha portato - una bottiglia con un vero tappo di sughero, perché è un vero adulto - e riempe due bicchieri. «Secondo te è un segno che io e Cedar dobbiamo lasciarci più spazio? Dovremmo provare a prenderci una pausa?»

«Separarvi, per forza». Mi immagino Bastiaan cucinare più spesso per me. «Ti potresti trasferire qui. Potremmo essere coinquilini».

«Vuole andare in Saskatchewan da Freddy. Dovrei permetterglielo? Forse "permetterglielo" non è la parola giusta. Dovrei incoraggiarla?»

«Sarebbe molto coraggioso».

«Dovrei andare con lei? Lasciare i bambini con i miei per un fine settimana? Così potremmo parlarne tutti e tre insieme. Questa triangolazione è parte del problema. Lei parla con me, poi parla con Freddy, e nel processo un sacco di cose vanno perse».

«Dici?»

«O forse dovremmo andare via per un weekend da soli, io e Cedar? Un weekend zozzo? Senza parlare di sentimenti o della fattoria o dei bambini?»

Le domande, le possibilità – le discutiamo tutte fino alle tre del mattino. Mi si chiudono gli occhi, ma Bastiaan ha l'aria di uno pronto a stare sveglio tutta la notte.

«È una porta che si chiude o un portone che si apre?» chiede per la quattordicesima volta.

«Magari una... porta *bloccata*?»

«Pensi che sia vero? Che mi aggancio all'energia femminile?»

«Come ti dicevo, non so darti un giudizio perché ci conosciamo da troppo poco tempo». Scivolo sul pavimento, chiudo gli occhi. «Forse dovresti tornare indietro nel tempo di una ventina d'anni e uccidere Freddy prima che abbia l'occasione di conoscere Cedar al liceo. Sarebbe la cosa più semplice».

«Se solo si potesse fare, amico mio». Bastiaan si versa un altro bicchiere di Malbec. «Sarà solo una fase che stiamo attraversando, Cedar e io? O dovremmo separarci?»

«*Non* separatevi» dico, «assolutamente no».

Flashback. A tutte le volte che io e Amber ci siamo quasi lasciati. La peggiore è stata quando ero tornato a casa tardi dal set, una notte, coperto di appiccicoso sangue finto – avevo fatto la comparsa in *iZombie* – e Amber mi aveva detto che non ne poteva più della mia mancanza di stimoli, della mia depressione, qualunque cosa fosse. Aveva detto: *Volevi scrivere un film rivoluzionario sugli zombie e adesso fai la comparsa sul set di qualcun altro? Per la visione di qualcun altro.* I tagli e gli squarci insanguinati sul mio corpo mi erano sembrati veri, appropriati, un'esternazione di come mi sentivo dentro. Avevamo ventisette anni e quello era stato il momento in cui fummo più vicini a una vera rottura.

Ma la mattina dopo le avevo fatto un bigliettino con sopra un'anguilla. Lei adora le anguille, perché usano i cicli lunari per orientarsi quando nuotano. Il biglietto era una parodia di «Us Weekly»: «Le anguille sono proprio come noi! Guardano la luna».

Dentro avevo scritto: *Grazie perché mi fai guardare in alto. Sei tu la mia visione.*

In Kazakistan, Marion e Ramesh vengono eliminati. Amber abbraccia Ramesh, ma sente la voce di suo padre: *Non ti far condizionare. Stai concentrata, campionessa.* Nel suo Confessionale improvvisato dice: «Mi mancherà Ramesh, ma non posso pensarci adesso. Sguardo in avanti».

Quella sera mangia così tanto lardo salato che le traspira dai pori mentre balla con i kazaki. Insistono perché beva uno shot di vodka, che la stordisce, così si trascina nella sua stanza. Tamiko è in equilibrio sulla testa. Amber appoggia la sua allo stipite della porta. Al tempo della ginnastica, era lei la ragazza che saltava le feste, andava a letto presto ed evitava il divertimento. Passava il venerdì sera a fare stretching o seduta in un bagno di ghiaccio. È quella la strada per il successo, quindi perché ha appena ballato con un mucchio di ufficiali barbuti, carini, corrotti? La risposta le sembra chiara mentre guarda Tamiko al contrario: Amber è una perdente.

«Resti sveglia ancora per molto?» chiede. «Devo dormire».

«Il mio allenamento pranayama finisce tra venti minuti» dice Tamiko.

Amber si sdraia a letto e ascolta i sospiri lunghi e pesanti della coinquilina.

Quando ha finito, le chiede: «Ti piace la tua vita?»

«Certo». Tamiko si mette il pigiama, che destabilizza Amber tutte le sere: è peloso e di un rosa infantile. «Che domanda strana» dice Tamiko. «Se non trovassi gioia, soddisfazione e stimoli nella mia vita, cambierei qualcosa».

«Non ti spaventa il cambiamento?»

«L'esistenza *è* cambiamento – perché avere paura di quel che è costante e inarrestabile?» Tamiko si siede sul letto. «È vero che sei cristiana?»

«Non esattamente». Ma devono proprio parlarne? Perché rivangare gli insegnamenti che perfino da bambina le sembravano ridicoli (una vergine che partorisce?), e quando era diventata adolescente le erano parsi ancora più assurdi (no, davvero, quella storia del parto da vergine – Maria era una tipa sveglia, no?). Per un periodo Amber aveva provato qualche altra religione: buddhismo, cabala, ed era stata perfino a messa in una chiesa anglicana e in una chiesa Unita, perché le piaceva il fatto che i pastori non mettessero pubblicamente in imbarazzo i fedeli. Ma poi era andata all'università, aveva studiato il colonialismo e capito che il suo marchio di cristiana l'aveva alienata dalla natura e dal suo stesso corpo. Era tornata a casa dalla lezione di antropologia e aveva detto a Kevin: *Dio per me è morto.* Poi aveva chiamato i suoi genitori e aveva spiegato loro che la fede in un dio antropomorfo li faceva apparire infantili.

Era stata la goccia che aveva fatto traboccare il vaso e i suoi l'avevano rinnegata, visto che suo padre era già contrario all'idea che facesse sesso prima del matrimonio. Un momento terrificante, e così elettrizzante. Non era figlia di nessuno e si sentiva piena di vita. Non sapeva ancora quanto le sarebbero mancati i suoi. Non capiva quanto le avrebbe fatto male vederli ignorare le sue telefonate. Non sapeva ancora che, per quanto potesse rinunciare definitivamente alla chiesa, provare intensamente a scrollarsela di dosso, la religione, per dirla con gli sviluppatori di app, è *sticky*, appiccicosa: le sarebbe rimasta attaccata addosso per sempre.

«Sono cresciuta all'interno della chiesa evangelica e me ne sono andata quando avevo diciannove anni» dice ora, la sua battuta standard. «Possiamo parlare, che ne so, di gossip?»

Tamiko la fissa. «Mi affascina il credo irrazionale».

«E invece lo yoga? Ho sentito che l'Ashtanga è un culto».

«È una pratica basata sull'energia».

Amber si gira, faccia al muro.

Il mattino dopo, i concorrenti rimasti – solo Amber, Adam, Tamiko, Logan, Tish e Sergey – prendono un aereo dal Kazakistan per una destinazione altrettanto arida, isolata e abbandonata: Winnipeg. All'aeroporto si affollano su un autobus, di quelli con i finestrini oscurati e i sedili felpati, di quelli che di solito sputano fuori confusi gruppi di turisti. Sull'autobus, Adam è seduto due file più avanti e parla con Tish dell'antisemitismo a Parigi, che lei definisce la sua «città preferita dopo New York». Poi discutono della vita notturna di Tel Aviv – come se Adam sapesse qualcosa di discoteche – e lui parla di com'è stato crescere in «Samaria». *Intendi i Territori Occupati?* Amber vorrebbe gridare. Cerca di non sentire la sua voce profonda e monotona. Non parlano da quando hanno girato quel succede-o-non-succede e lei gli ha chiesto altre pillole per dormire.

«In tutta coscienza, non posso dartele» ha detto lui.

«Pensavo che avessi prestato il giuramento di Ippocrate».

«Sei arrabbiata con me, e se ne vuoi parlare sono qui. Ma sono un essere umano. Non una farmacia».

Vedere la sua schiena allontanarsi l'ha lasciata senza fiato, piegata in due, come se i roditori le si stessero contorcendo nella pancia. Come se loro due non si fossero mai conosciuti, come se lei non esistesse. *Io non ho una figlia. Mia figlia è morta.* Le manca il suo ragazzo. È abituata alle reazioni di Kevin quando lei si arrabbia, alla sua fastidiosa abitudine di ronzarle attorno: *Posso farti un tè? Vuoi il guacamole? Hai visto il nuovo sketch del Saturday Night Live? C'è un nuovo documentario sugli* OGM *– andiamo a vederlo nel weekend?* Infinite domande supplichevoli che si traducono tutte con: *Mi hai perdonato? Possiamo tornare alla normalità? Fare finta che non sia mai successo?*

Lo diceva sempre alle colleghe: *Vorrei che mi lasciasse in pace! Che mi desse un po' di spazio.*

Adesso ha spazio.

L'unico uomo della sua vita è Nick il viscido; sono "amici". Forse perfino... amici. Lui si confida con lei: le ha raccontato che è di Wheeling Island, West Virginia, e che i suoi genitori sono assurdamente orgogliosi del fatto che lavori per *MarsNow*; che i bambini lo chiamavano Santa Nick da adolescente, perché era rotondo come Santa Claus; che quando aveva ventotto anni alla sua ragazza era stata diagnosticata la leucemia e lui le ha salvato la vita donandole il midollo osseo. Quella notizia ha sconvolto Amber. Nick il viscido è capace di amore e sacrificio? Ma poi la notte scorsa, da ubriaco, le ha scritto robe incomprensibili:

ke fai?

sei nudda?

Perfavore dai bella ragzza lol

Lei ha risposto con l'emoji che manda un bacino, poi ha spento il telefono.

L'autobus li porta settanta chilometri a nord della città e si ferma in un posto chiamato Brokenhead. Amber non l'ha mai sentito nominare, nonostante sia canadese, perché da Vancouver è più facile e meno costoso andare in Cina che arrivare fin lì. Fa caldo per la stagione; c'è un falò da campo acceso e Amber si siede vicino alle fiamme, sotto una volta di stelle. Nessuna sfida oggi, solo quella che Nick il viscido chiama una *tregua*. Un momento per rilassarsi, sia i concorrenti che gli spettatori. Nick il viscido parla sempre di *ritmo*, il che le fa venire in mente quando Kevin studiava struttura narrativa. In un mondo migliore, Kev sarebbe il regista di questo show.

Un tizio di nome William Napakist li accoglie e spiega che sarà il loro insegnante di astronomia - secondo la prospettiva delle tribù indigene Cree e Ojibwe.

«Ho imparato dagli anziani, che portano con sé queste storie per noi» dice. «Sono la nostra memoria vivente. Senza le nostre storie, ci perderemmo».

Amber guarda in su. Vede un puntino luminoso che potrebbe essere Venere o un satellite.

«Sapete tutti che la Terra orbita attorno al Sole più velocemente di Marte» dice William Napakist. «Ovvio. Ma in certi periodi, sembra che Marte faccia un cerchio nel cielo».

«Dio mio» Tish si rifà la coda - le stanno ricrescendo i capelli e le radici scure contrastano con le punte argentate. «Marte retrogrado. È terribile!»

Napakist ride. «Noi lo chiamiamo *kitom pampaniw*, diciamo che torna indietro in un cerchio. O *mooswa acak*, lo spirito dell'alce. Perché sapete cosa succede quando un alce si spaventa?»

Non lo sanno.

«L'alce si mette a correre in un ampio cerchio e poi va per la sua strada».

Li invita a guardare le stelle. «Nella lingua Cree, la Via Lattea viene chiamata *Neepin Pinesisuk Meskinaw*, ovvero "il sentiero dell'uccello d'estate". Nella lingua Ojibwe è *Pinesi Miikana*, "il sentiero dell'uccello di tuono". In altre storie è chiamata la Strada dei Lupi o il Sentiero delle Anime».

Sentiero delle Anime. A suo padre piacerebbe, se non fosse, come direbbe lui, «roba pagana». Amber si stringe le braccia attorno al corpo, trema sotto la felpa, si sposta più vicino al fuoco. Più vicino ad Adam. Le telecamere se ne accorgono. Le telecamere si comportano come pipistrelli vampiro, sentono il calore.

«Molti miti sulla genesi sostengono che la nostra origine sia nelle stelle» dice William Napakist. «Noi proveniamo da queste stelle; sono nostre parenti. E quando non abbiamo più nulla da fare qui, torniamo alle stelle».

Amber si sente in pace, tranquilla, felice di essere fuori al buio, con le praterie che si estendono tutt'intorno. Ma non si fida. Sarebbe il momento perfetto perché Bridget arrivasse ad assalirli con un giro di eliminazioni. Se dipendesse da Amber, sarebbero eliminati Tish e Adam.

La luce del fuoco illumina il viso stanco di Adam.

Ma che problema ha lei? Adam è il suo unico amico qui. L'unica persona che conosce e di cui si fida. Perché mai dovrebbe volere che fosse eliminato? Una volta la madre di Amber le prendeva le mani prima di dormire, chiudeva gli occhi e diceva: *Gesù Cristo, nostro Signore e Salvatore, ti chiediamo di aiutare Amber con il suo carattere.* Perché una volta Amber aveva lanciato un camioncino giocattolo e fatto un occhio nero a sua sorella; un'altra volta aveva spinto Caleigh giù per le scale della cantina; spesso gridava *Lasciatemi! In! Pace!* e poi sbatteva la porta della camera così forte da far tremare le assi di legno del pavimento.

Vorrebbe che Adam le mettesse un braccio attorno alle spalle. Che almeno la guardasse. Dovrebbe avvicinarsi a lui e dirgli che le dispiace. Per cosa? Perché stanno litigando?

Ah, giusto. Lui l'ha definita *debole*. Chi se ne frega. Tutti siamo deboli e disperati e vulnerabili. Si chiama essere vivi.

«Quindi, anche se non andrete su Marte, un giorno salirete tutti fino alle stelle». William Napakist sembra rivolgersi direttamente a lei. «Tornerete a casa».

Marcus telefona per dire che non ne può più. Non riesce a guardare lo show con me stasera, è troppo difficile.

«Per te è difficile? È la *mia* ragazza».

«Sì, ma tu sei il mio migliore amico».

«E non è proprio questo il motivo per cui dovresti essere qui? A farti strada con me in questa fogna passo dopo passo?»

«Penso solo...»

Immagino la smorfia sul suo viso. È un dolore per tutti quando Marcus pensa.

«... sta tipo diventando patetico, ormai» dice.

«Ci vai pesante, zio».

«Perché invece non facciamo due o tre partite a *Soccer Mom*? O andiamo a bere una birra? Devi uscire di più. Ti farebbe bene».

«Devo andare» dico, perché *MarsNow* sta per cominciare. «Ci sentiamo dopo».

«Ehi» dice lui. «Non fare lo stronzo».

Metto giù, anche se so che ha ragione – qualche volta succede che perfino Marcus abbia ragione. Mesi dopo una disfatta simile, quasi tutti ammetterebbero la sconfitta. Andrebbero a prendere una birra con il loro migliore amico e tornerebbero alla vita reale. La *realtà*. Qualsiasi cosa sia.

Ma conosco Amber. Anche quando viene inquadrata insieme a FirstMan34 ha l'aria infelice. Continuo a pensare a quella lontana scena della terza puntata, quando Amber ha premuto la borsa del ghiaccio contro FirstMan34, l'ha allontanato, ha spinto il suo corpo perfetto fuori dalla sua orbita. L'ha fatto per me? Quella scena in cui ha detto *Non pensare mai che io molli.* È una bella battuta, se sei Nicholas Sparks.

Se questo fosse il terzo atto di un film di Nicholas Sparks, Amber si sarebbe ormai imbarcata su una nave per tornare dal suo fidanzato dell'alta borghesia, invece di vivere con me, il suo umile pescatore, in una capanna sulla spiaggia, ma poi – le scene successive sono girate dalla mia prospettiva – la vedremmo salutare con la mano, piangere, arrampicarsi sul parapetto! Tuffarsi nell'oceano! Nuotare con fierezza! Con disperazione! Urlare, *Kevin, ho sbagliato!*

Allora io mi strapperei la camicia, rivelando il mio petto scolpito come una roccia, e mi tufferei in acqua. Sarebbe come quando avevamo bigiato la scuola e ci eravamo tuffati nel lago, solo che ora saprei nuotare. La raggiungerei, la abbraccerei. Le stringerei i capelli bagnati e bacerei la bocca bagnata.

Proprio quando questa fantasia me lo sta mezzo facendo venire duro, la porta si apre di botto. Forse *è* un film di Nicholas Sparks, perché salto giù dal divano molto più veloce di quanto farei normalmente, dicendo: «Amber? Sei tu amore?»

Nell'ingresso ci sono sei uomini. In uniforme. Hanno un cane al guinzaglio.

«No, è la polizia» dice uno di loro. «*Amore*».

Poi un altro poliziotto mi blocca le braccia, me le ammanetta dietro la schiena, mi ributta sul divano come se fossi un cuscino. Sento la mia voce dire: «No! Per favore, no!» Rotolo giù dal divano e batto la testa sul tavolino da caffè. Gli occhi sulla copertina di *Gatsby* vedono tutto. E lo stesso vale per il tizio con in mano la telecamera. Global News.

Un altro agente punta il manganello verso la camera degli ospiti: «È nella stanza a nord».

«Non c'è niente lì» mi alzo incespicando, barcollo verso la porta, prima di ricordarmi del manganello.

L'agente che mi ha ammanettato, che sembra un Ken con la pancia da birra, mi spinge di nuovo sul divano: «Stai giù, bello».

«Non c'è niente qui?» Un terzo agente apre la porta della camera degli ospiti con un calcio – perché non ha usato la maniglia? «Quindi non ti dispiace se diamo un'occhiata?»

La luce dei LED esplode, accecante. Gli ufficiali si fanno scivolare degli occhialoni speciali sugli occhi, poi oltrepassano la porta. Sembra che stiano entrando in un'altra atmosfera. Mi giro dall'altra parte, mi butto sul divano, preferisco seppellire la faccia tra i cuscini della Voyager piuttosto che guardarli strappare le nostre piantine, portare sulla volante le nostre bambine, graffiate e malmenate.

«Ce ne sono altre nell'armadio» sento dire a uno di loro. Quindi hanno trovato anche le neonate.

Quando guardo su, ho la telecamera puntata in faccia. «Cristo. Levatevi di torno».

«Ci hai invitato tu, bello» dice uno dei poliziotti. «Coltivando illegalmente marijuana in casa».

«Poi la tua fidanzata si è messa a raccontarlo in tv» dice un altro agente, con quel tono di disapprovazione alla impara-a-tenere-sotto-controllo-la-tua-donna.

«Allucinante» guardo il cane sniffare i barattoli della Green Dragon. Uno degli agenti inizia a buttare tutto nel tritarifiuti del lavandino. «Allucinante, cazzo».

«Potrei accusarti anche di resistenza a pubblico ufficiale» dice Ken.

«No! No, no». Mi divincolo, mi metto in ginocchio, rotolo giù dal divano e sbatto di nuovo sul pavimento, forte. «È legale. L'erba è *legale*. Quasi».

«Non è legale venderla, ragazzo». E rivolgendosi alla telecamera, a beneficio dei telespettatori, il Signor Poliziotto aggiunge: «Se i canadesi pensano che non faremo rispettare le severe regole del Canada sulla marijuana, hanno capito male».

Ho appena iniziato a urlare nel cuscino quando l'intera scena si interrompe come se un regista avesse gridato *taglia*. Il tizio con la telecamera smette di girare, alza il pollice. «Fantastico! Grazie a tutti! Abbiamo finito?»

Gli agenti ciondolano, come persone normali annoiate sul posto di lavoro.

«Sì, va bene così» dice Ken. «Grazie per essere venuti».

Il tizio di Global News se ne va proprio quando l'ultimo agente esce dalla tana, con l'ultima delle neonate sotto un braccio. «Sono tipo venti piante». Si toglie gli occhialoni protettivi. «Robetta».

«Ehi!» lancio un urlo al tizio con la telecamera «Hai sentito? Ha detto che è robetta!»

«Non tirare troppo la corda, ragazzino». Ken ride. «Non abbiamo intenzione di denunciarti – a meno che tu non abbia del fentanyl nascosto da qualche parte».

«Cosa? No». Crollo sul divano. «Quindi era tutta una messinscena?»

«Non abbiamo intenzione di denunciarti». Ken mi strofina le nocche sulla testa, come se fossi un suo amichetto. «Ma potremmo cambiare idea».

«No, per favore». Ho una innata comprensione, dovuta alla mia esperienza di polizieschi, del fatto che se dovessero denunciarmi verrei portato alla stazione per riempire delle scartoffie. Sarei obbligato a uscire da casa. Abbandonare la mia veglia. Inoltre, tra parentesi, un precedente penale mi rovinerebbe la vita. «Potete togliermi le manette, per favore?»

«Be', visto che hai detto *per favore...*» Ken apre le manette, poi mi strofina un'altra volta il cranio e mi dà una pacca sulle palle.

«Ahi» mi afferro lo scroto. «Ok, chiaro».

«Davvero?» Un'altra pacca sulle palle; sobbalzo ma tengo la bocca chiusa. Gli altri agenti ridono mentre escono in fila dall'appartamento.

Rimango solo. In questo Eden profanato, in questo giardino di cenere.

William Napakist sta aggiungendo legna al fuoco quando Nick il viscido raggiunge Amber dicendo: «Ehi, bambolina, guarda qua». E le porge il suo telefono.

Amber sa che non sono buone notizie, lo capisce dallo sguardo eccitato di Nick il viscido, dal fatto che le telecamere la circondano mentre lui le mette il telefono in mano.

«Ha il tag di #marsnow» dice Nick il viscido. «È in cima alle visualizzazioni dell'ultima ora».

Nel video si vede un blitz nel suo appartamento, Kevin ammanettato che annaspa come un pesce all'amo e cade per terra, urlando un acuto *Per favore, no!* Lo guarda due volte. Le viene da vomitare – le piante non ci sono più. E Kevin che dice: *Amber? Sei tu amore?*

«È bravissimo, no?» sente dire a Nick il viscido. «Così espressivo. Possiamo chiamarlo? Come ospite?»

Deve andare. Deve andare a casa. William Napakist – che ovviamente è super saggio e intuitivo – stava guardando proprio lei quando ha detto «Tornerete a casa».

Corre. Veloce. Si allontana dal falò, corre lungo la strada. I cameramen non riescono a starle dietro. Corre verso una stazione di servizio. Verso l'autista di un camion che ha appena finito di fare benzina. Un ragazzo giovane, con i capelli fino alle spalle, camicia nera e jeans.

«Ehi» urla. «Ehi! Aspetta!»

«Merda» dice lui. «Sei velocissima».

«Vai in città? Mi dai un passaggio per cinquanta dollari?»

«Sto andando a Winnipeg comunque» dice. «Ma se insisti a pagarmi...» Poi fa un cenno con la testa verso gli uomini che la rincorrono con le telecamere: «Vengono anche loro?»

«No». Apre la portiera dalla parte del guidatore, si tuffa nel camion, striscia sul sedile del passeggero. «Andiamo».

«Sei nei guai? Non è che mi arrestano?»

«Non è vietato portare qualcuno in aeroporto».

«Sarà meglio» entra anche lui, accende il motore e partono. Dice di chiamarsi Troy. Una volta superato lo sterrato, sfreccia sull'autostrada a una velocità incredibile. Il pulmino di *MarsNow* li sta inseguendo, e di sicuro filmando, ma non abbastanza vicino da raggiungerli.

«Wow» dice lei. «Mi sembra di essere OJ».

«Hai ammazzato qualcuno?»

«Non volevo dire quello».

«Veramente lo so chi sei. Hai fatto quel reality, no? Sei Tish?»

«Amber».

«Scusa. Per me siete tutte uguali. Possiamo farci una foto insieme?»

Si fanno uno spaventoso selfie correndo in autostrada. Poi compaiono i cartelli per l'aeroporto. È follia: se sale su un aereo, butterà all'aria la sua possibilità di andare su Marte. Ma davvero potrebbe vincere? Davvero dovrebbe andarsene ad anni luce di distanza? William Napakist ha detto che dovrebbe *tornare a casa*.

«Qual è il terminal?» chiede Troy.

«Voli nazionali. Posso farti un bonifico?»

«Hai contanti?»

«Solo il cellulare».

«Tranquilla, amica. Offre la casa. Stavo comunque andando a ballare la salsa».

«La salsa?»

«Non avevi mai conosciuto una star indiana della salsa?» ride. «C'è sempre una prima volta».

«Questo sì che sarebbe un bel reality show».

«Sei sicura di voler andare all'aeroporto?» fa un sorriso abbagliante. «Potresti venire a ballare con me».

Ballare la salsa. Con questo bel tipo. Si vive una volta sola – e se dovesse finire su Marte? Di sicuro non ci saranno le balere.

Ma poi si ricorda del poliziotto, della sua pancia prominente, della sua voce alla Darth Vader: *La tua fidanzata si è messa a raccontarlo in tv.* E Kevin che si divincola sul divano. *Amber? Sei tu amore?*

Non aveva mai pensato che sarebbe potuto succedere. Ha sempre creduto che lui avrebbe avuto le piante – che comunque amava forse più di quanto amasse lei. Non aveva mai pensato che sarebbe rimasto solo.

«Sono un cazzo di disastro» si copre la faccia con le mani. «È meglio che mi porti all'aeroporto».

Marcus arriva con dei regali: un assortimento di patatine (BBQ, Ketchup, Spicy Taco), tre o quattro grammi di erba e una bustina di funghetti. Perché l'unica reazione possibile quando perdi la tua scorta di droghe illegali è rifornire l'appartamento di droghe illegali.

«Non ti preoccupare, zio» dice Marcus. «Ci penso io».

Arriva anche Bronwyn, con i miei macaroon preferiti. «Stai bene? Quel video è orrendo. Abuso di potere».

Marcus ride: «Non esageriamo».

«Sono stati troppo *aggressivi*» dice Bronwyn. «Potevano bussare e parlare in modo ragionevole» mi accarezza il braccio. «Anch'io sarei andata nel panico».

«Non quanto lui» Marcus ingoia un gambo di funghetto. «*No, per favore, no!*» stride con la voce di una nonna squilibrata.

«Che cosa ci guadagni da questa mascolinità tossica, Marcus?» Bronwyn si infila un gambo in bocca. «Sono sinceramente curiosa». In effetti suona sincera – Bronwyn è così dolce da provocarmi quasi dolore fisico. «Quando prendi in giro Kevin perché la sua perdita l'ha ferito, sembra che tu abbia paura. Hai paura di mostrarti vulnerabile?»

Marcus si siede sul divano accanto a noi: «Suppongo di sì».

«Questa cosa ti danneggia più di quanto credi. Limita le tue relazioni con gli altri, ma anche quella con te stesso».

Forse i funghetti stanno già facendo effetto, perché Marcus tira indietro la testa, fissa il soffitto e dice: «Wow. È verissimo».

«Vado a mettere su l'acqua» dice Bronwyn. «Se ci aspetta un viaggio psichedelico, di sicuro al ritorno vorrò la tisana allo zenzero. Rende l'atterraggio più morbido».

Quando lei va in cucina, Marcus mi tira un pugno sul braccio. «È una bomba, zio. Super carina».

Non ho niente da dire, non ho parole. Le mie piantine sono sparite, forse sono sotto choc. L'appartamento mi sembra vuoto; c'è stata un'ecatombe. Tanti saluti al mio business con Bastiaan. Alle creature mie e di Amber. Flashback. Ai nostri primi germogli sul davanzale, fragili, le foglioline quasi trasparenti quando colpite dal sole.

Cerco nella bustina e tiro fuori un gambo e una piccola cappella e un altro gambo.

Marcus dice: «Sì, cazzo, il mio amico ci dà dentro».

Venti minuti dopo guardo il soffitto diventare un vortice di stelle, una Via Lattea che mi balla sulla testa. Poi ecco Bronwyn accanto a me, la sua faccia è troppo vicina, e la sua pelle diafana. Vedo il sangue che le scorre nelle arterie. Continuo a pensare: *Quello è il sangue di Bronwyn*. Poi: *Amber ha il sangue*. Poi: *Tutti abbiamo il sangue*. Sento anche il mio – liquido, intelligente, vivo – muoversi nelle vene.

Poi gli occhi di Bronwyn si gonfiano come palloncini, escono dalle orbite: «Il fatto è che non hai perso le piante. Kevin?»

«No?» per un momento provo un enorme sollievo – non ho perso le piante!

«No, perché le nostre cellule sono *fatte di piante*» dice lei, con gli occhi stralunati. «Tu *sei* una pianta».

E Marcus, ancora sul divano con la bocca aperta, afferra il braccio di Bronwyn. «Wooow» dice, «è proprio vero».

Sento la presenza di mia mamma. È dentro il mio orecchio sinistro, che è caldo, formicola, come se fosse abitato – mia mamma ha preso in prestito il mio orecchio per ascoltare la playlist *mellow chillax* di Bronwyn. Intuisco la sorpresa e la felicità della mamma quando inizia una canzone di Soap&Skin.

Dopo... ore, probabilmente, ma il mio senso del tempo è un casino, sento Bron e Marcus che ridacchiano in cucina, cercando di aprire un sacchetto di patatine.

Poi Amber è qui, incombe su di me, sembra quasi una sagoma di cartone di sé stessa. Alta, gigantesca, splendida. Se Amber fosse una costellazione brillerebbe così nel cielo.

«Non riesco a credere a quanto sei bella» dico.

«Non riesco a credere a quanto sei fatto». Mi tira uno schiaffo sulla mandibola: «Cazzo, e io che mi sono pure preoccupata».

Mi allungo per toccarla: è lei, è qui. Il mio cervello inizia a raspare in cerca di un appiglio. Il cervello mi sballonzola dentro il cranio come vestiti in un'asciugatrice. «Non sono così fatto». Dirlo lo rende quasi vero. «Voglio dire, di sicuro mi sta scendendo».

Marcus e Bronwyn escono incespicando dalla cucina con tazze di tisana e il sacchetto di patatine.

«Quella è Amber?» chiede Marcus. «Kev, ci stiamo facendo un trip in un'altra dimensione?»

«Sono io» dice Amber. «Quindi sarebbe fantastico se ve ne poteste andare».

Marcus e Bronwyn si perdono in risatine.

«Scusa... Bronwyn, giusto?» Amber sorride con il suo migliore sorriso da sono-tanto-dolce-ma-potrei-accoltellarti. «Senti, è *super* carino che stiate supportando Kevin, sono contenta che abbia amici intorno, ma ho bisogno di parlargli».

«Amber, dovresti metterti sulla nostra lunghezza d'onda» dice Marcus. «Perché stai rovinando la festa».

Riesco ad alzarmi in piedi. Ho i piedi per terra. I miei neuroni stanno tornando al loro posto. «Bronwyn, Marcus» ho il tono di un presentatore televisivo. «Mi dispiace. Voi tornate a casa».

Marcus ride. «Amico. Non dire stronzate».

«Non sto scherzando». Ma che vuole? È tutta la sera che flirta con Bronwyn davanti a me. «Ve ne dovete andare».

«Come ti pare» Marcus scuote la testa. «Tutte cazzate».

Bronwyn non dice niente. Ciondola solo per un momento, fissandomi. I suoi occhi sono tornati di dimensioni normali, ma mi fa ancora male guardarli. Sentirmi guardato. Posa la tazza di tisana allo zenzero sul tavolino da caffè – senza dimenticarsi di usare un sottobicchiere – ed esce.

Dopo che Marcus e la sua ragazza se ne sono andati, mentre Kevin si cura il mal di testa post-funghetti sul divano, Amber cammina avanti e indietro nell'appartamento. Le sembra di essere stata via per una vita, anni luce, e ora questo posto le è alieno. Abbassa il riscaldamento a una temperatura normale. Strappa i teli di plastica dal pavimento e alza le tende oscuranti alla finestra. Apre la zanzariera della camera per far entrare un po' d'aria. L'appartamento ha già un odore diverso. Sa meno di droga, meno di muffa. Il solito sottofondo di rabbia e stanchezza che Amber sente quando è a casa è sparito. Finora non si era resa conto del peso che stava portando. Il peso del futuro. Pagava le bollette prima della scadenza, si preoccupava della salute delle piante, programmava e cucinava i pasti, gestiva i soldi, agonizzava sulla linea di credito condivisa. Soprattutto, era lei quella che di notte restava sveglia a preoccuparsi di essere beccati, mentre Kevin dormiva in pace accanto a lei. In quelle notti provava risentimento verso di lui e anche verso le piante – a dirla tutta, era già da un po' che si occupava delle piante solo per dovere e necessità economica. All'inizio le nutriva come se fossero bambine, ma nel corso degli anni erano diventate solo un investimento, una monocoltura, e a volte si chiedeva se fosse abusivo nei loro confronti tenerle rinchiuse in un appartamento che perfino lei non sopportava più. Non c'era niente di selvaggio in quelle piantine. Nessuna passione. Spesso si chiedeva: perché rischio la prigione per delle entità a cui non voglio nemmeno bene? Tanto valeva trovarsi un lavoro da Tilray o

Broken Coast, usare la sua esperienza per coltivare erba di ottima qualità e legale. Ma Kevin? Cosa avrebbe fatto lui?

E adesso è successo, l'avvenimento che la torturava, la fine che ha sempre temuto.

«Forse, dopotutto, è un bene» dice ad alta voce. «Tabula rasa».

«Dici perdere le piante?» chiede Kevin dal soggiorno. «Sei fuori?»

«Può darsi. Non riesco a credere di essere qui». Perché è tornata? Per controllare come stesse lui? Per abbracciarlo e tenerlo al sicuro? Avrebbe potuto chiamarlo. Era stata follia. Stupidità. L'equivalente *MarsNow* del lussarsi quella spalla di merda a un passo dalle Olimpiadi.

Ma era proprio quello il motivo per cui aveva voluto vederlo. Sa come ci si sente a cadere in disgrazia di fronte a tutto il mondo. A perdere tutto.

Il suo cellulare vibra. Ancora Nick il viscido – ha chiamato quattordici volte durante il volo Winnipeg-Vancouver. Gli manda un messaggio: *Torno sul set domattina presto. Dovevo controllare delle cose. Promesso.* Poi aggiunge: *xoxo.*

È vero? Tornerà sul set? Potrebbe raggiungere i concorrenti e la troupe a L.A. – ha già cercato i voli sul taxi dall'aeroporto, in preda al panico e alla nausea. Potrebbe tornare a *MarsNow* e sperare di essere perdonata. O potrebbe restare qui. Restare a casa.

Si avventura in cucina e apre il frigo, sperando che Kevin abbia altro cibo oltre le patatine. Sente quella delusione familiare che le fa sprofondare il cuore quando vede solo un Tupperware mezzo pieno di quinoa, una piccola mela triste, un cespo d'insalata avvizzita, un barattolo di burro d'arachidi e... «Kev? Hai comprato il latte di mandorla?»

«Eh?»

«Ci vogliono tipo novanta litri d'acqua per crescere *una* mandorla, e ogni raccolto è un Olocausto di api impollinatrici» prende il cartone dal frigo, legge i valori nutrizionali. «E poi questa roba è piena di zucchero e roba impronunciabile».

«Be', tu non c'eri» dice lui dal divano. «Quindi ho pensato di provare qualcosa di nuovo».

«Che ha di male quello che compriamo di solito?» rimette a posto il latte di mandorla, tira fuori la mela. La taglia a fette, poi versa l'acqua in due bicchieri. «Vivi con una che ha una laurea magistrale in Nutrizione». Entra in soggiorno. «Ma non ascolti mai una parola di quello che dico. Oppure ascolti, ma poi non te lo ricordi».

«Io mi ricordo tutto». Kevin si siede lentamente, prende l'acqua e beve. «Mi ricordo che mettiamo in ammollo i legumi e li lasciamo germogliare per aumentare l'apporto di nutrienti. Mi ricordo che mangiamo latticini non scremati perché crediamo nel cibo non processato. Mi ricordo che mangiamo biologico per ragioni ambientali e perché gli OGM possono interferire con la via shiki-boom-boom».

Lei si siede accanto a lui sul divano. «La via metabolica dello shikimato».

«Mi ricordo quando abbiamo nuotato a Loch Lomond quando avevamo diciassette anni. Quando a diciotto siamo andati sullo slittino di notte. Mi ricordo che alla laurea avevi un vestito blu scuro luccicante. Mi ricordo il braccialetto dell'amicizia che mi avevi fatto al campo estivo. Mi ricordo quanto ti piaceva *X-Files*. Mi ricordo il nostro anniversario, tutti i cazzo di anni. E ti perdono tutti i cazzo di anni quando te lo scordi».

Amber lo fissa, lui è la sua memoria vivente. Quindi è questo il peso che lo affatica: il passato. Porta il peso delle loro storie. Se perdesse Kevin, perderebbe anche sé stessa?

«Mi dispiace» dice. «Non avrei dovuto...»

«Non fa niente». Lui chiude gli occhi. «Sei qui. È questo l'importante».

Lei gli prende la mano: «Sono qui».

Perché vuole sempre qualcosa *di più* o di *diverso*? Perché non riesce ad apprezzare il ragazzo che ha già? Non è questo il problema, la ragione per cui il pianeta sta andando a fuoco? Perché nessuno è mai soddisfatto? Guardatela. Le popolazioni di insetti si stanno estinguendo, il ghiaccio dell'Artico sta scomparendo, e lei si preoccupa di quale uomo scegliere? Si sente insoddisfatta perché non può averli tutti?

Bevono i loro bicchieri d'acqua l'uno accanto all'altra, senza dire niente. Senza più le piante, con la finestra aperta, lei riesce a respirare. C'è spazio, finalmente. Questo appartamento, questa relazione, questo pianeta – potrebbe essere a casa.

E se la rendesse la sua missione? Essere qui. Amare questa persona. Ammettere che non lo conosce ancora e che non riuscirà mai a scoprire tutto su di lui. Un essere umano è un mistero, oscuro e in espansione come l'universo.

Il cuore mi martella nel petto – e dove altro dovrebbe stare? – mentre Amber cammina per l'appartamento. E se vedesse i vestiti di Bronwyn nell'armadio? Lo spazzolino di Bronwyn in bagno? La conversazione sul latte di mandorla quasi mi fa venire un infarto, poi sento montare la rabbia quando lei dice, come se vivesse ancora qui: «Che ha di male quello che compriamo di solito?»

(Piccola digressione: quello che *compriamo di solito* è latte di capra, perché Amber dice che la struttura molecolare del latte di capra è la più vicina a quella del latte umano, e che i prodotti di capra sono più sostenibili di quelli di mucca.

Ma Bronwyn dice che tutti i prodotti di origine animale fanno venire il cancro e sono ottenuti in modo crudele.

Conclusione: uscite con un paio di donne a Vancouver e non sarete più in grado di godervi in modo innocente un piatto di maccheroni al formaggio).

Ma Amber non nota nessuna traccia di Bronwyn, il che mi spinge a chiedermi che tipo di scienziata sarebbe su Marte. Cammina a passi pesanti per tutto l'appartamento, butta all'aria la camera degli ospiti, apre le finestre. Non fatemi neanche iniziare a descrivere lo choc del sole e dell'aria fresca che irrompono, non richiesti, in casa – «mi triggera» direbbero i ragazzini. Mi ricorda la polizia che apre la porta a calci. Ma lascio perdere, perché sono in hangover post-funghetti, e poi a che serve litigare? Amber potrebbe andarsene veloce com'è arrivata.

Se avete resistito fin qui, avrete probabilmente perso la speranza di imbattervi in una bella scena di sesso. Ma dopo il commento sul latte di mandorla, dopo aver buttato all'aria l'appartamento, Amber si mette a cavalcioni su di me, sul divano, e mi bacia come si deve, la sua bocca tanto familiare e meravigliosa che vorrei tuffarmici dentro, lasciarmi inghiottire intero. La sua bocca un lago profondo. La sua bocca una supernova.

Poi i suoi capelli tra le mani. Le sue gambe muscolose, il suo culo. La sua pelle. Il suo odore – deve avere il microbioma più sano e più fico di tutto il pianeta.

Mi abbassa la cerniera, mi tira giù le mutande sui fianchi, corre in bagno a prendere un preservativo e strappa la carta con i denti. Io le tiro su la maglietta, le bacio il petto lentigginoso, seguo il contorno dell'areola con la lingua. Le abbasso i leggings e infilo le dita dentro di lei, è come scavare nella terra calda, bagnata. Poi lei si inginocchia, mi mette il preservativo, si arrampica su di me e mi guida dentro di lei, contrae quel pavimento pelvico stratonico. Premo sul suo clitoride, prima forte, poi piano, piano, finché lei dice *oddio, oddio,* e veniamo insieme come sempre, la-pratica-porta-alla-perfezione.

Poi ansimiamo l'uno contro il collo dell'altra.

«Ti amo» dice.

«Senza alcun motivo». La tengo stretta.

A volte il sesso con Amber è così, un fenomeno, come vedere l'aurora boreale. È ancora più bello quando ha incontrato qualcuno di nuovo. Quando mi tradisce o pensa di tradirmi.

Ecco. L'ho detto.

Mi bacia il collo, scivola via e va in bagno a fare la pipì.

Torna e si raggomitola vicino a me, mezza nuda, sulla Voyager. Si è rasata le gambe, anche se ha i peli morbidi e sottili.

«È bello che sei a casa» dico.

«È bello essere qui». Indica la pila di fiaschi vuoti: «Quello cos'è?»

Le dico del mio piano di produrre un cocktail dolce, che chiamerei Living Green Dragon. Kombucha con vodka alla cannabis, venduto in stile hipster, nei fiaschi. Il mio spirito imprenditoriale deve impressionarla, perché mi fissa e dice: «Quasi vorrei che avessimo dell'erba adesso».

«Marcus ha portato qualche grammo» indico la bustina sul tavolino da caffè, poggiata su *Gatsby*. «L'ho annusata e non mi pare la nostra, deve avere un altro fornitore».

«Che stronzo». Va in camera, rovista in un cassetto e torna con la pipetta di vetro. Mi si siede accanto, riempe la pipa con qualche cimetta, accende, inspira. Il suo petto si alza e si abbassa; il fumo le scivola via dalla bocca.

«Oddio» dice, «quei tizi di Marte si staranno cagando sotto. Se mi vedessero ora, mi caccerebbero via».

Immagino che parli dei produttori e degli azionisti, quelli in giacca e cravatta. Quelli che stanno rastrellando guadagni pubblicitari mentre la nostra relazione implode come una stella morente. «Andassero affanculo» dico, e Amber ride in un modo gutturale, rauco. Poi mi passa la pipa. Le sue labbra l'hanno lasciata umida.

L'erba è troppo bagnata e il fumo mi brucia la gola. Non è ai nostri livelli, ma la botta non è male. Le nostre colonne vertebrali si fondono con i cuscini della Voyager.

«In New Mexico, uno degli ingegneri ha detto che spera che troveremo metalli preziosi su Marte» dice, «e composti di carbonio. Roba che potremmo spedire sulla Terra». La sua risata stavolta è cinica, l'amara delusione di chi ci credeva davvero. «*Economia spaziale*. L'ha chiamata così».

«Te l'ho detto. Vogliono sfruttare lo sfruttabile, come fanno qui».

«Potrebbe essere una buona idea per proteggere la Terra» dice lei, «perché quaggiù stiamo finendo il cobalto, il rame, tutto».

«C'è sempre qualcuno che ci fa i soldi». Mi immagino schiavi a scavare miniere nella cintura di asteroidi, proprio come un tempo raccoglievano il cotone. «E c'è sempre qualcuno che soffre».

«Credo di sì».

«E alcuni di noi traggono beneficio e soffrono allo stesso tempo». Mi sorprende che Amber non l'abbia considerato. Ma lei ha sempre creduto negli estremi. Giusto e sbagliato, buono e cattivo, paradiso e inferno. Non le è mai bastato coltivare l'erba – doveva andare alle manifestazioni per la legalizzazione, postare su Facebook i benefici medici della cannabis, provare a convertire tutto il mondo. «Non cambia niente» dico io. «Non cambierà mai niente».

«Il cambiamento è costante e inevitabile. Così dice Tamiko».

«Siete amiche adesso?»

«Credo di aver pensato che ci saremmo andati per qualche ragione grandiosa» dice lei. «Per il mistero».

Il suo fianco struscia contro il mio, scorre sulla mia pelle come miele. Le passo la pipa e lei risucchia fumo nei polmoni.

«C'è una faccia su Marte. Lo sapevi?» dice. «Nella regione Cydonia. Una faccia umana». Tiene gli occhi chiusi come quando suo padre rendeva grazie a tavola. «Perché?» si gira verso di me. «Perché una faccia? È solo una formazione rocciosa a caso? O è un segno?» Mi tocca il braccio. «Capisci? Perché c'è qualcosa, piuttosto che niente? Perché siamo qui?» ride. «Cazzo, sembro strafatta».

«Perché lo sei».

Voglio capirla. Comprendere il suo desiderio di fuggire, di vedere la Terra dall'alto. Di vedere quello che vede Dio. Resterebbe se potessi capirla? Se potessi arrampicarmi dentro di lei, vederla da dentro? È questo ciò che voglio? Dare tutto me stesso, diventare lei, così da non essere mai più solo?

Accanto a lei, il mio corpo leggero come l'aria, dico: «Forse è così che ci si sente. A gravità zero».

Amber scuote la testa. «No». Un anello di fumo si alza dalla sua bocca e fluttua per il soggiorno. Si dissipa, scompare. «La gravità zero è un trip» dice. «Molto meglio di questo».

L'ha quasi scopato senza preservativo. Ha quasi pensato: *Perché no? Vediamo che succede.* Ha quasi lasciato la decisione al suo corpo, visto che il suo cervello è un idiota.

E quando si fumano una canna è come ai vecchi tempi, è come se fosse per sempre, seduti su quella Voyager consunta. Il divano morbido come il fango, che la tiene radicata a terra. Per un momento, può semplicemente *esistere*. È nell'Eden.

Se perde lui, perde sé stessa.

Ma non era destino che rimanessero in paradiso. Presto quella sensazione di vecchi tempi, e di per sempre, la rende inquieta. Vede gli occhi cerchiati di rosso di Kevin – come ha potuto anche solo pensare di fare un figlio con lui? Quindi distrugge tutto, proprio come fa sempre. «La gravità zero è un trip» dice. «Molto meglio di questo».

Sente il respiro di Kevin fermarsi.

«Molto meglio di questo?» si gira verso di lei. «Dell'essere a casa? Con la persona che ami?»

«Non intendevo questo».

«Cosa intendevi? Spiegamelo, per favore».

«Possiamo stare tranquilli?»

Lui la fissa. «Ultimamente mi sono chiesto: perché non parliamo?»

«Stiamo parlando».

«Di cose vere. Dei nostri sentimenti».

«Dei nostri *sentimenti?*» Amber ride. «Giusto, tu adori parlare di sentimenti. Sono solo dieci anni che provo a convincerti a vedere uno psicologo per parlare di tua mamma».

«Che c'è da dire su mia mamma? È morta. La terapia non può cambiare le cose».

«Sto parlando della tua relazione malata con lei. Del fatto che sei cresciuto con un'accumulatrice compulsiva e agorafobica che ti teneva tipo in carcere».

«Ah, ma davvero? Tu sei cresciuta in una setta, quindi forse non dovresti parlare».

«Dico solo che sei molto simile a lei. Seduto qui a suicidarti lentamente».

«Non parlare di mia madre. Mai più. Sei sempre stata una snob e odiavi venire a casa mia, perché sei cresciuta in una signora villa con due garage e chilometri di prato che tuo padre tagliava con quello stupido tagliaerba».

«È proprio questo che intendo, Kevin». Che c'entra la sua famiglia con tutto questo? «Dici che vuoi parlare di sentimenti, e invece prendi per il culo il tagliaerba di mio padre».

«Sembrava una macchinina del circo! Era ridicolo. E che tipo di sedicente cristiano è, comunque? Pensavo che Gesù fosse vestito di stracci. Tuo padre ti ha rinnegata perché non eri vergine, ma vive in una casa con la sauna e l'idromassaggio, e guida una Enclave. E questo non ti sembra da squilibrati?»

«Hai mai sentito parlare della parabola dei talenti? Perché stiamo parlando di cosa guida mio padre, poi?»

«Perché è sempre la solita merda, Amber. Adesso idolatri questo miliardario idiota che nasconde il suo egoismo sotto un linguaggio pseudo-spirituale. Geoff Task dice che *permetterà all'umanità di compiere il proprio destino*? Ci incoraggia a *puntare alle stelle*? Mi prendi per il culo?»

«Almeno Geoff Task ci sta provando».

«Provando a fare cosa?»

«A salvare il mondo!»

«Mandando due deficienti ingenui su Marte? Questo salverà il mondo? E come, esattamente? È la hybris umana, Amber, la merda capitalista. L'hai detto anche tu. *L'economia spaziale*».

Lei si rannicchia allontanandosi da Kevin. È per questo che è tornata a casa?

«Se ami tanto il mondo, perché vuoi andare su Marte? Perché non resti qui e non fai qualcosa di utile sul tuo pianeta?»

«Come fai tu?» si gira a guardarlo. «Sembri un adolescente convinto che stare in camera sua col broncio sia fico, e che chiunque stia provando a fare qualcosa sia uno sfigato».

«Devo stare a casa col broncio» ribatte lui. «Per compensare le tue emissioni di carbonio».

«Vorrei solo che mi sostenessi».

«FirstMan34 ti sostiene?»

«Wow. Hai spiato la mia cronologia? Che stile, Kev».

«Lo sai cosa ha ancora più stile? Scappare dai tuoi problemi trasferendoti su un altro cazzo di pianeta».

«Quindi dovrei starmene seduta in questo appartamento per il resto della mia vita?» È sul punto di strapparsi i capelli. «Io voglio di più, Kevin. Io voglio qualcosa che dia un senso alla mia esistenza».

«Tipo un trattorino tagliaerba e un grande prato?»

«Magari un lavoro che mi soddisfi e mi ponga delle sfide. Magari...» Si ferma. Stava per dire *una famiglia*. Forse sì, vuole una famiglia. Forse vuole un figlio. Intensamente, egoisticamente, con tutto il cuore. Forse vuole tutto, senza compromessi. «*MarsNow* non è solo hybris o capitalismo. È anche *scienza*, Kevin. E la scienza è conoscenza. Storicamente, ci ha liberati dall'ignoranza e dalla superstizione...»

«È così che ti giustifichi?»

«Non ho bisogno di giustificarmi. Specialmente con te».

«Certo, perché io non sono nessuno». Kevin ride. «Di certo non uno dei VIP che gareggiano contro di te per un viaggio verso l'inferno inabitabile».

«Non dare la colpa a me se ti senti insicuro».

«Non ti do la colpa di niente». Prende un cuscino dal divano e lo stritola tra le mani. «Sei solo assetata di fama, come tutti gli altri. Non ci puoi fare niente. È la nostra cultura. Chi si svende prende un sacco di like».

Amber si alza. Perché perdere tempo a sentirsi dire questa roba? Da uno che probabilmente non si fa la doccia da una settimana.

«Ma quella è solo una parte di te» Kevin cerca la sua mano. «La parte per la tv. Io conosco anche le altre. Io ti *conosco*».

«Devo andare. Devo prendere un aereo».

«Te ne vai? Torni là?»

«Non ho mai pensato di restare. Volevo vedere se stavi bene, e mi pare proprio di sì».

Apre la porta dell'appartamento, vola su per le scale fino al portone d'ingresso, lo apre con un calcio. Sta piovendo a dirotto. Rimpiange di non avere la giacca.

«Quel demagogo vuole che litighiamo tra noi, così non ci uniremo per fare la rivoluzione». Kevin è accanto a lei. «Volevi avventura e attenzione, ok. Ma ammetti che non c'è proprio altro. Sii sincera per una volta».

Il cielo è grigio e l'erba ha quel colore fluo della costa occidentale. Si ricorda quando lei e Kevin erano appena arrivati in città: non riuscivano a credere a tutto quel verde, perfino in inverno. Il giorno in cui erano arrivati si era inginocchiata per toccare l'erba bagnata. *È così verde da fare male!*

«Non sei obbligata a tornarci, Amber».

Lei è in piedi sulla soglia. *Un piccolo passo per una donna...*

«Andiamo a fare una passeggiata, come facevamo sempre». Ora lui è in ginocchio, come se stesse per chiederle di sposarlo: «Ricordi il lago nascosto? Potrebbe tornare tutto com'era prima».

«Di che stai parlando? Quale lago?» Poi si ricorda: il pomeriggio a Loch Lomond, un giorno che lui insiste nel considerare il loro anniversario ma che lei ricorda a malapena. Era andata a Loch Lomond moltissime volte, e quel giorno si era portata dietro Kevin in un momento di debolezza – era sola, ferita, annoiata. «Non voglio rivivere il passato».

«Va bene, vai su Marte. Fai quello che devi fare». Lui le prende la mano. «Ma non lasciarmi così. Non andartene senza dirmi la verità».

Su Adam? Che cosa c'è da dire su Adam? «Che verità?»

«Che questa cosa di Marte non è altro che il progetto personale di un miliardario».

«Non mi pare che ti facciano schifo i soldi, Kevin». Amber chiude la zip della felpa. «Chi è che ti paga l'affitto?»

È un manipolatore, proprio come lo era quella grassona stramba di sua madre – vuole tenere Amber in cattività, obbligarla a condividere con lui una vita deprimente, per non sentirsi in colpa di non avere un futuro.

«Quindi stiamo parlando della *mia* integrità morale?» dice lui. «In un sistema in cui ventidue uomini possiedono più beni di tutte le donne africane messe insieme, tutto quello che posso togliere a Geoff Task me lo prendo».

«Questa è la tua scusa?»

«Ammettilo e basta. Sei venuta a casa perché una parte di te non ci crede in questa cazzata di Marte. Una parte di te vuole piantarla lì. È vero o no?»

«Lasciami, Kevin» strappa la mano dalla sua presa, esce sul portico fradicio, la pioggia le picchia in testa. Inspira ossigeno.

«Lo sai che *MarsNow* è moralmente corrotto» dice Kevin. «Lo sai che è sbagliato».

Amber fa un passo, poi un altro. Non riesce a guardarlo. A sentirsi dire quello che le sta dicendo. Ha la nausea come quando ha firmato il contratto. Come quando ha vomitato il panino con l'insalata di uova.

«Ho bisogno di sentirtelo dire» Kevin la chiama dallo stipite della porta. «Amber! Per favore. Dimmi che non ci credi».

Ma lei adesso sta correndo.

Rimango sulla porta per lunghi minuti, con il vento che mi schiaffeggia, perché mi aspetto che torni indietro – la mascella serrata, le braccia tese lungo i fianchi. *Va bene*, dirà. *Hai vinto tu.*

Perché di sicuro non è *finita*. Di sicuro non se n'è *andata* e basta. Quattordici anni. Non può certo aver scelto Marte piuttosto che la realtà.

Io voglio di più, Kevin.

Ma non un deserto marziano, dai. Non è possibile che sia quello che vuole, altrimenti non sarebbe tornata a casa.

Potete biasimarmi se ho pensato che significasse qualcosa? Se ho pensato che, visto che aveva fatto tutta quella strada per venire da me e voluto fumare – rischiando che il successivo test antidroga di *MarsNow* mostrasse tracce di sostanze illegali nel suo sangue – avesse chiuso con Marte?

L'ho vista esitare. L'ho vista fermarsi sulla porta.

Aspetto sulla soglia. Aspetto e aspetto, finché la pioggia non mi colpisce in faccia. Che si fotta l'aria aperta. Che si fotta Amber. Sbatto la porta dell'appartamento, prendo a pugni i cuscini della Voyager, poi cerco su Google «*MarsNow*». Perché non ci ho pensato prima? Prendo il telefono e digito il numero della hotline che lampeggia in basso sullo schermo.

«Salve, e benvenuto sulla hotline di *MarsNow*» dice una gentile voce automatica femminile. «Ti preghiamo di ascoltare bene le opzioni seguenti: se vuoi acquistare prodotti e souvenir *MarsNow*, per favore di': "voglio fare un acquisto". Se vuoi votare per eliminare uno dei concorrenti *MarsNow*, per favore di': "voglio votare"».

È il mio turno di esercitare la democrazia.

«Voglio votare» dico.

«Grazie» la voce ha un leggero accento, e immagino che sia quella di Helena Slora, direttrice Casting, Communication and Commitment: «Il tuo numero è stato registrato nel nostro sistema di televoto. Ti preghiamo di dire il nome per intero del concorrente per il quale vuoi votare».

«Amber». Dico. Poi specifico: «Amber Kivinen».

«Il tuo voto per Amber Kivinen è stato registrato». La macchina lo pronuncia *Am-bar Kiv-eye-nen.* «Grazie. E non dimenticare di visitare il nostro sito su www.marsnowandforever.com».

«Okay». Per qualche motivo avevo pensato che mi sarei sentito meglio, più soddisfatto, a cercare di salvarla da sé stessa. «Ciao».

Ma poi non riattacco, e la voce ricomincia da capo: «Ti preghiamo di ascoltare bene le opzioni seguenti». Sono le stesse che erano disponibili prima.

«La mia domanda è *perché?*» dico a Helena. «Perché siamo qui? Chi ce lo fa fare? Il mondo è un casino. L'amore è una finta. È tutto una merda. Poi moriamo».

«Mi dispiace» dice la mia amica automatica. «Non riesco a capire la tua richiesta».

Mi rendo conto che potrebbe non essere Helena, in fondo. Potrebbe essere la voce di Dio.

«Se vuoi tornare al menu principale» dice Dio, «per favore di': "menu principale"».

Amber muove le gambe; sente le orecchie stapparsi; deve fare pipì, ma il tizio nel sedile accanto, lato corridoio, sta dormendo. Perché è così difficile stare seduta ferma? Tutti gli altri passeggeri sembrano contenti di fare un pisolino o di leggere o di giocare a Candy Crush.

L'aria riciclata sembra seccarle le narici e ristagnarle nei polmoni. Non ha pianto quando ha lasciato Kevin, ma adesso sta piangendo, rivolta al finestrino dell'aereo, le lacrime le scorrono lungo il viso, nella privacy concessale dal russare del suo compagno di viaggio del lato corridoio. Nel modo in cui piangeva dopo una gara andata male, in quei momenti in cui avrebbe voluto arrendersi: nel buio della sua stanza, lontana dalle frecciatine di sua sorella, dalle preoccupazioni di sua madre, dalle domande a bassa voce di suo padre: *Ti ho forse cresciuta come una che molla? Amber, ti puoi fermare se vuoi – se ne hai bisogno. Ma chiediti: da dove viene questa debolezza?*

Amber sapeva cosa intendeva. La debolezza veniva da sua madre. Da sua madre e da Caleigh. L'altra squadra – con le loro lacrime, i corpi morbidi, le crisi di nervi. Lei non era come loro. Amber era diversa. Era la sua campionessa. La sua ragazza da medaglia d'oro.

Assetata di fama? Il suo obiettivo è l'immortalità. Gliela farà vedere, a Kevin. Salverà tutto il cazzo di mondo. Ha passato troppi anni a sentirsi arrabbiata e senza speranza. Per il glifosato, per l'agricoltura industriale, per il disboscamento, per il petrolio nella sabbia, per le trivelle – una lista infinita. Ha passato troppi anni sul divano con Kevin senza fare niente, in preda alla disperazione. Ma ora ha una nuova visione: si immagina camminare per la colonia di *MarsNow*, oltre le scintillanti Strutture di Insediamento, per dirigere il più avanzato laboratorio di idroponica dell'universo. Per creare l'Eden. E per i decenni seguenti sarà celebrata come la donna che ha fatto crescere un giardino su Marte. Ma non solo. La donna che ha sviluppato la tecnologia marziana per imprigionare l'anidride carbonica e usarla per produrre cibo. La donna che si è rifiutata di brevettare le sue tecnologie, ma le ha mandate a casa, da quei coglioni che stavano ancora soffrendo. La donna che ha salvato il pianeta Terra.

Quando l'aereo atterra a Los Angeles, trova sette messaggi di Nick il viscido che le spiegano nel dettaglio dove sono, aeroporto di Van Nuys, gate B-14. Gli altri hanno completato la sfida di Winnipeg (saranno stati legati agli alberi e obbligati a liberarsi come Houdini prima di essere mangiati vivi dalle zanzare?), poi hanno preso un volo per Los Angeles e ora stanno per salire su un charter. C'è posto anche per lei, se riuscirà ad arrivare in tempo, ma Nick il viscido non può garantire che il pubblico sarà altrettanto indulgente.

Per tua informazione, tesoro, se non sei qui per le 19:55 perdi l'aereo.

Amber risponde: *Grazie, Nick. So che stai lavorando TANTISSIMO e che non ti ho reso la vita facile! Sono appena atterrata e sto arrivando.*

Lui risponde con un semplice pollice alzato, il che le fa capire che, porca miseria, dev'essere veramente incazzato. Ma poi lui aggiunge: *Scusa se sono così rompicoglioni questo lavoro mette un sacco di pressione.*

Ci credo! replica Amber mentre sale sul taxi. *Ma sei bravissimo, davvero!!!*

E quando arriva a Van Nuys ci sono le telecamere ad aspettarla: non solo quelle della troupe di *MarsNow*, ma anche i paparazzi. La seguono dentro l'aeroporto, i flash l'accecano – quindi è questo il motivo per cui le star indossano gli occhiali da sole al chiuso – e la bombardano di domande.

Amber, il tuo ragazzo verrà arrestato?

Hai intenzione di lasciare MarsNow? Pensi di non farcela? Perché sei scappata, Amber?

E Adam? Quanti fidanzati hai?

Sei bella quando sorridi, Amber! Guarda qui, Amber!

Ai controlli riesce a seminarli, poi corre al gate, la spalla le fa di nuovo male. Quando raggiunge gli altri, ci sono altre telecamere di *MarsNow* a riprendere la scena. Logan incrocia le braccia e scuote la testa alla tu-non-puoi-passare. Tamiko non alza nemmeno gli occhi dal computer. Tish, nel suo pigiama di seta, parla a voce troppo alta: «Non sopporto *certa gente* che pensa di poter fare quello che vuole. *Certa gente* che si comporta come se non fosse parte della squadra».

Adam le va incontro a grandi falcate, e Amber quasi si aspetta che la sgridi come un ufficiale dell'esercito. O forse, ancora peggio, lui e Nick hanno progettato un ricongiungimento romantico. Se dovesse comportarsi in modo falso e sdolcinato non gli reggerà il gioco. Gli volterà le spalle e uscirà dall'aeroporto e tornerà alla sua vita vera.

Dimmi che non ci credi.

Adam la circonda con le braccia, la stringe come se gli fosse mancata. Ma non c'è nessun discorso provato e riprovato, nessun gesto grandioso.

«Ignorali» le sussurra. La stringe più forte, la bocca vicina al suo orecchio: «Ricordati: dai solo *una cosa* al pubblico».

Ha elaborato una strategia. Ha pensato al loro futuro. D'un tratto, tra le sue braccia, Amber si sente al sicuro.

Anche lei lo abbraccia forte, poi si gira verso gli altri concorrenti. «È vero, sono scappata. Sono andata dal mio... da Kevin. Perché era in crisi e se c'è una cosa che si può dire di me è che sono leale». Lancia un'occhiata a Tish. «Anche se può farmi male, io ci sono».

«Secondo me sono tutte stronzate» dice Tish. «Penso che tu abbia avuto paura».

Adam lancia uno sguardo ad Amber.

Una cosa.

La sua anima.

«Magari ho avuto qualche dubbio. Magari mi sono... spaventata». Le lacrime discrete dell'aereo minacciano di rifarsi vive. «Magari ho perso fiducia in me stessa per via dell'infortunio, e del blitz della polizia, e a volte non... volevo solo andare a casa, sentirmi normale, riprendermi la mia vita».

Sergey e Linnzy annuiscono. «Penso che sia capitato a tutti di sentirci così» dice Sergey.

«Ma noi non ci siamo mossi» dice Tish.

«Mio padre» continua Amber, «era un immigrato e non aveva un soldo, non ha mai finito le superiori. Ma ha fondato la sua impresa edile, ha supervisionato progetti da milioni di dollari... è la persona più tosta che conosca».

Adam le prende la mano.

«Mio padre dice che se non hai nessun dubbio, la tua fede non è stata messa alla prova. La tua fede non vale niente». Stringe la mano di Adam, ha il palmo sudato. «Diceva che è il dubbio che ti forma. Quando lo sconfiggi» incrocia lo sguardo di Adam, «il dubbio diventa potere».

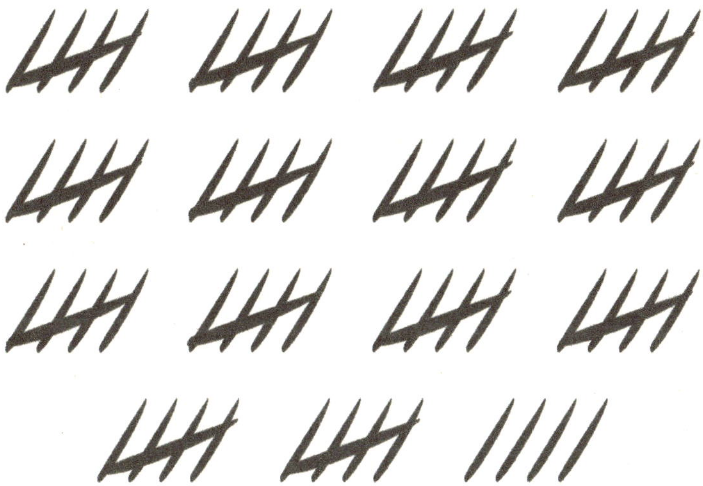

Ci vogliono giorni, ma alla fine metto a posto la distruzione provocata da Amber: arrotolo i teli di plastica che coprivano il pavimento e li impilo in un angolo, oscuro le finestre. Poi guardo Amber correre sulla spiaggia e bere frullati proteici a Trinidad, sollevare pesi nel cortile di un'ex prigione in Sudafrica, fare calcoli complessi e mangiare scarafaggi vivi in Messico e «condividere» durante «le sedute di gruppo» con gli altri concorrenti in Kenya. Sergey dall'Ucraina viene eliminato. Tish di New York viene eliminata. Ancora non supero il fatto che Cawaale dalla Somalia, sostanzialmente la persona più competente sulla Terra, sia stato eliminato, e capisco dall'espressione dell'astronauta Dirk Riley che anche lui è preoccupato, anche se finge allegria a bordo della ISS ballando un boogie a gravità zero. Ingegneri e istruttori di pilates e concertisti sono stati eliminati. Ma Amber Kivinen, spacciatrice, ex campionessa del volteggio, ex presidente del Calvin and Hobbes Fan Club di Thunder Bay, è rimasta.

È scappata, dimostrando mancanza di dedizione all'impresa, ma il pubblico la ama ancora di più.

«The Cut» pubblica un articolo sul suo stile da «ragazza ribelle della porta accanto». La rivista «People» pubblica un pezzo sulla sua dieta: *Il piano alimentare che porterà Amber nello spazio!* (Frullati di cavolo riccio, yogurt da animali allevati al pascolo, brodo di ossa, pesce ricco di omega 3, frutta a basso contenuto di fruttosio, verdure e sì, avete indovinato, l'occasionale indulgenza: un quadratino o due di cioccolato fondente).

Non è famosa solo per il reality. Ora fa parte di una celebre coppia di successo. Adam e Amber. *A al quadrato*, per i loro fan. I cadetti spaziali più sexy dai tempi di Buzz Aldrin. Devono ancora baciarsi sullo schermo, ma in quest'era di porno e sesso, il loro pudore li rende ancora più affascinanti. Gli account Instagram sono pieni di immagini boomerang di Adam e Amber che si abbracciano, si tengono per mano e sorridono l'una all'altro.

Fa molto ridere, ma anch'io divento una celebrità. Sì. Il vostro Kev. Il blitz non mi porta quello che voglio io (Amber), ma mi porta ciò che vogliono tutti gli altri (la fama). Perché il video in cui vengo beccato diventa virale; milioni di persone guardano il fidanzato/ex fidanzato di Amber Kivinen abbracciare il cuscino del divano come se fosse un orsacchiotto. A quanto pare è adorabile, divertente e straziante guardare un uomo adulto avere un crollo. Una GIF di me che alzo lo sguardo, sbalordito e speranzoso – *Amber? Sei tu amore?*: diventa la GIF più usata per esprimere un disperato ottimismo di fronte alla totale afflizione. Bustle.com pubblica un elenco di *Cinque cose che devi sapere sul primo amore di Amber Kivinen*, illustrato con fotografie ricavate dal suo account Instagram e con quella GIF di me che mi accascio sul divano e mi distruggo la faccia sul tavolino:

1. È super fedele e ha iniziato a uscire con Amber quando avevano solo diciassette anni!
2. Vive nel quartiere più alla moda di Vancouver
3. È super sensibile e a noi questo PIACE TANTISSIMO!
4. Lui e Amber erano adorabili insieme, ed è piuttosto carino anche da solo
5. È apparso in molti più film di voi! (Ma solo come comparsa)

Un numero sorprendente di donne mi scrivono su Facebook, dicendo che vivono a Vancouver e vorrebbero incontrare un bravo ragazzo. Le persone della scuola di cinema si rimettono in contatto: Clara, la ragazza punk che ora è una showrunner di successo e ormai somiglia a un sacco di polvere; Jeremy il tatuato, che ottiene tutte le sovvenzioni perché ora ha convenientemente scoperto di avere *origini sudamericane*; e l'unica vera amica che abbia mai avuto lì, una studentessa più grande di nome Gloria, che ha un ciuffo di capelli bianchi e mentre leggeva le mie sceneggiature urlava: «Fin troppo intelligente!» Gloria ha scritto film sulla menopausa crudi e geniali, tanto che non verranno mai prodotti. Finisce che ci facciamo un paio di nostalgiche conversazioni via messaggio, e io ho paura di deludere queste apparizioni dal mio passato: non mi vedono dai tempi della giovinezza e dell'idealismo. O forse no. Forse essere famoso, anche senza motivo, annulla il mio fallimento. «The Georgia Straight» mi intervista al telefono riguardo ai posti migliori per sballarsi in città (risposta: ovunque vicino a un minimarket giapponese, così puoi avere un rapido accesso a Pocky e fagioli al wasabi e quella roba fatta di calamari disidratati e sminuzzati). «Vice» mi invita a scrivere per una rubrica degli ospiti chiamata *Bongin' It*, e scrivo un articolo mezzo fatto (haha) sulla combinazione di una buona dose di erba, un bicchiere di Merlot, e una tazzina di caffè espresso, per creare quello che noi del settore chiamiamo «la botta perfetta».

A ogni modo, non riesco a mantenere lo slancio, non riesco a sfruttare i miei quindici secondi (be', cinque giorni e mezzo) di fama per crearmi una carriera. Avrei potuto farla durare almeno una settimana. Avrei potuto monetizzarla. Ma io non pubblico su Facebook o Instagram, non rispondo ai messaggi delle donne speranzose, non rispondo alle chiamate di tizi di Los Angeles che affermano di essere agenti e di poter fare per me quello che ha fatto Scooter Braun per Justin Bieber. Invece passo il tempo a ripercorrere l'ultima conversazione con Amber, pensando a qualche battuta ficcante/seducente – in altre parole, sprecando la mia possibilità di "essere qualcuno". Immagino di essere troppo attaccato al mio sé banale e complicato, riluttante a fare a pezzi la mia vita interiore facendola diventare un marchio. Perché se decidi di vendere la tua anima, non sai mai chi la comprerà: ricevo email da ragazzi che dicono di aver visto il video virale e di sapere *come ci si sente, amico.* Sono invariabilmente ragazzi bianchi che credono che la loro vita venga compromessa dalle persone di colore, dalle donne o dai vaccini. Divento un mito per gli incel, che credono che la mia storia sia *un esempio perfetto di come il mondo è diventato un luogo di culto in cui le donne sono come dei anche se sono solo puttane malvagie che anche se ti danno accesso ai loro squallidi corpi da vecchie troie alla fine ti abbandonano come morto!!!*

Vorrei poter tornare indietro nel tempo, all'epoca innocente della settimana scorsa, quando non dovevo pensare all'esistenza degli incel. Indietro, fino a prima di sentire l'attrazione oscura del loro modo di pensare. Prima di quell'attimo terrificante in cui ho capito quanto potesse essere facile e violento e soddisfacente trasformarmi in una vittima e usare tutte le mie energie per colpevolizzare. Indietro nel tempo, a quando avevo le mie piante e quindi il mio scopo. Prima che la fama mi toccasse e mi lasciasse più solo. Indietro nel tempo, a prima di abbandonare Bronwyn come morta.

Questo posto è pazzesco! C'è un *fossato*.

Dopo la loro ultima sfida, un trekking di sopravvivenza, stanno facendo un'escursione nella tenuta più eccezionale che Amber abbia mai visto. O meglio, davanti alle telecamere sembra che stiano facendo un'escursione; Teeghan e Manusha li ricoprono di terra e sudore finti. In realtà, prendono un elicottero: il posto è remoto fino a quel punto. Una proprietà sull'Isola Meridionale della Nuova Zelanda, un ex allevamento di pecore. Chilometri e chilometri di verde senza fine che appartengono a Geoff Task.

Sono rimasti solo in quattro: Amber, Adam, Tamiko e Logan. E per una puntata speciale, sono stati invitati a casa di Geoff Task. Stasera, per il piacere delle telecamere, loro quattro, più Bridget e Nick, vivranno come miliardari in una casa chiamata l'Arca.

Dall'elicottero, la casa, progettata dalla superstar Zaha Mohammad Hadid, assomiglia a un'enorme nave. Sul tetto spiovente sembrano sollevarsi vele gonfie e c'è una torre da sogno, simile a un albero maestro con quella che sembra essere una vedetta sulla cima. Una volta atterrato l'elicottero, un uomo in uniforme da maggiordomo li accompagna a bordo di una Range Rover lungo la pista di atterraggio e oltre il ponte levatoio del fossato, fino al cancello principale. Uno scanner esamina i loro occhi, come in un film! Al di là del cancello c'è un giardino e all'interno del giardino una scultura di Damien Hirst di un feto che galleggia in un sacco amniotico.

Poi la porta della casa si apre ed ecco Geoff Task e sua moglie. Amber non può farci niente: li adora. Perché Geoff Task non è il tipo di miliardario noioso e sfruttatore che fa feste sullo yacht e orge con ragazze minorenni. O di quelli inquietanti e riservati che finanziano gruppi pro-vita e campi di conversione per gay. Lui è un miliardario di classe. Un miliardario intelligente. Un miliardario visionario. Geoff Task indossa una camicia nera e dei jeans, ma in qualche modo sono più di quello che sono: si tratta della camicia nera e dei jeans perfetti, esemplari, semplici ma stupendi. I suoi capelli sono pettinati ad arte. E Talia Annabelle Lorne è estremamente incinta e indossa un fluente vestito di seta che la fa sembrare un angelo hippie, i capelli biondi sono intrecciati in maniera elaborata. Amber vuole farsi un selfie con lei: Kevin sverrebbe se lo vedesse. È una delle sue attrici preferite e questo è probabilmente il motivo per cui Kevin odia Geoff Task. Invidia.

Talia Annabelle Lorne li abbraccia uno per uno. «Benvenuti! Siamo così felici di avervi qui». Dice: «Chiamatemi Tali, per favore». Dice: «Fate come se foste a casa vostra». Tiene la mano di Geoff Task come se non fosse una gran cosa essere sposata con un miliardario visionario. Le telecamere li risucchiano e Amber non riesce a staccare gli occhi da loro. Si sente invidiosa del loro bambino non ancora nato – vorrebbe che *Geoff* e *Tali* (oddio!) fossero i suoi genitori.

Poi Geoff le stringe la mano e dice: «Eccola. Amber Kivinen». Sorride dietro i suoi occhiali di design. «Hai un'energia così pura, Amber. Mi piacerebbe parlare delle tue idee».

Geoff Task vuole parlare delle *sue* idee?

Adam la guarda, alza le sopracciglia – il massimo della sua espressività – e lei nasconde il viso per schermirsi, senza preoccuparsi delle telecamere che la inquadrano così emozionata. Tutti ridono con indulgenza e Tali esclama: «Oh, sei adorabile», poi le prende la mano. «Su ragazzi, andiamo a sistemare le vostre cose».

«Andiamo!» Bridget afferra l'altra mano di Tali. Durante il volo in elicottero ha parlato senza sosta di come Tali fosse una sua «buona amica» di «molto tempo fa, quando eravamo artiste in difficoltà».

Tamiko e Logan alloggiano nell'ala ovest della casa e Adam e Amber in quella est. La camera di Amber ha un letto king-size, una fontana e un angolo per la meditazione con un tappeto himalayano e una campana tibetana in quarzo. Sembra un colossale errore che sia capitata in quello spazio, e allo stesso tempo sembra che sia destino. È esattamente il rifugio calmo e sicuro che desiderava.

Entra nel bagno privato, che include una cabina doccia per due con pannelli di vetro e un'enorme vasca rotonda tempestata di cristalli con annessa una più piccola per il pediluvio. Sembra quasi... «Adam!» Irrompe nella stanza accanto. «Il mio bagno ha una vasca a forma di *atomo di idrogeno*».

Lui la prende per mano, la conduce nel suo bagno e lei quasi sviene. Una vasca da bagno a forma di doppia elica.

«Possiamo morire adesso? Perché mai nulla potrà essere meglio di tutto questo».

Si getta sul letto. «Vorrei mandare un messaggio a Pichu, ma forse sarebbe crudele?»

«Non posso credere che tu abbia il telefono. Riesci a farla franca con tutto». Adam si sdraia accanto a lei. «Facciamo un FaceTime con Pichu. Così si sentirà come se fosse qui con noi».

Quando Pichu appare sullo schermo, Amber dice: «Siamo nella mega casa di Geoffottutissimo-Task!»

«Porca puttana» dice Pichu. «E vaffanculo».

«E la stanza di Adam ha una vasca da bagno a forma di cazzo di doppia elica».

«Non ci credo!»

«E sua moglie, ti ricordi Talia Annabelle Lorne di quello show delle cheerleader? Ha la pelle *troppo* perfetta».

«Hanno dei robot come servitori?»

«No» dice Amber. «Hanno un *maggiordomo* umano».

«Ascoltate, stronzi, sono da Safeway, sto per comprare kimchi, pizza congelata e cupcakes per cena...» Pichu gira lo schermo in modo che possano vedere il registratore di cassa automatizzato, poi se lo gira di nuovo verso la faccia. «Quindi ho bisogno di una seconda vita immaginaria. Scrivetemi la lista di ogni singolo alimento che vi viene servito, specificando se vi è stato portato o meno da un maggiordomo. Altrimenti non sarete più miei amici».

«Consideralo fatto» dice Amber.

Poi si sente una voce maschile in sottofondo e Pichu ridacchia. «Sì, sono *quella* Pichu. La sola e unica». Si avvicina il telefono alla faccia e sussurra: «Avete sentito? Ora ci provano continuamente. Ho cancellato Bumble! Incontro persone nella vita reale».

«È fantastico» dice Amber. «Qualcuno di speciale?»

«No, ma ho deciso di avere un bambino alla vecchia maniera: andrò a letto con l'intera città. Gli uomini di Calgary non sanno cosa li aspetta».

«Be', in effetti è così che l'umanità dovrebbe riprodursi» afferma Amber. «La tua cervice farà il lavoro: vaglierà lo sperma per bloccare i deboli e accogliere i forti».

«Ti adoro. Adoro il fatto che tu stia usando la scienza per giustificare la mia fase da troia».

«Non sei una troia» dice Amber. «Ma probabilmente dovresti lasciar perdere i cupcakes».

«Gesù mio, dici che sono *già* incinta?» Gli occhi di Pichu si spalancano. «Ho delle voglie stranissime».

«Sarai una mamma super amorevole».

«Non me la tirare». Pichu scuote la testa. «Voi due dovete battere Tamiko e Logan e vincere quei posti su Marte».

«Consideralo fatto» dice Adam.

Il maggiordomo umano bussa alla loro porta e annuncia che la cena è servita.

«Dobbiamo andare» dice Amber. «Compra un test di gravidanza e mandami un messaggio».

Entrano nella sala da pranzo e trovano Dirk Riley in carne e ossa, la sua testa calva riluce come la luna.

«Sorpresa» esclama Geoff Task. «Eccolo qui, in carne e ossa, dopo aver stabilito il record mondiale per il tempo più lungo trascorso nello spazio».

«Da un americano» chiosa Dirk Riley. «Siamo precisi».

«Ma certo». Geoff Task sembra stranamente intimidito. «Le mie scuse».

Tali interviene. «Ci stava proprio raccontando del rientro nell'atmosfera terrestre».

«Ti lascia a bocca aperta». Dirk sorride. «Volete vedere una cosa?»

Alza la gamba dei pantaloni per mostrare loro uno stinco e un polpaccio emaciati. «Il termine tecnico è "cosce di pollo"».

«È bellissimo che tu ti sia unito a noi» dice Amber.

«Preferirei stare con la mia famiglia, ma cosa ci vuoi fare?» Dirk le fa l'occhiolino. «Uno dei miei obiettivi è promuovere il lavoro della NASA presso il pubblico. Quindi eccomi qui».

Il pranzo si apre con un antipasto di polpo mediterraneo grigliato servito con burro all'aglio verde. Poi c'è il pesce spada in crosta di sale marino di Maldon, caviale russo, barbabietole dorate caramellate e un'insalata di alghe kelp e wakame. Il tutto servito da uno squadrone di maggiordomi, e a malapena ne viene consumato un boccone. Amber fissa il suo piatto, vorrebbe *mangiare*, portare una forchettata alla bocca, sentire il burro sciogliersi contro la lingua, il sale scricchiolare sotto i denti. Ma in realtà nessuno mangia davanti alla telecamera: è troppo disordinato, troppo brutto, troppo rischioso. Potrebbe incollartisi qualcosa sulle gengive e poi? Tutto il tuo lavoro rovinato perché un pezzetto di aneto ti si è incastrato tra gli incisivi. Si chiede cosa accadrà a tutto quel cibo. Lo mangerà lo staff dopo? Verrà buttato nel compost? Spostano il cibo nei piatti. Alzano le forchette, sorridono, abbassano le forchette. Lei quasi vorrebbe essere a casa, davanti a una replica di *Seinfeld*, a mangiare kimchi e cupcake.

«È delizioso» dice Tamiko. «Molto giapponese nell'ispirazione».

«Di questo bisogna ringraziare mia moglie» dice Geoff. «Ha scelto lei il nostro chef ed è sempre alla ricerca di ricette da provare».

Tali gli mette una mano sulla spalla. «Geoffrey mangerebbe McDonald's ogni giorno se potesse».

Tutti al tavolo ovale ridono affabilmente.

«Non mi piace perdere tempo a pensare a cosa mangiare per pranzo» dice Geoff. «Mangio solo ciò che è facile».

«In realtà» dice Tali, «ogni volta che vado via...»

«A volte mi lascia» si unisce Geoff. «Ci credete? Per vari giorni alla volta. Anche se sa che è pericoloso».

«E lo è!» Tali ride. «L'ultima volta sono andata a un ritiro di terapia primal scream, sono tornata a casa e aveva acquisito tre nuove start-up».

Geoff si avvicina e le bacia il collo. «In quale altro modo potrei riempire il vuoto?»

Dio, guardateli. Sono felici. Non sono irrequieti, non sono insoddisfatti, non sabotano costantemente la propria fortuna.

«Comunque, come stavo dicendo, quando vado via» Tali gli accarezza il braccio, «mangia come un astronauta. Solo frutta disidratata e bevande proteiche».

«Per scelta?» Dirk Riley scuote la testa. «Tutto quello che ho sognato negli ultimi seicento giorni è della vera pancetta. E della frutta fresca. E il brodo di pollo di mia nonna».

«Ci lavoreremo per te. Pancetta nello spazio».

«No. Che ne dici di concentrarti sul portare questi ragazzi su Marte sani e salvi?»

«Vedi, ecco perché condividere le idee è così importante per me» afferma Geoff. «Perché un giorno Tali l'ha detto, *mangia come un astronauta*... credo fossimo in Arabia Saudita e stavi chiacchierando con Mohammed bin Salman, vero, carotina? Comunque, mi è rimasto impresso nel cervello. Mi ha fatto pensare che dovevano esserci altri come me, gente troppo frettolosa per stare a pensare a quello che si mette in bocca».

«Come ogni produttore televisivo, da sempre» afferma Nick il viscido.

«È così che è nata la linea di barrette proteiche ed energetiche *MarsNow*» dice Geoff. «Perché ritengo che le nuove tecnologie che sviluppiamo per *MarsNow* non dovrebbero avvantaggiare solo le persone su Marte, ma tutti gli esseri umani della Terra».

«È fantastico» dice Amber. Le sue idee per il sequestro della CO_2, e il programma di rinaturalizzazione della Terra ispirato al suo Eden su Marte, *non* sono hybris, qualunque cosa affermi Kevin. «In realtà penso da tempo a come *MarsNow* potrebbe avvantaggiare tutti». Lancia un'occhiata a Dirk, spera in un alleato, ma è impegnato a mangiare ciò che ha nel piatto, e non gliene frega niente delle telecamere.

«Concederemo in licenza dozzine di tecnologie spaziali» continua Geoff, «dando vita a partenariati business-to-business per creare prodotti che miglioreranno la vita degli americani».

«Quell'idea di cui ti ho parlato, quella di sfruttare la CO_2 e trasformarla in cibo?» dice Amber. «Potrebbe aiutare a combattere il cambiamento climat...»

«Sì, assolutamente». Geoff annuisce. «Questo è ciò che devono fare le imprese private. Risolvere problemi».

«Giusto, quindi...»

«Prodotti come la bevanda di riso germogliato *MarsNow* e le barrette vegetali liofilizzate *MarsNow* miglioreranno la salute e la vita umana».

«Ma...»

«Prototipi sono già serviti nelle case di cura per anziani in tutti gli Stati Uniti. E saranno presto disponibili nei negozi».

«Non si ferma mai» dice Tali, accarezzandogli il cranio. «Non smette mai di pensare, mai».

Bastiaan passa a portarmi la scatola di Buon Cibo e chiede se può entrare e fare un tiro. È angosciato perché Cedar ha cominciato a parlare di *divorzio*.

«Gestiamo insieme una fattoria». Si siede sul mio divano e fissa il soffitto. «Abbiamo quattro figli. È logisticamente impossibile pensare a una separazione».

«Mi chiedo se è questo che la spaventa. Forse ha solo bisogno di spazio». Alzo leggermente le tende oscuranti per far entrare un po' di luce: non mi va che Bastiaan pensi che sono una specie di schizzato. «A volte le persone vogliono lasciare il lavoro, ma in realtà hanno solo bisogno di una vacanza».

Lui annuisce. «Questo è un buon consiglio. Sei una persona saggia, Kevin».

Il che mi turba, perché è lui che dovrebbe essere il *mio* saggio agricoltore.

«Come va il tuo dilemma?» mi chiede a sua volta. «Hai parlato con la tua ragazza?»

«Quale delle due?»

Lui sorride. «Mia figlia maggiore ha undici anni ed è ossessionata da quello show. Dovrei fartela conoscere».

«È ancora possibile che Amber ritorni. Abbiamo fatto una bella chiacchierata. Non credo che sia davvero convinta di Marte».

So quanto sembro illuso. Suppongo che si potrebbe chiamarla *fiducia cieca*. O dipendenza. Lei è il mio oggetto transizionale, il mio sogno incorruttibile; sono dipendente da Amber nello stesso modo in cui altre persone sono dipendenti da Twitter.

O forse non è Amber in sé? Forse è la sensazione che mi ha dato quando mi ha preso per mano e mi ha costretto a uscire: la vita poteva essere accogliente, il mondo poteva essere casa.

«Quello che sto imparando, quando si tratta di matrimonio» dice Bastiaan, «è che devi osservare e accettare l'altra persona come accetteresti il mondo naturale. Le donne sono come la natura. Imprevedibili».

«Posso segnarmelo?»

«Cosa desidera di più Amber? Scoprilo, e forse ritornerà».

So cosa voglio io. Sì. Voglio che lei sia qui. Che sia la mia casa. Il mio rifugio in un mondo senza speranza. Invece, se n'è andata da mesi e io sono solo, chiuso nell'appartamento, a nascondermi dalla realtà. Vivendo dei suoi bonifici, che probabilmente continua a mandarmi per senso di colpa e vergogna e amore.

«Vuole la perfezione» dico. «Il paradiso. È impossibile soddisfarla».

«Non dirlo a me». Scuote la testa. «Forse è ora di lasciarla andare, amico mio». È questa la saggezza che stavo aspettando? «O forse no. Forse siete destinati a stare insieme. State insieme da così tanto tempo. Come può prendere in considerazione il divorzio?»

Dopo che Bastiaan se n'è andato, richiudo le tende. Rientro nel mio bunker. Non che ci sia bisogno di oscurità ora che le piante non ci sono più, ma la luce del sole è così brillante, ostentata. Le nuvole si sono aperte, il sole sta inondando tutta Vancouver, e so che tutti vanno in giro dicendo: *Strana questa nuova normalità, vero?*, ma segretamente ne sono contenti, il clima è più caldo e sono tutti eccitati dall'idea di una stagione extra lunga in terrazza. È un bene che io non esca più di casa tanto non ho alcun interesse a partecipare a questa farsa, una falsità al livello di *Il mondo nuovo*, in cui tutti fingiamo di essere umani, ma in realtà siamo merci in un mercato altamente competitivo: merci che portano a spasso i cani firmati e flirtano su Tinder e pubblicano foto delle proprie insalate e abbandonano chiunque sembri anche lontanamente *tossico*. Marcus ha usato quella parola quando l'ho chiamato. «Stai sconfinando nel tossico, amico».

Il che era un valido indizio del fatto che avesse parlato con Bronwyn, quindi ho risposto che era un traditore e un amico di merda e che stavo giocando a *Soccer Mom* senza di lui e il suo stupido avatar.

«Barbara non è stupida». Non si è nemmeno preso la briga di insultare il mio avatar, Cheryl, una formidabile agente che conosce il Costco come il palmo della sua mano. «Non so perché devi dire una cosa del genere».

Quindi ora chiamo Bronwyn. Mi aspetto di lasciare un messaggio sulla sua segreteria, e invece risponde. Dal vivo, da un seminterrato sulla East 12th, sono costretto a dirle che sinceramente non intendevo fare lo stronzo.

«Sei stato più che stronzo» dice. «Mi hai *eliminato*».

«Ero fatto. Tu e Amber eravate entrambe qui e non sapevo cosa dire: sono andato fuori di testa».

Silenzio. Tengo il telefono all'orecchio, chiedendomi se è vero che le lunghezze d'onda ci stanno intanto facendo venire il cancro al cervello. E a proposito di *tossico,* all'interno dell'appartamento sento che le radiazioni solari mi sciolgono la materia grigia. La muffa mi s'infiltra nei polmoni. L'aria inquinata trasuda dalle pareti.

«Cosa è successo dopo che me ne sono andata?» chiede Bronwyn.

«Niente. Abbiamo parlato. È tornata su Marte».

«Vi siete lasciati? State insieme? Mi sai dire qualcosa di preciso?»

Non ne sono orgoglioso, ma pronuncio le parole: «Non stiamo più insieme». E mi dico che tecnicamente è vero, visto che io e Amber letteralmente *non stiamo più insieme*: lei è a Casablanca o in Nunavut o chissà dove, e io sono a East Vancouver.

Ma Amber non ha detto addio. E non ha mai risposto alla mia domanda. Non ha mai detto ad alta voce: *Sì, credo nel progetto MarsNow. Credo nella mia stessa distruzione*. E non è possibile, sicuramente non è possibile, che ci creda.

E c'è qualcos'altro. Ieri sera ho trovato la sua scorta. In una scatola da scarpe nel nostro bagno. Gli antidolorifici che colleziona. Non viaggia mai senza, quindi so che ha intenzione di tornare a casa.

«Non state più insieme?» dice Bronwyn. «Davvero?»

«Davvero».

Dopo la finta cena, il cast e la troupe fanno uno spuntino con il prototipo delle barrette proteiche *MarsNow*, che hanno il sapore dei trucioli di legno, quindi Tali si accarezza il pancione e dice che è «proprio distrutta».

«Oh, tesoro, per forza» dice Bridget. «Sei *enorme*».

Tali bacia Geoff sulla guancia, poi va a dormire. Anche Tamiko e Logan si dirigono verso le loro stanze, e Amber prende Adam sottobraccio e attraversano il labirinto di vetro e cemento diretti alle loro camere da letto.

«Mi sento come se non dovessi dormire mai più» dice Amber. «Stai sveglio con me? Un pochino?»

Gli mette le braccia intorno alla vita. Adam la bacia, facendo scivolare le mani in giù per afferrarle il sedere, e lei pensa: *Finalmente*. Quanto sarebbe bello consumare la loro relazione qui, in paradiso?

Adam la lascia andare, apre la porta della sua stanza, dice: «Domani è l'ultima giornata di riprese. Abbiamo bisogno di riposo».

«Mi fai morire».

Lui le dà un altro lungo bacio, uno che le ricorda i primi anni con Kevin, quando pomiciavano dietro la scuola, appoggiati al freddo muro di mattoni. Ma poi Adam le tocca la guancia, si svincola dalle sue braccia.

«Dove vai?» Suona piagnucolosa come Bridget.

«A dormire». Sorride e scompare nella sua tana.

In camera, Amber non riesce a stare ferma. La casa ha la forma di una nave e quasi sente il vento che la sospinge verso un nuovo mondo. Vuole esplorare quel posto incredibile. E Tali ha detto di fare come fossero a casa loro. Quindi Amber esce dalla stanza, chiude la porta dietro di sé, cammina in punta di piedi lungo il corridoio fino alla scala a chiocciola al centro della casa, quella che conduce in cima all'albero della nave.

È come scalare il Grouse Grind. Se solo avesse continuato con gli allenamenti: i polpacci e i glutei le fanno male quando raggiunge la cima. Si trova di fronte una porta chiusa. Ma non a chiave. Oltre, c'è una biblioteca.

Le viene da ridere. Kevin è sempre così paranoico e cinico, la fa sentire stupida quando si fida di qualcuno. Ma Geoff Task ha messo una biblioteca nel punto più alto di casa sua. Una stanza dedicata alla verità e alla conoscenza. Quanto può essere cattivo? E Internet non è forse solo una grande biblioteca virtuale? Kevin dice sempre che il mondo moderno è un'autocrazia tecnologica, brutale, indifferente e selvaggiamente ingiusta. Ma lei non riesce a immaginare di tornare indietro, a prima del GPS. A un tempo antecedente a quello in cui ha potuto cercare come avviare la propria coltura di kefir, creare il proprio shampoo, fare i bench-press con la postura corretta. Le persone come Geoff hanno fornito le app per monitorare il suo ciclo mestruale e riprodurre battiti binaurali durante gli attacchi di panico, o per dirle quando arriverà il prossimo autobus. E non è di moda ammetterlo, ma *le piacciono* i social media. Spesso scrolla Instagram come in una trance religiosa – fiori di ciliegio in primavera, foglie gialle in autunno, limpidi cieli azzurri, spiagge incontaminate. Instagram è un paradiso di purezza e abbondanza, una vacanza dal degrado. E quei cuoricini la fanno davvero sentire amata. Kevin si concentra sugli aspetti negativi e sembra volerla salvare dal mondo online, o dal mondo stesso – ma se lei non volesse essere salvata? Ha rifiutato la versione di suo padre della salvezza e trova quella di Kevin altrettanto condiscendente. E se Geoff Task non fosse depravato e immorale? E se fosse una persona come le altre? Una persona che ama l'efficienza, la bellezza, la creatività? Una persona a cui non viene tutto bene, ma che cerca davvero di aiutare l'umanità? Una persona che fa del suo meglio.

Inoltre, Geoff Task ha un enorme successo e Kevin ha rinunciato al suo sogno, quindi... c'è anche quello. Il mondo è competitivo, lo è sempre stato: la vita umana prospera da due milioni di anni grazie alla competizione. Alcune persone vincono e altre perdono. Non c'è niente di immorale al riguardo.

Si avvicina a uno scaffale e fa scorrere le mani sui libri che, se ne rende conto troppo tardi, potrebbero essere preziose prime edizioni di Jonathan Swift e di Nietzsche. La scrivania è ricoperta da pile di titoli più recenti che non saranno danneggiati dall'unto della sua pelle, quindi ne prende uno a caso: *The Sovereign Individual. Come sopravvivere e prosperare durante il collasso dello Stato sociale*.

«Sapevo che ti avrei trovata qui».

Si gira, quasi lascia cadere il libro. Geoff Task è sulla porta.

«Vedo che hai scoperto il mio piccolo nido privato». Sorride. «Ti ho spaventata?»

«Scusa, non stavo curiosando...»

«Stavi curiosando». Incrocia le braccia. «Ma mi piace questa cosa di te. La tua curiosità».

«È una bellissima biblioteca. Notevole».

«Vero?» Si appollaia sulla scrivania e la guarda con quell'intensità a cui lei non riesce ad abituarsi. «È il mio spazio. Non lascio salire nemmeno mia moglie. Qui riesco a vedere le cose in prospettiva. A trovare privacy».

«Dio, mi dispiace» dice. «Non intendevo invadere...»

«Tutto ok. Sapevo che ti avrei trovato qui perché tu hai la mia stessa brama. Di fuggire. Di avere un santuario».

«È... lo adoro». Fa un passo verso di lui. «È un modo carino di dirlo».

«Ogni tanto mi godo un bicchierino di mezcal» dice. «Posso offrirtelo?»

«Non bevo in questo periodo. E non voglio disturbare».

Lui tira su una bottiglia. «Questa azienda utilizza esclusivamente piante di agave marmorata di oltre trent'anni. Una volta che il mosto è fermentato, viene distillato in vasi di terracotta fatti a mano». Ne versa un bicchierino per ciascuno. «Ne vengono prodotte solo sessanta bottiglie all'anno».

«Stai rendendo difficile rifiutare».

Lui le porge il drink e fanno tintinnare i bicchieri. «A Marte» dice.

«A Marte». Sorseggia, e il liquore è intenso, speziato. «Mmm, buono. Zenzero?»

«Chiudi gli occhi» dice Geoff Task. «Per viverlo appieno».

Chiude gli occhi, tiene il mezcal in bocca, sente la lingua impregnarsi. Il sapore arriva a ondate. All'inizio sa un po' di affumicato. Poi è come bere un giardino: menta, caprifoglio, dragoncello, terra bagnata. Poi quel finale speziato e pungente: chiodi di garofano, peperoncino, un tocco di zenzero.

«Capisco» dice, con gli occhi ancora chiusi. «Ho capito adesso».

Quando riapre gli occhi, Geoff Task sta sorridendo. «Siediti qui con me».

Lo raggiunge su un divano di pelle rossa a forma di osso del desiderio. Lui fa un cenno verso il libro che Amber ha ancora in mano.

«Questa è la mia bibbia» dice. «Lo hai letto?»

Lei scuote la testa. «Parla, tipo, di un'apocalisse?»

«È stato scritto venticinque anni fa ma predice questo momento. Il crollo della democrazia liberale in Occidente».

«Inquietante. Adam e io ne parliamo spesso, di come speriamo che *MarsNow* sia una forza del bene». Si siede più dritta; forse questa è la sua opportunità. «Per prima cosa, la sovrappopolazione è un grosso problema, trasferire parte dell'umanità su un altro pianeta...»

«Vuoi che miliardi di persone vivano su Marte? Non credo che avremo mai quel tipo di movimento migratorio. L'obiettivo è andare oltre la dipendenza dalla Terra. Diventare completamente indipendenti».

«Vedi, Kevin, il mio... immagino sia il mio ex?»

«So chi è Kevin».

«Continua a dirmi che sto fuggendo dai problemi, senza cercare di risolverli». Solo pensare a Kevin le fa venir voglia di strapparsi i capelli. «Ma alcune tecnologie di cui abbiamo bisogno su Marte potrebbero cambiare il mondo qui. Riciclare CO_2, coltivare cibo con prodotti di scarto, utilizzando l'idrogeno come combustibile...»

«Sono totalmente d'accordo».

«Davvero?» Vorrebbe abbracciarlo. «Voglio dire, certo che sì. Non ho mai creduto che si trattasse semplicemente di estrarre composti di carbonio o altro. È così stupido. Così status quo. Tu sei un *visionario*».

«Mi dai troppo credito». Lui ride. «Ma penso che siamo molto simili, Amber Kivinen. Ho sempre desiderato il paradiso».

«Davvero? Pensavo di essere solo io. Sono sempre stata irrequieta, sempre a desiderare qualcos'altro, e pensavo che fosse un difetto. Ma forse è il mondo che ha dei difetti. È colpa mia se è tutto così...»

«Imperfetto?»

«Esatto». Lei sorride, un po' alticcia. Non ha mangiato quasi nulla tutto il giorno. «Stavo per dire *incasinato*, ma l'hai espresso meglio».

«Marte sarà perfetto».

«Lo sarà?»

Lui alza *The Sovereign Individual*. «Gli autori di questo libro avevano predetto tutto. L'ascesa di Internet, le criptovalute, l'obsolescenza degli stati-nazione. Il fatto è che anche il pianeta Terra è diretto verso l'utopia».

«Oh... sì?»

«Ma sarà un percorso violento e doloroso e ci vorrà oltre un secolo prima di arrivarci. Epidemie, intelligenze artificiali scatenate, crollo delle riserve alimentari, guerre per le risorse tra stati dotati di armi nucleari. Il collasso totale non sarà un momento facile».

Amber si sposta sul divano, sente quei roditori nelle viscere che le rosicchiano lo stomaco.

«Ma su Marte accelereremo il processo. In effetti, salteremo la parte del caos» afferma Geoff Task. «Su Marte, fin dall'inizio, avremo una piccola popolazione composta interamente da un'élite cognitiva. E la cosa più importante, non ci saranno stati-nazione».

«E questa è... una buona cosa?»

«Ti piace la guerra?»

Lei ride. «Ovviamente no».

«Ti piacciono le tasse?»

«Mi pia...? Be', mi piacciono le piste ciclabili, i parchi e, sai, la sanità pubblica per tutti».

«Vendevi sostanze illegali per guadagnarti da vivere prima di unirti a noi».

«Non ne vado fiera».

«L'hai dichiarato quel reddito? Hai detto: *Caro governo inetto del Canada che funziona come un cartello, per favore rubate i soldi che ho guadagnato con la mia inventiva e intelligenza*?»

«No, ma odiavo sentirmi una criminale». Gocce di sudore all'attaccatura dei capelli. «Se avessi potuto...»

«Hai dovuto aggirare lo stato-nazione per fare ciò che era giusto».

«In realtà stanno legalizzando...»

«Ecco perché ti volevo qui. Ecco perché non sei stata espulsa dallo show quando sei scappata».

«Che cosa?» Lei lo fissa. «Sei intervenuto? A mio favore?»

«Nel tuo contratto si afferma che lasciare il set senza permesso comporta il licenziamento immediato». Lui le dà un colpetto al piede con il suo. «Non hai letto il contratto?»

«Erano centosettantaquattro pagine».

«Pensavo fossi un'accademica». Le mette una mano sul ginocchio. «Non dirmi che centosettantaquattro pagine ti hanno sconfitto?»

«Ero molto presa dall'emozione». Non riesce a concentrarsi su nient'altro se non su quella mano sul suo ginocchio. Una mano attaccata a un braccio ricoperto di radi peli castani. Un braccio che appartiene a Geoff Task. «Avrei firmato qualsiasi cosa».

«Niente di tutto ciò ha importanza». La mano di Geoff Task si sposta dalla gamba all'interno del gomito. «L'importante è che tu sia qui adesso».

«Grazie». Lei incrocia il suo sguardo, poi abbassa gli occhi. «Per avermi aiutato. Significa così tanto...»

«Non l'ho fatto come favore». Lui fa scorrere le dita lungo la sua pelle fino all'interno del polso. «Sono intervenuto perché ti ho riconosciuto per quello che sei».

«Che cosa... sono?»

«Sei una di noi, Amber». Le sue dita si intrecciano con quelle di lei. «Un individuo sovrano».

«Sì». Ha la gola stretta, come quando si era svegliata con Coach Rodney che le infilava una mano nei pantaloncini. «È gentile da parte tua dirlo».

Geoff Task le afferra la maglietta e la attira a sé. Il suo bacio è come il mezcal: inizialmente morbido, persistente ed esplorativo, poi con un finale intenso quando le morde il labbro inferiore.

Bronwyn arriva subito dopo la nostra conversazione telefonica. Mi aspetto che voglia *comunicare apertamente* e che si sia preparata alcuni punti di discussione. *In mia difesa*... Ma lei si lascia cadere sulla Voyager e si rannicchia contro di me.

«Stai bene?» Si è addormentata?

«Bene».

«Sei sicura? Possiamo parlare... sai».

«Va bene».

«Ho pensato...»

«Mio padre ha chiamato stamattina. Subito dopo di te. Completamente ubriaco, mi ha chiesto se *ho finalmente trovato un ragazzo*».

Penso a mio padre. Una persona che potrebbe anche vivere su Marte.

«È fidanzato con una donna di nome Chrissy, che è incinta, immagino. Ha detto che questa volta non farà casini. Poi ha iniziato a piangere».

«Oh».

«Già».

Appena in tempo, ricordo la sua frase preferita. «Come ti senti?»

Nasconde il viso nel mio grembo. «Possiamo, che so, solo guardare una commedia o una cosa così?»

«Certo, lasciami pensare». *Quando la moglie è in vacanza? Mezzogiorno e mezzo di fuoco? Ma papà ti manda sola?* Cos'è meglio per una donna in preda ai traumi infantili? Per guadagnare tempo, trovo un divertente video del *Saturday Night Live* su YouTube. Ma compare una pubblicità con Amber. Amber per Aveeno: *Fai parlare tutti del tuo splendore!* Disattivo l'audio. Nell'annuncio successivo Amber ha una maschera protettiva contro l'inquinamento atmosferico decorata con stelle e comete.

«Ridicolo. È ovunque». Chiudo il portatile. Ma Bronwyn probabilmente sa che YouTube mi propone pubblicità di Amber per un motivo, sa che l'algoritmo mi sta semplicemente dando quello che voglio. «Lo sai che penso che tu sia perfetta, vero? Bron?»

Il fatto è che Bronwyn *è* la ragazza perfetta per me – sempre che mi voglia – perché lavora sempre, a orari strani, e quando non è al lavoro le piace restare a casa. Fumare un po' d'erba (che ora acquisto come un idiota qualunque), guardare un film, andare a letto presto. Dato che lavora nei ristoranti da quando aveva sedici anni, odia mangiare fuori. Dato che né lei né i suoi genitori gestiscono un hedge fund, è al verde come tutti gli altri in questa città e non propone mai di andare in discoteca o in un pub o di fare un viaggio nel fine settimana. E visto che è pure una fattona, se anche vuole andare in spiaggia o a fare una passeggiata, di solito basta aspettare finché l'entropia non prende il sopravvento e il divano ingoia la sua determinazione.

«Bron? Non pensare ad Amber». Dovrei seguire anch'io il mio consiglio. «Sul serio».

Bronwyn si siede, si toglie la maglietta.

«Ottimo». Non so bene cosa stia succedendo. «Quindi noi... stiamo di nuovo insieme?»

«Perché, prima stavamo insieme?»

«Ottima osservazione. Chi ha bisogno delle etichette?»

«Possiamo fare sesso e basta?» Lei si abbassa i leggings, e le mutande scivolano giù con loro.

«Pensavo volessi guardare...»

«Non ti piaccio?» Si slaccia il reggiseno e lo lascia cadere sul pavimento. «È questo il punto?»

«Che cosa? No. Nulla del genere».

«Allora qual è il problema?» Si distende sul pavimento del soggiorno, il suo corpo esposto. «Con il sesso».

«Nessun problema. Con il sesso». Apro la cerniera dei jeans, li tolgo. «Sei sicura di stare bene?»

«Se mi vuoi, sono qui, Kevin». Con un gesto indica tutto il suo corpo. «Sono qui».

Ho ancora addosso la maglietta e mi sento strano, poco sexy, come un ragazzo in camicia da notte. Ma mi inginocchio sopra di lei, le bacio il collo e lei chiude gli occhi. Nessun problema. Con il sesso, né con qualsiasi altra cosa. Le bacio l'avvallamento tra le clavicole. La sento tremare, tirare su col naso e capisco che forse sta piangendo. «Ehi. Ehi, che succede?»

Ed eccola che piange. Tremori le sconvolgono il corpo magro. Mia mamma singhiozzava così durante i film, ma non quelli per cui te lo saresti aspettato, quelli strappalacrime. Le bastava una scena innocua. Prendevo la scatola dei kleenex e i fazzoletti appallottolati si accumulavano ai suoi piedi. Continuava all'infinito, quell'inspiegabile lamento femminile che sembrava in qualche modo colpa mia – o almeno io non lo avevo prevenuto. Non ero stato abbastanza divertente, dolce o non la avevo distratta abbastanza. Da bambino, mi spaventava a morte.

Ora porto a Bronwyn della carta igienica e una coperta dalla camera da letto. Non riesco a pensare a una sola cosa giusta da dire. Non posso nemmeno toccarla. È completamente nuda, seduta sul pavimento, srotola la carta igienica e se la preme a manciate sul viso.

Alla fine sussulta, riprende fiato. «Accidenti. Che cretina. Scusa».

Le passo altra carta igienica. «Non scusarti».

«A volte sono un po'... insicura». Si soffia il naso. «Non avrei dovuto comportarmi così. Ti ho fatto pressione».

«E io non avrei dovuto... be', tutto».

«A volte ho dei dubbi, ma è stupido. So che ci tieni a me».

«Certo che ci tengo a te». Perché non riesco a guardarla negli occhi? «Penso che sei fantastica». Non riesco a far meglio di così? Ci sono delle parole migliori, parole perfette, dovrei usarle. Ma mi sento la gola piena di sabbia. «Vuoi restare comunque? Intendo, va tutto bene?»

«È strano qui senza le piante». Lei si tira la coperta sulle spalle. «Mi manca quasi il caldo».

«Lo so. Anche a me mancano».

«Sai già cosa vuoi fare?»

«Riguardo alle piante? Non posso riaverle indietro. I poliziotti probabilmente se le sono già fumate tutte».

«Voglio dire, ora che non ci sono più. Cosa vuoi fare? Della tua vita?»

Non ho mai dovuto pensare alla *mia vita* da quando ho conosciuto Amber, e neanche pensare alla *nostra vita,* perché era Amber quella che faceva progetti. Il mio ruolo era quello di nuotare dietro di lei, cercando di rimanere a galla.

Cosa voglio fare? Della mia unica e sola vita?

Poi Bronwyn mi offre una risposta plausibile: «Magari potresti rimetterti a scrivere?»

Se pensa che sto scrivendo, non troverà strano che io sia sempre a casa, lunatico e distante: dopotutto, sono uno *scrittore.* Così dico a Bronwyn che è un ottimo suggerimento. Dico che ho un'idea per una sceneggiatura. Annuisco con entusiasmo dicendo che è un ottimo momento per tornare a scrivere, ora che non devo preoccuparmi delle piante.

«Non sarà facile» dico. «Voglio dire, potrei non avere molto da offrire, nonostante i miei sforzi».

«Scrivi cose sincere. Rendile vere».

«Adoro quest'idea» dico. «Le cose vere. Quanto sono insopportabili».

Si appoggia a me e dice: «Credo *tanto* in te, Kevin», il che quasi mi spezza il cuore. Ci sono infiniti modi di tradire le persone.

Amber scende la scala a chiocciola e cammina lungo il corridoio buio. Solo che deve essere andata nella direzione sbagliata, perché non riesce a trovare la sua stanza, finisce in una cucina che luccica nell'oscurità. Banchi in acciaio inox come in un ristorante. Sbaglia di nuovo, si ritrova davanti a una piccola porta rotonda socchiusa. Fuori c'è un carrello pieno di prodotti per la pulizia. «Ehi?» Si aspetta quasi di incontrare un custode notturno. «Mi sarei un po' persa».

Nessuna risposta. La porta rotonda è di metallo spesso, come l'apertura del caveau di una banca o di un sottomarino. Tira – è pesantissima – finché si apre scricchiolando. Al di là, una stretta scala conduce verso il basso, verso il buio pesto. Fa un passo, poi un altro. Giù, giù, stringendo il freddo corrimano metallico.

In fondo, viene avvolta da un silenzio che sembra fisico, un silenzio che le afferra i polsi, le preme le mani fredde sulla gola. Sbatte le palpebre, non vede nulla: questo posto è più buio dell'appartamento con le sue tende oscuranti. Tocca il muro freddo, fa qualche passo tastoni. L'aria odora di candeggina.

Qui è dove finisce il mondo.

Si gira, torna di corsa verso le scale, fa due gradini alla volta. Raggiunge la cima senza fiato, il cuore le batte forte, ma è infreddolita. Ha i brividi.

Ritorna sui suoi passi, calma la mente abbastanza da ritrovare la sua camera da letto. Ok. Bene. Va tutto bene. Sembrano un sogno adesso, quella porta rotonda e il freddo sotterraneo. Dovrà dirlo ad Adam e portarlo lì domani... sarà divertente e di mattina non farà paura.

Si lava i denti, si spoglia davanti alle pareti a specchio e non sussulta nemmeno alla vista di sé stessa nuda. Resta per quasi un'ora sotto la doccia effetto pioggia, lasciando che l'acqua le scorra a rivoli sui capelli, la schiena, le gambe. Lava via le mani di Geoff Task dalla sua pelle.

Per fortuna non è andato molto oltre. C'era stato un momento – una mano sul collo, l'altra che le stringeva il polso – in cui lei ha pensato la parola *no*. Ha trattenuto la ridarella. Era troppo: il mezcal, l'adulazione, la curiosità morbosa. Ma poi Geoff Task si è scostato, ha rimesso a posto il colletto, schioccato le nocche. Ha detto che sarebbe stato meglio andare a vedere come stesse sua moglie, perché aveva il bruciore di stomaco.

O è fedele a Tali (la dolce Tali incinta!) oppure è insicuro della sua attrezzatura: altrimenti perché un tizio avrebbe una grande torre fallica al centro della casa? Comunque. Quello che è. Era stato divertente e disgustoso e fico che Geoff Task volesse pomiciare con lei, ed estremamente fantastico che non dovesse andarci a letto. Sarebbero partiti l'indomani. Meno male.

Pensa a Kevin, che probabilmente si sta sballando con Marcus.

A Tamiko e Logan, nelle camere da letto da qualche parte in questa casa gigante. Ignari.

E ad Adam, che dorme nella stanza accanto; non lo scoprirà mai e poi mai. Anche se lo ha fatto per lui. Ha pomiciato con quel miliardario per amore della missione. Perché se a Geoff Task piace Amber, può solo essere una buona cosa per gli *A al quadrato*. No?

Quando tutto è finito, ha cercato di rimanere civettuola, facendo sembrare possibile che si incontrassero di nuovo. «A domani?»

Geoff ha sorriso, si è chinato in avanti, le ha morso il lato della mascella così forte che sente ancora l'impronta dei suoi denti.

Rabbrividisce di nuovo. Per qualche motivo la doccia non la riscalda; ha la pelle d'oca. Quando controlla il telefono, Pichu le ha inviato una fotografia di un test di gravidanza che mostra un segno + rosa e una sola parola: *positivo*!

Tutto sta andando per il meglio. Tutto accade per un motivo.

Ed è in paradiso. C'è la vasca da bagno a forma di atomo di idrogeno. Il tappeto himalayano. Il letto king-size.

Amber striscia tra le lenzuola con i capelli bagnati, muove braccia e gambe come una stella marina. Si passa le mani sulla pelle nuda. Sul corpo. È sconvolta dalla sensazione dei suoi muscoli, dal ritmo del suo respiro, dalla potenza del suo battito. Sono passati quindici anni da quando ha smesso di apprezzare questo suo corpo, da quando era la ragazza che la gente fermava per le strade di Thunder Bay. *Ci rendi fieri! Siamo sulle mappe!* Ma poi, altrettanto velocemente, era stata sconfitta e ferita, ignorata. Dopo l'infortunio, aveva diffidato di questo suo corpo destinato al fallimento. È una struttura che le altre persone sembrano voler toccare, scopare, eppure lei la odia.

Ma questa volta il suo corpo ha fatto qualcosa di buono. Il suo corpo l'ha portata qui, nel paradiso sulla Terra, e ha portato Geoff Task dalla sua parte – non è così ingenua da pensare ancora che sia interessato ad ascoltare le sue idee. Ma quando l'ha baciata, ha capito: Tamiko sarà pure più intelligente, esperta e bella. Ma è Amber quella che le persone vogliono.

È vero. Potrebbe vincere.

Sente un'ondata di panico, un'onda anomala.

No, no, no. Non stasera.

Ha trascorso troppe notti insonni a contorcersi nel buio, spaventata dalla sua stessa potenza, avvertendo il clima vendicativo della Terra, la grandezza e il calore del suo nucleo fuso, come se quelle forze vivessero dentro di lei, tagliandole le ossa.

Non adesso. Non più.

Tutto si sta svolgendo come dovrebbe. Chiude gli occhi, evoca la profonda quiete di una notte su Marte, e dorme.

Mi sveglio accanto a Bronwyn che dorme, scivolo giù dal letto e preparo due ciotole con granola, banana e yogurt al cocco. Faccio il caffè.

Dopo un po' la sento muoversi nella camera da letto, poi apre l'acqua della doccia.

«Sei dolcissimo, Kev». Esce dal bagno avvolta in un asciugamano, ha un odore pungente: si lava i dread con così tanto tea tree oil e aceto che mi lacrimano gli occhi. «Il miglior fidanzato di sempre».

«È solo granola già confezionata». Fidanzato? «Niente di che».

Trovo dei video di Stephen Colbert su YouTube e mangiamo sul divano. Per tutta la colazione aspetto che se ne vada. Appena se ne va, aspetto che torni.

Dovrei scrivere. O leggere. Inserire qualche informazione nel mio cervello. Invece guardo *MarsNow*, con tutte le tende oscuranti abbassate. Solo io e quel quadrato luminoso.

La sfida finale è in Nuova Zelanda. Sono in un paradiso, dove simulano un disastro marziano: il loro rover ha avuto un guasto e loro sono lì, lontano da casa, con solo tre ore di ossigeno. Hanno i timer per il conto alla rovescia appesi al collo: arriva a zero e sei morto. Trova la strada verso casa, attraverso un percorso a ostacoli naturale, e sarai sopravvissuto alla sfida. Vengono dati tre suggerimenti: *casa è verso nord, X segna il punto* e *non potete girare intorno: dovete attraversare*. Hanno ricevuto una cassetta di sicurezza e gli è stato detto che il contenuto li aiuterà nella missione. Ma dovranno trovare la chiave per aprirla.

Camminano verso quello che FirstMan34 giura sia il nord, e si trovano all'imboccatura di una grotta. Decidono di addentrarsi – *dovete attraversare* –, tra scogliere e fiumi sotterranei. Saltano in pozze d'acqua fredda. Scivolano lungo superfici fangose, si calano in corda doppia lungo pareti rocciose, oltrepassano un abisso camminando in equilibrio su un ponte di corda sfilacciata, scendono lungo rapide nere su pneumatici di gomma: l'ente del turismo della Nuova Zelanda ha sicuramente sponsorizzato questa puntata. Finalmente raggiungono la fine della grotta, trovano una chiave e aprono la scatola, che contiene un puzzle da quattro pezzi. Assemblano il puzzle, illuminandolo con le torce frontali, e vedono che è una mappa della foresta che circonda la grotta, con una X che indica dove devono andare. Ciascuno di loro deve portare con sé un pezzo del puzzle, quello con il proprio nome; se uno di loro si perde o abbandona il gruppo, non ritroverà mai la strada. I timer appesi al collo continuano il conto alla rovescia.

Poi vediamo Bridget, in uno studio da qualche parte, con le labbra così gonfie che sembra biascicare: «Questa sfida finale mette alla prova la loro capacità di lavorare insieme sotto pressione: è questione di vita o di morte!»

Ottima intuizione, Bridget. Ora torniamo in Nuova Zelanda, dove i Moschettieri di Marte si perdono anche se restano uniti, e Tamiko sembra digrignare i denti fino a consumarli. «Ve l'avevo detto che era la strada sbagliata».

Stacco sul confessionale di Amber, con lei che parla direttamente alla telecamera: «Detto *cosa*?»

Ritorno alla scena della foresta. Logan dice: «Signore, signore, stiamo sprecando tempo prezioso».

FirstMan34 li ignora, studia la mappa sul puzzle, guarda il cielo, poi dichiara con calma: «So cosa dobbiamo fare».

La mappa li conduce alla villa di Mister Coglione Milionario. Inquadrature dei Marsplorer, sporchi e stanchi, accolti da Geoff Task e Talia Annabelle Lorne. *Quella* Talia Annabelle Lorne. La sua interpretazione migliore, ovviamente, è stata nella commedia drammatica sulle cheerleader *Three Cheers for Becky Greer*! Cancellata dopo sei episodi, era una serie che precorreva la *prestige-teen tv* e che ha influenzato ogni serie successiva, da *Glee* a *Friday Night*

Lights fino a *Riverdale*. Ma io conosco e amo Talia Annabelle Lorne per i suoi ruoli da protagonista in una serie di orribili commedie romantiche dei primi anni Duemila. Ci sono molti motivi per cui vorrei che mia madre fosse ancora viva, e questi film così brutti, aiutatemi a dire brutti, non sono in cima alla lista, ma sento comunque una fitta al pensiero che la mamma non sia vissuta abbastanza per vedere l'opera completa di Talia Annabelle Lorne. *He's Everywhere She's Everything*: parla di una ragazza che gira l'Europa e vuole trovare l'amore, ma continua a imbattersi nella sua vecchia cotta del liceo del Michigan. *Two's a Pair*: su una ragazza che lavora in un negozio di scarpe a Manhattan e che vende una coppia di Hush Puppies all'uomo dei suoi sogni. *She's So Real*: parla di una ragazza della porta accanto che ruba il fidanzato di una tipo Paris Hilton... interpretata da Paris Hilton. Insomma, avete capito. Capite anche perché Talia Annabelle Lorne ha deciso di perseguire il suo sogno di recitazione assumendo il ruolo di moglie amorevole e devota nel modo più classico – Hollywood fa continuamente dei remake – *La bionda n. 4 di Mister Coglione Miliardario*.

Poi si parte con un'inquadratura alla «Architectural Digest» della villa di Mister Coglione Miliardario: sembra chiaro da quel cazzo di fossato che progetta di ritirarsi lì quando il pianeta Terra sperimenterà il totale collasso ambientale/economico. La casa, Bridget informa i telespettatori, si chiama Arca, quindi deve essere il suo futuro rifugio dal diluvio.

Ma perché Geoff Task non va lui immediatamente su Marte, visto che il nostro pianeta è sull'orlo del disastro e dal momento che la tecnologia dei viaggi spaziali è – assicura a tutti noi – così avanzata? Perché Geoff Task non allaccia sé stesso e sua moglie incinta al Lander *MarsNow*, se è così fiducioso nella sua «squadra» e nelle loro «innovazioni»? Per gli stessi motivi per cui non prendereste una medicina prima che sia stata testata sui topi da laboratorio.

Poi si passa a una cena elegante con il signore e la signora Coglione Miliardario. Carrellata su tutti i Marziobot, che stanchi e ben nutriti si augurano la buonanotte. Poi si passa a... oh, ciao, Amber e Geoff Task da soli in quella che sembra una pretenziosa biblioteca, il tipo che Mister Coglione Miliardario riempie di libri che colleziona come investimenti. Inquadratura su Amber e Mister Coglione Miliardario seduti troppo vicini l'una all'altro su un divano di pelle color sangue di bue a forma di clitoride.

Questo filmato chiaramente non è stato girato con le solite telecamere di *MarsNow*; è più sgranato e la qualità del suono è pessima. Ma quella è la voce di Amber Kivinen che dice a Geoff Task: *Ti ho sempre voluto*.

Senza dubbio è Amber Kivinen che bacia Mister Coglione Miliardario.

Non l'ho mai visto prima, non ho mai visto la mia ragazza tradirmi. Ma ora la guardo tradirmi *e* tradire il ragazzo con cui mi stava tradendo.

Quella frase terribile, il dolore che avrete provato per la grammatica imbarazzante? Forse quella frase vi può dare un'idea di come ci si sente a guardare Amber pomiciare con Geoff Task.

Posso mai continuare? Posso vivere in un mondo così orribile? E mediocre? E prevedibile? Ovviamente ha lasciato che un miliardario di mezza età le succhiasse la faccia. Naturalmente era lusingata e probabilmente pensava che lui fosse interessato alla sua *mente*. Così banale. Si era eccitato a sussurrarle all'orecchio parole come *strategia, entrate* e *soluzioni*? L'avrà scopato? Riuscite a immaginare di fare sesso con Geoff Task? O con Mark Zuckerberg? O uno qualsiasi dei loro soldatini dell'esercito tecnologico, quei ragazzi con felpe col cappuccio e magliette con il marchio dell'azienda? Sarebbe insipido come fare l'amore con il conformismo stesso. Quegli uomini sono l'equivalente umano degli stuzzichini preconfezionati, di quelli di cui nessuno alle feste ha mai voglia. Sarebbe come scopare una mini quiche, o l'humus in un contenitore di plastica o un involtino primavera semicongelato.

Ho vegliato per una donna senza alcuna caratura. L'ho *aspettata*. Ed ecco a voi Kevin Watkins, nel ruolo del più stupido idiota vivente.

Una donna in uniforme grigia con un grembiule bianco posiziona un vassoio d'argento sul comodino di Amber. Colazione. Il menu è stampato su un cartoncino in rilievo: caffè macchiato con latte d'avena e zuccherato con stevia. Un frullato di erba di grano, aloe, curcuma, macha, avocado, banana, polvere reishii essiccata, cacao e burro di mandorle.

«Oh, wow». Amber beve un sorso di frullato: farà un'eccezione sulle mandorle solo questa volta. «È buonissimo».

La donna annuisce, poi inizia a mettere in ordine la stanza di Amber. Piega i vestiti della sera prima e li ripone nell'armadio.

«Oh merda, sono passate le dieci?» dice Amber. «Ho dormito fino a tardi?»

La porta si spalanca e Adam è lì, con il portatile aperto in mano.

«Hai baciato Geoff?»

Il suo primo pensiero: chiamare Geoff Task solo con il nome suona insopportabilmente pretenzioso e dovrebbero smetterla tutti. Poi si sveglia.

«Che cosa? No. Come hai fatto...?»

«Come l'ho scoperto? Nel modo in cui il mondo lo ha scoperto. L'ho guardato in tv. Ti ho visto gettarti su di lui».

«Stavano filmando?» Amber si tira a sedere. «Aspetta. Hai detto che non guardi mai lo show. Che non riesci a guardarti...»

«Ho detto una... qual è la parola? Una bugia» dice. «Ma tanto tu sei una bugiarda».

Neanche fosse stata convocata, tutta la troupe di *MarsNow* entra nella stanza seguita da Nick. «Ragazzi» dice. «Quando avete intenzione di fare un litigio tra innamorati, dovete farcelo sapere».

«Andate via» dice Amber. «Subito».

«Continuate a girare». Nick il viscido fa un cenno alla troupe. «Ovviamente».

Nella stanza entra un altro ragazzo, un bestione dai capelli a spazzola, con addosso un giubbotto antiproiettile. Amber lo indica. «Chi diavolo è quello?»

«Questo signore è un membro delle forze di sicurezza di Task» afferma Nick il viscido. «Un ex Blackwater, è stato assunto dopo aver lasciato l'Iraq. È qui nel caso provassi a fare qualcosa».

«Nel caso io...?» vorrebbe urlare, dare un pugno a qualcuno, strappare la pelle arancione dal viso di Nick il viscido. «Non l'ho baciato io. Mi ha baciata lui».

Nick ride. «Questione di grammatica».

«È uno scherzo?»

«No» dice Nick. «Ma è piuttosto divertente».

«Ehi, tizio della sicurezza». Amber si gira verso la guardia. «Sei leale? Geoff Task ti tratta da pari? Come uno di famiglia?» Gli si avvicina, si prepara per uno sfogo alla Kevin. «Oppure ti è impossibile dimenticare che è lui il tuo padrone? E quando tutta la merda verrà a galla, tu e i tuoi amici organizzerete un colpo di stato, prenderete possesso di questa proprietà e lo arrostirete sulla fiamma viva?»

Il bestione con il giubbotto antiproiettile non dice nulla. Gli trema un occhio. Difficile dire cosa significhi, ma Amber se ne va. Corre su per le scale, alla biblioteca. Sente Nick, Adam, la guardia di sicurezza e la troupe televisiva dietro di lei. Darà la caccia a Geoff Task e lo farà confessare, davanti alla telecamera.

La biblioteca è vuota. Silenziosa. Così lussuosa che la vorrebbe far saltare in aria.

«Non c'è». Nick riprende fiato. «Lui e Tali hanno preso l'aereo per un'altra delle loro proprietà stamattina presto. L'isola privata nelle Isole Vergini britanniche. O forse quella delle Hawaii? O quella nella Manica».

Amber immagina Geoff su un jet, che taglia le nuvole. Stronzo infingardo.

«Speravo che avremmo girato nella Manica» borbotta Nick. «Lì ha un castello».

Amber prende a calci il muro, rovinando la vernice. Poi ribalta i cuscini del divano e frantuma i bicchieri di mezcal che sono ancora sul tavolo. Butta giù i libri dalla scrivania: tutta quell'ispirazione neoliberista si schianta a terra.

Eccola. Sopra la scrivania di quercia. Mentre la guardia di sicurezza fa un balzo verso di lei, Amber strappa la telecamera dal muro.

Poi si ritrova le braccia strette dietro la schiena e la guardia di sicurezza le sussurra all'orecchio: «Non costringermi a darti un assaggino del taser, ragazzina».

Le telecamere *MarsNow* impazziscono.

«Ieri sera mi avete filmato senza il mio permesso» dice a Nick, mentre si dimena tra le braccia della guardia. «Non ho mai...»

«Hai almeno letto il contratto che hai firmato?» Nick apre l'armadietto dei liquori. «Abbiamo il permesso di filmarti in ogni momento, anche a tua insaputa».

«Lo sapevi?» si rivolge ad Adam. «Che possono filmarci in qualsiasi momento?»

«Ovviamente. Non hai letto il contratto?»

«Tu l'hai letto? E l'ha firmato comunque?» Lei lo fissa. «Quindi c'è qualche scappatoia? Una via d'uscita? Potremmo fare causa...»

«Niente scappatoie, tesoro». Nick il viscido stappa il mezcal.

«Non è da te, Adam». Amber cerca di liberare il braccio dalla presa dalla guardia di sicurezza. «Non l'avresti mai firmato...»

«L'ho firmato per *te*» dice Adam. «Perché volevo stare con te».

Amber si libera. «Non è vero».

«Pensavo di aver finalmente incontrato qualcuno che mi capiva» fa Adam. «Non mi lego facilmente alle persone. Lo sai».

«Va bene, ma...»

«È stato straordinario per me comunicare in modo così aperto» continua Adam. «Non sono mai stato con nessuno e pensavo che questa fosse la mia opportunità...»

«Cosa vuol dire che non sei mai...»

Adam arrossisce e si volta.

«Aspetta, vuoi dire...?» Lei scuote la testa. È questo il motivo per cui non voleva andare a letto con lei? «Ma tu hai... voglio dire, *fisicamente...*»

«Quando ho lasciato la mia comunità, non avevo mai visto un film o una televisione» dice. «Avevo letto solo libri sacri. Non ne avevo idea. Non avrei saputo neanche dove mettere le braccia e le gambe...»

«Adam». Vorrebbe premergli il palmo della mano sulla bocca, salvarlo da questa mortificazione davanti alla telecamera. «Smettila».

Lui si siede sul divano, si tiene la testa tra le mani. «Sono stato con altre donne, più o meno, ma mai...»

Amber cade in ginocchio. «Mai?»

Lui scuote la testa.

Gattona verso di lui, sopra i detriti della sua distruzione.

«Be', hai imparato un sacco». Cerca di catturare il suo sguardo. «Sei bravissimo con le dita».

«Ho letto dei manuali».

«Penso che saresti bravo». Gli prende le mani. «E di sicuro mi farebbe piacere provare. Comunque non è che io sia così esperta. Ho molto da imparare anche io».

«Oh Signore». Nick beve il mezcal dalla bottiglia. «Grazie. *Grazie.* Non avremmo potuto sceneggiarlo meglio. Il Vergine Patetico e Solo, abbiamo cercato di tirartelo fuori per tutta la stagione».

«È per questo che lo avete scelto?» fa Amber. «Perché vergine?»

«Capisci in fretta, testolina che sei».

«Vaffanculo, Nick».

Le vibra il telefono. Un numero di Los Angeles.

«Rispondi» dice Nick. «Hai già infranto così tante regole».

Amber risponde e qualcuno di nome Stefan dice di essere un esperto di gestione delle crisi. «Ho lavorato con Martha Stewart». La voce è profonda e strascicata. «Che ora ha più successo che mai».

«Non ho bisogno...»

«Non cercare di limitare i danni da sola» dice la voce. «Gli scandali sessuali sono particolarmente difficili per le donne, molto meno perdonabili della frode, dell'intralcio alla giustizia e del carcere di Martha. Ma posso aiutarti».

«Uno scandalo sessuale? *È lui* che è sposato».

«So per certo che Geoff Task aveva già parlato con varie "fonti" di "People" e TMZ, dicendo che Talia Annabelle Lorne è un po' una rottura di palle: gli fa mangiare cibi salutari molto strani, lo sapevi? Non c'è da meravigliarsi che abbia ceduto un attimo. E non dimenticare che possiede tredici stazioni televisive e quarantotto stazioni radio, oltre al "LA Times". C'è anche il fatto che sei nota per essere abbastanza... esperta».

Amber riattacca. Entra su Facebook, Instagram e Twitter. Vede che le sue pagine sono ricoperte da migliaia di emoji di granchi – a insinuare che abbia una malattia sessualmente trasmissibile? – insieme agli insulti degli uomini: *muori, troia, ucciditi* e *mostraci le tette*, messaggi allarmanti da ragazze adolescenti – *ti ammiravo*! – e persone di ogni età, background e genere che le urlano in maiuscolo:

COME HAI POTUTO FARE QUESTO AD ADAM, BRUTTA PUTTANA???

NON CREDO PIÙ NELL'AMORE

HAI UCCISO GLI A AL QUADRATO, SEI UN'ASSASSINA!!!!!!!

E quando cerca il proprio nome su Google, il primo risultato è un articolo di BuzzFeed che dichiara che Amber Kivinen è *La donna più odiata al mondo*.

Al buio, mi sballo alla grande e guardo la pomiciata di Amber e Mister Coglione in loop. Rispondo alle chiamate di «Us Weekly» e altri tabloid, che mi chiedono un commento sulla situazione. Un ragazzo di TMZ dice: «Amico, capiamo come stai. Ti senti tradito? Cinquemila dollari ti farebbero stare meglio?»

«Vuoi che svenda qualcuno che amo da quattordici anni per cinquemila dollari?»

«Va bene, ho diecimila dollari americani con il tuo nome sopra, se ci concedi un'intervista esclusiva e cinque foto private di Amber».

Riaggancio, giusto in tempo per ricevere una chiamata dalla Vivid Entertainment. L'offerta: centomila dollari per un mio video mentre faccio sesso con Amber. O di Amber che fa sesso con chiunque altro. Di Amber da sola?

«I nostri sex tape non sono in vendita!» urlo al telefono, perché mi sembra meno imbarazzante che ammettere che non abbiamo mai pensato a registrarci mentre facevamo sesso. Ovviamente, mentre sto urlando quella frase, Bronwyn entra. Ha sentito dell'"incidente" quindi è uscita presto dal lavoro per vedere come me la sto "cavando".

«Benissimo». Lancio il telefono dall'altra parte della stanza e chiudo il portatile. «Perché non dovrei? Non stiamo più insieme».

«Prendiamo un po' d'aria». Alza le tende oscuranti e apre una finestra. «Lo so che ci vuole tempo per elaborare la perdita».

«Quale perdita? Tanto per cominciare Amber non è mai stata di mia proprietà». La mia strategia era quella di darle libertà, e guarda dove mi ha portato. Eppure, anche lei ha dato libertà a me.

Mi ha lasciato solo con la mia erba e la mia tristezza, non mi ha costretto a parlare di *come mi sento* o di *cosa farò con la mia vita*. Ci siamo dati reciprocamente privacy. «Non voglio parlare di Amber. Ho superato Amber. Da un pezzo».

Non riesco a respirare.

«Mi sono presa il resto della giornata libera» dice Bronwyn. «Perché non facciamo qualcosa? Ti va di andare a Kits Beach? O a English Bay».

«Queste cose le fa la gente normale».

«Esatto». Mi solletica le costole. «E noi siamo gente normale. Potremmo fare cose».

Questa cazzo di ossessione canadese per la vita all'aria aperta. Là fuori la morte impazza. Ovunque guardi i vermi vengono tagliati a metà dalle ruote delle biciclette, i ragazzi ubriachi cercano la rissa, gli uccelli canterini vengono inghiottiti dai gatti, l'inquinamento atmosferico decima il tessuto polmonare.

«Fare cose, andare in posti» dico. «Che idea rivoluzionaria».

«Andiamo, Kev». Bronwyn si alza e mi tira la mano. «Facciamo i rivoluzionari».

«Oppure potremmo... non farlo. Non fare nulla».

«Non piove nemmeno». Si mette la giacca. Va alla porta e resta lì sorridente, con un'aria tutta carina e gentile. «Vedi? Possiamo semplicemente attraversare questa porta. Possiamo fare quello che vogliamo». È la personificazione della bontà. «Siamo davvero vivi, lo sapevi?»

Ma un pensiero mi è entrato in testa. *Se* Amber *è la donna più odiata al mondo*, mi dice il mio cervello malato, *allora Amber verrà eliminata*. Amber tornerà a casa.

Bronwyn è sulla soglia e mi offre il mondo.

Ma questo mondo non mi fa più sentire a casa, quindi dico: «Mi dispiace, Bron, non posso. Devo fare una chiamata».

C'è già un thread su Reddit chiamato Amber K Super Troia dedicato ai video di vendetta deepfake, in cui il volto di Amber è sovrapposto al corpo di una pornostar che subisce uno stupro di gruppo e finge di divertirsi. Il viso di Amber è coperto di sperma. La voce di Amber è sostituita da quello che sembra un maiale che strilla, terrorizzato, mentre viene mandato al macello.

Amber, la vera Amber, si trova sulla scala a chiocciola fuori dalla biblioteca e stringe il telefono: vuole gettarlo dalla finestra della torre e guardarlo schiantarsi a terra, ma non riesce a smettere di scrollare tutti quei post pieni d'odio.

Arriva un messaggio da Pichu: *Hai baciato Geoff Task? Com'è stato??*

Noioso. È un pessimo baciatore: fa tutto un movimento invadente con la punta della lingua.

Ewwww. I ragazzi insicuri sono molto invadenti. Be', è comunque una bella storia.

Una bella storia. Solo che la sua vita è finita. Ha sicuramente perso la competizione. Non andrà su Marte. E ha perso Adam. Allo stesso modo in cui ha perso Kevin.

È esausta. Stanca di sé stessa.

Poi sente una voce come quella di Dio stesso: *Andiamo, ragazzina. Ti ho forse cresciuta come una che molla?*

Ecco. Ovviamente. Chiamerà la persona più tosta che conosce. Chiama casa dei suoi genitori e ascolta il telefono squillare... visualizza quel dannato telefono fisso che trilla e trilla. Alla fine lui risponde.

«Papà, hai visto? Mi dispiace tantissimo, papà».

«Oh, tesoro». È sua madre. «Tuo padre non è a casa in questo momento. Ma io ho visto. Forse è una benedizione, tesoro mio».

«Cosa vuoi dire con papà non è a casa? Lo show è appena andato in onda».

«Non lo guarda, tesoro. Trova troppo stressante vedere la sua bambina lassù, quindi va a fare una passeggiata».

Amber sente che l'ossigeno le abbandona il petto. Non guarda lo show? Qualche mese prima l'aveva chiamata vichinga e brindato al suo successo, e lei non era riuscita a comprendere perché fosse così facile per lui perderla. Ma ieri sera ha capito: se riuscirà ad arrivare su Marte, sarà di nuovo la sua piccola vincitrice. La sua campionessa. La sua ragazza da medaglia d'oro.

«Sai quanto è sensibile» dice sua madre. «Gli racconto io cosa è successo quando torna a casa. Come dite voi ragazzi? Gli faccio gli spoiler».

«Mamma, ho bisogno di parlargli. Non so cosa fare».

Penso che tu non debba fare niente, tesoro. Ricordi come hanno ridotto quella povera Britney Spears? Era semplicemente una dolce ragazza battista...»

«Quindi dovrei stare seduta qui e accettarlo?» Quando è stata l'ultima volta che hanno parlato? Una vera conversazione. Amber non sopporta la voce tremante e infantile di sua madre. «Non tutti possiamo permetterci il lusso di non fare niente, mamma. Di non prendere mai una sola decisione. O dovrei fare come hai fatto tu? Sposarmi e spegnere il cervello?»

«Amber, so che sei sotto stress...»

«E non dirmi di pregare. Non dirmi di mettermi nelle mani nel Signore, mamma, che mi girano le palle».

«Amber, che linguaggio abietto...»

«E non era *abietto* quando papà mi ha rinnegato e tu eri d'accordo con lui? Un anno e mezzo, mamma». Non hanno mai parlato dei mesi in cui Lydia non rispondeva alle chiamate di Amber, nemmeno alle email. «Almeno posso rispettare la rabbia di papà. Almeno lui aveva le palle».

«Ho dei rimpianti». La voce di sua madre si abbassa. «Non ho sempre fatto la cosa giusta...»

«Non ho bisogno della tua confessione. Ne ho fatte, abbastanza, mi bastano per tutta la vita».

«Ho pregato... è stato un momento difficile per me...»

«Difficile *per te*? È difficile questa conversazione? Ti verrà il mal di testa e resterai a letto per tre giorni? Le tue emicranie erano sempre così opportune».

«Pensi che fingessi di avere mal di testa?»

«Penso che tu sia debole».

«Certo, tu invece sei perfetta».

«Scusa?»

«Ho pregato affinché le mie figlie amassero il Signore Gesù Cristo come faccio io, ma dal momento che non posso controllare cosa c'è nel tuo cuore, speravo che ti attenessi a un unico valore».

«La sottomissione?» Amber ricorda sua madre che gattonava in giro per la cucina, strofinando i pezzetti di marmellata caduti dal pane tostato di suo marito e poi induritisi sul pavimento.

«La beneficenza. Speravo che avresti trovato un significato nella generosità».

«Puoi riferire a papà che ho chiamato?» è tutto ciò che Amber può fare per non scagliare il telefono contro il muro. «Devo andare».

«Sei là in tv adesso e non vedo altro che avidità» dice sua madre. «Tutto quello che vedo è qualcuno che vuole, vuole e vuole».

Quando Bronwyn se ne va, probabilmente per sempre, mentre il mio portatile riproduce in loop il gesto con cui Mister Coglione Miliardario ha fatto scivolare la sua mano pallida dal collo di Amber al seno, accedo a Skype. Ecco qua, il mio momento da film, il mio atto eroico. Mi riprenderò la mia ragazza.

Isn't it ironic, come direbbe Alanis Morissette? Sono qui a chiedermi se Amber abbia avuto rapporti sessuali con una mini quiche che ha guadagnato miliardi scrivendo algoritmi che violano la privacy, e la mia soluzione è usare un software di cui lui ha probabilmente finanziato l'avviamento. Forse non importa se è andata a letto con lui, perché chi di noi non è stato ignorato, sedotto, e poi preso per il culo alla grande da quei ragazzi della Silicon Valley, quelli che apprezzano con tutto il cuore «l'ottimizzazione dei clic» e la «promozione del coinvolgimento»? Quelli che trasformano i nostri corpi e i nostri spiriti in metadati; i soli che traggono profitto dalle nostre endorfine e dalla nostra dopamina; quelli che ci promettono un futuro senza carta e senza attriti, dando intanto carta bianca ai neonazisti sulle loro piattaforme; quelli che usano i loro stipendi gonfiati per andare ai tropici a prendersi delle vacanze disintossicanti dalla tecnologia e iscrivono i propri figli alle scuole Waldorf, assicurandosi al contempo che il resto di noi rimanga dipendente dalla nostra stessa schiavitù?

Non li lascerò vincere.

Se riesco a salvare Amber, se riesco a convincerla a lasciar perdere queste stronzate e tornare a casa, forse potrò credere di nuovo nell'umanità. Forse potrei vivere in questo mondo – di teorie complottiste e di disastri petroliferi, di dissidenti incarcerati e deforestazioni, epidemie e tubi di scappamento. Forse posso trovare qualche parvenza di speranza. Forse posso salvarmi.

Respirando affannosamente, prendo il telefono e trovo Amber tra i miei contatti.

Passo il dito sull'icona del suo viso. Ho un obiettivo: la fine.

Sbatte la fronte contro il muro, che fortunatamente è fresco e inflessibile.

Da bambina guardava la vetrata della chiesa, quella raffigurante la fine del mondo: fiamme, carne che brucia, anime risucchiate verso il cielo come da un aspirapolvere. Essere cattivi significava essere condannati; essere buoni significava essere salvi. E ogni singola azione e ogni singolo pensiero venivano scritti nel registro di Dio. Essere cristiani era come essere famosi, non potevi mai farla franca.

Sente dei passi sulle scale: un altro cameraman, probabilmente. Un ragazzo la sta filmando dall'alto, ma devono riprendere il suo crollo da ogni angolazione.

«Ehi, c'è Nick lassù?» Quella stronza di Tamiko. «Abbiamo in programma di fare alcune riprese aggiuntive».

Amber sbatte di nuovo la testa contro il muro. «Stai scherzando?»

«Sei ancora nello show, no?» Tamiko ride: c'è sempre una prima volta. «Solo che ora sei la cattiva».

Amber vorrebbe spingerla giù dalle scale a chiocciola. «Ti stai divertendo».

«Sbagli. Penso che sia assurdo». Tamiko si appoggia al muro. «Se Adam non ti soddisfa sessualmente, devi rettificate la cosa in modo aperto e chiaro».

Amber sbatte di nuovo la fronte.

«A mio marito piace guardarmi fare l'amore sia con uomini che con donne» dice Tamiko. «Forse tu e Adam trarreste beneficio da uno stile di vita alternativo».

«Tu sei sposata?»

«Con l'amore della mia vita».

«E a lui va bene che tu vada su Marte?»

«Ci diamo a vicenda assoluta libertà».

«Buon per te». Amber sbatte di nuovo la testa contro il muro. «Credo».

«Ok, ora basta». Tamiko raggiunge Amber e la allontana dal muro. «Ti farai un livido e si vedrà in HD».

«Perché sei gentile con me?»

«Perché so cosa vuol dire essere odiata da milioni di persone». Tamiko sistema i vestiti di Amber, poi la riporta in biblioteca. «E non penso che una donna dovrebbe essere punita perché ha un corpo».

Ascolto quel *doo-wop doo-wop* stonato di Skype, pregando che risponda. Ma non è il suo volto ad apparire. È quel sosia di Ryan Seacrest.

«Gesù ci ama!» Sta ghignando. «Continuate a girare, ragazzi. È l'altro tuo fidanzato, bambolina».

Le lancia il telefono e mi viene la nausea mentre volo per aria.

«Non farmi sentire in colpa». I capelli e gli occhi di Amber sono sconvolti. «Sono già abbastanza nella merda».

«Hai baciato quel cazzone?» Non intendevo lanciarmi in questa cosa; volevo, per una volta, conservare un contegno, esprimere le mie ragioni con equanimità. «Ci hai scopato?»

«Che schifo, no, non ho scopato nessuno. E mi ha baciato *lui*».

«Ok, ma hai lasciato che un miliardario idiota, una mente malvagia, praticamente artefice unico del nostro moderno incubo tecnologico, *mettesse la sua lingua dentro la tua bocca*».

«Sei fatto?» Sembra che stia per piangere. «Ecco, sei sempre fatto».

«E tu invece continui a parlare di come l'*umanità* abbia mandato in rovina il mondo. Di come siamo responsabili della crisi ecologica. Non è l'umanità, Amber. Sono *esseri umani specifici*. Sono i miliardari e i loro amici azionisti e i politici che ci vanno a braccetto».

«La smetti? Per favore? Sei sempre arrabbiato, tutto il tempo, e mi dispiace ma sei noioso...»

«Noioso? Perché vedo le cose come stanno? Perché osservo la realtà?»

«Ma davvero? Dal tuo comodo posto sul divano?»

«Quella villa in cui ti trovi adesso? È il suo rifugio per quando il mondo finirà. Il suo nascondiglio da riccone».

«Lo so». Lei mi fissa, con gli occhi spalancati e umidi. «Ho trovato il bunker la notte scorsa...»

«Vedi? Sapevo che non credevi alle sue stronzate. Sai che gestisce il mondo con la sola intenzione di estrarre ogni granello di informazione, ogni risorsa, ogni dollaro. Lo sai che ci governa come schiavi».

«Kevin...»

«Eppure l'hai baciato. Hai detto le parole *ti ho sempre voluto*. Mi viene da vomitare».

«No, non l'ho fatto». Si siede più dritta. «Non ho mai detto quelle parole».

«La tua voce le ha dette in tv, Galeotta».

«Io non...» Distoglie lo sguardo. «Nick? Non ho detto nulla del genere».

«Dici davvero Amber?» Mi sporgo in avanti. «Sei sicura?»

«Certo che ne sono sicura. Non lo voglio. Non l'ho mai voluto. È solo che *era lì*».

«Oh, Cristo». Mi sento così stanco. «È difficile essere il tuo ragazzo, a volte».

«Voglio dire, non era *previsto*. Non l'ho sedotto. Mi piace molto Tali».

«Talia Annabelle Lorne?» Non riesco a trattenermi. «È così carina?»

«Oh, Kev, è pazzesca. Vorrei che potessi incontrarla».

«Possiamo chiarire una cosa?» È FirstMan34 che si intromette. «Questa persona è il tuo ragazzo?»

Come se la cosa non gli piacesse. Come se non stesse inseguendo Amber esattamente per questo motivo: poter competere con infiniti uomini per poi decimarci uno per uno e dimostrare il suo status di alfa.

«Adam» dice Amber, «è una situazione davvero pesante e...»

«Ha appena detto che è il tuo ragazzo. E ho avuto l'impressione...»

«Oh, falla finita, FirstMan34» dico. «Esatto, so chi sei. So che è più di un anno che cerchi di fregarmi la ragazza».

Una stupida vena virile gli pulsa sulla fronte. «Devi scegliere» dice ad Amber «O lui, o io».

«Zio, è un brutto dialogo» dico. «E comunque si può amare più di una persona alla volta, quindi magari smettila di fare lo stronzo fascista».

«Va bene, Kev, adesso basta» dice Amber.

Ma ho appena iniziato. «Forse tutto questo atteggiamento è il problema, FirstMan34. Vuoi una cosa tutta per te? Pensando che puoi *possedere* tutto, compresi gli altri esseri umani. Non è questo il motivo? Per cui c'è una crisi di rifugiati e il pianeta sta morendo? Perché i ragazzi vogliono sempre avere tutto per sé?»

Di nuovo la faccia di Amber. «Kevin, smettila». Porta il telefono vicino alla bocca e sussurra: «È vergine».

Dovrei ridere?

«L'ho appena scoperto anch'io. Sarà nella prossima puntata. Non è un grosso problema».

«Davvero?»

«Davvero».

«Va bene, ascolta. Ti odio un po' meno, adesso, FirstMan34. Quindi ti dirò una cosa». Ma che diavolo sto facendo? Sto andando verso *la fine*, ma in qualche modo ho preso una deviazione. «Amber, forse non hai mai detto le parole *ti ho sempre voluto*, o almeno non le hai dette in quel momento, o in quell'ordine. Si chiama frankenbiting. Nei reality lo usano sempre. Potresti aver detto *Ho sempre voluto andare su Marte*, no?, e poi hanno modificato il sonoro per adattarlo alla storia che avevano già scritto».

Riesco a sentire la risata stridula di Nick-Ryan Seacrest in sottofondo. «Notizia FLASH! I reality non sono reali al cento per cento».

«Ma perché?» dice Amber. «Solo per fare audience?»

«I giapponesi ci hanno messo qualcosa come ottocentoquaranta milioni». Mr Attento-al-Budget Seacrest ingolla alcol alla bottiglia. «Quindi Tamiko andrà su Marte».

«Lo trovo offensivo». La voce di Tamiko. «Se vinco, sarà grazie ad abilità e intelletto superiori».

«E Adam è ebreo» dico. «Questo è un problema, la gente ancora crede negli Illuminati. E Logan ha quel look da suprematista bianco, da eroe americano. Ovviamente lo vogliono a bordo».

«Esatto» afferma Mr Attento-al-Budget Seacrest. «E non c'è niente che tu possa fare al riguardo perché il tuo contratto prevede una clausola di riservatezza ermetica». Si appoggia ad Amber e il suo viso sudato occupa metà dello schermo. «Ed è meglio che non dici niente neanche tu, Ex Fidanzato Triste... o ti faremo causa fino all'oblio». Poi ridacchia: forse è un tantino brillo. «A proposito, questo è lo stesso Ex Fidanzato Triste che ci ha detto che hai problemi con la figura paterna».

«L'hai detto tu? Che ho *problemi con la figura paterna*?»

«Perché, non è vero?» Mi avvicino allo schermo. «Amber, sta solo provando a distrarti».

«Tecnicamente non hai più problemi con la figura paterna» afferma Mr Attento-al-Budget Seacrest. «Li possediamo noi. Possediamo tutto il tuo passato. Hai firmato anche quello».

«Possedete il suo passato?» Potrei vomitare. «Come è possibile?»

«Non ho bisogno del mio passato. Il mio passato è un disastro». Amber sembra sconfitta. «Perché non hanno semplicemente truccato il voto se volevano eliminarmi? Invece di rovinarmi pubblicamente la vita?»

«Non possono truccare il voto» dico. «Credimi, tutto quello che ho fatto in questi mesi è sviluppare un'ossessione per lo show. Non possono semplicemente mandare chi vogliono su Marte. I giochi a premi sono regolati da leggi molto severe».

«Istituite negli anni Cinquanta» conferma il sosia di Seacrest.

«Esattamente». Sospiro. «È la democrazia nella sua forma migliore: le persone hanno voce in capitolo».

«Ma guarda un po', non è bellissimo?» dice Amber.

«Quindi hanno dovuto dare una spintarella» dico. «Per manipolare. È come la Brexit, un broglio elettorale. È l'equivalente televisivo dei bot russi o delle pubblicità di Trump su Facebook. Tutte bugie, fake news».

«Interessante ma non mi aiuta».

«Aiuta in cosa?»

«Ad andare su Marte».

La guardo attraverso lo schermo. «Vuoi ancora andarci?»

«Sono la persona più odiata sulla Terra, quindi sì, voglio ancora andarci».

«Gesù Cristo, Amber. Quel cretino, quello che ti ha palpato, ti sta mandando lì a morire». Quanto tempo ho per provare a convincerla? Quanto tempo mi rimane per cercare di salvarle la vita? «Per favore. Torna a casa e basta».

«Non posso». Tiene il telefono troppo vicino al viso; vedo solo i suoi occhi iniettati di sangue e la parte superiore della fronte. «Non posso, Kevin. Io...»

Sta piangendo. Amber Kivinen sta piangendo.

«Galeotta, Marte non ti vuole. Marte è un ambiente ostile. Io invece ti voglio».

«Mi dispiace» singhiozza. «Mi dispiace tanto».

«Ricordi quando ci siamo trasferiti a Vancouver? Quanto eravamo felici? Che era *verde da fare male*?»

«Non posso tornare indietro, Kevin. Non ho alcuna speranza. Non più, da molto tempo».

«Anch'io sono senza speranza! Ecco perché andiamo d'accordo».

«E non posso continuare a farti del male. Non...» Poi sembra scioccata. Come se si rendesse conto di cosa sta succedendo, di cosa sta facendo, nonostante non abbia intenzione di fare nulla di tutto ciò. «Non voglio più farti del male. No».

Se lo permettessi, si aprirebbe un rubinetto e le lacrime mi scenderebbero sul viso.

«C'è qualcosa di profondamente sbagliato in me». Si asciuga gli occhi. «Non so cosa, ma io sono sbagliata».

«Non sei sbagliata» dico.

«Sono egoista».

«C'è ancora tempo». Non posso credere alle parole che escono dalla mia bocca. «La gente voterà per tutta la settimana».

«Non ho intenzione di umiliarmi. Non presenterò false scuse da celebrity».

«Vuoi davvero andare su Marte? Con quel FirstMan34 senza senso dell'umorismo?»

Lei annuisce, si asciuga il moccio dal naso.

«Allora fai qualcosa».

«Cosa?»

«Lo scoprirai». Ricordo quei ritagli di giornale che conservavo di nascosto nel mio taccuino quando eravamo adolescenti. Foto di Amber che spiccava il volo al volteggio, libera. «Ti conosco, Galeotta. Sei una stella».

Il viso di Kevin si blocca, poi svanisce. E lei sta piangendo, in diretta tv. Non si è mai sentita così brutta.

Ma non si è neanche mai sentita così importante. Così osservata. *Dio vede tutto*. E ora anche il mondo l'ha vista nella sua forma peggiore. Tutti hanno ascoltato il suo cuore e ne hanno sentito il battito doloroso: *voglio, voglio, voglio*.

Non ha niente da perdere.

«Loro hanno le telecamere» dice rivolta ad Adam. «Ma anche noi».

«Oh, Super Amber ha un piano?» Nick il viscido è disteso sul pavimento, culla tra le braccia una seconda bottiglia di mezcal di lusso. «Super Amber salverà la situazione?»

Apre EyeSite, quella piattaforma social sfigata che nessuno usa. Sarà ancora più dolce usare la sua stessa azienda per sconfiggerlo.

«Inizierai a frignare *#metoo, #metoo*?» farfuglia Nick. «Gesuuuuuuù».

Le ci vogliono tre tentativi per ricordare la password e accedere. Una volta dentro, fa clic su *Condividi il tuo dramma* e lo schermo diventa un videoregistratore.

«Pronto?» dice.

«Pronto» fa Adam.

Tiene il telefono in modo che lei e Adam, con gli occhi strabuzzati e i volti rigati di lacrime, riempiano lo schermo.

«Vogliamo mettere le cose in chiaro. Vogliamo essere sinceri con voi, i nostri fan» dice. «Siamo nella biblioteca di Geoff Task, nella sua casa che chiama l'Arca, probabilmente perché intende ritirarsi qui quando il mondo intero – l'ambiente, le organizzazioni sociali, lo stato di diritto, le case, i sistemi alimentari – crollerà». Prende il libro che lui le ha mostrato la sera prima, lo tiene davanti allo schermo. «Questa è la tua bibbia, Geoff? Invece di leggere spazzatura come questa, perché non paghi le tasse anche tu? Magari il mondo non crollerebbe, tanto per cominciare. Poi non avresti bisogno di una squadra di sicurezza. Né di un fossato».

Adam le batte sul ginocchio; è andata fuori tema.

«Conosco le organizzazioni gerarchiche e ciò che è accaduto in questa stanza non è stato etico» afferma Adam. «C'è un'enorme discrepanza di potere tra Amber e Geoff Task. Lui è, a tutti gli effetti, il suo capo».

«Ero confusa, perché volevo davvero piacere a Geoff Task. Ed ero un po' alticcia perché avevo mangiato a malapena e lui mi ha dato dell'alcol».

L'occhio da ciclope della telecamera la fissa, ordinandole di confessarsi. Dimentica il peccato di Geoff Task. Dai loro la tua anima.

«Va bene, ascoltate». Si sistema i capelli dietro le orecchie. «Ho lasciato che mi baciasse. L'ho baciato anch'io. Ed è andata avanti per un po'». Lancia uno sguardo ad Adam. «È stato disgustoso, ma mi è anche piaciuto: mi sono sentita speciale e tipo... potente». Prende fiato. «Ragazzi, vi sentite mai così? Così terribilmente patetici e spaventati? Come se non foste niente? Inutili e deboli, come se all'universo non importasse di voi. Ma poi qualcuno vi vuole, e per tipo cinque secondi vi sentite bene? Visti e forti e meritevoli?»

«Ciò che conta davvero» dice Adam, «è che i tentativi di diffamare Amber non cambieranno nulla tra noi due. Siamo ancora *A al quadrato*». Le prende la mano. «Siamo una squadra e questo significa praticare il perdono radicale. Pratichiamo l'amore radicale».

Lei sta piangendo di nuovo, gli stringe la mano. Perdono radicale. L'ha desiderato per tutta la vita.

«E abbiamo un obiettivo» dice lui. «Completare la nostra missione».

«Arrivare su Marte».

Si girano l'uno verso l'altra e si baciano.

Questa è probabilmente la fine. Ma anche un inizio. *Non sono fedele a niente*. Una volta era vero, ma ora è lì per vincere. E qualunque cosa la attenda in futuro, lei e Adam saranno lì insieme.

Lei carica il video e si abbracciano. Dopo un'ora, hanno più di un milione di visualizzazioni.

#amoreradicale rimane in tendenza per tutta la notte.

Una settimana dopo che Amber ha baciato il Coglione con la C maiuscola. Stasera: puntata speciale di due ore per la finalissima, in parte girata a Dallol, Etiopia, il luogo più caldo della Terra. Il sole brucia, il calore ribolle dal suolo attraverso l'attività vulcanica, il terreno è ricoperto di depositi minerali luminosi e vorticosi: sembra un pianeta diverso da quello che conosco. Sembra il futuro.

Anche Amber sembra diversa. Le hanno fatto qualcosa ai capelli. Sono più lisci, più lucidi, più addomesticati. E le hanno fatto qualcosa al viso per farlo sembrare meno aperto, meno naturale. Meno. Indossa una tuta intera con il logo *MarsNow* sul cuore. Quando corre nell'aria calda, la tuta fa risaltare i suoi muscoli snelli e sodi.

Sulla coscia sinistra ha un neo scuro e in rilievo: un cerchio perfetto, un pianeta incontaminato nella galassia della sua gamba flessuosa. Non riesco a vederlo in tv, ma io so che è lì.

Quattordici anni insieme e lei mi scarica su Skype. Perché la tragedia è così banale? Film e libri mi avevano fatto credere che la vita fosse, se non emozionante e bella, almeno narrativamente gratificante. Ma quando mio zio mi ha chiamato da Thunder Bay per dirmi che la mamma era morta, è stato così banale: un'emorragia gastrointestinale dovuta all'uso prolungato di ibuprofene e antidepressivi. Sul serio? Mia madre è morta perché non ha notato piccole quantità di sangue nelle feci, quindi non è riuscita ad andare in tempo da un medico, quindi è morta perché ha preso l'Advil. Non c'è nulla di catartico in questa storia.

Ma Kev, potrebbe dire Amber. *Tutto accade per una ragione.*

Ricordo di aver riattaccato il telefono e di essermi girato verso di lei. «Mia mamma è morta».

All'inizio Amber aveva riso. «Aspetta, dici sul serio?» Poi si era seduta accanto a me, mi aveva messo il braccio intorno alle spalle e io avevo capito che la sua forza poteva tenermi insieme. Volevo anche che se ne andasse, così avrei potuto mettermi a piangere.

L'inquadratura cambia e ci troviamo nello studio di Los Angeles. I quattro concorrenti rimasti sono sul palco e indossano le tute: Amber, FirstMan34, Tamiko e Logan. Una coppia verrà scelta per andare su Marte, una coppia mandata a casa. È una regola non ufficiale che Amber e Adam siano una squadra, Tamiko e Logan un'altra. La gente tra il pubblico in studio fa il tifo. Alzano dei cartelli: *Team Tamiko! Adam e Amber x sempre!*

«Stasera due di voi diventeranno campioni». Bridget fa il broncio con le labbra gonfie. «E due verranno eliminati».

Musica minacciosa e martellante. Un montaggio di vecchie scene dello show viene proiettato su un enorme schermo dietro di loro: tante corse e sudore, abbracci e singhiozzi.

«Come vi sentite?» chiede Bridget.

«Mi sento bene» dice Logan. «Pronto per andare».

Tamiko sta eseguendo una sorta di respirazione yogica.

Amber stringe la mano di Adam. «Siamo pronti» dicono all'unisono.

L'astronauta Dirk Riley sale zoppicando sul palco tra grandi applausi e si rivolge ai concorrenti. «Tamiko, la tua intelligenza e abilità sono straordinarie: sarei onorato di averti nella mia squadra. Logan, il tuo comportamento calmo e concentrato è la qualità più essenziale di un futuro Marzionauta. E Amber, Adam, non ho parole per dirvi quanto apprezzo il vostro fronte unito. Chiunque vada su Marte dovrà contare su un legame affettivo preesistente e stabile».

«Come sapete, è tutta la settimana che contiamo i voti» dice Bridget.

«Le persone hanno telefonato e si sono registrate da tutto il mondo, e dai loro voti abbiamo scoperto chi vogliono o non vogliono vedere su quell'astronave per Marte».

Tifo. Musica martellante.

«Ora è il momento» dice Bridget. «Stiamo per scegliere il nostro team *MarsNow*. I nostri Marzionauti».

Interruzione pubblicitaria.

Vado a prendere la pipetta di vetro, quella che una volta era del colore dei capelli di Amber, poi ricordo che è scomparsa: tutto e tutti scompaiono. Utilizzo la scomoda sostituta che ho ordinato online. Riempio il fornello con l'erba acquistata, la accendo e poi inspiro come se stessi respirando l'ossigeno più puro.

Ciò che la maggior parte delle persone non capisce è che l'erba non è una pianta o una droga o un'abitudine. È una destinazione, un luogo verso cui viaggiare. Un posto tra veglia e sogno, tra vita e morte. Potrei trascorrere lì il resto della mia vita. E lo farò, se Amber andrà su Marte. Perché, d'altra parte, chi mi biasimerà? E chi mi fermerà?

Poi eccoli che tornano. Odio quella musica di *MarsNow*, quindi disattivo l'audio.

Adam e Amber chiudono gli occhi – forse stanno pregando – e Bridget pronuncia delle parole. Panoramica sul pubblico, poi primo piano sulla faccia impietrita di Tamiko, lo choc devastato di Logan. Adam e Amber si abbracciano così forte che sembrano leoni intrecciati nella lotta.

Il pubblico è un mare di bocche aperte. Urla silenziose.

Seconda stagione
MarsNow adesso sì

Il giorno del lancio inizia con Leslie Dabrowski, direttrice del *MarsNow* Training Team, che scuote Amber per svegliarla.

«Su» dice Leslie. «In piedi. Oh, e il lancio potrebbe essere cassato».

«Vuoi dire cancellato?»

«Rinviato».

Amber si gode il peso delle coperte calde sulle sue membra. «E allora perché devo alzarmi?»

«Perché sei una Marzionauta, cazzo». Leslie le spiega che è prevista pioggia - *pioggia*, nel deserto - ma un rinvio costerebbe oltre quattro milioni di dollari, quindi procederanno con i preparativi per il lancio e verrà presa una decisione sul momento. «Lanceremo se sarà fattibile» afferma.

«Ma sarà sicuro?»

«Fattibile significa sicuro».

Su questo c'è una discussione in corso. Leslie è un'ex astronauta che una volta è stata accusata di aggressione e tentate percosse perché ha rapito il suo ragazzo per impedirgli di avere un'amante. Lo ha stordito, gli ha legato i polsi con una corda di silicone prodotta dalla NASA, gli ha messo un pannolino e lo ha tenuto in ostaggio nel bagno degli ospiti. Ma Amber e Adam sono il simbolo di #perdonoradicale, quindi non possono rinfacciarle il passato: a tutti è permesso impazzire una volta nella vita. E Leslie sembra stare bene adesso: tranquilla e a posto e ovviamente geniale. Ma forse troppo a posto? Forse troppo tranquilla? Adam e Amber si sono allenati solo per poco più di due mesi, e oggi saranno a bordo del Lander *MarsNow*, alimentato da un razzo carico al massimo di ossigeno e idrogeno. Fondamentalmente verranno infilati in una bomba che sarà fatta esplodere verso l'alto a una velocità venticinque volte superiore a quella del suono.

Non si sentono preparati. La formazione è iniziata in aula, con corsi intensivi di geologia, meteorologia, fisica, oceanografia e aerodinamica. Poi una panoramica di undici giorni sul funzionamento della navicella. Una navicella che contiene duemila interruttori e circuiti, composta da più di un milione di pezzi.

«Tutto avrà senso quando sarete nel simulatore» ha detto Leslie.

Poi, nel simulatore, hanno riposto l'antenna, aperto e chiuso i portelloni di carico, configurato i computer. Adam era il pilota/comandante, quindi ha effettuato un'intera settimana di simulazioni di pilotaggio, per esercitarsi nell'atterraggio dello shuttle sulla superficie di Marte. Attivare gli scudi termici a 10 000 metri, usando l'attrito per frenare lo shuttle attraverso l'atmosfera, sganciare lo scudo termico azionando anche il paracadute, accendere i retro-razzi, aprire il paracadute a un'altitudine sufficiente per assicurarsi che non rimanesse impigliato nella navicella ma abbastanza bassa da rendere morbido l'atterraggio. Adam, però, continuava ad avviare le unità di potenza ausiliarie troppo tardi o a sganciare lo scudo termico troppo presto, o a manovrare la navicella facendo incrociare le corde del paracadute.

«La tua navicella è appena esplosa». Leslie aveva imitato con la bocca il suono di un'esplosione. «Adesso siete entrambi morti».

«Ho bisogno di più tempo per imparare il sistema» ha detto Adam.

«Dato che non hai più tempo» ha detto la dottoressa Leslie, «che ne pensi se semplifichiamo quella frase? *Ho bisogno di imparare il sistema*».

«Esatto, e ho bisogno di tempo...»

«Avevamo questo motto alla NASA» è intervenuta Leslie. «*C'è solo una cosa da fare durante un atterraggio*. Sapete cosa, ragazzi?»

«Attenersi alla checklist» ha detto Adam. «Monitorare tutti i dati».

«Queste sono due cose» ha detto la dottoressa Leslie. «La risposta corretta è: *pregare*».

«Ma *MarsNow* è riuscito a far atterrare con successo due rover senza pilota e un'astronave da carico» ha detto Amber. «Quindi non dovremo effettivamente far atterrare la navicella? Giusto?»

«No, è tutto automatizzato». La dottoressa Leslie le ha fatto l'occhiolino. «Nessun prob».

Nessun prob? Sembra un bel prob, invece. Storicamente, la metà delle missioni umane senza equipaggio su Marte hanno fallito, urtando malamente contro la superficie del pianeta, o addirittura andando oltre il pianeta e scomparendo nell'oscurità dello spazio. Amber ha espresso nuovamente le sue paure ieri, quando lei e Adam stavano facendo le vasche in piscina. La dottoressa Leslie era sul bordo con un fischietto.

«Quanto è durato il tuo addestramento alla NASA?» Amber nuotava a cagnolino verso il bordo della piscina, il cloro le bruciava gli occhi. «Gli astronauti si allenano per anni prima del lancio».

Le vasche in piscina dovevano prepararli alla resistenza necessaria per fare una passeggiata nello spazio. Cosa che Leslie aveva assicurato loro che non avrebbero mai dovuto fare, a meno che qualcosa non fosse andato molto storto. Ma d'altra parte, Leslie parlava sempre di quanto facilmente tutto sarebbe potuto andare storto: con l'impianto elettrico, o il motore principale della navicella, o il supporto ambientale/vitale. Avrebbero potuto perdere il contatto con il loro team di riferimento sulla Terra. Avrebbero potuto perdere potenza. Detriti spaziali avrebbero potuto colpire la navetta... anche un sassolino avrebbe potuto fare gravi danni a una velocità di 16 000 chilometri all'ora. E tutto questo ancora prima di arrivare a destinazione. Se mai fossero rimasti esposti all'aria su Marte, avrebbero avuto dodici secondi per mettersi in salvo prima che i loro polmoni esplodessero.

«Penso di parlare a nome di entrambi quando dico che siamo disposti a rinviare il lancio per qualche mese, addirittura anni, se ciò significa maggiore sicurezza e precisione». Amber aveva cercato di attirare lo sguardo di Adam mentre le passava accanto in piscina. «Vogliamo farlo bene. Ecco perché siamo stati scelti. Perché facciamo le cose bene».

«Non è questo il motivo per cui siete stati scelti» ha precisato Leslie. «Comunque, i pianeti sono vantaggiosamente allineati per un volo su Marte, e questo avviene solo una volta ogni ventisei mesi. Quindi».

«Ma il periodo di massima vicinanza alla Terra è quasi terminato» afferma Amber. «Dovremmo aspettare il prossimo».

«Stiamo con i piedi per terra». Leslie si è accovacciata e ha messo una mano sulla spalla bagnata di Amber. «Siamo in competizione con la NASA e SpaceX: Elon ci sta col fiato sul collo. Se riesce a portare uno dei suoi su Marte prima di noi, capisci come insidierebbe il rating? E non parliamo nemmeno della Cina».

«Rating?»

«Inoltre, chi arriva prima detta le regole. Lo capisci, no?» Il viso di Leslie ha assunto un'espressione determinata alla legherò-qualcuno-e-gli-metterò-un-pannolino. «Se arriviamo primi, saremo noi di *MarsNow* a scrivere le leggi marziane».

«Sì, ma... saremo abbastanza preparati? Voglio dire, per sopravvivere?»

«No, se stai tutto il giorno a chiacchierare». Leslie aveva soffiato nel fischietto. «Altre venti vasche!»

Ora, a letto, Amber vorrebbe nascondersi sotto le coperte. È la stessa sfiducia sconcertata e riluttante che provava quando aveva cominciato a dubitare della Chiesa. «E se rifiutassimo? E se io e Adam decidessimo di fare sega al lancio finché non ci sentiremo adeguatamente preparati?»

«Se non vai tu, lo farà qualcun altro» afferma Leslie. «Magari io. Ho visto succedere le cose più strane».

«Sono seria».

«Anch'io. Vuoi essere la prima, vero? Nessuno si ricorda di Alan Bean e Pete Conrad».

«Chi?»

«La terza e la quarta persona a camminare sulla luna». Leslie si siede accanto ad Amber sul letto, come una madre che sta per cantare una ninna nanna. «Ascolta, alla NASA chiedevamo sempre finanziamenti. *MarsNow* ha soldi veri. Risorse vere».

«Quindi il denaro è l'unica cosa che conta?»

«Quando si tratta di esplorazione spaziale, sì. Non farmi neanche cominciare. Perché le banche ricevono finanziamenti da miliardi di dollari ma gli uomini e le donne alla NASA, quelli che fanno progredire la conoscenza scientifica e dimostrano un profondo apprezzamento per l'esistenza stessa, si devono accontentare degli avanzi dei contribuenti?»

«Certo, ma...»

«*MarsNow* ha i fondi per farlo». Leslie dà una stretta al braccio di Amber. «E io sarò qui a prendermi cura di voi. Non lascerò che vi succeda qualcosa».

«Promesso?»

«Sulla mia vita. Il che significa qualcosa per me, perché sono stata in prigione, ok? Ho visto la morte in faccia più di una volta».

Amber si nasconde sotto le coperte. «Posso avere un minuto?»

«Non scherzare». Leslie strappa via le coperte dal corpo di Amber. «Lo spettacolo deve cominciare».

Cinque mesi dall'ultima volta che sono uscito di casa: un'impresa straordinaria? Il muro è coperto di tacche. È come quel sogno in cui non puoi urlare, non puoi muovere gli arti. Sono ancora sul divano dove io e Amber guardavamo *Bulli e pupe*. Il divano dove ho pianto quando Marlon Brando e Jean Simmons hanno cantato *I'll Know When My Love Comes Along*. Il divano dove giocavamo epiche partite di cribbage. Dove abbiamo fatto pisolini. Pomiciato. Litigato. Conversato cinicamente sulla fine del mondo. Sapete quel tipo di conversazione a tarda notte? Quando ti racconti quella vecchia storia macabra (l'umanità è una merda, tutto è una merda) perché in qualche modo ti fa sentire meglio? E mi faceva sentire meglio sapere che questa donna, questa donna intelligente, esperta, desiderabile era con me, immersa fino alle cosce nel flusso di feci che è l'Esistenza Stessa. Insieme, potevamo navigare nella tempesta dell'è-tutto-una-merda. *Io e te contro il mondo, tesoro*. Senza di lei, però. Senza il mio copilota, c'è solo un sacco di merda che mi arriva addosso da tutte le direzioni.

Amber e FirstMan34 hanno svolto un paio di mesi di «addestramento» nel New Mexico, poi hanno architettato qualche scena di addio con le loro famiglie e gli amici. Caleigh ha incrociato le braccia, decisa a non voler abbracciare Amber, ma i suoi genitori non volevano lasciarla andare. Io mi sono rifiutato di partecipare, ma la cosa non ha avuto grande impatto: i produttori di *MarsNow* hanno ottenuto ancora più punti quando hanno convinto la famiglia di FirstMan34 a riunirsi prima del suo viaggio di una vita intera. (Perché quello sì che fa audience: guardare la sua mamma ebrea ortodossa, con la parrucca storta, che piange nel grembiule). In quei giorni, Amber non ha avuto il tempo di tornare a casa per sistemare le sue cose, quindi è ancora tutto qui: i suoi vestiti, le sue pantofole, i suoi libri, gli elastici e i pesi per gli esercizi, la mela di giada, la sua tazza preferita con l'orsetto e il manico rotto. Non ha avuto tempo per sistemare le sue cose o chiamare per dirmi addio, ma Adam e Amber hanno avuto il tempo di «scrivere» e pubblicare un libro (*Amore radicale: come anche tu puoi andare su Marte dentro di te*) dopo che quasi un miliardo di persone hanno visto il video #amoreradicale.

Capite cosa significa, vero? Vuol dire che centinaia di milioni di persone si sono iscritte a EyeSite solo per guardare quella clip. Significa che il sito è ufficialmente «salito di livello» e ora viene visualizzato in centododici lingue, da studenti, mamme, imprese e terroristi. Un vero indicatore di successo: EyeSite è già stato coinvolto nel genocidio di due gruppi di minoranze etniche! E capite cosa significa *questo*, vero? Vuol dire che Amber ha reso Geoff Task ancora più ricco. Amber gli ha consegnato i dati personali di milioni di persone, da sfruttare a suo piacimento. E lui l'ha ricompensata facendo di lei il volto del Mission Tracker *MarsNow*, una prigione indossabile... scusate, un dispositivo per il fitness: conta i passi e registra la frequenza cardiaca e la posizione, monitora il ciclo del sonno, determina i tuoi allenamenti e ti insulta per il tuo apporto calorico nella voce preregistrata di, a tua scelta, Betty White o Bob Dylan o Steve Bannon.

Se avessi bisogno di ulteriori prove del fatto che la vita è crudele e priva di significato, eccole: Amber ha accettato, pienamente, intensamente, egoisticamente e stupidamente. Amber si è buttata a capofitto nel progetto preferito del miliardario. Io l'ho amata per quattordici anni eppure non sono riuscito a salvarla dallo sfruttamento industriale, dalla religione della fama, dal sogno erotico consumistico, dall'illusione di riparare un mondo morente attraverso le navicelle spaziali. Non ho potuto salvarla dal Sistema, il culto suicida di maggior successo che l'umanità abbia mai inventato.

E se non ho potuto salvare una persona, forse non ha senso fare nulla. Forse la vita è priva di significato come sembra su Facebook.

Continuo a pensare alla scorta di Amber. Agli antidolorifici nella scatola da scarpe. Non so esattamente quali e quanti siano, ma di sicuro è parecchia roba. Una volta le ho chiesto, scherzando, se collezionava pillole con il progetto di farsi fuori. Lei ha riso, si è voltata, poi mi ha guardato negli occhi e ha detto: «Ce n'è abbastanza per entrambi. Se ne avessimo bisogno».

«Che cosa?» ho detto. «Ma che cazzo?»

«Voglio dire... nel caso. Se dovessimo finire troppo nella merda».

«Di cosa stai parlando?»

«Kevin, siamo sulla buona strada per raggiungere i tre gradi di riscaldamento globale. Questa è la realtà, ora. E significa crisi di rifugiati in ogni continente, carestie, inondazioni: le persone nel Nord del mondo pensano che ci sia tempo, ma...»

L'ho presa tra le braccia allora, perché ho capito due cose: che lei viveva con tanta paura e che mi amava moltissimo. Tanto da voler morire con me, morire accanto a me. Tanto da non lasciarmi mai indietro: mi avrebbe portato con sé, ovunque andasse.

Quindi c'è questa opzione. La scorta. Ma dovrei buttar giù quelle pillole da solo.

L'altra opzione è che anch'io giochi. O almeno mi arrenda. Se la vita non ha senso, tanto vale lanciarmi nel Sistema e nel suo Vuoto Clamoroso. Praticare il #perdonoradicale e aprire un mio canale YouTube, acquistare un fitness tracker e trasformare il mio corpo e la mia anima in un insieme di dati. Ottimizzare me stesso, vivere il mio potere, essere autentico, praticare la cura di me stesso, incarnare la vita che merito. E farci un post.

Se non puoi batterli, unisciti a loro.

Potrebbe funzionare. Forse sarei «felice». Forse finalmente la capirei, la mia viaggiatrice spaziale, la mia traditrice interstellare. Sarebbe un amore più radicale.

A proposito, da non trascurare sul fronte radicale, Bronwyn si è unita a un gruppo ambientalista e pubblica post ovunque sui social media sul suo volontariato in un orto comunitario scolastico. Stare con me rende le donne desiderose di uscire nel mondo e fare roba, e immagino che il suo modo di affrontare le ansie sul futuro si sia modificato: l'astrologia è diventata azione. Pubblica foto di sé stessa in mezzo a bambini adorabili e sorridenti, accompagnate dall'hashtag #speranza e, onestamente, nemmeno io posso disprezzarle. Non riesco a trovare il punto di vista ironico o ritenerle stronzate e posso solo fare clic su «mi piace».

Questo è il mio aggiornamento: Amber è stata risucchiata dal vuoto del neoliberismo, Bronwyn è occupata e Marcus non si fa più vedere. Non da quando l'ho eliminato. Sono solo e la mia veglia è fallita. Allora perché non riesco a muovermi?

Mamma? Perché non riesco a muovermi?

Chi dice che devi muoverti, tesoro? Chi dice che devi andare da qualche parte?

Mi siedo sul divano e prendo le proteine Rocket Fuel *MarsNow* in polvere: Amber è l'ambasciatrice del marchio, quindi sono arrivate scatole di queste schifezze al nostro indirizzo. Potrei vivere di questo finto cibo dolciastro per mesi, perché a quanto pare un misurino contiene l'equivalente di sei porzioni di verdure e dodici grammi di proteine. Chiamo Bastiaan per dirgli che non ho più bisogno della consegna della spesa. Dice: «Certo, amico mio», poi mi spiega che lui e Cedar sono tornati insieme e vivono in una «triade» con Freddy. I ragazzi lo chiamano zio Freddy e tutta la famiglia adora andare in giro sul suo enorme pick-up. «È pazzesco quello che succede quando apri il tuo cuore» dice Bastiaan, e io mi congratulo con lui e gli auguro di vivere felici e contenti nella terra della permacultura.

Fuori: pioggia, vento, ancora pioggia e luce da quella stella remota che chiamiamo Sole. Marciapiedi rotti, odore di grasso che si diffonde dai caffè, ragazzi che vagano per Commercial Drive chiedendo se vuoi comprare la maglietta che indossano. Ho bisogno di muovermi, rimettere in carreggiata la mia vita, ma fuori è tutto troppo reale.

Questo appartamento è ok. Questo appartamento è un museo della nostra vita condivisa, un promemoria che un tempo non ero solo.

È così che si è sentita mia madre quando mi sono trasferito a Vancouver? Abbandonata senza speranza?

Flashback. Il mio primo anno a Vancouver, quando mamma chiamava, spesso più volte al giorno... fissavo lo schermo del telefono e avrei voluto cavarmi gli occhi. *Lasciami in pace!* Lo facevo squillare e squillare finché lei non si arrendeva.

Il mio telefono ora è muto, quindi accedo a EyeSite e c'è *MarsNow*. Giorno del lancio. New Mexico. Avrei potuto essere lì. La direttrice Casting, Communication and Commitment Helena Slora si era offerta di riservarmi un posto nell'area media. La telecamera mi avrebbe ripreso mentre guardavo *MarsNow* rubarmi la ragazza per sempre.

No. No, grazie. Perché c'è un ultimo barlume di speranza, un'ultima sciocca ragione di vita: alla fine vincerò io. Perché so qualcosa che Helena Slora non sa. So che Amber non starà mai ferma, non si sistemerà mai. Marte sembrerà fantastico per un po', e così anche FirstMan34. Ma alla fine Marte sarà soffocante quanto il nostro appartamento nel seminterrato, e FirstMan34 sarà proprio come me, il ragazzo che è sempre tra i piedi. E io sarò qui, su un pianeta che ricorderà vagamente. E sarò quello che lei vuole.

La prima tappa è un clistere predecollo, somministrato dallo stesso medico che una volta ha fatto ad Amber un test per le malattie sessualmente trasmissibili in un hotel. Alza il tubo di gomma e dice: «Lo odio tanto quanto te», il che suona inverosimile. Poi Amber fa la doccia nell'area di quarantena, si asciuga con un telo in microfibra e resta nuda all'interno della cabina con due donne che indossano camici bianchi e mascherine chirurgiche, e le strofinano tutto il corpo con alcol denaturato. È piuttosto piacevole. La pelle le pizzica mentre si mette un pannolino da adulto, poi un paio di lunghi leggings termici, poi viene infilata in una tuta spaziale *MarsNow* gommata. Da lì va direttamente alla sala stampa di *MarsNow*, dove sta in piedi con la schiena diritta insieme ad Adam mentre i membri dei media si riuniscono dietro un vetro e scattano foto. Geoff Task tiene un discorso in cui li chiama *pionieri astrali* e *salvatori dell'umanità*.

«Cristoforo Colombo un giorno potrebbe essere dimenticato» dice, «ma Amber Kivinen e Adam Shnitzer saranno ricordati per sempre».

Amber cerca Kevin tra gli invitati, ma non c'è. Ovviamente. Troppa fatica per lui. Ma forse è meglio così... si accorgerebbe di quanto è terrorizzata.

Vede i suoi genitori, dietro la mischia dei media, e non riesce a trattenersi. «Mamma!» Corre verso di loro, sbatte contro il vetro della quarantena. «Papà!»

Loro si fanno strada a forza e suo padre mette la mano carnosa sul vetro. Amber preme il palmo sull'altro lato, quasi sente il calore della sua pelle contro il vetro. «Mi perdoni? Papà, mi perdoni?»

«Meno dieci minuti, Amber». Leslie è l'unica altra persona all'interno dell'area di quarantena. «È ora».

Escono sull'inquietante piattaforma di lancio vuota. Non piove. Leslie li aiuta a salire sull'astronave, poi li allaccia ai sedili modellati su misura. Fissa il casco di Amber, poi quello di Adam. Dentro la navetta il rumore è assordante: pompe, motori che girano, metallo che scricchiola e geme. La navicella pulsa come se fosse viva.

«Buon volo, ragazzi». Leslie chiude il portello.

Amber vorrebbe potersi voltare per vedere Adam, ma la tuta è troppo rigida. La visiera si appanna e non riesce a leggere la lista di controllo delle emergenze. Ma ha il suo talismano a gravità zero: la pipa per erba che Kevin le ha comprato per il venticinquesimo compleanno. L'ha infilata nella borsa quando è andata a casa, come un souvenir – doveva sapere già allora che la sua vecchia vita era finita – e ha chiesto che la pipa fosse fissata al cruscotto con una corda. Quando raggiungeranno l'assenza di gravità, sarà la prima cosa a galleggiare.

«Meno un minuto». La voce di Leslie nelle cuffie.

Hanno vinto. Sono i prescelti. Proprio adesso, in questo minuto, la lumaca hawaiana si sta estinguendo, i bambini muoiono di fame nello Yemen, gli uomini violentano le donne e lo chiamano amore, ma presto lei verrà sollevata da una fiammata e portata lontano da questo posto. E Marte sarà un nuovo mondo, un mondo buono, un mondo perfetto. Allora perché sta piangendo?

Inizia la riproduzione di *Leaving on a Jet Plane*.

Amber percepisce Adam accanto a sé, sente il suo battito nervoso.

«Ti amo». Non gli ha mai detto quelle parole prima.

«Anch'io ti amo».

La voce metallica di Leslie: «Meno trenta secondi, Marzionauti. Siete pronti?»

«Pronti» dicono Adam e Amber all'unisono.

«Ignizione» dice una Leslie distorta dalle interferenze.

A meno sei secondi, Amber lo sa, i reattori si avvieranno con un boato. A zero, i booster a propellente solido si accenderanno. Poi il razzo si solleverà dalla rampa di lancio con una spinta propulsiva di oltre trentun meganewton. Nell'arco di un secondo, passeranno dall'immobilità a viaggiare alla velocità del suono.

«Meno venti».

Amber chiude gli occhi. Lascia che la paura svanisca. Al suo posto, sente quella familiare carica di energia nelle membra, quell'anticipazione di tutto il corpo che era solita provare nelle gare, prima di correre verso la pedana da volteggio. Piedi nudi sul tappetino, mani spolverate di gesso, gambe che fremono per la voglia di correre.

«Meno quindici» dice Leslie.

Amber non riusciva a manifestare quell'energia a ogni gara, ma quando le capitava, si sentiva pura e pulita. Tutte le opzioni, tutti i dubbi, tutte le scelte svanivano. Non esisteva nulla, nemmeno il pubblico, nemmeno i giudici.

«Meno dieci. Nove. Otto...»

Solo lei e quel volteggio. Un unico obiettivo: *sconfiggere la gravità*.

L'astronave parte dalla base e Amber e FirstMan34 vengono schiacciati contro i sedili. Li guardo scivolare attraverso l'atmosfera, e sganciare il serbatoio del carburante – ultimo loro gesto su questa Terra – che cade nell'Oceano Indiano, per arrugginirsi laggiù come una vecchia nave.

Riempio la nuova pipa con la miscela della migliore qualità che ho trovato. Non è la nostra, ma andrà bene. Mi ricorda quelle ore dopo che mio zio mi aveva chiamato da Thunder Bay per dire che mia madre era morta, dopo che Amber mi aveva tenuto stretto. Da solo, avevo preso l'erba che intendevo portare a casa per mia mamma e l'avevo fumata tutta in una volta. Avevo lasciato che mi trasportasse lontano dal dolore, perché il dolore non porta da nessuna parte. Il dolore è un volo di sola andata verso un pianeta mortale.

«Come ti senti?» chiedeva sempre Bronwyn mentre davamo la buonanotte alla luna. Come potevo spiegare che non sentivo nulla? Che il mio obiettivo è il nulla.

Sullo schermo, Amber e FirstMan34 sfrecciano oltre l'atmosfera terrestre, per sfuggire alla presa della gravità. Ed ecco la nostra pipa. È lì che galleggia allegramente, legata al bracciolo del sedile di Amber. E io, invece. La gravità mi riduce in polvere.

A proposito di polvere, finora il mio gusto preferito di proteine è cocco-mate-goji-broccoli-caramello. Tracanno quella roba mentre Adam e Amber nuotano come pesci in una vasca, vomitano nei sacchetti con il marchio *MarsNow*, cozzano in giro come bambini lanciati in aria: i loro corpi si rifiutano di adattarsi alla gravità zero.

Tra una puntata e l'altra, aggiorno le pagine dei social media di Amber. Prima di partire, ha promesso che sui suoi profili Instagram, Facebook e EyeSite ci sarebbero stati *tutti gli scoop su cosa vuol dire vivere nello spazio*!

Ma è apparso solo un video, pubblicato su Instagram, rimosso subito dopo che l'ha caricato. *Le vertigini non scherzano. E neppure la nausea*. Guardava in camera con gli occhi iniettati di sangue. *La vista di Adam ha subito danni, ora vede tutto sfocato. E ho il cervello in piena "sindrome spaziale", potete immaginare com'è*. Risata debole. *Edema. Gonfiore cerebrale. La gente di MarsNow dice che probabilmente è una cosa lieve*.

Ma lo show televisivo viene modificato per offrire una Amber più allegra. La terza puntata la mostra chiusa nel suo sacco a pelo *MarsNow*, fissato al muro. *Molte persone vogliono sapere com'è dormire a gravità zero, e posso dirvi che non è facile*. Sorriso dolce. *L'orecchio interno pensa che tu sia sottosopra. La cosa più strana sono i lampi cosmici, esplosioni di luce anche quando hai gli occhi chiusi. Adam dice che sono radiazioni che colpiscono le retine. Giusto, tesoro? Sì, è strano. Ma entrambi facciamo sogni incredibili! Super vividi*.

Combatto la gravità per alzarmi. Mi fanno male le gambe; Google mi informa che potrebbe essere carenza di magnesio, quindi bevo alcuni integratori che usavamo per le piante. Mi sdraio sotto le luci al LED. Cammino. Devo rimettere in carreggiata la mia vita. Telefono alla mia agente, una pazza effervescente che chiamo Agente 99 perché assomiglia un po' a Barbara Feldon. Agente 99 finge sempre di sapere chi sono, anche se probabilmente rappresenta un migliaio di idioti che lavorano come comparse.

«Tesoro, come stai?» urla al telefono.

«Bene. Voglio tornare nel mondo del lavoro. Mi manca il glamour, sai com'è».

«Ottimo tempismo, Kevin. Girano una cosa postapocalittica a Burnaby il prossimo fine settimana. Vuoi fare il cadavere?»

«Sono un cadavere nato».

Poi passo cinque giorni interi a scorrere il blog di Geoff Task, intitolato *Move Fast and Break Things*. Un posto dove puoi rosicchiare il bordo di idee stantie, che descrive in dettaglio i suoi «esperimenti mentali» libertari, le sue giustificazioni per pratiche di assunzione sessiste, i suoi successi nel «biohacking», il suo miscuglio di credenze spirituali, la sua visione di un mondo «postumano» e il suo progetto di utilizzare la tecnologia per risolvere i problemi che la tecnologia ha creato. È ossessionato dall'intelligenza artificiale, che teme possa trasformarsi in una forza sociopatica volta alla distruzione della specie umana; per quel che capisco, teme che l'IA sia stata creata a sua immagine.

Quando finisco di leggere l'archivio del blog, mi sento nauseato e disgustato. Mi faccio diverse docce. Ho intenzione di pulire l'appartamento, almeno di sciacquare i bicchieri da cui bevo la poltiglia proteica e raschiare la muffa nera dai davanzali.

Invece tiro su le tende oscuranti e guardo fuori, la strada inzuppata di pioggia, il maestoso abete rosso che si innalza verso il cielo scuro, le stelle a malapena visibili. Lei è lassù da qualche parte, come un uccello, un aereo o un dio.

Trascorre ore guardando la Terra dall'oblò. All'inizio riconosce le acque turchesi delle Barbados, lo smog in Asia, le sabbie dorate del Mojave. Ma il pianeta si ritira, si restringe fino a raggiungere le dimensioni di una pallina da tennis, poi di una pallina da ping-pong. Presto non riesce a distinguere più nulla. Niente Terra, niente luna. Il sole si mostra per quello che è: una stella come tutte le altre.

... e il sole divenne nero come un sacco di crine, e la luna divenne come sangue...

Chiede a Leslie aggiornamenti sulla Terra e riceve un elenco puntato: l'economia americana è fiorente e si prevede una maggiore crescita nel 2020. La Cina lancerà una nuova flotta di satelliti prodotti in serie, assemblati dalle nonne Uiguri. Brad e Angelina devono ancora fare la separazione dei beni.

Le notizie dalla Terra sembrano prive di significato, ma lo spazio è impossibile. Non riesce a tenere giù il cibo. Vomita a ogni pasto. Cos'ha fatto? E *perché*? Perché Marte? Perché ora?

Trascorre una settimana, poi un mese. La nausea passa e lei migliora nel manovrare il suo corpo a gravità zero. È più brava a ricordarsi di attaccare tutto ciò che possiede al velcro. Più brava a cambiare l'assorbente senza che le gocce di sangue le galleggino verso il viso. Una cosa che non hanno capito come fare è sesso nello spazio. Amber e Adam usano corde elastiche per legare insieme i loro corpi in modo da poter baciarsi e accarezzarsi, ma il rapporto completo è logisticamente difficile. Avevano deciso di aspettare per la loro prima volta quando sarebbero stati in orbita, dimenticando che la gravità è essenziale per fare l'amore e che le telecamere robot li avrebbero seguiti costantemente a bordo dell'astronave.

Quindi mangiano asparagi liofilizzati e si lavano con salviettine umidificate e fanno pipì negli aspiratori di urina. Ricostituiscono le uova disidratate e riscaldano salsicce irradiate per colazione. Agganciano le dita dei piedi a sbarre per restare fermi. Imparano a non usare il filo interdentale con troppo entusiasmo, altrimenti pezzetti di cibo fluttueranno nello spazio per l'eternità. Puliscono la muffa dalle pareti interne della navetta. Si prelevano a vicenda campioni giornalieri di sangue e registrano i cambiamenti nei loro corpi: temperatura, assorbimento del glucosio, spostamenti di liquidi. Si interrogano l'un l'altra sui componenti della navicella. Si abituano alla ricomparsa degli oggetti perduti: un paio di occhiali, un cubetto di burro o una forchetta riappaiono galleggiando ore o giorni dopo averli smarriti. Si allenano legandosi a un tapis roulant sul muro. Meditano. Giocano a Uno.

Se Amber e FirstMan34 stessero litigando, sicuramente i produttori lo mostrerebbero per il bene degli ascolti. Quindi devo ammettere che lui la rende felice. Nella sesta puntata, lo vediamo aprire quello che sembra un cilindro d'acciaio, per poi prendere quello che sembra uno stantuffo. Risatine selvagge, poi la faccia di Amber. *Sta comprimendo il compost nella nostra toilette. Signore, trovatevi un ragazzo così. Trovatevi un uomo che schiacci la merda per voi.*

Durante una tempesta solare si rifugiano in una minuscola zona riparata del razzo, un tubo di alluminio che tecnicamente si chiama Tunnel HUB ma che loro ribattezzano «il grembo materno». Si rannicchiano insieme e fluttuano nell'oscurità, stretti l'uno all'altra. Ed è allora che fanno sesso la prima volta: la maggior parte delle riprese è stata editata in modo che *MarsNow* possa mantenere il suo rating, «visione consigliata in presenza di un adulto». Il mondo esulta per FirstMan34; il mondo gli dà il cinque. Ho un livido al centro del petto.

Flashback. Interno. Vancouver. Notte. Amber era stata ripudiata, poi provvisoriamente riaccettata; mia madre era morta. Eravamo a una festa, in un corridoio poco illuminato, evitavamo le altre persone, che puzzavano di birra e borie universitarie. Entrambi ubriachi di Jäger e Red Bull, ci sforzavamo di non sentire nulla. L'ho portata in una stanza buia e siamo saliti sul letto di uno sconosciuto, ci siamo tirati il lenzuolo sopra la testa, creando un soffice nascondiglio, un rifugio per due. *Odio questa gente*, ha detto Amber. *Questa festa fa schifo*. Musica attutita, voci lontane. *Possiamo andare a casa?*

Chiamo Agente 99 e le dico che non riuscirò ad arrivare sul set. Sono malato; forse un problema al cuore.

«Un'aritmia?» sussulta.

«Un'aritmia» confermo.

Bastiaan direbbe che la gelosia maschile è solo capitalismo + misoginia, un'equazione semplice e potente, è il testosterone che mi fa credere di avere diritti di proprietà privata. Mi metto la mano sullo sterno; il dolore si attenua leggermente. Poi chiamo Marcus per scusarmi di essere stato un cazzone. Dice che pensa che dovremmo «metterci una pietra sopra eccetera», ma non mi chiede di vederci. Più tardi, quella sera, Bronwyn arriva e dice che «sentiva» che avevo bisogno di lei.

«Ne hai passate tante quest'anno» dice. «Amber che se ne va è come un'eco della perdita primaria».

All'inizio non ho idea di cosa stia parlando, poi ricordo che pensa che mia madre sia morta di recente. E quasi mi manca dare la buonanotte alla luna. Il rito di alzare le tende, di guardare verso l'alto, verso quel bagliore lontano. Potrei farlo da solo, immagino, ma non sarebbe la stessa cosa.

«Kevin?» Bronwyn mi mette una mano sulla manica. «Sei ancora qui?»

«Ci sono». Le sorrido. «Grazie per essere passata, ma dovrei davvero tornare a scrivere».

«Sta andando bene?» La sua gentilezza sembra pericolosa: sa che sono bugie. Mi conosce troppo bene, il che non mi sembra giusto. Doveva essere la mia distrazione dalla realtà, il mio rifugio temporaneo.

«La scrittura va alla grande» dico. «Due pollici in su».

Ricordo che Amber sperava che le scrivessi una storia mentre faceva la sua «cosa di Marte». E Bronwyn mi aveva consigliato di *scrivere cose vere*. Ma cosa c'è di più vero del fallimento? Della delusione? Della mia incapacità di trovare le parole giuste, una nuova storia? La mia incapacità di offrire loro qualsiasi cosa.

Quando Bronwyn se ne va, torno alla mia vita. E cosa sto facendo con questa sola e unica vita? Sono uno scrittore il cui lavoro consiste in una serie di domande inserite nel motore di ricerca di Geoff Task:

che aspetto hanno le piaghe da decubito
muffa nera dannosa per i polmoni
pulire muffa nera
ammoniaca fa male ai polmoni
allenamento a casa senza attrezzatura youtube
gatti con paraorecchie youtube
incendi in California
animali morti negli incendi in California
jacinda ardern sexy
amateur del sesso in pubblico
sesso in pubblico che non disturba la quiete
sesso al di fuori dell'erotico romantico
sesso nello spazio
tuta sessuale NASA
ariana grande one last time youtube
reddit gusti musicali imbarazzanti
reddit chi ti scoperesti di vergognoso
amber kivinen fidanzato
amber kivinen kevin
patrimonio netto geoff task
geoff task matrimonio
talia annabelle lorne rolling stone
talia annabelle lorne seno
per quanto tempo puoi vivere di proteine in polvere
quanto spesso lavare i capelli
piaghe da decubito immagini

Uno dei serbatoi del carburante esterni si stacca. Amber lo nota, lo riferisce ad Adam, poi inviano una comunicazione di emergenza attraverso la rete Deep Space. Diciotto minuti dopo, Leslie è sullo schermo, pronta a illustrare la procedura di Codice Rosso.

Adam deve fare un'EVA, vale a dire una *attività extraveicolare*, vale a dire *camminare nello spazio*.

«Avevi detto che era uno scenario altamente improbabile» dice Amber. «Avevi detto che non dovevamo preoccuparci».

«Sono qui per voi» dice una pallida Leslie. «Fate esattamente quello che vi dico».

Adam trascorre un'ora a respirare ossigeno puro da una bombola per ridurre l'azoto nel sangue, ed evitare la sindrome da decompressione. Poi Amber lo aiuta a infilarsi nella tuta rigida: lui quasi si sloga la spalla cercando di infilarci dentro il lungo busto. Amber apre il portellone e Adam si lancia nell'universo. Legato alla navicella da quella che sembra una corda sottile, afferra il binario sul fianco del modulo e «cammina» spostandosi con le mani. La tuta mantiene costante il flusso di ossigeno e ripulisce la CO_2 espirata, ma lei vede che gli occhiali gli scivolano giù dal naso sudato dentro il casco.

«Respira» dice Amber attraverso il dispositivo di comunicazione nel suo orecchio, la sua voce è una connessione diversa. «Amore, devi tornare da me».

«I miei occhiali».

«Inclina la testa all'indietro, se riesci» dice Leslie. «Vai alla grande. E stai cercando il corrimano 2107. Ricevuto?»

«2107. Ricevuto. È buio qui fuori».

«Avrai un po' di luce diurna residua fra 29 minuti» afferma Leslie. «E ho un un avvertimento e un consiglio per te quando sarai pronto».

«Pronto».

«Ora c'è il rischio che la placca si stacchi del tutto».

«Ricevuto».

«Ho bisogno che trasli un po' alla tua destra, Adam, sì, così, lo vedi adesso?» Deve utilizzare l'attrezzo con l'impugnatura a pistola per stringere quattro bulloni.

«L'attrezzo non funziona correttamente» dice Adam. Poi ride piano. «Come non detto. Dovevo solo accenderlo».

«Bel lavoro. Ora prendi la chiave inglese regolabile» dice Leslie.

«La placca è leggermente deformata. C'è un pezzo di metallo piegato in su in un angolo».

«Non impigliarti la tuta» dice Leslie, e Amber immagina uno dei guanti simil-marshmallow di Adam squarciato. Morte istantanea.

«Ora attaccati al serbatoio del carburante». Leslie sembra parlare attraverso un muro di cemento. «Prima che si allontani».

I guanti gli rendono le mani goffe, ma riesce ad afferrare il serbatoio, girarlo dal lato giusto. «Fatto». Sembra a corto di fiato e Amber vorrebbe poter controllare il suo livello di ossigeno.

«Ancora qualche manovra, Marzionauta» dice Leslie. «Un passo alla volta».

Le manovre durano quattro ore. Fluttuando nel vuoto dello spazio, mentre Leslie lo istruisce passo dopo passo, Adam riattacca il serbatoio di carburante. Poi «cammina» verso il portellone tenendosi con le mani, per tornare a casa. Sopravvive.

Quando rientra nella stiva, Amber non riesce a smettere di tremare. Sentono gli applausi del team di *MarsNow* in sottofondo, e Leslie piange in primo piano. Amber aiuta Adam a uscire dalla tuta, il che richiede più di un'ora, poi si abbracciano, girando lentamente. Il suo collo odora di spazio, di metallo bruciato. Lei è il suo santuario; lui è il suo rifugio. Qui fuori, dove ogni giorno è un miracolo, l'amore non svanirà mai, né si deformerà né si romperà.

Ogni ora è elastica, si allunga in quello che sembra l'infinito. Continuo a non fare nulla, a non creare nulla, nonostante i grandi doni del tempo e del privilegio: il compenso di *MarsNow* arriva ancora sul nostro conto bancario cointestato, perché come potrebbe spendere i soldi Amber?

Decido di leggere un libro. Tristemente antiquato, lo so. Con il mio ultimo tentativo sono arrivato solo a pagina 38: immagino che la mia soglia di attenzione non sia più quella di una volta, ma sono determinato a rileggere *Il grande Gatsby*. È il mio tipo di commedia romantica. Ragazzo incontra ragazza; ragazzo perde ragazza; ragazzo coltiva ossessione per ragazza finché la cosa non lo uccide.

Ricomincio dall'inizio, e il piacere di una storia ben scritta mi fa chiedere se dovrei usare queste ore, la mia sola e unica vita, per scrivere il *Grande Romanzo Canadese*, lol. Perché se dovessi scrivere qualcosa sarebbe un libro, che non possa monitorare le mie abitudini di spesa né tenere traccia della mia posizione o chiedermi di mettere un «mi piace». Semplice e inefficiente, richiede solo tempo e attenzione ma non esige nessuno dei due: un libro è una tecnologia antica e perfetta.

Forse potrei scriverla. La mia storia. La storia di Amber. La nostra storia. Forse mi renderebbe famoso.

D'altra parte, scrivere un libro sembra difficile. Un autore incarna il regista, il direttore della fotografia, lo scenografo, il costumista e tutti gli attori. Chi ne ha le forze?

Continuo a pensare a Gatsby sul suo prato, che si protende verso la luce verde. Penso anche a quella conversazione con

Bastiaan, l'ultima volta che è stato qui. *Cosa desidera di più Amber?* Avrei dovuto costruirle un paradiso.

Ma non l'avevo fatto? Le nostre piante, il nostro Giardino dell'Eden. E ancora prima, quando abbiamo trascorso un anno o due a esplorare Vancouver, prima che la letargia e la frenesia ci inghiottissero completamente: English Bay, Kitsilano, Burnaby Mountain. Una volta eravamo andati a camminare con le ciaspole e avevamo incontrato una coppia di corvi: non i corvi strambi della letteratura, ma uccelli veri, vivi, neri e lucidi come il petrolio.

«Si accoppiano per la vita». Amber si era appoggiata alla mia spalla. «Il maschio fa queste elaborate esibizioni, in volo, per conquistare la sua partner. Poi stanno insieme fino alla morte».

«Come noi» avevo risposto. «Tranne per il fatto che sei tu che hai eseguito elaborate acrobazie mentre io mi riposavo come una pigra lady-corvo».

Io e Amber non abitavamo in paradiso già da prima? La passeggiata sconclusionata che avevamo fatto quando avevamo saltato la scuola quel primo pomeriggio – *Andiamo via da qui?* – lungo strade fatiscenti, spartitraffico, oltre il ponte e attraverso la boscaglia fino a raggiungere il paradiso in Terra. Anche solo la camera da letto di Amber, che era una fuga dai genitori, dalla scuola, dalle aspettative. Un luogo dove abbiamo respirato l'uno l'aria dell'altra, sotto quella Via Lattea di stelline adesive.

Per un po', siamo stati noi il paradiso. Noi due insieme, non importa dove fossimo. Io e Amber contro il mondo.

Usando lo stipendio di Amber, ordino trenta pacchetti di stelle fosforescenti da Amazon. Grazie alla spedizione Prime arrivano entro poche ore, il che mi fa sentire come Zeus: il mondo attende il mio comando. Incollo le stelle su tutto il soffitto, in vortici e anelli, poi spengo le luci, mi sdraio sul divano, guardo in alto. Bronwyn potrebbe guardare il soffitto e raccontarmi il mio futuro?

Sei destinato a lunghi periodi di solitudine.

Come se mi avesse letto nel pensiero, appare Bronwyn. «Stai bene?» Accende la luce. «Sembri così bloccato, Kev». Si siede accanto a me. «E va bene, succede. A tutta la società. Tutti desideriamo il passato quando in realtà abbiamo bisogno di sviluppare nuovi valori. Più presenza. Per andare avanti, per salvarci, dobbiamo diventare interi».

«Teoria interessante. Quanto tempo ci vuole per diventare interi? Un fine settimana?»

«È un progetto che dura tutta la vita».

«È il momento giusto per cominciare un progetto di vita? Cosa dicono le stelle?»

«Sono seria. Devi scavare in profondità. Affrontare il tuo dolore per iniziare a vivere».

Mi mancano i bei vecchi tempi, quando chiacchierava dei segni lunari.

«Quando ci siamo lasciati o... qualunque cosa fosse?» dice, «ero tipo, *non ho intenzione di precipitarmi in un'altra relazione*. Ho iniziato a leggere tutti questi libri, a meditare, a guardare documentari. Vuoi che ti presti qualche libro?» dice. «Marcus li ha letti».

«Ho già un libro». Faccio un cenno verso *Gatsby*.

«Ti sono grata» dice, «perché mi hai fatto interessare alle piante, e ora ho trovato il mio scopo. Sto lavorando con i bambini, abbiamo avviato un orto e una banca dei semi. Stiamo coltivando pomodori costoluti».

«Lo so. Vedo i tuoi post». Perché non mi lascia in pace? Letteralmente tutti gli altri lo fanno.

«Solo... mi hai aiutato. Sembra che tu pensi di essere inutile o qualcosa del genere, ma...»

«Mi hai fatto una diagnosi sbagliata. Penso che tutti gli altri siano inutili. Penso che il mondo sia mostruoso. L'unico modo per farcela è nascondersi e intorpidire i propri sentimenti. O buttarsi da un edificio». Vado a ruota libera. «Non per diventare freudiano, Bronwyn, ma ti ricordo tuo padre? Non l'ho mai incontrato, ma posso dirti che non c'è modo di salvarlo. O di salvare me. O chiunque altro. Il mondo non vuole essere salvato».

Sospira come se fossi un bambino molesto, volontariamente ottuso. «Ti ho portato una cosa».

Dalla sua borsa, quell'enorme cartella probabilmente tessuta da qualche donna sdentata in Guatemala, tira fuori una minuscola pianta grassa.

Non voglio piangere, ma ci vado vicino.

«Grazie, Bron. Grazie». Poso la succulenta sul tavolino da caffè accanto a *Gatsby*. «È perfetta».

«Non è perfetta» dice. «È viva».

«Stessa roba». Mi giro, provo a ridere. E quando se ne va, sono sollevato, per entrambi.

Mi sdraio per guardare le stelle e metto la piantina accanto a me sul divano, come una fidanzata. Espiro CO_2; la succulenta inspira e rilascia ossigeno nei miei polmoni. Solo noi due, fianco a fianco, respiriamo dando vita l'uno all'altra.

Solo loro due, che ballano (fluttuano?) un lento su *Hallelujah* di Leonard Cohen. È libera come non si è mai sentita, circondata dall'oscurità. Ora riesce a dormire nonostante le vertigini. Il suo e-reader è pieno di libri sulla coltivazione delle piante in condizioni estreme. I suoi grilli prosperano al calduccio sotto la lampadina da 150 watt, e cominciano a deporre le uova.

Dopo l'attività extraveicolare e la miracolosa sopravvivenza di Adam, si sente sicura: sono loro i prescelti.

«Questo è il viaggio più lungo e più divertentissimo della storia» dice.

Adam sorride. «L'inglese è la mia seconda lingua, ma lo so anch'io che "più divertentissimo" non si dice».

«E questo, comandante, è il motivo per cui sei il responsabile della missione».

Adam odora di disinfettante e sta bene in uniforme e ogni notte lei lo attira nel tunnel HUB, dove esplorano ciascuno il corpo dell'altra con attenzione, diligentemente, scoprendo i reciproci segreti nel modo in cui scopriranno quelli di Marte. Le piace quando lui usa un braccio solo per tenerli entrambi attaccati al pavimento di metallo ed entra lentamente dentro di lei. In quei momenti non le manca nulla del pianeta Terra. Il sole, fuori dall'oblò, si alza e si abbassa ogni ora. La luce scorre su di loro, quindi si ritira, come una marea.

Perché Marte? Perché ora?

Perché doveva essere così.

Ha visto la Terra dall'alto. Sta viaggiando in un universo da scoprire, verso un luogo che nessun essere umano ha mai toccato. E quando arriveranno creerà un mondo nuovo, un mondo buono. Sogna l'ingegneria interplanetaria, sogna di far crescere il suo paradiso, e ciò diventerà possibile quando arriverà la prossima astronave da carico con l'attrezzatura per la terraformazione. Enormi specchi per riflettere la luce del sole e riscaldare il terreno e consentire all'acqua ghiacciata di liquefarsi e scorrere.

Ho aperto davanti a te una porta che nessuno può chiudere.

Sguardo in avanti.

A volte resto davanti alla porta dell'appartamento, e ricordo quell'ultima volta che Amber l'ha attraversata. Quando l'ho definita assetata di fama, che potrebbe non essere stata la migliore strategia per riconquistarla. *Lasciala andare, Kevin.* Sono davanti alla porta, metto una mano sulla maniglia, l'altra sul petto. Al pensiero di uscire mi batte forte il cuore.

Forse non devo andare da nessuna parte, forse il mondo verrà da me, se mi metto «là fuori». Creo un profilo su Tinder: *Tranquillone fallito chiuso in casa. Cerco l'amore perché la mia ultima ragazza se n'è andata su Marte e non mi è rimasto che questo stupido cuore spezzato.*

Non ho foto recenti, quindi ne pubblico una sul set, vestito da zombie, con il sangue che mi scorre lungo il mento. Successivamente e immediatamente, sono terrorizzato dalle donne che fanno swipe a destra: una ragazza ha delle vere e proprie corna incastonate chirurgicamente nella fronte.

Cancello il profilo, torno a navigare senza meta, ma in qualunque angolo di Internet mi imbatto in una pubblicità di *MarsNow*. Geoff Task è costantemente attivo su YouTube, per esporre i vantaggi del «vivere come un Marzionauta». Seduto a gambe incrociate in una stanza bianca e vuota, dice: «Qui a *MarsNow* immaginiamo il giorno in cui vi porteremo tutti a vedere il paradiso che stiamo creando sul pianeta rosso». Il suo tono è distaccato, come se ci fosse del filo spinato invisibile tra lui e noi. «Ma intanto vi portiamo il pianeta rosso a casa, con una linea di prodotti utilizzabili sia sulla Terra che su Marte: luci LED a energia solare per migliorare la produzione del vostro orto, barrette dimagranti con gli stessi valori nutrizionali di quelle dei nostri Marzionauti e robuste Strutture di Insediamento gonfiabili per le vostre vacanze in campeggio e le feste in giardino».

Le parole *MarsNow: Vivi come un Marzionauta* scorrono sulla parte inferiore dello schermo.

Apro *Gatsby*: *Questa è una valle di ceneri, una fattoria immaginaria dove le ceneri crescono come grano su crinali, colline e grotteschi giardini.*

Chiudo il libro. A volte i romanzi sono troppo reali, quindi ringraziamo il Signore per i reality show. Quando guardo *MarsNow*, siamo solo noi due: io e Amber. Osservo ciò che vede lei dagli oblò della sua navicella spaziale. Non le stelle, gli asteroidi o i pianeti nani. Amber e io guardiamo l'oscurità tra quelle cose. Infinita, fredda, solitaria.

Gli ascolti sono scesi perché non sta succedendo nulla. Dopo l'attività extraveicolare conclusa con successo, Adam e Amber galleggiano, e sembra che non accada mai null'altro. Spazio, spazio e ancora spazio. Lo show viene modificato per creare quanta più tensione possibile da questo nulla esistenziale: arriveranno? Raggiungeranno la terra promessa?

Poi, come un cucciolo che viene loro incontro a salutarli, quella piccola luna, Deimos, passa di corsa. Ed eccolo lì: Marte.

Prima è solo un disco, poi una sfera, poi una roccia scoscesa e irregolare che sembra una patata.

Il carrello di atterraggio scende, le unità di potenze ausiliarie vengono avviate. Suona un allarme.

«La pressione degli pneumatici è bassa» dice Amber.

«Non possiamo farci niente» dice Adam. «Tieni la bocca aperta».

«Cosa?»

«Così non ti mordi la lingua».

Il calore dell'atmosfera di Marte le fa venire le vesciche sulla pelle delicata delle labbra.

L'allarme continua a suonare.

Respira. Sguardo in avanti.

Lo scudo termico si attiva. Quindi frenano attraverso l'atmosfera, lo scudo viene sganciato, il paracadute si apre, scendono i retro-razzi. La navicella si schianta violentemente perché gli pneumatici sono sgonfi, ma sopravvivono all'impatto.

È il crepuscolo. Sono atterrati in una valle che costeggia l'equatore del pianeta, una valle che un tempo avrebbe potuto essere un lago. Ci sono dune striate e un gigantesco vulcano spento.

Quando slacciano le cinture di sicurezza e provano a muoversi, quasi collassano: la gravità del 38 per cento è opprimente, pesante, rispetto alla gravità zero. Devono ricordarsi di camminare e non galleggiare.

«Prendimi la mano». Adam la aiuta ad alzarsi in piedi, il suo battito del cuore contro quello di lei.

«Non mi sono morsicata la lingua». Cerca di ridere. Poi parla nel suo dispositivo di comunicazione. «Leslie? Siamo qui. Vivi. Ce l'abbiamo fatta».

Non prova nulla. Nessuna curiosità, nessuna paura. Le tremano le gambe, il cuore le batte forte, ha gli occhi asciutti. Riescono a indossare le tute *MarsNow*, a controllare i livelli di ossigeno, ad allacciare i caschi, a chiudersi la cerniera degli stivali.

Si tengono per mano come meglio possono indossando quei guanti voluminosi. Poi escono fuori, su una polvere fine come farina.

Alzano lo sguardo, e lo facciamo anche noi, il pubblico, oltre quattro miliardi di persone sintonizzate per vedere i primi umani camminare su Marte. Loro alzano lo sguardo, e guardiamo tutti insieme. Vediamo un cielo viola.

È in quel momento che mi alzo dal divano e barcollo fino alla finestra, alzo le tende oscuranti e scruto lo skyline di Vancouver. Amber e io guardiamo insieme il sole tramontare. Sono così abituato a guardare attraverso i suoi occhi che so che sta toccando il mistero. Le sfuggirà presto, ma ora lo sta toccando.

«Amber?» dice FirstMan34, sempre concreto. «Stai bene? I tuoi parametri vitali sono crollati».

«Mmmh?» fa lei. «Sì. Sto bene».

Salgono in cima a un altopiano e decidono di sposarsi. Proprio lì, proprio allora. Per sopravvivere, dovranno essere una sola carne.

Penso a quel messaggio stupido e pigro che ho inviato: *Mi vuoi sposare?*

«Lo voglio» dicono Amber e FirstMan34 all'unisono, mentre micrometeore si schiantano sulle loro tute, mentre particelle di polvere taglienti come vetro graffiano le loro visiere, mentre i perclorati presenti nel terreno corrodono le suole degli stivali. Recitano una preghiera, ringraziando quel dio che stanno cominciando a inventare insieme.

Poi iniziano a rendere quello strano luogo una casa. Si insediano a Utopia Planitia, il più grande bacino d'impatto su Marte, dove c'è del ghiaccio sotterraneo. *MarsNow* manda in onda un inserto in cui una "scienziata" – sorprendentemente giovane, con il caschetto color platino, un camice ben inamidato con il marchio *MarsNow* e denti sbiancati secondo gli standard di Los Angeles - spiega che il volume d'acqua in quella piana del paradiso è equivalente a quello del Lago Superiore. «L'acqua è necessaria per la sopravvivenza!» cinguetta la bionda scienziata, poi torniamo ad Adam e Amber, che usano rover robotici per gonfiare la loro Struttura di Insediamento *MarsNow*. Dentro sistemano foto di familiari e amici - c'è anche la mia faccia - e si godono la gravità, un terzo di quella terrestre. Non è molto, ma abbastanza perché possano sdraiarsi su un letto sotto una coperta ponderata. Possono baciarsi senza allontanarsi galleggiando.

Il settimo giorno, in piedi all'interno del loro ambiente sigillato, dichiarano che stanno bene.

Amber supervisiona il supporto vitale, assicurandosi che lei e Adam abbiano ciascuno tre litri di acqua, 2000 calorie di cibo e due chili di ossigeno al giorno. Essenzialmente, è una casalinga marziana. Estrae l'acqua dalla terra di Marte: riscalda un chilo di terreno marziano fino a 150 gradi Celsius in una bella pentola a pressione per produrre una pinta d'acqua. Alleva grilli e riesce a far germogliare i pomodori nel suo orto idroponico: una serra alimentata a energia solare piena di lampadine LED che funge anche da camera di emergenza a prova di radiazioni. Ispirata dalla fotosintesi, estrae ossigeno puro dalla CO_2 dell'atmosfera di Marte.

FirstMan34 trascorre le sue giornate a raccogliere campioni, scattare foto, cercare forme di vita aliene. Sgretola il permafrost, raschia depositi di sale, scava fossili nelle Valles Marineris. Fotografa canali tra le dune che potrebbero indicare acqua corrente. Cerca tracce di metano per scoprirne le origini: si è formato geochimicamente? Oppure ha origine microbiotica? C'è vita, invisibile, ovunque?

I denti di Adam cominciano a marcire e Amber ne estrae più di uno con le pinze, i buchi sanguinanti nelle gengive quasi la fanno piangere. Ma la sua vista si sta riprendendo lentamente e lei si sente in forze, tranne che per quella vecchia, familiare nausea, la stessa che provava subito dopo il lancio nello spazio. Dev'essere la mancanza di luce solare e di aria fresca.

Non è più uscita da quando hanno gonfiato la Struttura di Insediamento. Non sente il sole sulla pelle da quando ha lasciato la Terra.

Almeno non vomita più a gravità zero, mirando a un secchio aspiratore che a malapena rimaneva fermo. Adesso è accovacciata sulla toilette compostante, con la melma di grillo semidigerita che le scivola dalla bocca.

«Amber, stai perdendo troppi liquidi». Adam sta sopra di lei. «Sono preoccupato per la tua idratazione».

«Ho solo bisogno di qualcosa per sistemare lo stomaco. Ce l'abbiamo ancora quell'ananas disidratato?» La notte scorsa ha sognato di essere su una spiaggia, con Kevin, Jianju, Brayden e Adam… avrebbe dovuto essere stressante, tutti i suoi uomini in un unico posto, e invece era bellissimo. L'acqua calda, la luce vivida mentre il sole tramontava sotto l'orizzonte liquido. «Ho voglia di qualcosa di tropicale».

«Abbiamo finito l'ananas. E le albicocche».

La mancanza di frutta quasi la fa urlare, ma Adam le bacia la sommità della testa e scompare, poi ritorna con un bicchiere d'acqua e l'ultima scatola di cracker salati senza glutine. Dovrebbe essersi abituata all'acqua marziana ormai, ma ultimamente ha un sapore ancora più solforico e metallico. Si costringe a deglutire. Poi mastica un cracker che sa di casa, di infanzia. Sua madre era solita cospargerle la zuppa di cracker. E mentre portava il pranzo in tavola per Amber e Caleigh mormorava: *Adesso ragazze, trovatemi una parola lì dentro. Avete tutto l'alfabeto nella scodella.*

Durante la settima puntata, FirstMan34 affronta la telecamera con il suo nuovo sorriso e dice: «È imperativo studiare come l'ambiente a bassa gravità condizioni le fasi critiche della riproduzione e dello sviluppo dei mammiferi. La gravità influenza la struttura e la funzione delle cellule, lo sviluppo degli organi...»

Amber lo spinge da parte. «Quello che sta cercando di dire è: siamo incinti!»

Sento quella che deve essere nausea solidale. Zoppico fino al bagno e vomito il mio frullato proteico. Turbinio viola e verde nella tazza come una foto scattata dall'Hubble.

Pochi minuti o forse ore dopo sono curvo sul mio portatile quando arrivano Marcus e Bronwyn. A quanto pare la mia porta è aperta perché entrano senza bussare, mi guardano, e Bronwyn si volta verso Marcus. «Vedi?»

«Ehi, zio» dice Marcus. «Non hai una bella faccia».

Li ignoro, digito i termini di ricerca: *amber kivinen incinta, amber adam bambino*. Clicco sulle pagine dei risultati.

Marcus dice: «Eravamo preoccupati per te».

Bronwyn dice: «Noi ci teniamo a te, Kevin».

Poi sussurrano cose su di me in terza persona; sento le loro voci come da grande distanza e penso: *Dev'essere così avere dei genitori.* Mi si siedono accanto sulla Voyager e mi abbracciano come se fossi qualcosa che può rompersi, una meteora che all'impatto si può disintegrare.

«Kevin». Bronwyn mi mette in bocca gocce di vitamina D come se stesse dando da mangiare a un uccellino. «Kevin, guardaci».

Marcus mi strappa il computer dalle mani e si mettono le mie braccia sulle spalle, mi sollevano per mettermi in piedi. Scalcio in aria, butto giù *Gatsby* dal tavolino da caffè, poi mi giro verso Marcus e lo mordo sulla spalla.

«Gesù!» mi lascia andare. «Mi ha appena morso!»

«Sono perfettamente in me» dico. «E capisco l'inglese».

«Che problema hai, zio? Ti comporti come uno stronzo».

Gattono via, mi accovaccio in un angolo. «Sei tu lo stronzo, Marcus».

«NO. Tu sei lo stronzo. Coglione al cento per cento».

Bronwyn gli mette una mano sulla spalla. «Ok, ragazzi. Non è proprio il caso di litigare».

«Io invece litigo» dico, «perché sei entrato in casa mia e stai rovinando la mia vita».

«Stiamo cercando di salvarla, la tua stupida vita» dice Marcus. «Guardati».

«Forse dovresti mettere in discussione questo imbarazzante aspetto coloniale della tua mentalità. Sei come i missionari venuti a "salvare i selvaggi" e che invece hanno portato il vaiolo».

«Perché deve essere tutto così incasinato con te? Siamo i tuoi migliori amici».

«Marcus, non hai più cellule cerebrali? La mia ex ragazza è appena rimasta incinta di un potente sperma israeliano, quindi tu vieni qui, fai una grande dimostrazione di compassione nel tentativo di conquistare l'altra mia ex ragazza, e io dovrei essere tutto, *Sì, wow i miei amici sono qui*?»

«Ora stai dicendo che ero la tua ragazza?» Bronwyn va a prendere la borsa. «Siamo qui per te, Kevin, ma devi ricongiungerti alla realtà».

«Grazie per la saggezza, Bronwyn. Sempre grato».

Quando se ne vanno spengo le luci, guardo le stelle. Stringo la succulenta al petto. Mi accendo uno spinello e me lo metto in bocca, come un ciuccio.

È spossata. Stanchissima, come se avesse corso una maratona, sei maratone. I seni le fanno male se solo Adam ci respira sopra; le fa male indossare una maglietta. Mangiare non le dà alcun piacere, calma appena la nausea per circa un'ora. E ha un cattivo sapore in bocca, come se avesse un calzino di lana bagnato incastrato in fondo alla gola.

Cerca di camminare sul tapis roulant e quasi sviene.

«Concentrati sugli aspetti positivi» dice Adam, il cui corpo è immutato, che dorme tutta la notte e non si sveglia mai piangendo sconvolto perché su Marte non esiste la pizza hawaiana, ma solo il ricordo disperato e costante della pizza hawaiana. E della torta di carote. Dei muffin alla crusca. Gelato al cioccolato e menta. Uva. Hamburger che affogano nella senape più gialla.

Beve frullati di grilli disidratati addolciti con il monk fruit. Non ci sono abbastanza calorie su questo pianeta. Massacra grilli a mani nude, li mescola con le piccole barbabietole che è riuscita a crescere, aggiunge acqua, poi beve quella poltiglia con il naso chiuso.

Vomita. Si sente meglio. O forse peggio.

Il petto, l'interno delle braccia, il retro delle ginocchia... tutto il suo corpo è mappato con vene blu che le ricordano i fiumi e i mari della Terra. La pelle esplode in chiazze secche e desquamate. Le mani sono gonfie e i piedi insensibili.

Tutto accade per una ragione. Concentrati sugli aspetti positivi: il suo bambino avrà solo un anno in meno del piccolo Mohan di Pichu. «Forse un giorno» dice alla telecamera, «la tecnologia sarà abbastanza avanzata perché i nostri figli possano fare insieme giochi interplanetari!»

Si preme le mani sulla pancia. Nei momenti in cui riesce ad avere un minimo di lucidità, non vede l'ora di tenere in braccio suo figlio. La gravità farà diminuire il peso del bambino, ma non il suo calore o la sua risata. E non vede l'ora di allattare al seno, di nutrire un bambino con il suo stesso corpo. Da adolescente, quando aveva cominciato a dubitare delle dottrine, quando star seduta in adorazione la faceva sentire intrappolata e malata, quando essere «sorvegliata» da Dio la faceva sentire come un insetto al microscopio, si alzava nel bel mezzo della funzione domenicale, ignorava gli occhi interrogativi dei suoi genitori, si faceva strada attraverso la navata soffocante fino all'atrio, dove finalmente respirava.

Inevitabilmente c'erano anche due o tre giovani donne là fuori, sedute su fragili sedie pieghevoli, che allattavano i bambini. A volte lanciavano un'occhiata ad Amber, con aria timida o addirittura vergognosa. Ma se lei restava ferma, faceva finta di non interessarsi, si dimenticavano di lei e sorridevano ai loro figli. Li nutrivano in un silenzio che sembrava essere la vera santità.

Sono su un divano in una città su una faglia. In un continente che si muove di 2,5 centimetri all'anno.

La mia erba legale arriva per posta; ho abbastanza proteine in polvere per sopravvivere a un inverno nucleare. Se mi chiedeste *Cosa c'è di nuovo?* potrei solo rispondere che sono passato dal cocco-mate-goji-broccoli-caramello al limone-vaniglia-grano saraceno-mirtillo rosso-crema. O potrei solo rispondere: *Amber è incinta.*

Ogni giorno è una foschia fumosa che si dilata in una settimana. Mesi.

Amber sembra stanca ma emozionatissima man mano che la gravidanza avanza, e si mette la mano di FirstMan34 sulla pancia, gli mostra il contorno inquietante di un minuscolo arto in movimento, come se il bambino volesse sfondarle la pelle. *Decisamente un bambino A al quadrato*, ride davanti alla telecamera. *Questo bambino non smette mai di muoversi!*

Nel frattempo, qui sulla Terra, l'Amazzonia brucia. Basta fare una ricerca per immagini per vedere l'ultima devastazione. Le farfalle glasswing ridotte in cenere, i bradipi asfissiati, le uova di colibrì cotte vive nei loro nidi.

Ora che Amber se n'è andata, ora che non si preoccupa più del futuro per entrambi, non riesco a smettere di pensare a quei colibrì bolliti. Ma devo essere l'unico perché la novità più grande sul pianeta è il bambino degli *A al quadrato*. Una Amber incinta, rotonda e splendente con indosso una maglietta di *MarsNow*, è sulla copertina del «Time».

Posso andare avanti? Come posso giustificare la mia vita, se sono così impotente, così inutile? Seduto nel mio bunker, con la porta ben chiusa e le tende oscuranti abbassate?

Faccio un altro tentativo. Mi alzo dal divano, vado alla porta. Tutto quello che devo fare è girare la maniglia. Mi troverei faccia a faccia con l'abete rosso. L'albero che cresce, maestoso e solitario, da una lastra di marciapiede.

Preferirei piuttosto vivere su Marte.

Quindi passo al tempo di Marte e inizio a sincronizzare il mio ritmo circadiano con il pianeta rosso. Un giorno marziano, un «sol», dura 24 ore, 39 minuti e 35 244 secondi. Ogni notte rimango sveglio trentanove minuti e mezzo in più rispetto alla notte precedente. Le finestre sono sempre oscurate, quindi non importa che la mia notte si allunghi sempre di più. Mi allontano dal mio pianeta natale: dopo diciotto giorni in cui sono rimasto fedele all'orologio marziano, l'inizio della mia notte è l'inizio di un giorno terrestre. Non che io possa dirlo, con le finestre oscurate, ma il mio portatile pensa ancora che viva a Vancouver, Canada, Nord America. Terra.

Ogni mattina, per prima cosa, aggiorno la pagina *Insight* della NASA per vedere il tempo su Marte. Studio i grafici, memorizzo l'intensità del vento e la pressione atmosferica. Oggi: nubi sottili rilasceranno una spolverata di neve prodotta dalla CO_2 congelata. Amber vedrà un luccichio nel cielo.

Finalmente la stanchezza si è alleviata, il cattivo sapore sta andando via. Sta creando una vita. Ha un piccolo ballerino felice dentro di sé, o forse è più come un anfibio che si muove lentamente. Una creatura che nuota e nuota. «Un pesce» dice ad Adam a venticinque settimane. «Forse stiamo regredendo, evolutivamente parlando. Forse su Marte andremo all'indietro».

Adam non la sopporta quando parla così. Pensa che dovrebbe mangiare di più. Controlla ossessivamente i suoi parametri vitali e le sue statistiche. Non le permette di sgarrare. È severo, proprio come suo padre: ora se ne accorge. Lei quasi lo odia, soprattutto quando dice cose del tipo: «Gli sbalzi d'umore sono un sintomo tipico della gravidanza».

«*Sbalzi?*» fa lei. «*Sintomo?* Come se avessi una malattia?»

«E se ti riposassi di più?» Le accarezza i capelli. «O se passassi più tempo sul tapis roulant con un visore virtuale?»

Così lei cammina attraverso foreste virtuali, lungo passerelle virtuali, attraverso città virtuali. Molto spesso scalcia sulla sabbia virtuale di una spiaggia virtuale. Questo aiuta. Si mette una mano sulla pancia, accarezza il piccolo anfibio che sguazza nel suo habitat. Il suo anfibio adora la spiaggia.

Cerca di non pensare al fatto che suo figlio non avrà amici. No, a meno che un'altra donna in età riproduttiva non venga inviata su Marte nella prossima missione. Amber dovrà chiedere che mandino giocattoli e libri per bambini nel carico in arrivo, anche se il lancio potrebbe essere rinviato. Per qualcosa che c'entra con il fumo degli incendi che ha oscurato il cielo tutta l'estate e ha reso impossibile testare il Lander rinnovato. La California sta bruciando; il Sudamerica sta bruciando. Geoff Task sta concentrando le risorse sulla mitigazione del cambiamento climatico adesso, in particolare sui danni prodotti dall'innalzamento del livello del mare: la costa della sua isola privata nelle Isole Vergini britanniche è stata praticamente inghiottita.

«La Terra sta diventando sempre più simile a Marte» afferma Leslie in un'email che contiene la foto di un nebbioso cielo arancione.

La foresta pluviale amazzonica sta bruciando. Quindi deve essere questa. La goccia. Amber quasi vorrebbe essere lì per farne parte. Devono esserci disordini nelle strade. Madri, padri e nonni per mano con i bambini trascorrono ogni minuto libero a fare marce di protesta, scrivere lettere, chiamare politici, bloccare petroliere. Lottano per la sopravvivenza mentre i polmoni del mondo collassano.

... *un terzo degli alberi andò bruciato e ogni erba verde si seccò*...

Se restavi indietro dopo il Rapimento, aveva imparato da bambina, dovevi subire il regno dell'Anticristo. Guerre, terremoti, pestilenze, fuoco e zolfo. Il marchio della bestia.

Ma lei ne era uscita viva. Si era alzata.

Ironico, perché ora passa la maggior parte dei giorni sdraiata. Gravidanza a bassa gravità: invece di accumularsi nei piedi, il fluido in eccesso migra verso le ginocchia, i gomiti, i seni. Spesso la testa le sembra sul punto di scoppiare, un palloncino attaccato al tronco encefalico. O forse sono emicranie. Forse sta diventando sua madre.

Concentrati sugli aspetti positivi. Tutto accade per una ragione.

Il primo bambino nato su Marte. La pelle del bambino sarà pallida e le pupille si dilateranno continuamente, assorbendo la luce solare come una spugna inzuppata nell'acqua. Il primo essere umano fatto per questo posto, l'inizio di una nuova evoluzione. Una rivoluzione.

Come spiegherà a questo bambino, a questa nuova creatura, le sue origini? Come descriverà la Terra? Un pianeta blu che doveva essere abbandonato, un luogo di armi, genocidi e agenti patogeni.

Ma anche un mondo acquoso e vivente, una casa proprio come il suo grembo.

Dovrà spiegare i terremoti e le guerre, e la pressione atmosferica, la neve, le praterie, gli arcobaleni. Sembrerà una finzione. Come una storia tratta da un libro antico in cui il bimbo dovrà avere fede.

Si mette una mano sulla pancia, sente il suo anfibio fare una lenta capriola.

Forse non gli parlerà mai della Terra. Meglio così. I bambini desiderano sempre ciò che non hanno, *vogliono, vogliono, vogliono*. In questo luogo sterile, forse il suo bambino sarà il primo essere umano che farà a meno del desiderio. Vivrà senza dolore.

Lei e Adam sono stati scelti. E ora stanno creando nuova vita, un nuovo mondo.

Ma poi. Verso la fine del settimo mese.

All'inizio non riesce a esprimerlo a parole: è un'assenza, un'immobilità. Il suo anfibio è più calmo o se lo sta immaginando? Mentre si lava i denti, ha la nausea e si aggrappa al bordo del lavandino. Poi sente un crampo, come se il suo utero fosse un'arancia che Dio sta spremendo nel suo pugno. Un coagulo di sangue le scivola nelle mutande.

Chiama Adam urlando e il resto avviene in fretta: sanguina, si lascia cadere sulle mani e le ginocchia, sul pavimento gonfiabile. Onde di agonia la sferzano. Poi dà alla luce un bambino nato morto a trentuno settimane.

Con le sue lunghe membra e la morbida colonna vertebrale, sembra quasi invertebrato. Ha il cranio minuscolo, a forma di cono, molle come un frutto maturo. Ma ha gli stessi zigomi di suo padre, gli stessi riccioli di sua madre. I riccioli che Amber ha ereditato da sua madre. Lei se lo stringe al petto. Lo culla finché la sua pelle non inizia a raffreddarsi.

Lo chiamano Aleph Innocence. Gli accarezzano i capelli, le guance morbide. Adam dice che seppellirà il bambino dietro la loro Struttura di Insediamento, nel posto che chiamano giardino anche se è solo un arido pezzo di terra – ma per ora lo tiene in braccio. Guarda la sua minuscola faccia ovoidale. Lui è perfetto. Il primo bambino nato su Marte. Suo figlio.

Continuo a sorseggiare la mia bevanda proteica, continuo a incidere tacche nel muro per misurare i sol marziani di passaggio e riesco a leggere fino alla fine il capolavoro di Fitzgerald. Jay Gatsby giace a faccia in giù nella piscina nel momento in cui Amber perde il suo bambino.

Perché mi sento triste? Perché provo qualcosa?

Devo avere il jet lag e sono un po' stordito per aver vissuto su Marte. E ci vogliono solo un paio di settimane di vita su Marte perché la succulenta muoia. Le foglie gommose diventano prima spugnose, poi marroni e fragili. Forse l'ho annaffiata troppo. L'ho adorata troppo.

Il che è diverso dal modo in cui ho ucciso mia madre. Trascurandola. Abbandonandola. L'ho lasciata sola, in un mondo (lei l'aveva sempre saputo) in cui non si sarebbe mai sentita a casa.

Se fossi stato lì, se fossi rimasto a Thunder Bay invece di trasferirmi a Vancouver, mia madre sarebbe ancora viva. Mi sarei assicurato che andasse a fare i controlli; saltava sempre gli appuntamenti perché non ha mai imparato a guidare e prendere l'autobus d'inverno era sempre un problema per lei. Avrei potuto accompagnarla alle visite. Una cosa così semplice, e le avrei salvato la vita.

Voglio essere stretto, cullato, calmato.

Cerco *piante d'appartamento* su Google perché devo riempire questo posto di vita. Ma il problema della vita è che finisce.

E si scopre che sul World Wide Web è possibile acquistare bellissime piante artificiali di quasi tutte le varietà. Quindi ordino un elegante albero serpente di plastica. Una pianta del pavone.

Alcune erbe fatte di seta e succulente di silicone. È semplicissimo, con un solo clic acquisto: aloe artificiale, bosso, cactus, un fico del caucciù, un ulivo.

Alcuni dei miei acquisti arrivano entro poche ore. Sistemo le piante in tutto l'appartamento e brillano di un verde amorevole, queste amiche che non mi lasceranno mai. Ma voglio una giungla. Un Eden. Ordino altre piante grasse finte, erbe finte, felci finte. Un finto fico a foglia di violino, un finto banano, un finto cespuglio di rose, una finta edera da puntellare alle pareti, una palma dorata, le lacrime del bambino.

Amber non parla mai del bambino. Non può permettersi di provare quel dolore. Si immerge nel lavoro: fermenta la CO_2 del suo stesso respiro all'interno di una griglia di fermentazione da lei progettata, basata sulla struttura di un alveare. Coltiva carote che sanno di sapone.

Adam continua le sue esplorazioni, sfidando diavoli di polvere alti cinque piani, trappole di sabbia e tempeste di ghiaccio secco che sferzano gli oblò del suo rover. Mappa i letti di laghi e fiumi asciutti, dune scure che imitano ombre umane all'orizzonte, la base rocciosa e irregolare di un supervulcano spento chiamato Eden Patera. Perfora in profondità la regolite nella speranza di trovare acqua, ma scopre solo argilla smectica che lo ricopre come fuliggine. Analizza gli strati di roccia al microscopio e trova quelli che potrebbero essere microbi fossilizzati, deceduti da tempo. Scopre che il metano su Marte si è formato in modo inorganico. Le calotte polari sono costituite principalmente da CO_2, non H_2O congelata. La maggior parte dei canaletti tra le dune sembrano scavati da rivoli di polvere, ma probabilmente contenevano acqua miliardi di anni fa, quando Marte aveva un'atmosfera. Quando aveva un campo magnetico.

Dice ad Amber che sta perdendo la speranza. Che potrebbe non trovare segni di vita. Che i suoi momenti preferiti sono quando si imbatte nelle tracce di pneumatici del rover Curiosity o nella spazzatura lasciata dalle missioni senza equipaggio. Un CD-ROM a pezzi a Ultimi Scopuli. Un pannello solare distrutto sulle pianure di Isidis. Cavi aggrovigliati nella sabbia di Samara.

«Hai visto quelle cose?» Lo tira per le maniche della camicia. «Mi fai vedere?»

Quindi lui le offre doni. Porta a casa ogni oggetto in modo che lui e Amber possano meravigliarsi, tenerli in mano, mettere su un santuario.

Davanti a quegli oggetti vengono sopraffatti da una sorta di letargia. Amber a volte non li igienizza nemmeno e le sue mani si coprono di polvere dorata. Anche Adam sta abbassando la guardia. Il tossico suolo marziano entra in casa nelle pieghe della sua tuta, nella suola dei suoi scarponi.

Leslie fa una chiamata di emergenza; ricorda ad Adam il suo ruolo di comandante. Ma l'esterno si è già infiltrato nel loro riparo. La polvere tinge la loro pelle di arancione, si raccoglie sotto le unghie, si solleva sui capelli, riempie gli occhi. La sabbia è ovunque, sempre, tanto pesante di ferro che quando Amber bacia Adam, sente il sapore del sangue.

Mi fanno male le ginocchia. Le mie mani si gonfiano di fluido mentre il torso si restringe e il petto diventa concavo. Ho le dita rosse e doloranti. I gomiti caldi al tatto. Sono spossato. Stanchissimo, come se avessi corso per anni. Scappando da cosa? Perché?

In sintonia con me, anche Amber comincia a sentirsi male. All'inizio è solo una mancanza di energia, e FirstMan34 la interroga, chiedendosi se è depressa.

«La depressione non esiste qui» dice lei. «Marte è perfetto».

Ma mi chiedo: le manca uscire all'aria aperta? Avere un contatto? Vuole rinunciare alla tuta protettiva, uscire tra le dune, sentire quell'aria estranea sulla pelle? Guarda la porta della Struttura di Insediamento nel modo in cui io guardo la porta dell'appartamento – prova stupore e terrore per quanto sarebbe facile?

Andiamo via da qui?

Ma restiamo nei nostri ambienti sigillati. FirstMan34 prende il polso e la temperatura di Amber, preleva campioni di sangue e registra tutto. Poi lo vedono. Lo vediamo tutti. Un tumore affiora dalla schiena di Amber. Un tumore che assomiglia a un volto umano.

FirstMan34 parla alla telecamera. «Amber e io crediamo che possa aver contratto il cancro a causa del perclorato o dell'esposizione ai raggi cosmici. Saranno necessari ulteriori esami per confermare la diagnosi».

Mi alzo, i muscoli vivi, pronti a correre. Devo salvarla. Poi ricordo: non posso andare.

Fanculo a lei. Fanculo Amber, che ha scelto la sterilità, il freddo, la polvere. Che ha scelto la morte. Che sta commettendo il suicidio più drammatico e narcisistico della storia dell'umanità.

Non del tutto diverso da mia madre. Quando si rifiutava di seguire la dieta raccomandata, dimenticava di prendere le medicine, fumava un pacchetto al giorno. Avevo quindici o sedici anni quando finalmente capii. Primo, l'insonnia: ecco come è iniziata. Nel cuore della notte sentivo il crepitio dei sacchetti di patatine o il sibilo delle bottiglie di bibite gassate che venivano aperte. Mi fiondavo giù dal letto. *Stai peggiorando le cose*. E mi guardava male, una sigaretta accesa in una mano e il sacchetto delle patatine nell'altra. *Non ho proprio bisogno di essere spiata da mio figlio*. Si dava malata al lavoro il giorno dopo, passava ore sul divano a guardare qualche stupido film romantico che non raccontava altro che bugie, mangiando direttamente dal contenitore cucchiaiate di gelato sciolto.

Non l'ho uccisa. Si è suicidata.

Vado in cucina e trovo la tazza con l'orsetto di Amber: la lascio cadere e la guardo frantumarsi sul pavimento. In camera da letto, tiro giù i vestiti dalle grucce, provo a strappare le magliette ma non ho abbastanza forza. Trovo un paio di forbici e taglio la sua felpa preferita, distruggo i jeans, mutilo i reggiseni. Prendo a bracciate la sua biancheria intima: cotone, raso, pizzo... e i suoi calzini, quelli di lana spessa per le escursioni, quelli minuscoli alla caviglia che sembrano per bambini. Li butto tutti nel lavandino insieme ai resti dei reggiseni e delle mutande. Prendo l'accendino, do fuoco alla pira. Guardo le fiamme che si avvicinano alla mensola, annuso il fumo mentre il poliestere e lo spandex bruciano, mentre la schiuma all'interno dei suoi reggiseni si scioglie e deforma. Tutto si trasforma in cenere tossica e mi vengono le lacrime. Veramente? Piango per qualcuno che sta ottenendo ciò che si meritava? Quello che ha chiesto? Bagno la brace con l'acqua del rubinetto. Poi vado in soggiorno, afferro l'ulivo, provo a spezzargli il tronco: si piega e si rialza. Piante realizzate con combustibili fossili, fatte dai bambini operai a Shenzhen. Prendo un coltello in cucina, pugnalo il tronco dell'ulivo: il coltello rimbalza, producendo sì e no un graffio. Uso le forbici per tagliare i rami dell'aloe. Calpesto le finte spine del cactus: non essendo appuntite, si piegano e curvano. Provo a buttare via la finta terra dai vasi, ma è incollata all'interno.

Forse ho bisogno di cibo vero. Ordino la pizza, come faceva mia mamma quando stava male. Grande, doppio formaggio, tripla carne. Un morso e mi si stringe lo stomaco, non sono più abituato ai cibi solidi. Torno sul divano. Atterro nell'impronta che il mio corpo ha lasciato tra i cuscini, profonda e duratura come una traccia fossile.

La vita è esistita qui. Miliardi di anni fa. Amber sente la presenza dei fantasmi di Marte: silenziosi e imploranti. La vita vuole fiorire qui; la vita lotta per nascere. E l'universo ha scelto lei, una madre senza figlio. Attraverso Amber nascerà la vita, la creazione fiorirà in questo luogo.

Nel cielo apparve poi un segno grandioso: una donna vestita di sole, con la luna sotto i suoi piedi e sul suo capo una corona di dodici stelle. Era incinta e gridava per le doglie e il travaglio del parto...

Ma Adam vuole utilizzare l'attrezzatura chirurgica e l'anestetico fornito da *MarsNow*. Vuole stenderla su un tavolo e operarla. Non capisce che il volto è un segno di qualcosa, un segno che non sono soli. Amber gli lascia fare il reiki, ma non gli permetterà di rimuovere il tumore.

«Non sei razionale». Adam le sta davanti, bloccandole la vista fuori dalla finestra. «La tua stabilità mentale è condizionata dalla malattia».

Lei gira il collo in modo da poter guardare dietro di lui, e vedere la Terra. Una mezzaluna lontana, semioscura, difficilmente riconoscibile. Il cielo è sereno stasera, la polvere si è posata. Due lune e milioni di stelle. Costellazioni ancora prive di nome.

«Amber, se non obbedisci, dovrò darti l'ordine, come tuo comandante, di acconsentire all'intervento medico».

Ma Amber lo sente dentro di sé, non assomiglia a una malattia. È una presenza. Come essere di nuovo incinta. Qualche giorno fa, ha sentito un fremito alla base della spina dorsale: come un primo movimento fetale.

«Amber. Amore mio». Adam è in ginocchio. «Per favore».

Lei sente quella presenza muoversi in lei, come l'acqua che attraversa le venature di una foglia. Diretta ai suoi linfonodi, al sangue, alle ossa.

Non posso alzarmi dal divano; Amber non può alzarsi dal letto; ma Geoff Task a quanto pare ha convocato delle riunioni di emergenza, preoccupato per il calo che *MarsNow* ha subito sul mercato azionario, perché fa una conferenza stampa, sotto il sole del New Mexico:

«Sapevamo che avremmo potuto perdere i nostri Marzionauti: questo è il prezzo che paghiamo per far progredire la conoscenza scientifica. Amber comprendeva i rischi quando ha intrapreso il suo viaggio, un viaggio che era il suo sogno. Noi di *MarsNow* sappiamo che le battute d'arresto sono inevitabili». Pausa significativa. «Gli esseri umani hanno volato in orbita bassa. Gli esseri umani hanno camminato sulla luna. Ma i risultati di Amber e Adam sono di un ordine di grandezza molto maggiore di quelli di chiunque sia venuto prima. Sono pionieri, eroi, Marzionauti». Poi una rassicurazione agli azionisti impauriti: «E la loro eredità continuerà. Stiamo sviluppando una tecnologia per neutralizzare gli effetti dell'esposizione alle radiazioni. Stiamo rendendo i nostri processi più sicuri ed efficienti». Una rassicurazione per i fan di *Star Trek*: «Per rendere onore al lavoro di Amber finora, e per onorare il bambino che ha perso, ci impegniamo a perseguire il nostro destino di popolare il sistema solare e, un giorno, lo spazio profondo».

Forse è leggermente costernato dal fatto che una delle sue cavie stia soffrendo. O forse per lui Amber non è una cavia da laboratorio, forse è l'equivalente di Laika, la cagnetta spaziale, o di un giovane soldato allegramente diretto verso la trincea in cerca di gloria.

Posso mai vivere qui? In un mondo così crudele?

In piedi. Cammino verso la porta dell'appartamento. Giro la maniglia.

Riesco a salire le scale. Sono sorpreso: ho raggiunto l'ingresso. L'ultima volta che sono stato qui, ero in ginocchio a implorare Amber di rimanere.

Apro la porta. Resto dietro la zanzariera.

Luce del sole. Canto degli uccelli.

Devo soltanto uscire. Ricongiungermi alla realtà.

Ma l'aria ha un odore sbagliato, un aspetto sbagliato: è nebbiosa. Incendi in California, Oregon e nello stato di Washington. Una donna cammina lungo il marciapiede con una di quelle mascherine di *MarsNow* su naso e bocca e quasi rido: *che distopia*.

Forse un tempo questo mondo era nostro, ma adesso non è più casa.

Chiudo la porta, ridiscendo le scale, nel buio.

Ormai le è impossibile alzarsi dal letto, ma va bene, perché non ha più bisogno del visore virtuale. Può vagare attraverso i ricordi come se fossero realtà. Il suo passato le appartiene ancora.

Ritorna a quando fece indossare a sua sorella uno dei vestiti della madre, colorando il visetto di Caleigh con dei trucchi rubati, dicendo: *Fidati di me, fidati di me. Sei bellissima.* O agli infiniti viaggi in macchina per le gare di ginnastica, la strada che scorreva sotto le gomme dell'Enclave, il sole che la accecava attraverso il parabrezza mentre suo padre faceva andare le cassette della Teologia della prosperità.

Dio ti sta promuovendo; la tua fede sarà ricompensata. Potresti non essere tutto quello che vorresti essere, ma non sei più quello che eri.

O a quelle mattine in cui la accompagnava agli allenamenti, osservandola da bordo campo, poi la portava da Tim Hortons prima della scuola. Ordinava per sé una ciambella e per lei una frittella di mele con glassa al cioccolato, e condividevano un caffè grande con doppia panna. Si era allenata, fin dall'età di nove anni, ad accettare il sapore amaro del caffè perché la caffeina la teneva sveglia in classe. Si sedevano al tavolo, masticavano assonnati, e lui emanava un odore acido per la birra che aveva bevuto la notte prima. Ma era felice; lei lo rendeva orgoglioso. Le ricordava, quasi ogni settimana, la parabola dei talenti. «Dio vuole che usiamo i nostri doni, che corriamo rischi, per sentire il Suo regno».

Lei annuiva, mordeva la glassa dalla frittella e lasciava che lo zucchero le si sciogliesse sulla lingua.

«Non mettere i talenti sottoterra, campionessa. Sarebbe la strada per il fallimento e la vergogna. Cosa succede al servo inutile?»

Lei sorseggiava il caffè, che, amaro e cremoso, le riempiva la bocca. «Viene gettato nelle tenebre».

«Esattamente. Viene gettato nelle tenebre».

I suoi ricordi sono così vivi.

Come quando la famiglia fece un viaggio all'Isola del Principe Edoardo.

Era estate, di ritorno da una chiesa qualsiasi in cui erano andati per un «fine settimana di lode» – in qualche modo, quando Amber aveva dieci anni, avevano imboccato quella deviazione che non c'entrava niente con Dio, ma con il fatto che la madre stava leggendo *Anna dai capelli rossi* alle ragazze prima di andare a letto, con le sorelle che le si rannicchiavano accanto mentre la storia di Anna si svolgeva un capitolo alla volta.

Era stata una vacanza di famiglia diversa da tutte le precedenti e le successive, e significava anche che Amber aveva due settimane libere dagli allenamenti. Aveva tempo per leggere, giocare e dormire. I suoi genitori si rilassavano in spiaggia mentre Amber e Caleigh costruivano complicati castelli di lucente sabbia rossa. In quel periodo, Caleigh amava giocare a SimCity sul computer, e Amber era immersa in una fase Ursula K. Le Guin – si premeva i libri della biblioteca ben aperti contro le ginocchia in modo che i genitori non vedessero le copertine – e per una volta le sorelle potevano unire i loro interessi inventando intere civiltà che abitassero quelle strutture sabbiose.

Il padre voleva sempre scattare loro delle foto accanto a quelle elaborate città; era orgoglioso quando costruivano cose, sia con la sabbia, con il Didò o con i bastoncini dei ghiaccioli. «Dio ha creato il cosmo e ci ha comandato di continuare il santo processo di creazione del mondo». Metteva a fuoco l'obiettivo della fotocamera, ci voleva sempre un'eternità per una stupida foto. «*Riempite la terra e soggiogatela*. Che libro, ragazze?»

«La Genesi!» urlava Amber. Poi sorrideva alla macchina fotografica, prima di tornare al suo compito divino. Costruire una civiltà dove nessuno si trovasse mai nei guai. Dove potevi mangiare una torta al cioccolato ogni volta che volevi. Dove vincevi ogni competizione. Dove il peccato non esisteva.

Potrebbe essere stato il periodo più felice della sua infanzia. Ogni sera la famiglia partecipava a una raccolta fondi in chiesa, di solito una cena a base di aragosta, e Amber prendeva il crostaceo dal piatto, lo metteva in faccia a Caleigh e diceva: «Vengo in pace». Caleigh, che aveva solo sei anni, urlava dalle risate.

Mi massaggio le gambe per far scorrere il sangue, ma i muscoli atrofizzati fanno male. Le clavicole sporgono. Faccio scorrere le mani sulle creste delle costole.

Mi sembra di scomparire. Di disintegrarmi in polvere.

Anche Amber diventa più piccola. La pelle le si ingrigisce: sembra un'aliena contro le montagne lucenti e vorticose di Marte.

Le persone online incolpano il socialismo per la sua fine, o il 5G o la Cina, invece di concentrarsi sui veri cattivi: Mister Coglione e il sistema che lo ha reso miliardario. *MarsNow* sta già tramutando la morte in profitto: vende magliette di Amber, felpe di Amber, candele di cera d'api di Amber. Dicono che il suo viso sarà il primo scolpito sul Monte Rushmore marziano. C'è tutta un'industria di riviste, canzoni, editoriali scritti in suo onore.

Geoff Task deve essere contento della pubblicità. Amber è la principessa Diana; è Gesù; sta morendo per i nostri peccati e per il nostro divertimento.

La storia si sta svolgendo come previsto e io come dovrei sentirmi? Pronto all'estremo saluto?

Nell'undicesima puntata (la diluiranno per concludere la stagione), FirstMan34 la stringe al petto. Canta per lei, stonato. È invecchiato, ha i capelli bianchi come la lontana luna della Terra.

Amber gli chiede di raccontarle una storia.

C'era una volta un colibrì di nome Amber Kivinen.

Nella dodicesima puntata, il respiro di Amber si indebolisce e FirstMan34 mormora preghiere in ebraico. A un certo punto lei apre gli occhi e dice:

«Mi perdoni?»

E Adam, un uomo migliore di me, risponde *Sì*.

Poi un ricordo che non può essere reale, Amber sarebbe stata troppo piccola: il ricordo di un desiderio, di un bisogno. Era in una culla, aggrappata alle sbarre, piangeva. Ma sua madre non venne, non la prese in braccio, non la strinse a sé. Amber pianse e pianse, fino a vomitarsi sulle gambe, eppure sua madre non venne. Perché? Perché?

Poi ritornano altri ricordi. Sua madre dentro la camera buia, nel pieno di uno di quegli «incantesimi» che poi le furono diagnosticati come emicrania. Sua madre china sul letto di Amber, che prega. *Gesù, ti chiediamo di legare i demoni all'interno di Amber. Il demone dell'orgoglio. Il demone dell'autostima.* Sua madre, inginocchiata in cucina, che lava il pavimento. Sua madre che prepara una valigia, la trascina in fondo al vialetto, poi resta fuori in camicia da notte, a piangere davanti a tutta la strada. Il seno cadente, i capelli aggrovigliati.

Poi ritorna il ricordo dell'infortunio. L'articolazione della spalla che si strappa, l'atterraggio sbagliato, lo svenimento per il dolore.

Ma proprio quando il suo talento l'aveva abbandonata, si era messa con Kevin. Si era sentita sola, vulnerabile, e lui le aveva fatto sembrare che andasse tutto bene. Il suo primo amore sembra così reale adesso. Si ricorda di aver parlato con lui per ore al telefono dei suoi genitori, attorcigliandosi il cavo attorno al polso. E dopo, a Vancouver, con lui a bere caffè espresso e a fumare sigarette di chiodi di garofano. A spiluccare mirtilli rossi a North Van. A camminare nella Lynn Valley. A guardare uno spettacolo di drag queen in quel bar sulla Main Street. Ad andare a mangiare sushi per la prima volta, imbarazzati perché né lei né Kev sapevano usare le bacchette. A fumare hashish a New Brighton Park, ridacchiando davanti alle navi mercantili. A dormire fianco a fianco in quell'appartamento troppo caldo con il sudore che li teneva appiccicati.

Soprattutto, ricorda un febbraio a Thunder Bay, quaranta gradi sotto zero, il vento gelido. La prima volta che l'ha notato. Era quello il giorno in cui, in seguito, avrebbero dovuto festeggiare il loro anniversario. Avevano sedici anni e stavano facendo una festa a casa di Marcus e ad Amber venne l'idea di provare a vaporizzare l'acqua: l'aveva visto in tv. «Portatela semplicemente a ebollizione» avevano detto, «e poi buttatela fuori».

Aveva messo la pentola con l'acqua sul fuoco finché non aveva cominciato a bollire, poi aveva provato a far alzare tutti dal divano. Nessuno si era mosso. Marcus stava giocando a Mario Kart e il resto del gruppo era troppo ubriaco per darle retta. Nessuno voleva mettersi stivali, berretti e cappotti. «Vaffanculo con le tue stronzate scientifiche» aveva detto Marcus, che all'epoca era una specie di suo ragazzo.

«Testa di cazzo» aveva detto Amber. «Ci vado da sola, allora».

Ma Kevin l'aveva seguita su per le scale. «Allora, cosa deve succedere?» aveva detto. «L'acqua scompare?»

«Si vaporizza». Lei stava portando la pesante pentola piena d'acqua, ancora gorgogliante. «All'istante».

Le piaceva il modo in cui lui saliva le scale due gradini alla volta, per starle dietro. Le piaceva la sua voce. Il suo interesse.

«Deve bollire?» aveva chiesto. «O dev'essere solo molto calda?»

«Bollente, credo».

Non si curarono di indossare cappotti o stivali. Aprirono la porta, uscirono in veranda con i calzini. Il freddo era così pungente nei polmoni che tossì.

«Ok» fece Amber. «Tre. Due. Uno!»

Rovesciò a terra l'acqua bollente. Che invece di cadergli sui piedi, si trasformò in vapore.

Non dissero nulla, rimasero lì, uno accanto all'altra, e l'acqua fluì verso l'alto, come il loro respiro.

La scorta. Gli antidolorifici. Trovo la scatola da scarpe in bagno, la porto sul divano.

Me li ha lasciati. *Nel caso*. O forse sentiva che non ne avrebbe avuto bisogno. Doveva essere speranzosa, stava tendendo le braccia verso un immaginario futuro verde, un mondo nuovo e migliore. Una luce fioca, tremolante.

La sua convinzione, la sua speranza, mi spezzano il cuore.

Con i fondi granulosi di un bicchiere di proteine in polvere, ingoio una pillola, poi un'altra. Penso a mia madre, che si è lasciata svanire. Non è nemmeno riuscita a evocare un po' di drammaticità per la sua scena finale.

Vorrei poterla perdonare.

Vorrei essere più coraggioso.

Metto da parte le pillole, mi accendo uno spinello. E nel giro di pochi minuti, l'ho fatto.

Non provo niente.

Le mie piante non necessitano di acqua, terriccio o aria. Io non ho bisogno di contatto con esseri umani, o cibo vero, o luce solare. Non esisto all'interno di un corpo. Non appartengo a qualsivoglia ecosistema. Io sono un paio di bulbi oculari fluttuanti legati a uno schermo.

Un paio di tiri, un paio di pillole, ogni paio d'ore. Le capsule verdi non sono buone come quelle bianche e quelle blu mi fanno sentire il cervello raffermo come pane vecchio, ma ci sto prendendo la mano. Passano le ore, forse i giorni.

Esiste solo un sé disincarnato, un sé che viaggia invisibile attraverso questo mondo terrestre: ogni volta che carico la batteria del mio portatile, nella Repubblica Democratica del Congo qualcuno muore in una miniera di cobalto a cielo aperto. Ogni volta che sorseggio quella poltiglia proteica, un ettaro di foresta pluviale brasiliana viene abbattuto per coltivare la soia. Ogni volta che guardo lo schermo, clicco su un link, faccio una domanda a Google, metto in moto il lavoro di tonnellate di acciaio e fibra di vetro, grovigli di cavi, satelliti che tempestano il cielo come l'acne sulla fronte di un adolescente.

Ho cercato di vivere a margine, di essere Nick Carraway. Ma ora, finalmente, Amber la capisco. Vedo la Terra dall'alto. Questo pianeta in rovina è una massa vibrante di industria e tecnologia, e io sono il punto fermo. Io sono la causa dello tsunami in Indonesia, dell'incendio in Australia, di quell'uragano in Mozambico.

Io sono Dio.

Poi si ricorda lo sguardo di Kevin quando ha scoperto di Brayden. Quando ha scoperto di Marte. Quando ha detto: *Dimmi che non ci credi.*

Si ricorda la voce di suo padre al telefono: *Non ho una figlia. Mia figlia è morta.*

Si ricorda dello squalo che le scivolava accanto. Vivo, perfetto, condannato.

Marte avrebbe dovuto essere un nuovo mondo. Nessun elefante ucciso, nessun corallo sbiancato, nessun amante tradito. Nessuna libertà, nessuna scelta e quindi nessuna perdita. *E Dio asciugherà ogni lacrima dai loro occhi... e non ci sarà più la morte, né cordoglio, né grido...*

Era questo il motivo? La vera ragione dietro a tutto ciò? Sognava l'Eden, non era abbastanza coraggiosa da abitare la realtà? Credeva che Marte avrebbe reso tutto più semplice. Un luogo senza dolore, un luogo oltre il dolore.

Ma il suo bambino è morto. E la sua serra produce cibo che può deglutire a malapena: barbabietole deformi, pomodori con la buccia così sottile che la polpa gocciola come lacrime. Ha fatto un errore. Ha lasciato il suo ecosistema, si è separata dall'aria, dall'acqua e dalla terra. A causa del suo orgoglio, della sua lussuria, della sua esagerata autostima. Della sua paura. Ha scelto questo luogo arido e ora è svuotata, priva di tutto, rimpiange ogni cosa. L'odore di un peperoncino rosso quando lo tagli. Il disegno della pioggia su una finestra. La sensazione dell'acqua sulla pelle. Le manca il canto degli uccelli, persino lo schiamazzo dei corvi. La voce di suo padre. L'odore dei capelli di sua madre.

Perché questi dettagli non le vengono in mente nel sonno, nei sogni? Invece suda per tre notti con visioni terribili. Vede il cemento gettato da suo padre: ettari di vialetti, centri commerciali, infiniti parcheggi che soffocano il suolo. *Riempite la terra e soggiogatela.* Poi sogna, disgustosamente, di star scopando suo padre su un letto di cemento, la ghiaia ruvida contro la schiena. Ma mentre si spinge dentro di lei, suo padre diventa Geoff Task: le morde la mascella, le afferra il polso, le fa scivolare le mani dentro i pantaloncini. L'obiettivo è *andare oltre la dipendenza dalla Terra.*

Poi è inginocchiata in cucina, il linoleum le imprime il disegno sulla pelle. C'è sempre qualcosa da confessare. Anche se non hai fatto nulla di male, avrai avuto pensieri malvagi. Anche se non hai avuto pensieri malvagi, il tuo corpo avrà avuto impulsi empi.

Ho fatto un errore.

Aveva torto. Lo ha capito nel momento in cui ha tenuto in braccio suo figlio: la vita non è competizione.

Ho fatto un errore e il mio bambino è morto.

La vita è connessione.

Adesso capisce. E il terzo giorno si sveglia tranquilla. Si è raccontata le storie da capo ed è pronta. Senza paura. Perché lo aveva già fatto prima: aveva fatto un passo, poi un altro, ed era arrivata qui. A un luogo di quiete.

Il suo orecchio è contro il cuore di Adam. E ricorda il sapore della placenta in bocca: la dolcezza del liquido amniotico, l'odore metallico del sangue. Ne conosce il sapore perché dopo che Adam le aveva portato via il bambino per seppellirlo, lei si era avvicinata la placenta alle labbra. L'aveva baciata come una reliquia sacra. Sembrava fosse viva, e la stesse perdonando, con quei capillari così simili ai rami di un albero.

Finale

Il mio telefono vibra e riconosco il numero. Lo sapevo che stava arrivando, sapevo che avrei ricevuto una chiamata dalla Papessa del Capitalismo in persona.

«Ciao, Helena Slora» dico.

Poi sento la voce che Geoff Task ha assunto per parlare al suo posto. «Mr Watkins?»

«Sì». La nebbia si dirada un po'. «Suppongo».

«Sono sicuro che sai perché ti sto telefonando. Sai che Amber è morta».

«No». I miei polmoni si bloccano, i condotti lacrimali pizzicano: il mio corpo si dimentica per un secondo che non è un corpo. Che sono Dio. «Non lo sapevo. La morte non è ancora andata in onda in tv».

Helena esita. «Le mie scuse».

E capisco che niente di tutto questo è colpa sua; probabilmente ha un paio di figli, un ex marito schifoso, un mutuo. È come tutti gli altri, che inseguono gli spiccioli che Geoff Task si degna di tirare fuori dalla tasca.

«Le mie condoglianze». Riacquista la compostezza. «Sto chiamando oggi solo...»

«Per sapere se parteciperò allo show».

«In realtà il finale di stagione è già montato. Abbiamo deciso artisticamente di rimanere su Marte, di lasciare che il paesaggio desolato parli da solo, e ovviamente di guardare al futuro di *MarsNow*».

«Okay».

«Ma stiamo anche mettendo insieme una puntata speciale in ricordo di Amber che andrà in onda esclusivamente su EyeSite e ci piacerebbe...»

Riattacco.

Posso andare avanti? Posso vivere in un mondo così brutto?

Voglio far ridere Amber un'ultima volta. Voglio toccarle i capelli.

Voglio che questa voglia finisca.

Abbiamo bisogno di nuovi valori, di più presenza, per diventare integri. Amber aveva chiesto una nuova storia. E avrei dovuto essere in grado di scriverla. Avrei dovuto essere in grado di salvarla, di salvare mia madre. Di creare un nuovo mondo, senza dolore.

Forse potrei scrivere la nostra storia. Scriverla perché non appartiene a loro, ai produttori di *MarsNow*. Scriverla in modo che Amber possa esistere al presente per sempre. Per sentirla come se fosse qui, come se fossi dentro di lei.

Il telefono vibra; ancora Helena Slora.

Possiedono il passato di Amber. Le hanno rubato il futuro. Devono distruggere il mio presente?

Premo *Rifiuta*. Quindi mi alzo, vacillo, mi appoggio al muro. Mi trascino alla porta dell'appartamento e appoggio la testa contro il legno, riprendo fiato.

Ricordo quando Amber tornò a casa. Quando mi ha scelto. Era fuggita da *MarsNow* e si era seduta accanto a me sulla Voyager. Era così immobile. Presente e limpida.

Sono qui.

Ma era una bugia e lo sapevamo entrambi. Stava facendo quella cosa dove fluttui fuori dal corpo e guardi la tua stessa vita. La mia ragazza era già su Marte.

E per un secondo li vedo: non la stupidità e l'orrore di quello che ha fatto, ma la bellezza e il coraggio. L'ambizione. La compiutezza.

Aveva mosso un passo, poi un altro, poi un altro ancora. Ce l'aveva fatta.

Andiamo via da qui?

Mi trascino su per le scale, fino all'ingresso. Apro la porta. Resto sulla soglia.

Luce del sole. Aria fumosa. Denti di leone, trifoglio, abete rosso.

È così verde da fare male.

Solo un passo, sul portico cadente, e sarei fuori. Un passo, e potrei lanciare il mio corpo emaciato sul quadrato di prato oltre la nostra porta. Mettermi al sole come una pianta.

Mi sembra quasi di sentire l'erba che mi fa prudere le caviglie. E il terreno secco, impoverito, della stessa sostanza delle mie cellule: acqua, microbi, minerali.

Mi sbagliavo. Lo capisco adesso, con la luce del sole negli occhi. Non sono Dio; sono un mucchietto di terra.

Prendo il telefono dalla tasca e mando un messaggio a Marcus: *Sono io lo stronzo.* Mi risponde subito: *Coglione al cento per cento.* Poi: *Pazzesco sentirti zio. Io e Bronny siamo al Clark Park. Vieni?*

Un passo.

Ma la Terra gira sotto di me a 460 metri al secondo e io mi sento stordito, spaventato e solo. Un passo ancora e scoppierei a piangere per Amber. A piangere per mia mamma.

Ci provo, mando un messaggio a Marcus. *Potrei non farcela, troppo lontano.*

Penso alla scorta. La scatola da scarpe dell'oblio. Posso vivere qui, su questo pianeta con la sua aria contaminata? Questo pianeta di doline e disboscamenti e teorie del complotto? Zone di guerra e muri di confine? Questo luogo di malvagità e di dolore infinito. Posso farcela da solo?

Forse Bronwyn potrebbe trovarmi un posto nel suo orto comunitario. Forse la mia esperienza... l'esperienza di Amber, che ora posseggo anch'io potrebbe essere utile. Mi immagino tra filari di carote e piante di cavolo rapa, circondato da bambini coperti di terra, che sanno il mio nome, che gridano domande. «Che cosa succede?» direi, quando chiedono aiuto. «Sono qui».

Il telefono vibra di nuovo. Ancora Slora. Mi sta convocando.

Ma sento come il calore della nostra stella più vicina mi riscalda. Il modo in cui la gravità mi trattiene, mi calma, mi radica alla terra.

Forse potrei scrivere una nuova storia se la rendessi sincera. Se la rendessi vera.

Forse potrei scriverla per perdonare Amber.

Un jogger sudato mi passa davanti; le formiche sfilano lungo il marciapiede; un senzatetto va in bicicletta contromano lungo la strada.

Un passo e sentirei tutto questo. Piangerei e potrei non fermarmi più.

Non ci sarebbe riparo dall'alluvione: sarei fuori.

Ma forse non sarei solo. Perché non lontano ci sono i miei amici, Marcus e Bronwyn. Bronwyn e Marcus. Mi chiedo se è vero, se è amore, e mi sento quasi speranzoso. Felice per loro.

Un piccolo passo.

Verso i miei amici. Verso il trifoglio e l'abete rosso. Verso i bambini nel parco giochi, i genitori che scattano foto con il telefono, i cani che si rotolano tra gli involucri dei fast food. E ancora: la gente che ozia sui balconi, dorme sotto i cartoni, si spara nei vicoli. E ancora: cirripedi, more e sabbia che è possibile tramutare in vetro trasparente. Cirri e gabbiani e sequoie giganti che crescono per tremila anni.

È questa la nuova storia? La rivoluzione?

Inspiriamo, espiriamo. Respiriamo questo mondo affinché esista.

Ringraziamenti

Grazie infinite al Canada Council for the Arts e all'Alberta Foundation for the Arts per il sostegno durante la stesura di parti di questo libro; le loro borse sono state determinanti. Grazie alla Stegner House, in particolar modo a Ethel Wills, per quelle settimane tanto calme e produttive. Grazie al Hawthornden Literary Retreat for Writers per avermi fatto trascorrere giornate di grande tranquillità e creatività. Grazie all'English Department Writer in Residence della MacEwan University, e un grazie speciale a Jacqueline Baker per il sostegno e l'amicizia e a Killian Keffington per aver prolungato la mia permanenza in università; a Edmonton ho imparato come si comincia a scrivere un romanzo. Grazie alla Ventspils International Writers' and Translators' House, in particolare a Ieva Balode; in Lettonia ho avuto il tempo di concludere una prima stesura. Sono grata di affermare che gran parte della stesura di questo libro è avvenuta nei territori del Treaty 7, dove mi sono trasferita, ed è stata ispirata dal periodo che ho trascorso a Vancouver, nei territori sottratti alle popolazioni Musqueam, Squamish e Tsleil-Waututh.

Sono profondamente grata ai miei editor, Jill Bialosky e Nicole Winstanley. Jill, arrivi sempre al nocciolo di ogni questione e mi indichi la direzione giusta. Nicole, tu hai letto ogni pagina in profondità dandomi consigli molto saggi; sarebbe stato impensabile intraprendere questo viaggio editoriale senza di te. Grazie anche a Drew Elizabeth Weitman per la sua organizzazione e a Meredith McGinnis ed Erin Sinesky Lovett per l'impegno nel far arrivare questo libro nelle mani dei lettori. Grazie a Leonora Craig Cohen, che ha lavorato per raggiungere anche i lettori britannici. Sono davvero grata allo staff di Penguin (Canada), W. W. Norton (USA) e Serpent's Tail per aver corso il rischio di pubblicare questo libro. Sono estremamente grata anche a Tracy Bohan e Jacqueline Ko di The Wylie Agency. Grazie per il duro lavoro di supporto e per aver creduto in me come scrittrice.

Diversi anni di letture hanno influenzato le idee contenute in questo romanzo e mi hanno aiutato a immaginarne e capirne il mondo. Un elenco incompleto: *Notes from an Apocalypse* di Mark O'Connell, *Untrue* di Wednesday Martin, *La valle oscura* di Anna Wiener, *Il capitalismo della sorveglianza* di Shoshana Zuboff, *The Twittering Machine* di Richard Seymour, *Trick Mirror* di Jia Tolentino, *Thus Spoke the Plant* di Monica Gagliano, *The Uninhabitable Earth* di David Wallace-Wells, *Endurance. Un anno nello spazio, una vita di scoperte* di Scott Kelly, *I Didn't Come Here to Make Friends* di Courtney Robertson e Deb Baer e *How We'll Live on Mars* di Stephen Petranek. Le citazioni tratte dall'Apocalisse provengono dalla King James Bible e dalla English Standard Version. Ho trovato utili anche altre fonti: il documentario *Jesus Camp*; il concetto di "secondo corpo" di Daisy Hildyard (a cui mi sono avvicinata grazie agli scritti di Kyle Chayka); le riflessioni di Umberto Eco e di Zadie Smith sulla perfetta tecnologia che è il libro e sulla privacy che garantisce; il sito laineygossip.com per un punto di vista interno sull'ambiente dei vip; e gli studi di William Buck, facilitatore scientifico, la cui competenza nell'ambito dell'astronomia indigena è stata di grande ispirazione per le ricerche del Manitoba First Nations Education Resource Centre. Infine, grazie agli attivisti e ai difensori dell'ambiente, che svolgono un lavoro coraggioso e necessario per ricordarci che non esiste un pianeta B.

Grazie a Naomi Lewis per avermi detto che il lettore vuole una cosa sola (la mia anima) e per aver generosamente letto due volte il manoscritto. Grazie a Steve Wahl e Mark Winter per l'aiuto a proposito della marijuana e dei blitz – è sempre utile avere avvocati a disposizione! Grazie a Bryan Milks e Mike Dean per i dettagli su Loch Lomond e Thunder Bay. Grazie a Eric Moscopedis, che mi ha permesso di trarre ispirazione dal suo tatuaggio (chi non vorrebbe trarre ispirazione da un tatuaggio così?). Grazie a Sarah Jackson per la discussione approfondita sul design. Grazie a Rita Bozi per aver influito sul tipo di storia che volevo raccontare e per avermi aiutata a sentire la terra sotto i piedi. Ai miei amici, che hanno prestato i nomi a personaggi che non somigliano per niente ai loro omonimi: voi sapete chi siete e i vostri nomi sono presenti come una sorta di talismano. Grazie per essere miei amici.

Sarò per sempre grata a chi ha letto questo libro quando era ancora un manoscritto e mi ha dato un feedback: Jonathan Garfinkle, Sarah Jackson, Pichu (l'unica e sola) Kalyniuk, Naomi K. Lewis, Kat Maine, Rachel Rose, Emily Saso, Barbara Joan Scott, Diana Svennes-Smith, Aritha Van Herk e Samantha Warwick. Tutti mi avete aiutato a modo vostro, ma è stato ugualmente necessario; non so come ringraziarvi.

Grazie infinite alla mia famiglia di lettori: a mia zia, Charis Wahl, che sa sempre motivarmi nel modo migliore e corregge le bozze meglio di chiunque altro; a mio padre, Gary Willis, per il puntuale aiuto con il finale e per aver capito immediatamente qual era l'obiettivo di questo libro; a mia madre, Pauline Willis, per i brillanti suggerimenti, le maratone di correzione di bozze, l'enorme incoraggiamento e il sostegno incalcolabile.

Ma soprattutto, grazie a Kris Demeanor – per il concetto di "botta perfetta", per la genialità di *Soccer Mom*, per aver letto numerose stesure di questo libro, parlato con me di tutti gli aspetti del progetto e avermi dato feedback sagaci in ogni fase. Vivere con un uomo tanto premuroso, intelligente e divertente, un artista così intuitivo e audace, mi ha reso più coraggiosa come scrittrice e come persona.

Infine, grazie ad Aviva, che è nata al momento giusto e mi ha impedito di consegnare il manoscritto troppo presto. Rivedere questo libro durante i tuoi primi mesi di vita, mentre mi dormivi in braccio, è stato stimolante, liberatorio e magico – la tua presenza ha reso questo lavoro più potente e significativo per me.

Indice